DOUGLAS WESTERBEKE

DIE UNENDLICHE REISE DER AUBRY TOURVEL

ROMAN

Aus dem amerikanischen Englisch von
Alexander Weber

HarperCollins

Die Originalausgabe erschien 2023 unter dem Titel
A Short Walk Through a Wide World bei Avid Reader Press, New York.

1. Auflage 2024

Deutsche Erstausgabe

Gesetzt aus der Cormorant Garamond
von GGP Media GmbH, Pößneck
Druck und Bindung von GGP Media GmbH, Pößneck
Printed in Germany
ISBN 978-3-365-00485-2
www.harpercollins.de

Druckprodukt mit finanziellem
Klimabeitrag
ClimatePartner.com/15109-2009-1001

MIX
Papier
FSC FSC® C014496

I

Ein Marktplatz

Das Papier ist rein und weiß – sie hat noch keinen Strich gezeichnet –, und als der erste Tropfen Blut fällt und einen kleinen roten Fleck auf der Seite hinterlässt, erstarrt sie. Ihr Bleistift schwebt unschlüssig in der Luft. Ihr Herz versetzt der Brust einen zusätzlichen Schlag. Sie lässt den Bleistift fallen. Ihre Hand schnellt reflexhaft an die Nase. Sie spürt, wie ihr die Nässe in die Nebenhöhlen kriecht, schmeckt die salzige Flüssigkeit hinten in der Kehle. Noch ist es ein Tröpfeln, kaum mehr als normales Nasenbluten, doch in wenigen Momenten wird es ungleich schlimmer sein – und das ausgerechnet hier, nachdem sie sich gerade gesetzt hat.

Es ist zu früh. Es ist Pech. Sie hatte gehofft, heute in einem echten Bett zu schlafen, nicht in einer Hängematte oder auf dem harten Boden, und am Morgen ein Bad zu nehmen, ein anständiges Bad mit warmem Wasser und mit Seife. Sie hatte gehofft, noch mehr Dinge in ihr Buch zeichnen zu können, Zunder, Feuerstein oder Papier – aber wie soll das gehen? Ein Blatt Papier auf ein Blatt Papier zu zeichnen, sodass andere es sehen und sagen: »Aha, verstehe. Ein Blatt Papier.«

Sie hatte gehofft, etwas vom Essen kosten zu können. Schau dir diesen Markt an – eingelegter Taro, gedämpfte

Krabbenscheren, Curry-Garnelen in einer Hülle aus Tofu. Nein, damit wird sie warten müssen, auf eine andere Gelegenheit, auf einen anderen Markt. Die Liste von Dingen, die sie nicht tun kann, ist noch viel länger – welche Liste ist das nicht? –, aber sie hat keine Zeit, weiter darüber nachzudenken. Das Bad kann warten. Ein Bett wird sich woanders finden. Die Liste ist verschwunden. Höchste Zeit, dass sie hier wegkommt.

Aber dieser Markt ist voller Leben, die Leute freundlich und der Fluss ganz nah, eine glänzende Tränenspur durchs Grün, es wimmelt nur so von bunten Skiffs und Fischerbooten, die sie rasch und völlig mühelos hier wegbefördern können. Schließlich ist sie in Siam, einem wasserreichen Teil der Welt, Dschungel überall, wo der Regenfall die Jahreszeiten vorgibt. Schon als sie zum ersten Mal einen Fuß in dieses Land gesetzt hatte, wusste sie, dass Flüsse ihre Fluchtwege sein würden.

Dieser alte Mann, der Fisch verkauft – ein so gütiges Gesicht, wettergegerbt, und doch noch Funkeln in den Augen. Er wird ihr helfen. Hastig schlingt sie ihre Tasche über die Schulter, klemmt sich ihr Buch in die Armbeuge. Schnappt sich ihren Gehstock, der so hoch ist wie sie selbst, und eilt durch die blauen Rauchfäden der Duftstäbchen und Holzkohle. Vorbei an Fischhändlern und Tuchverkäufern und Tischen aus Bambus. Der alte Mann raucht eine lange, dünne Opiumpfeife, und um ihn her sind Ständer voller Trockenfisch, luftgetrocknetem Kalmar und Tintenfisch – alles, was früher einmal nass war, hängt jetzt hier zum Trocknen, und der Alte hockt zwischen den Gestellen wie ein eingesperrter Vogel. Zwar spricht sie die Landessprache nicht, doch die Franzosen haben Kolonien im Norden und die Briten Einfluss weiter südlich.

»Bitte«, fragt sie in ihrem akzentschwangeren Englisch, »ein Boot? Wissen Sie, wo ich hier ein Boot finde? Ich brauche ein Boot.«

Der Alte versteht nichts. Er hatte sie zuvor gar nicht bemerkt, und als er aufblickt, steht sie plötzlich da, der größte Mensch auf diesem Markt, mit dunkelblondem Haar und blauen Augen, der nun jäh über ihm aufragt. Mit ihrem Gehstock in der Hand, lang und gerade, wirkt sie majestätisch, wie eine ehrwürdige buddhistische Nonne oder die Tochter eines Kaisers. Nichts an ihr deutet auf den Westen hin – kein Korsett, keine Schleifen, kein hoher Spitzenkragen, nur einheimische Stoffe und der Strohhut eines Arbeiters –, doch sie wird hier niemals in der Menge aufgehen, nicht auf diesem Markt und nicht in diesem Land, wo sie mindestens einen Kopf größer ist als alle anderen.

Sie sieht den verdutzten Ausdruck im Gesicht des Alten. Lächelt, um ihn aus der Deckung zu locken. Sie fügt sich nur selten irgendwo ein. Versucht es kaum noch. Ihr Äußeres zieht neugierige Blicke auf sich und Unmengen von Fragen. Das ist ihre beste Strategie, Leute kennenzulernen, doch bei diesem Alten funktioniert sie nicht.

Er fängt an, in einer Sprache, die sie nicht versteht, wild auf sie einzureden. Etwas an ihm ist plötzlich anders. Das passiert andauernd. Er hält sie für eine reiche Ausländerin statt für eine arme, erst recht nicht für jemanden, der in den letzten drei Wochen in den Baumkronen des Dschungels übernachtet und in abgelegenen Flüssen gebadet hat. Er will ihr einen Stock mit getrockneter Seebrasse verkaufen. So wie er herumfuchtelt, probiert er wohl, ihr seinen ganzen Stand anzudrehen. Beunruhigt zieht sie eine Braue in die Höhe. Sie hat sich in diesem Mann getäuscht. Ihr Instinkt hat sie im Stich gelassen. Das geschieht nur selten, aber wenn es passiert, dann ist es regelrecht verstörend. Ihrem Instinkt, ihrer Fähigkeit, einen Fremden mit einem oder zwei beiläufigen Blicken abschätzen zu können, verdankt sie, dass sie so lange überlebt hat.

Und dann bricht der Schmerz über sie herein – ein furchtbarer, bösartiger Schmerz, ein heulender Schmerz, wie wenn einem ein Nagel durch einen faulen Zahn getrieben wird. Er fährt ihr jäh durchs Rückgrat, von der Schädelbasis bis hinunter in den Steiß. Sie erschaudert wie durch einen Stromstoß, spannt den Rücken an, presst sich alle Schlaffheit aus den Knochen. Der Alte hört jetzt auf zu plappern, sieht ihre Züge kalt und blass werden, sieht, wie ihre Lippen stumme Wörter formen. Er hat Angst, dass sie hier vor ihm zusammenbricht. Aber sie bricht nicht zusammen. Schreit nicht einmal vor Schmerzen auf. Sie beißt die Zähne aufeinander, strafft den ganzen Leib und humpelt rasch zum nächsten Stand, ein kantiges Hinken ist jetzt unverkennbar.

»Ein Boot!«, brüllt sie in die Menge. Viele drehen sich nach ihr um. Niemand versteht sie. »Ein Boot, ein Boot, ein Boot …« Fast singt sie die Worte, während sie vorbeihumpelt an Händlern und deren Ständen, als würde sie den an Land Gebliebenen von einem sinkenden Schiff aus Rettungsleinen zuwerfen. Wieder ein stechender Schmerz, und die ersten Funken Panik stieben ihr durchs Hirn.

Sie wendet sich an eine Frau an einer Feuerstelle, die in einem Eisenwok ein gelbes Curry rührt. Sie schlägt ihr Buch auf der frisch mit einem Blutstropfen verzierten Seite auf. Nicht einfach mit all den Muskelzuckungen.

Die Seiten wimmeln nur so von kleinen Zeichnungen, Hunderten davon, eine Sammlung nützlicher Dinge – Bananen, Betten, Sonnenschirme, Pferdekutschen, Nadel und Faden, Lokomotiven, Zifferblätter und Kerzenleuchter. Mit bebenden Händen blättert sie die Seiten durch, bis sie eine kleine Bleistiftskizze eines Bootes findet, ja einer ganzen Reihe verschiedener Boote und Schiffe sogar – Segelboote, Dampfschiffe, Luxusliner und Kanus, damit ja keine Verwirrung aufkommt.

»Ein Boot? *Bateau?*«

Die Frau reagiert nicht. Spricht man hier womöglich Kantonesisch? China ist nicht weit entfernt. In China war sie erst vor einem Monat, jedenfalls kommt es ihr so vor, hat sich dort mit einer abgewetzten Machete durch den Dschungel geschlagen. Jetzt ist sie hier, im Süden, und bettelt am Ufer eines Flusses um ihr Leben.

»*Chuan?*«

Die Frau regt sich noch immer nicht, gafft sie nur an. Kennt sie das einheimische Wort? Sie hat schon ein paar Begriffe aufgeschnappt. So weit hat sie vorausgedacht. *Touk?* Oder etwa nicht?

»*Touk?*«

Doch statt zu antworten, statt irgendeine Art pantomimischer Unterhaltung mit ihr zu beginnen, wie die Leute es normalerweise tun, lässt die Frau ihren großen Holzlöffel ins Curry fallen und weicht schweigend zurück.

Jetzt weiß sie, dass sie wirklich übel aussehen muss. Schaut aufs Taschentuch in ihrer Hand. Es ist durch und durch rot. Die Marktgeräusche sind immer dumpfer geworden, nach und nach, wie unter Wasser, was nur heißen kann, dass sie nun auch aus den Ohren blutet, und natürlich ist ihr Mund schon voller Blut. Sie kann es schmecken, leckt sich über die Zähne, und es sammelt sich auf ihren Lippen. Dann, zu ihrer Schande, weiß sie, dass es ihr die ganze Zeit schon übers Kinn gelaufen ist. Sie muss einen grauenvollen Anblick bieten.

Der Schmerz wird heftiger, ihr ganzer Kopf ist jetzt ein

frei liegender Nerv, eine schartige Klinge, die von innen ihre Schädeldecke ausschabt. Sie spürt einen furchtbaren Druck auf ihren Augäpfeln, und der lange Nagel, der sich durch ihr Kreuz bohrt, fährt ihr jäh ins linke Bein. Sie unterdrückt einen Schrei. Beim Gehen schleift sie ihr linkes Bein nun wie ein totes Tier hinter sich her.

Sie wischt sich mit dem Ärmel übers Gesicht. Schmiert sich dabei nur noch mehr Blut über die Wangen. Sucht das Marktgetümmel nach Fischern oder Fährleuten ab, nach irgendwem, der sie hier fortbringen kann. Reckt ihr Bild von einem Boot empor, sodass alle es sehen können.

»Boot! *Bateau! Chuan!*«

Niemand hilft ihr, aber sie starren sie an, gefesselt und verängstigt. Sie sieht tollwütig aus, rasend. Wie jemand, der nicht mehr zu retten ist. Wozu braucht eine Todkranke überhaupt ein Boot? Um darin zu sterben? Als schwimmenden Sarg, in den sie ihren Leichnam betten kann? Würden sie ihr Boot denn je zurückbekommen? Und sie kann es ihnen nicht erklären, denn das ist eine Sprache zu viel. Sie hat doch schon so viele gelernt – Hindi, Spanisch, Mandarin und Kantonesisch, sogar noch mehr, sogar ein paar Brocken Tscherkessisch, Herrgott noch mal –, aber sie kann sie nicht alle lernen.

Dann hört sie – ja, das ist es – Englisch hinter sich, irgendwo in der Menge, ein leises, helles Stimmchen.

»Mama, diese Lady braucht Hilfe!«

Sie fährt herum und sieht das Kind, ein kleines, goldblondes Mädchen oberhalb der Masse, über einem Meer aus schwarzem Haar und Kegelhüten, als würde es dort schweben, in einer strahlend weißen Bluse und einem Trägerkleidchen – aber nein, tatsächlich sitzt die Kleine auf jemandes Schultern, nah genug, um sie zu sehen, zu weit entfernt jedoch, um ihr zu helfen. Briten? Amerikaner? Die werden sie verstehen. Wie um ihr zu winken, hebt sie ihre rotfleckige Hand, doch einen Moment später hat das Marktgewirr das Mädchen schon wieder verschluckt.

Ein neuer Schmerz, ein Geier tief in ihrem Uterus, der sich ins Freie hackt. Sie krümmt sich zusammen, sinkt auf die Knie. Mit einem fürchterlichen Hustenkrampf speit sie so viel Blut zu Boden, dass die Menge ringsum schlagartig die Luft anhält und zurückweicht.

Der Hut rutscht ihr vom Kopf, ihr Gehstock fällt polternd zu Boden. Sie versucht, ihre Atmung in den Griff zu kriegen – vorsichtig, denn selbst der kleinste Atemzug löst in ihrer Kehle jetzt ein Würgen aus. Sie hebt ihr Buch und ihren Gehstock wieder auf, schmiegt beides eng an ihre Brust. Den Hut lässt sie liegen. Der Hut ist unwichtig. Sie kann sich einen neuen Hut besorgen. Sie müht sich auf die Beine, wischt den Mund ab, nähert sich den Männern in den Booten dort am Ufer, die gerade Fisch ausladen, Melonen und Kochbananen feilbieten. Sie sehen sie kommen, sehen das Blut, ihr Taumeln. Würden fliehen, können aber nicht, sind gefangen in der Masse aus verkeilten Booten.

»*Je dois avoir un bateau, s'il vous plait …*«, sagt sie.

Manche Fischer zeigen mit dem Finger auf sie. Andere scheuchen sie davon. So etwas haben sie noch nie gesehen, diese Krankheit. Sie torkelt am Flussufer entlang, und die Menge teilt sich vor ihr.

»Irgendjemand muss doch … bitte …«

Sie erzittert, ihr eigenes kleines Erdbeben. Menschen klettern fieberhaft die Uferböschung hinauf, um ihr aus dem Weg zu gehen. Manche flüchten in den Fluss, knietief im Schlamm, schenkeltief im Wasser. Jetzt ist niemand mehr vor ihr, und sie steht auf einem Steg, der sich an den Booten vorbei hinaus ins Wasser zieht.

Eine Fähre hat gerade abgelegt, tuckert flussaufwärts davon, dicke schwarze Rauchwolken quellen aus dem Schornstein. Und über dem Motorenlärm ist wieder diese Stimme, das Rufen eines kleinen Mädchens.

»Kommen Sie! Hierher!«

Sie schaut sich um und sieht zwei blonde Kinder, ganz in Weiß gekleidet – ausgerechnet Weiß, ein makelloses Lammwollweiß –, die ihr vom Heck der Fähre zuwinken.

»Hier!«, kreischen sie. »Wir helfen Ihnen!«

Sie schwankt und wäre fast wieder gestürzt, doch dann reißt sie sich zusammen, kämpft gegen den Schmerz an und bietet ihre letzten Kräfte auf. Prescht über den Steg, den Gehstock fest umklammert. Sie rennt, und als sie das Stegende erreicht, hält sie nicht an oder bremst ab, sondern hechtet in den trüben Fluss. Springt und schwimmt mit all der ihr verbliebenen Kraft los, um dieses Fährschiff mit dem mächtigen Dampfmotor noch zu erreichen. Und alle auf dem Marktplatz strömen zum Ufer, um ihr dabei zuzuschauen.

Die Menge hält den Atem an, die Kinder feuern sie an. Sie schwimmt und schwimmt und holt die Fähre ein, bevor sie richtig Fahrt aufnehmen kann, den Gehstock noch immer in der Hand, ihre Tasche hinter sich im Schlepptau. Verblüfft von ihrer Leistung, strecken die Leute auf der Fähre ihre Hände aus und zerren sie an den Achseln zu sich hoch aufs Schiff.

Dann liegt sie rücklings auf dem Deck, klatschnass, in einer Pfütze aus Flusswasser und dünnem Blut. Presst ihren Gehstock fest an sich, so wie Nonnen ihre kleinen goldenen Kreuze. Schaut empor zu ihren Rettern, ihren Mitreisenden. Keuchend fragt sie: »*O mon dieu* … Fahren wir? Sind wir in Bewegung?«

Die beiden Kinder, ein Junge und ein Mädchen, starren auf sie herab, und deren Vater, ein Berg von einem Mann mit neuseeländischem Akzent, kniet neben ihr. Er sagt: »Jaja. Wir fahren schon.«

Erleichterung. Entspannung. Kein Blut mehr, nicht aus ihrer Nase, den Lippen oder Ohren. Der Schmerz ist schon verflogen. Sie kann wieder atmen.

»*Dieu merci*«, sagt sie und lächelt. »Ich bin unterwegs.«

2

Ein Flussschiff in Siam

Die Holcombes haben schon viel gesehen auf ihren Reisen – Seen aus Säure, Narbentätowierungen, ganze fermentierte Schwalben auf dem Boden ihrer Suppenschüsseln –, doch diese kranke Frau ist ganz oben auf der Liste der Geschichten, die sie zum Besten geben werden, wenn sie wieder heimkommen. Keine dreißig, doch ihrem Aussehen nach schon viel gereist, ist sie blutüberströmt über einen Markt getaumelt, dann in voller Montur in einen Fluss gesprungen, nur um wundersam geheilt wieder herauszusteigen, jede Krankheit, die sie womöglich in sich trug, wie weggewaschen.

Jetzt lehnt sie über Bord, zieht ihre Kleidung durchs Wasser, schrubbt das Blut heraus, bevor sie sie zum Trocknen über die Reling hängt. Wie durch ein Wunder sind die Sachen in ihrem Rucksack völlig trocken. Ein Kniff, den sie einmal aufgeschnappt hat, erzählt sie, es liege an der Art und Weise, wie man den Beutel aus Robbenfell zusammenfalte und verschließe. Doch sie denken: Das ist gewiss kein Trick, den man in Indochina aufschnappt. Wo sollte man in Siam denn schon Robbenfell bekommen?

Ihr Buch ist ganz durchnässt. Man hatte es zwar aus dem Fluss gefischt, doch die Seiten waren aufgeweicht und nicht mehr zu retten. Wie traurig, war es doch voller kostbarer kleiner Zeichnungen, für die sie so lange gebraucht hat, kleine Skizzen von Scheren und Briefen, Schuhen und Eiern. Die Kinder sind besorgt, doch sie seufzt nur auf und tut es achselzuckend ab. Es ist nicht das erste Mal, sagt sie. Sie wird oft nass, wie es scheint. Sie sagt, dass sie ein neues Buch anfängt, sobald sie das Papier dafür bekommt.

»Kommen Sie aus Neuseeland?«, fragt sie Emily Holcombe, die Mutter der Kinder. Ihr Mann ist mit den Kindern zum Teeverkäufer hinab in die Kajüte gegangen, um etwas zu trinken zu besorgen. »Ich liebe Neuseeland. Das war ein Land, von dem ich wünschte, ich hätte es nie verlassen müssen.«

Emily ist jung für eine zweifache Mutter, viel jünger als ihr Ehemann. Ihre Kleidung – langes Kleid, lange Ärmel, hoher Kragen – ist für das Wetter mehr als ungeeignet, modisch jedoch der letzte Schrei. Sie ist ein Produkt der westlichen High Society, und dennoch reist sie hier auf einem ganz normalen Fährschiff, zusammen mit den Einheimischen, schippert mit ihnen durch den Dschungel.

»Was führt Sie nach Siam?«, fragt die Frau in ihrem akzentbeladenen Englisch.

Emily starrt sie wortlos an, weiß nicht recht, was sie erwidern soll.

»Ich ... Mein Mann ist hier geschäftlich unterwegs. Textilien ...«

»Ist das ein guter Ort dafür?«, fragt sie, als wäre nichts gewesen.

»Sie waren voller Blut.«

»Das war ich.«

»Ich ... wir alle dachten, dass Sie sterben würden, dort mitten auf dem Markt.«

»Ich bin aber nicht gestorben.«

»Aber Sie hätten sterben können.«

»Ja, das hätte ich wohl, schätze ich. Die Sache kommt und geht. Ich muss Sie fürchterlich erschreckt haben.«

»Nun ja, mit anzusehen, wie jemand vor einem verblutet, ist tatsächlich etwas Furcht einflößend.«

»Aber nun sitze ich in einem Schiff, das den Fluss hinunterfährt, und alles ist gut.«

»Ist es das?«

»Ja.«

Da fallen Emily diese Artikel in der Zeitung ein. Denn wie alle Briten, die im Ausland leben, liest sie bei jeder Gelegenheit in ihrer Muttersprache – Zeitungen von zu Hause, die *London Times*, Zugfahrpläne, alles, was sie in die Finger bekommt. Als sie die Frau erkennt, stockt ihr unwillkürlich kurz der Atem.

»Sie ... Sie sind diese ... Sie sind diese Lady aus Frankreich ... Audrey ...«

»Aubry Tourvel.«

Aubry reicht ihr die Hand, und als Emily Holcombe sie ergreift, erschaudert sie vor Aufregung ein wenig, dem Nervenkitzel, jemandem die Hand zu schütteln, über den die *London Times* und der *New Zealand Herald* schon geschrieben haben. Sie kann kaum erwarten, es den Kindern zu erzählen, oder besser noch ihrem Mann, der es wahrscheinlich mehr zu würdigen weiß.

Aber gerade als Emily noch etwas sagen möchte, findet ihre Unterhaltung ein abruptes Ende. Ihr Mann und die zwei Kinder kehren zurück, in den Händen Tee und Teller mit Schalottenpfannkuchen.

Die Kinder heißen Sophie und Somerset. Aubry hat sich bei allen an Bord dafür bedankt, dass sie sie aus dem Fluss gezogen haben. Hat dem Kapitän den vollen Fahrpreis gezahlt. Doch zweifellos waren es im Grunde diese beiden, die ihr das

Leben gerettet haben. Es sind entzückende Kinder – höflich, warmherzig –, Kinder, die auf ihre Eltern hören und dennoch nicht so folgsam sind, dass sie nicht gebrüllt und ihr gewunken hätten. Obwohl Aubry sie nicht für Zwillinge hält, vermag sie kaum zu sagen, wer von ihnen älter ist – älter als acht oder neun Jahre kann keiner von beiden sein. Sie kommen strahlend auf sie zu.

»Bitte sehr! Wie haben Ihnen etwas mitgebracht«, sagt Somerset.

»Geht es Ihnen gut? Sie sehen gut aus! Viel besser als vorher«, sagt Sophie.

Die Kinder sind so hingerissen, dass sie ihr, so scheint es, am liebsten auf den Schoß klettern würden. Ihr Vater bellt: »Zurück! Zurück, habe ich gesagt! Ihr seid zu nah! Alle Mann fünf Schritte zurück!«

»Aber Vaughan«, sagt Emily, »das ist diese französische Lady, die aus den Zeitungen.«

»Wer?«

»Die Lady, von der wir gelesen haben. In der Zeitung.«

Doch das verwirrt ihn nur. Sein Kopf schnellt hin und her, als wüsste er nicht, welchem Übeltäter er sich zuerst zuwenden soll. »Alle … alle … zurückbleiben!«

Vaughan Holcombe ist ein großer Mann mit breiten Schwimmerschultern und kurz geschorenem, grau meliertem Haar. Äußerst gut aussehend, denkt Aubry, in seinem etwas abgewetzten Tweedanzug. Sie kann unmöglich etwas gegen einen so attraktiven Mann haben, der seine Kinder derart gut erzogen hat. Er stellt eine Tasse Tee und einen Teller Pfannkuchen neben ihr auf die Bank, und erst hält sie es für eine zuvorkommende Geste, doch als sie den Kopf hebt und ihm ins Gesicht schaut, sieht und spürt sie nur noch die rohe Kraft seines wutfunkelnden Blickes.

»Die anderen hier mögen ja Ihre Bewunderer sein, aber ich weiß nicht das Geringste über Sie«, blafft er. »Was war das da vorhin? TB?«

»Nein.«

»Malaria? Diphtherie? Typhus?«

»Nichts in der Art.«

Sie hört, wie die Geduld aus seiner Stimme weicht. »Wie genau hat es sich denn angefühlt?«

Aubry will seine Geduld nicht strapazieren. Sie möchte ihm nur ehrlich antworten, also sagt sie: »Es war, als wäre eine riesige Hand herabgefahren und hätte mir das Leben aus dem Leib gequetscht«, was es gut trifft, sich aber dumm anhört. Das ist nicht, was er hören will. Sie weiß es schon, als sie es sagt.

Er stiert sie eine Weile an, stumm und ungerührt. Sie fragt sich, was man mit Verrückten hier in Siam anstellt.

»Ich habe es dir doch erzählt, Vaughan«, sagt Emily. »Die französische Dame aus der Zeitung. Seit Sie ein junges Mädchen sind, bereisen Sie die Welt, nicht wahr?«

»Ja.«

»Und Sie sind schon einmal um die Welt ...«, spornt Emily sie an.

»Ja.«

»Um die ganze Welt?«, hakt Sophie nach.

»Mehrmals.«

»Allein?«, fragt Somerset.

»Nein, nicht allein. Nicht immer. Gerade reise ich mit euch.«

Mr. Holcombe schüttelt den Kopf. Er weiß nicht recht, was er von alldem halten soll. Schlimmer noch, seine Empörung wurde durch harmloses Geplauder ausgebremst. Emily fährt unverdrossen fort. »Ich bin Emily Holcombe, und das ist mein

Mann Vaughan, und das hier sind meine Kinder, Sophie und Somerset …«

»Das reicht, aufhören! Alle aufhören!«, unterbricht sie Vaughan mit einer Stimme wie ein knirschendes Getriebe. Er müht sich nach Kräften, keine Szene zu veranstalten. »Drei Dörfer weiter wütet eine Choleraepidemie, und ihr schnattert hier herum wie Schulkinder auf einem Pulverfass. Was ist das für eine … eine Sache, die Sie haben?«

Plötzlich schämt sie sich. Aubry senkt den Blick, starrt hinunter auf die Planken. Sie ist ausgedeutet und gescholten worden, als wäre sie wieder ein Schulmädchen, und auch andere Passagiere gaffen sie jetzt an. Doch was noch schlimmer ist: Sie hat es sich mit ihrer Sorglosigkeit selbst eingebrockt.

»Ich weiß es nicht«, antwortet sie ihm.

»Sie wissen es nicht?«, fragt er mit großen Augen.

»Niemand weiß es.«

»Dann sollten Sie verdammt noch mal nicht in der Öffentlichkeit damit herumrennen, oder?«

»Es ist meine Krankheit«, erwidert sie leise mit gesenktem Kopf. »Allein meine. Ich habe noch nie jemanden angesteckt, und niemand hat mich angesteckt.«

Das – diese Erklärung, diese Unterwerfung, was immer es auch sein mag – raubt Vaughans Stimme jede Feindseligkeit. Stille breitet sich aus. Man hört immer noch das Rattern des Motors, das Geschwätz der Einheimischen, das Brodeln und Grollen der Schiffsschraube unter ihnen – doch in ihrer kleinen Gruppe ganz hinten auf dem Deck Stille. Emily und ihre Kinder würden gerne Aubrys Hand halten und sie trösten. Selbst Vaughans breite Schultern sind erschlafft. Doch Aubry traut sich nicht, ihnen ins Gesicht zu schauen.

»Oh, Vaughan«, rügt ihn Emily. »Jetzt sieh nur, was du angerichtet hast.«

Sophie beugt sich vor, so tief, dass Aubry sie gar nicht übersehen kann, dort an ihrem Ellbogen, von wo sie zu ihr hoch lugt wie eine kleine Gartenfee. »Waren Sie auf Tahiti?«

Sie hebt Aubrys Laune, dieses kleine Mädchen, dem es gleich ist, wer hier auf wen wütend ist, das nur einfach etwas wissen möchte. Aubry ist so froh, von so aufgeweckten Kindern gerettet worden zu sein.

»Ja.«

»Haben Sie schon mal irgendwelche Berge bestiegen?«, will Somerset wissen.

»Ich habe viele Berge bestiegen.«

»Haben Sie schon mal eine Wüste durchquert?«

»Ja, und auch Prärien und Meere und Sümpfe und Urwälder.«

»Außerordentlich«, staunt Emily Holcombe.

»Aber ist das nicht überaus gefährlich?«, fragt Sophie.

»O ja. Überaus gefährlich.«

»Wieso machen Sie es dann?«

Sie wirft Mr. Holcombe einen zaghaften Blick zu, will ihn nicht erneut in Rage bringen, doch er steht nur da wie eine Marmorstatue, mit verschränkten Armen, als erwarte er von ihr eine Erklärung. Wenn er eine Erklärung will, denkt Aubry, dann verdient er sicherlich auch eine. Aber die Kinder haben sie noch mehr verdient.

»Nun, ich könnte es euch erzählen, aber wie ich sehe, interessiert es euch gar nicht.«

Die Kinder protestieren: »Nein, nein! Es interessiert uns! Es interessiert uns!« Und das in einem derart lauten, einstimmigen Chor, dass sie ihre Stimmen gar nicht auseinanderhalten kann.

»Aber es interessiert euch gar nicht *wirklich*«, wiederholt sie mit gespielter Enttäuschung.

»Doch, doch! Es interessiert uns wirklich.«

»Nun, immerhin habt ihr mich ja aus dem Fluss gezogen. Vielleicht nach einem Schluck von meinem Tee.«

Die Kinder beugen sich gespannt nach vorn. Aubry greift nach ihrer Tasse und nimmt einen übertrieben langen Schluck.

»Hmm, das war gut«, schwärmt sie. »Vielleicht noch einen.«

Sie nimmt einen weiteren, diesmal noch viel größeren Schluck. Den Großteil ihres Lebens über ist sie allein, folgt einem schmalen, einsamen Pfad durch unbewohnte Steppen, an Küstenlinien entlang oder über karge Berggipfel. Aber hin und wieder hat sie das Glück, ein wenig Zeit mit einer Familie zu verbringen, einer Sippe Anverwandter, die sie an zu Hause erinnern. Gespannt warten sie auf ihre Geschichte, flehen sie mit ihren Blicken an. Selbst Vaughan setzt sich auf die Bank neben seine Frau, um sie ausreden zu lassen.

Als sie ihren langen, theatralischen Schluck genommen hat, schaut sie sich verschmitzt um und sagt: »Ich bin für immer von zu Hause fortgegangen, als ich neun war.«

Was sie auch tatsächlich getan hat – an der Hand ihrer Mutter, in Begleitung ihrer ganzen Familie, die sie mit hängenden Köpfen in ein Hotel brachte, weil sie nie wieder eine Nacht zu Hause schlafen konnte.

»Wo ist Ihr Zuhause?«, fragt Somerset.

»Paris.«

»Haben Sie es sich dort geholt?«, will Vaughan wissen.

»Von einem Brunnen.«

»Einem Brunnen?«

»Ich glaube schon. Genau kann ich es zwar nicht sagen, aber ich glaube, es war ein Brunnen.«

»Verunreinigtes Wasser«, merkt Vaughan an.

»Man darf kein dreckiges Wasser trinken«, kommentiert Somerset kopfschüttelnd.

»Nein, ich habe nicht daraus getrunken«, widerspricht sie.

Sie schauen sie verdutzt an. »Was haben Sie denn dann gemacht?«, fragt Sophie.

Also erzählt sie es ihnen.

3

Zu Hause

Der Brunnen war kein gewöhnlicher Brunnen. Er war aus glattem grauem Stein gehauen, kein wahllos gesammelter und aufgetürmter Haufen wie bei einem Dorfbrunnen, sondern er bestand aus wenigen großen Steinen, so glatt gemeißelt wie ein Flussbett und so dicht gemauert, dass keine Nähnadel dazwischenpassen würde. Doch sie waren nicht nur so behauen, dass sie aneinanderpassten. Die Brunnenkante war, von oben betrachtet, zu einem Gesicht geformt – mit zwei weißen, gemeißelten Augen auf der einen und einem winzigen Bärtchen auf der anderen Seite, und der runde Brunnenrand bildete den Mund, komplett mit Lippen und mit Zähnen. Dieser Mund formte ein perfektes »O« – ein Schrei? Ein Hilferuf? Ein Ungeheuer aus der Tiefe, das emporspringt, um kleine Kinder mit Haut und Haaren zu verschlingen? Der Anblick war schrill, wenn nicht skurril, und vielleicht sogar ein wenig teuflisch – doch die Schwestern liebten ihn.

Jede von ihnen hielt ein kostbares Geschenk in den Händen. Pauline, die älteste der Schwestern, hatte eine Goldkette, die sie sich mit acht von ihrer Mutter geliehen hatte. Wie alles, was sie sich von ihrer Mutter borgte, war es mit der Zeit zu ihrem Eigentum geworden. Sie hatte die Kette zu einem eleganten Fest getragen, das ihre Eltern einst gegeben hatten, dann zur Kirche in der darauffolgenden Woche und dann wieder zur Hochzeit ihrer Cousine. Sie hielt sich für eine Belle-Époque-Schönheit und verehrte die Mode ihrer Zeit. Höchstwahrscheinlich bestand sie nicht aus echtem Gold – ihre Mutter hätte ihr kaum etwas Wertvolleres anvertraut als einen guten Hut –, und doch war sie Pauline ans Herz gewachsen, und nun hielt sie die Kette zum letzten Mal in Händen.

»Das ist dafür, dass die Sozialisten endlich aufhören, in Amtsgebäuden Bomben zu legen«, sagte Pauline und streckte die Hand aus. Sie warf einen letzten Blick auf ihre Kette, die in der Sonne funkelte, dann ließ sie los.

Die Kette fiel hinab, vorbei an den Lippen und den Zähnen, verschwand lautlos in dem langen schwarzen Schlund. Sie spitzten die Ohren. Das Platschen war kaum hörbar. Hatte es überhaupt geplatscht? Selbst als sie es zu hören glaubten, waren sie sich nicht sicher.

Als Nächstes war Sylvie an der Reihe, die mittlere Schwester, in deren schlaffer Hand eine zerlumpte Stoffpuppe baumelte. Sie besaß andere Puppen, mit denen sie mehr spielte, doch dies war ihre allererste. Sie war so alt, dass Sylvie sich nicht erinnern konnte, wo die Puppe einmal hergekommen war. So wie ihre Eltern, ihr Schlafzimmer oder ihre Zehen unten an den Füßen war sie einfach immer da gewesen. Aber jetzt war sie zehn Jahre alt. Die Puppe saß schon so lange auf ihrem Schlafzimmerregal und setzte Staub an. Sie würde sie vermissen, gewiss, doch sie wusste auch, dass die Puppe eine gute Opfergabe abgeben würde.

»Die ist dafür, dass Dr. Homais endlich sein Heilmittel gegen Syphilis findet«, sagte Sylvie. Sie streckte die Hand aus, brachte es aber nicht übers Herz, die Puppe loszulassen. Die Puppe erwiderte ihren Blick. Sie spürte, wie ihr die Tränen in die Augen stiegen. Aber sie würde Dr. Homais nicht enttäuschen. Und was noch wichtiger war, sie würde sich von ihren Schwestern bestimmt nicht übertrumpfen lassen.

Sie schloss die Augen, wandte den Kopf zur Seite. Ihre Finger lösten sich, und die Puppe schwebte sanft wie Schnee hinab. Sie lauschten. Diesmal gab es ein Geräusch, doch nicht das, was sie erwartet hatten – es klang nicht nach Wasser, sondern eher wie ein Bündel Federn, das auf einen großen Gong prallte. Was war eigentlich auf dem Grund dieses Brunnens? Und wieso stand er überhaupt hier, versteckt in einem Hinterhof zwischen leer stehenden Pariser Mietshäusern? Es war reiner Zufall gewesen, dass sie ihn eines Tages auf dem Heimweg von der Schule hier entdeckt hatten – und Sylvies Puppe hatte nun den Preis dafür gezahlt.

Als Letztes war Aubry an der Reihe, die Jüngste von den dreien. Reglos stand sie da, ihre Gabe fest an die Brust gepresst, und starrte hinunter in den Schlund des Brunnens. Sie sagte kein Wort.

»Hallo?«, drängte Sylvie.

Aubry rührte sich noch immer nicht.

»Was wünschst du dir?«, wollte Pauline wissen.

»Dass Madame von Binghams Baby nicht an seiner Krankheit stirbt«, erklärte Aubry ihnen.

»Ooooh. Das ist gut«, sagte Sylvie.

»Aber ich will meinen Rätselball nicht wegwerfen.«

Erst vor einer Woche hatte sie ihn gefunden. Er hatte auf dem Gartenweg eines Toten gelegen. Als sie von der Schule heimgelaufen war, hatte sie ein Pferdefuhrwerk vor dem Haus stehen sehen, von dem sie stets geglaubt hatte, dass es schon seit Langem leer stand. Aber es hatte gar nicht leer gestanden – zwei Männer trugen jemanden auf einer Bahre heraus, zugedeckt mit einem weißen Tuch. Eine Kinderschar aus ihrer

Schule hatte sich auf der anderen Straßenseite versammelt, und Aubry gesellte sich zu ihnen.

»Wer war das?«, fragte sie.

»Meine Mama sagt, es war ein alter Mann, der nie das Haus verlassen hat«, antwortete ein Klassenkamerad. »Sie sagt, dass er kein Französisch konnte und deshalb nie rausgekommen sei.«

»Er kam aus Afrika«, erwiderte ein anderer.

»Woher in Afrika?«

»Keine Ahnung. Afrika eben.«

»Du Knallkopf«, blaffte eins der älteren Mädchen. »Er war aus Amerika.«

»Da habe ich aber was anderes gehört«, entgegnete das älteste der Kinder, ein Junge, der sonst für seine Schweigsamkeit bekannt war.

»Was hast du denn gehört?«

»Dass er irgendwo anders herkam.«

Eins der kleinsten Kinder zuckte die Achseln und sagte: »Jetzt ist er tot.«

Sie standen da und schauten zu, bis der Wagen mit dem Leichnam weggefahren war.

Am nächsten Tag, als sie den gleichen Weg nach Hause nahm, fiel ihr das Haus wieder ins Auge. Alles war verriegelt, die Gardinen zugezogen, es schien so leer und leblos wie ein ausgenommener Fisch.

Dann sah sie den Ball. Er lag reglos auf dem Weg vor den paar Stufen, die zur Haustür führten, als wäre er ganz von selbst herausgerollt. Sie hatte von diesen Holzschuhen gehört, die man in Holland trägt, und dachte sich, wer will denn schon so ungemütliche Dinger anziehen? Doch da stand sie nun und starrte auf den Holzball und wunderte sich, was irgendjemand wohl mit einem Ball aus Holz anfangen würde?

Es war ein windiger Tag, mit Böen, die das Sonnenlicht in Fetzen durch die Bäume flackern ließen. Der Wind fegte über die Straße, und ein Stoß musste den Ball erfasst haben, denn er rollte auf sie zu, nur einen Zentimeter oder zwei. Aubry stand wie angewurzelt da und sah etwas verwundert zu.

Der Wind schien ein- und wieder auszuatmen. Der Holzball rollte erst ein kleines Stückchen und dann noch eins. Bald war er durch den halben Vorgarten gekullert und steuerte direkt auf ihre Füße zu. Sie wusste nicht, was sie tun sollte. Es kam ihr falsch vor, den Ball einfach an sich zu nehmen. Es fühlte sich wie Diebstahl an, auch wenn sein Besitzer – wer auch immer er gewesen war und von welchem Erdteil er auch stammte – nicht mehr lebte. Doch der Ball rollte auf sie zu, ganz von allein. Es war eine Einladung, wie sie im Buche stand. Sie spähte die Straße auf und ab, um sicherzugehen, dass niemand sie beobachtete, und schnappte sich den Ball.

Unschlüssig, was sie mit einem Holzball anfangen sollte, kugelte sie ihn über den Boden und kickte ihn die Straße entlang. Es war ein schmutziges, verstaubtes Ding, doch nachdem sie ihn einmal ins nasse Gras geschossen hatte, sah er anders aus. Gesäubert und von Nahem betrachtet, konnte man eine ganze Reihe flacher Holzplättchen erkennen, glatt geschliffen, glänzend lackiert und mit Rillen, entlang derer sich die Kugel in jede Richtung drehen ließ. Sie war eigentlich ganz hübsch.

Doch hübsche Sachen hatten Aubry noch nie sonderlich beeindruckt. Da sie immer noch nicht wusste, was sie mit dem Ding anstellen sollte, versetzte sie ihm einen Tritt, pfefferte es in Madame Roussels Hinterhof und vergaß es auf der Stelle wieder.

Am nächsten Morgen, als sie gerade Richtung Schule aufbrach, lag der Ball am Rande ihres Vorgartens, an der Ecke zwischen Gartenweg und Gehsteig, als hätte er die ganze

Nacht auf sie gewartet. Irgendjemand musste ihn in ihren Vorgarten geschossen haben, so wie sie es bei Madame Roussel getan hatte. Sie hob ihn auf und nahm ihn mit zur Schule. Dort angekommen, warf sie ihn auf den Spielplatz. Er schien eher für einen Spielplatz gemacht als für Straßen und Trottoirs.

Auf dem Heimweg kam ihr Ranzen ihr ein wenig schwerer vor als sonst – nicht viel –, vielleicht lag es auch gar nicht am Gewicht, sondern an der ungewohnten Wölbung, die sie spürte. Sie hielt an, um nachzuschauen.

Der Rätselball. In ihrem Ranzen. Wer hatte ihn da reingetan? Was für einen Streich wollte man ihr spielen?

Sie wandte sich an Sylvie. »Warst du das?«

»Was soll ich gewesen sein?« Sie schien tatsächlich von nichts zu wissen. Dann ging Aubry zu Pauline und zeigte ihr den Ball.

»Und du?«

»Wovon redest du?«

»Irgendjemand hat den in meinen Schulranzen gesteckt.«

Sie kamen näher, um ihn sich in Aubrys ausgestreckter Hand genauer anzusehen.

»Er ist hübsch«, sagte Pauline. »Behalte ihn doch.«

Aubry aber meinte nur: »Du kannst ihn haben«, und legte ihn, als sie nach Hause kamen, auf Paulines Fensterbank.

Als sie an jenem Abend schlafen ging, lag er wieder da, mitten in ihrem Zimmer auf dem Boden. Sie zerrte alle in ihr Zimmer – erst Sylvie, dann Pauline, dann auch ihre Eltern. Deutete auf einen nach dem anderen, drohte mit dem Finger. Alle beteuerten ihre Unschuld. Keiner wusste, wie der Ball dorthin gekommen war. Irgendjemand wollte sie hereinlegen, ganz sicher. Die anderen jedoch schienen zu glauben, dass es Aubry war, die *ihnen* einen Streich spielte.

Da sie das Ding nicht loswerden konnte, versuchte sie stattdessen, es zu öffnen. Sie gab sich wirklich Mühe, drehte und zerrte an den verschiedenen Ebenen, schob Rille gegen Rille. Aubry drosch den Ball aufs Kopfsteinpflaster und probierte, ihn mit einem Küchenmesser aufzubrechen. Die ganze Woche über plagte sie sich ab, doch was immer sie auch anstellte, er wollte partout nicht aufgehen.

Eines Morgens fand Pauline die Zeitung ihres Vaters auf dem Frühstückstisch und fing an zu lesen. »In der Welt passieren so viele schreckliche Dinge«, sagte sie, tief bestürzt über die Schlagzeilen. »Es ist 1885! Man würde meinen, die Menschen müssten es besser wissen! Wir müssen tun, was wir können, um all das aufzuhalten.«

»Wie denn?«, wollte Sylvie wissen.

Pauline dachte darüber nach. Sie war die älteste der Schwestern und auch die schlauste. Wenn jemand eine Antwort darauf wusste, dann sie. »Erinnert ihr euch noch an den Brunnen, den wir gefunden haben?«

»Ja.«

»Das ist ein Wunschbrunnen, nicht wahr? Wir könnten ihm ein Opfer darbringen.«

Aubry war von der Idee begeistert. »Ja!«, rief sie und wusste auch sofort, was sie weggeben würde.

»Sie meint *dich*!«, kreischte Sylvie.

»Ich meine nicht *sie*!« Pauline funkelte Sylvie böse an. »Das ist abscheulich! Ich meine ... so wie früher. Ich meine, wir sollten Dinge opfern, die uns wichtig sind, jede von uns, um zu zeigen, dass wir die Zukunft sehr, sehr ernst nehmen.«

»Aubry *ist* uns wichtig«, erwiderte Sylvie, die nicht ganz verstanden hatte, was Pauline eigentlich sagen wollte.

»Wir opfern Aubry *nicht*!«, stellte Pauline mit Nachdruck klar.

Am Tag des Opfers brachte Aubry ihren Rätselball mit, den Rätselball, der sich noch nicht geöffnet und seine Geheimnisse preisgegeben hatte, aber nun, als sie vor dem offenen Mund des Brunnens stand, war es eben dieses Nichtwissen, das den entscheidenden Unterschied machte.

»Wir haben alle zugestimmt, Aubry«, sagte Pauline. »Es muss etwas Wichtiges sein, sonst geht der Wunsch nicht in Erfüllung.«

Das ergab Sinn. Irgendwelchen Plunder in den Brunnen zu schmeißen, würde gewiss nicht funktionieren. Es musste etwas von Wert sein. Genau das war der Unterschied zwischen einem guten und einem schlechten Opfer. Frag Kain. Frag Abel. Und was könnte wertvoller sein als Paulines Goldkette oder Sylvies älteste Puppe oder – wie sich nun herausstellte – Aubrys Rätselball?

Wie war er in ihren Ranzen gekommen? Und in ihr Zimmer? Sie war sich sicher, dass er ein Geheimnis barg, das sie noch lüften musste. Wenn sie ihn jetzt fortwarf, würde sie es nie herausfinden. Plötzlich wünschte sie, sie hätte irgendetwas anderes mitgenommen – ihre Spielzeugmaus, ihr Lieblingskleid, ihr kleines Fernglas –, nur nicht das hier. Sie hatte das Gefühl, als wäre die ganze Sache hier nur eine Falle, in die man sie gelockt hatte, so wie dieses alberne Ding sie zu verfolgen und ihr ständig Ärger zu bereiten schien.

Pauline und Sylvie starrten sie an. Sie hatten ihren Beitrag geleistet. Es war zu spät, um einen Rückzieher zu machen. Sie erwarteten Großes von Aubry oder zumindest nicht so etwas Kindisches.

»Aber ... das ist Unsinn!«, platzte Aubry heraus und stampfte wütend mit dem Fuß auf. »Mein Rätselball fällt in den Brunnen, verrottet da unten, und ihr Baby wird trotzdem sterben! Das ergibt keinen Sinn!«

»Es ist ein Wunschbrunnen!«, schrie Pauline. »Es muss in Erfüllung gehen!«

»Ein Wunschbrunnen, du weißt schon«, wiederholte Sylvie leise.

Aubry spürte, wie ihr die Tränen kamen, den Kloß in ihrem Hals, die Mischung aus Scham und Wut. »Nein! Das ist unsinnig!« war alles, was sie herausbrachte. Es war unentschuldbar, aber sie rannte davon, den Rätselball noch immer eng an ihre Brust geschmiegt.

4

Ein Flussschiff in Siam

»Ist das Baby gestorben?«, fragt Sophie.

Aubry antwortet nicht, eine ganze Weile lang. Sie ist nicht mehr auf diesem Fährschiff mit den Holcombes, sondern weit weg in ihrer Kindheit, die lange vergangen ist. Die Holcombes drängen nicht auf eine Antwort. Sie warten geduldig, wissen, dass manche Dinge ihre Zeit brauchen, um ausgesprochen zu werden – sofern sie überhaupt jemals ausgesprochen werden.

»Ja.« Das Wort scheint ihr ganz beiläufig herauszurutschen, leise, abwesend, als wäre es gar nicht gesprochen worden. Die Holcombes schweigen weiter.

Sie holt Luft, strafft den Rücken, ohne auch nur einmal von den Planken aufzublicken.

Noch ein Schluck Tee, dann spricht sie weiter. »An diesem Abend bin ich zum ersten Mal krank geworden.«

5

Zu Hause

»Ich glaube, ich kann das nicht essen«, sagte sie.

Ihre Mutter warf einen Blick auf Aubrys Teller. Die Zubereitung dieser Zwiebelsuppe hatte sie fast den ganzen Tag gekostet. Sie gab sich große Mühe mit dem Abendessen. Das tat sie immer, und wie immer hatte ihr jüngstes Kind darüber nur die Nase gerümpft.

Einige Monate zuvor hatte man ihre Mutter in die Schule einbestellt, weil Aubry einen Streit mit ihrem Lehrer angefangen hatte. Ihre arme Mutter hatte noch nie von einer Neunjährigen gehört, die sich mit einem Erwachsenen anlegte – geschweige denn mit einem Lehrer –, Aubry jedoch war das gelungen. Sie hatte ihn *unfähig* genannt, es ihm offen ins Gesicht gesagt. Alle würden schummeln, hatte Aubry ihm erklärt, und irgendwie schaffte es dieser unfähige Lehrer, die herumgereichten Spickzettel nicht zu sehen oder die Schüler, die anderen mit stummen Lippenbewegungen die Antworten vorsagten. Mindestens fünf Mitschülerinnen und Mitschüler, die sich die Lösungen auf ihre von Röcken und Hemdsärmeln verdeckten Oberschenkel und Arme gekritzelt und ständig abgeschrieben hatten, waren völlig unbehelligt geblieben. Aubry war die Einzige, die nicht betrogen hatte – und war dafür mit der schlechtesten Note bestraft worden. Wie könne er das rechtfertigen, wollte Aubry mit einer gelupften Augenbraue von ihm wissen. Sie verlangte eine Erklärung. Sie forderte Gerechtigkeit!

Der Lehrer hatte sich in einer Weise an die Mutter gewandt, die im Grunde sagen sollte: *Bitte unternehmen Sie etwas wegen Ihres Kindes.* Sie entschuldigte sich für Aubrys Unverfrorenheit. Was hätte sie sonst sagen sollen? Es war höchste Zeit für Aubry, zu lernen, dass sie es mit Aufsässigkeit im Leben nicht weit bringen würde.

Es dauerte Monate, bis Aubry ihr verziehen hatte.

»Gütiger Gott«, konnte man ihre Mutter sagen hören. »Und das schon mit neun Jahren.«

Als ihr Vater sah, wie sie den Teller von sich wegschob, war er sogar noch wütender. Drei Töchter, doch immer war es Aubry, die Scherereien machte. Pauline, die Älteste, war gewissenhaft und fleißig, die beste Schülerin der Klasse. Sie hatte Ziele, die für ihr Geschlecht recht ungewöhnlich waren, und sogar gute Chancen, diese zu erreichen. Sylvie war still und weichherzig. Schon bevor sie laufen lernte, hatte sie gewusst, dass man mit anderen teilen sollte. Lieber würde sie ihr Lieblingsspielzeug wegschenken, als zuzusehen, wie ein Klassenkamerad ganz leer ausging. Sie war am leichtesten großzuziehen und, offen gesagt, auch das liebenswerteste der Kinder.

Doch Aubry war ein Albtraum. Wenn auch die hübscheste der Schwestern, so war sie doch ebenso die starrköpfigste und stolzeste. Alles, was sie besaßen – das Haus, die Möbel, die Fülle von Essen auf edlem Porzellangeschirr –, erschien ihr völlig selbstverständlich. Noch vor wenigen Tagen hatte sie in einem Warenhaus einen Aufstand gemacht, weil ihre Mutter sich geweigert hatte, ihr ein Kleid zu kaufen.

»Aber du hast mir ein Geschenk versprochen!«, schrie Aubry.

»Aber muss es genau hier sein? Und genau jetzt?«

»Du hast es mir versprochen!«

Oder in der Kirche, wo Aubry immer auf der Bank herumwippte, zappelte und seufzte, um selbst dem Letzten noch zu zeigen, wie gelangweilt sie war. Ihren Eltern war die Schamesröte ins Gesicht gestiegen.

Doch dann waren ihre Schwestern heute Nachmittag auch noch wütend heimgekommen, weil Aubry eine Abmachung nicht eingehalten hatte. Ihr Vater hatte endgültig genug. Sie war verzogen – keine Frage –, und er musste unbedingt etwas dagegen tun.

Er spannte den Kiefer an und sagte: »Aubry, es reicht! Das ist das letzte Mal, dass du ...«

Doch ein Blick in ihr Gesicht genügte, und seine Wut erlosch wie Funkenschlag im Wasser. Sie war kreidebleich. Ihre Hände zitterten, und sie konnte nichts dagegen tun.

»Was ist los?«, fragte er.

»Es geht mir nicht gut« war alles, was sie herausbrachte.

Ihre Eltern sahen erst einander an und dann wieder Aubry.

»Ist es dein Bäuchlein?«, erkundigte sich die Mutter.

»Es ist alles«, sagte sie.

Erst ächzte sie, dann stöhnte sie auf. Ihre Schultern zuckten, ein Arm schlug auf den Tisch und brachte das Besteck zum Klirren. Sie erzitterte, wurde stocksteif, erbebte abermals. Alles ging so schnell, war derart unerwartet. Und alles, was ihre Familie tun konnte, war, zuzuschauen.

Sie fiel vom Stuhl. Ihr Vater, der die Notlage zuerst begriff, hechtete hinüber und fing sie auf, bevor sie auf den Boden schlug. Ihre Mutter und Schwestern fuhren wie vom Blitz getroffen hoch. Aubry lag in den Armen ihres Vaters, ihr kleiner Körper wand sich in Krämpfen.

»Papa, darf ich mich irgendwo hinlegen?«, fragte sie mit leiser und bebender Stimme, als wäre sie wieder drei Jahre alt.

»Ja, gewiss doch«, antwortete der Vater. Da trug er sie bereits ins Nebenzimmer.

»Pauline«, sagte die Mutter, »zieh dir die Schuhe an. Beeil dich und hol sofort Dr. Homais.«

Die Luft selbst schien erfüllt von Panik. Pauline wirbelte herum, bis ihr einfiel, dass ihre Schuhe immer an der Tür standen. Laut vor sich hin murmelnd und fahrig mit den Händen rudernd, folgte die Mutter Aubry und dem Vater ins Zimmer nebenan.

Sylvie, noch immer am Esstisch, stand einfach da, völlig überfordert.

»Was ist denn passiert?«, fragte sie in den leeren Raum hinein.

Ihr Vater bettete Aubry aufs Sofa im Salon und strich ihr liebevoll durchs Haar. Maman eilte an ihre Seite.

»Ist es im Liegen besser?«, fragte die Mutter.

»Ein bisschen«, sagte sie, doch dann durchfuhr sie ein erneuter Krampf. Ihr Vater strich ihr weiter durch die Haare. Er streichelte sie zur Beruhigung, sagte zärtlich »Schsch!«, denn im Grunde seines Herzens war er ein sehr sanfter Mensch – doch der Schmerz sah furchtbar aus. Aubry wand sich wie ein Seil, trat wahllos um sich.

»Mal sehen, was sich finden lässt«, sagte er und hastete zum Küchenschrank, um nach Medizin zu suchen.

Pauline stand noch immer in der Tür und schaute zu, wie ihre Schwester sich vor Krämpfen krümmte, so verstört, dass sie ihren Auftrag längst vergessen hatte. Dann, als wäre sie geohrfeigt worden, riss sie sich los und rannte jäh hinaus, um Dr. Homais zu alarmieren.

Aubry rang nach Luft. So viel Kraft für derart flache Atemzüge, als läge ein tonnenschwerer Amboss auf ihrer kleinen Brust. Ihr Körper krampfte sich so heftig zusammen, dass man befürchtete, ihre Knochen würden brechen. Mit Tränen in den Augen eilte die Mutter zu ihr, barg sie fest in ihren Armen, damit sie nicht in Stücke riss.

Dann hörte es plötzlich auf. Aubry war ganz steif, aber die Krämpfe waren verschwunden. Sie konnte sie hören, rings um sich herum, all diese von Angst erstickten Stimmen.

»Mutter«, flüsterte sie mit großen, bangen Augen, »was ist das?«

Doch ihre Mutter konnte sie nur an sich drücken, ihr beruhigend zuraunen und ihr Dinge versprechen, von denen sie hoffte, dass sie sie auch würde halten können.

»Schsch ... Das werden wir herausfinden und dich wieder gesund machen. Schsch!«

Eine weitere Abfolge von Zuckungen suchte sie heim, und Aubry stöhnte auf. Ihre Luftröhre schien wie zugeschnürt, die Lunge ohne Luft. Ihre Arme und Beine krümmten und verrenkten sich, die Finger krampften sich zu Klauen. Ihre entsetzte Mutter hielt sie fest im Arm und weigerte sich, sie loszulassen, spürte, wie ihr kleines Mädchen bebend gegen ihre Brust schlug, hörte, wie es ihr so lange die Kehle zuschnürte, bis ihre Augen sich verdrehten und sie das Bewusstsein verlor.

6

Zu Hause

Als Aubry aufwachte, lag sie in einer Kutsche, in Decken gewickelt und in den Armen ihrer Mutter. Die Nachtluft fühlte sich kühl an. Sie vernahm das Hufgeklapper auf der Pflasterstraße. »Fahren wir irgendwohin?«, fragte sie ihre Mutter. Oh, wie ihre Mutter plötzlich lächelte. »Wir bringen dich zu Dr. Homais' Praxis.«

Aubry sah auf, und da war er, saß ihnen in der Droschke gegenüber, Dr. Homais persönlich, ein beleibter Herr mit Brille, roten Wangen und ein paar letzten grauen Haaren auf dem sonst schon kahlen Schädel.

»Hallo, Aubry«, sagte er. »Ich bin Dr. Homais. In meiner Praxis habe ich alle nötigen Instrumente und Medikamente. Ich werde mich sehr gut um dich kümmern.«

»Es geht mir schon besser«, sagte sie. Wenn jemand anderes das gesagt hätte, wäre es wohl reine Höflichkeit gewesen, aber Aubry meinte es ernst. Es ging ihr schon besser, sogar ohne Dr. Homais' Instrumente und Medikamente.

»Das ist gut, Aubry«, sagte ihre Mutter, die es nicht verstand. »Sehr gut.«

Als sie in Dr. Homais' Praxis ankamen, ging es Aubry gut. Der Arzt untersuchte sie gründlich und konnte nichts Ungewöhnliches finden. Für den Fall, dass die Symptome wiederkehrten, warteten sie noch eine Stunde ab. In der Zwischenzeit schlug Dr. Homais in seinen Büchern nach, und Aubry saß beinebaumelnd auf dem Untersuchungstisch und las ebenfalls in seinen Fachbüchern, deren grausige Abbildungen sie faszinierten. Ihre arme Mutter saß in einer Ecke und ließ den Blick schweifen – musterte erst Aubry und spähte dann aus dem Fenster im dritten Stock hinaus aufs nächtliche Paris, das sanft im Schein der Gaslaternen dalag.

»Ihre Symptome waren also … mal sehen …« Dr. Homais sah in den Notizen nach, die er sich gemacht hatte, blickte zwischen ihnen und seinen Lehrbüchern hin und her. »Unkontrollierte Muskelspasmen … Kurzatmigkeit … unmäßiges Schwitzen, war das auch dabei?«

»Oh, es war furchtbar, Doktor«, klagte ihre Mutter. »Wir sind in Panik geraten!«

»Ja, verstehe.« In seiner Stimme lag ein Hauch von Skepsis, der auch den Tourvels nicht ganz verborgen blieb. Doch das war kaum von Belang. Schließlich wussten sie, was sie gesehen hatten, und es war grauenvoll gewesen.

Eine Stunde später, noch immer auf dem Untersuchungstisch, langweilte sich Aubry. Sie ließ die Beine nicht mehr baumeln, stattdessen begutachtete sie Dr. Homais' medizinische Gerätschaften.

»Die Sache ist die«, sagte Dr. Homais, der neben ihrer Mutter saß, ganz leise, damit Aubry sie nicht hören konnte, was sie dennoch gut vermochte, »insofern sie diese Symptome nicht hier an Ort und Stelle zeigt, habe ich im Grunde nichts zu untersuchen, keine Möglichkeit, eine Prognose zu stellen. Verstehen Sie?«

»Das verstehe ich«, versetzte ihre Mutter resigniert.

Also zogen sie ihre Mäntel an, bestiegen eine Kutsche und

wurden wieder heimgeschickt. Dr. Homais begleitete sie, misstrauisch, aber zurückhaltend. Aubry war weder in Decken gehüllt, noch lag sie in den Armen ihrer Mutter. Es ging ihr gut, und ja, in Anbetracht der späten Stunde und allem, was sie durchgemacht hatte, war sie nicht einmal sehr müde.

Doch als die Kutsche in die altbekannten Gassen ihres Viertels bog, begann ihre Haut plötzlich zu kribbeln. Ihr Magen fing an zu rumoren – nicht schlimm, doch ihr Körper zog sich bereits zusammen, und sie machte sich insgeheim auf Schlimmeres gefasst, nur für den Fall.

»Fahren wir nach Hause?«, fragte sie.

»Ja«, sagte ihre Mutter.

»Ich kann es spüren.«

Als die Kutsche vor dem Haus zum Stehen kann, wollte sie nicht aussteigen.

»Komm schon«, drängte ihre Mutter. »Freust du dich denn nicht, wieder daheim zu sein?«

Ihre Mutter nahm sie an die Hand.

Aubry hatte Angst, sagte aber nichts. Hätte die Mutter im trüben Schein der Gaslaternen Aubrys Augen sehen können, sie hätte ihre Tochter wohl nie hinter sich hergezogen, sie niemals an der Hand herausgezerrt, den ganzen Pflasterweg entlang zur Haustür, die schon offen stand und wo der Vater und die Schwestern bang auf sie warteten. Die Mutter ging voraus, zerrte an ihr, doch Aubry war schwer wie ein Sack, es war, als zöge sie einen Schlitten.

»Was ist denn los?«, wollte sie wissen.

Aubry sträubte sich wie ein angsterfüllter Hund, und als der flackernde Laternenschein sie einfing, konnte ihre ganze Familie sie auf einmal sehen.

»O mein Gott!«, rief ihr Vater.

Sylvie schrie auf.

Ihr Gesicht war überströmt von Blut. Es lief ihr aus der Nase, aus den Ohren, aus dem Mund. Ihre Mutter stöhnte auf – sie hatte es noch nicht gesehen. Als sie ihre Hand losließ, brach Aubry zusammen, hielt sich den Bauch, fing an zu würgen und spie einen Schwall aus Blut und Erbrochenem über die Eingangstreppe.

»Dr. Homais! Dr. Homais!«, kreischte die Mutter, doch Pauline war ihr bereits zuvorgekommen und sauste Richtung Kutsche. Aubry kauerte auf allen vieren zitternd über einer schwarzen Pfütze, rote Speichelfäden hingen ihr vom Kinn herab. Ihr Vater packte sie, sodass zwei kleine blutige Handabdrücke auf den Pflastersteinen blieben. Dann trug er sie zur Kutsche, wo Dr. Homais mit ungläubigem Staunen zusah. Ihre Eltern zwängten sich mit Aubry in die Kabine, und Dr. Homais trieb den Kutscher an, rasch aufzubrechen. Aubrys Schwestern, die noch immer in Nachthemd und Pantoffeln im Vorgarten standen, hatten sie völlig vergessen. Doch die weigerten sich, zurückzubleiben, wo ihre kleine Schwester doch so krank war. Also jagten sie der Kutsche hinterher. Bevor das Gespann in den Galopp fallen konnte, sprang Pauline auf den Kotflügel, klammerte sich an die Heckstange und zog Sylvie hinter sich nach oben.

Gemeinsam rasten sie wortlos durch die Pariser Nacht und sahen ihr Zuhause hinter sich entschwinden.

7

Zu Hause

Selbst mit vereinten Kräften gelang es Dr. Homais und ihrem Vater nicht, Aubry zu bändigen. Sie warfen sich mit ihrer ganzen Masse auf sie, als wollten sie das Mädchen zerquetschen, dennoch zuckten ihre Arme, trat sie wie eine Furie um sich, bog und wand sich unter ihnen. Ihre Schuhe flogen weg, doch ihren Mantel konnten sie ihr nicht entreißen, so heftig drosch sie um sich. Sie schrie, keuchte und spie. Der Untersuchungstisch war vom Blut ganz rutschig, die Kleider und Anzüge der Umstehenden rot eingefärbt.

Es waren nicht allein die Krämpfe. Es war auch Aubry selbst, schlüpfrig wie Seetang, die sie von sich wegstieß und zu fliehen versuchte. Ihr Vater sah es zwar, begriff es aber nicht. Er glaubte, die Krankheit hätte nun auch ihren Geist erfasst. Dachte, ihre aufsässige Ader würde just zu dieser Unzeit aufflammen.

In einer Zimmerecke kauernd, hielt Aubrys Mutter ihre Schwestern Sylvie und Pauline, alle drei in Tränen aufgelöst, fest umklammert in den Armen. Pauline fürchtete sich, und doch beobachtete sie alles. Sie musste es sehen. Musste es einfach wissen, wie sie Aubry später erzählte. Auch ihr Nachthemd war voller Blutspritzer. Sylvie jedoch, zu empfindsam für den Anblick, barg den Kopf in den Kleidern ihrer Mutter und hielt sich die Ohren zu.

Aus Angst, sie könnte ihre Zunge verschlucken, klemmte Dr. Homais Aubry ein Stück Holz zwischen die Zähne. Sie schlug um sich, als würden die Männer versuchen, sie in einer Badewanne zu ertränken. Ihre Muskeln krampften, ihr Rückgrat bog und senkte sich, wieder und wieder. Und noch immer hielten sie das Mädchen fest. Es konnte sich nicht rühren, vermochte nicht zu sprechen, suchte aber immerzu nach einem Weg hinaus. Ihr Blick fiel auf das Fenster hinter Dr. Homais. Dort, hinter fernen Turmspitzen und Dächern, erhellte der Sonnenaufgang allmählich die Nacht. Sie streckte die Hand danach aus, doch ihr Vater presste ihre Arme zurück auf den Tisch.

Ohne zu wissen, woher sie die Kraft nahm, schöpfte Aubry einmal tief Luft und machte sich bereit. Sie spannte jeden einzelnen Muskel an, ihr ganzer Leib straff wie eine Ankerkette. Dann, noch immer auf dem Tisch, hielt sie ihren Körper ruhig, verdrillt in seiner grauenhaft verrenkten Form, mit gewundener Wirbelsäule, die Finger gekrümmt zu einer Krallenhand – doch sie hatte den Kampf kurz unterbrochen, die Krämpfe, die Zuckungen.

Wenige Momente lang war ihr Körper eine Faust, die Atmung flach, aber beherrscht. Stille senkte sich über den Raum, nichts war mehr zu hören außer dem Gurgeln des Blutes in ihrer Kehle. Ihr Vater und Dr. Homais wechselten argwöhnische Blicke, trauten dem Frieden noch nicht ganz. Dann hastete der Arzt zu einem Medizinschrank, stöberte durch Arzneifläschchen, Klammern und Spritzen.

Aubry schaute ihrem Vater in die Augen und anschließend zum Fenster hin, erneut zum Vater, dann wieder zum Fenster.

»Was?«, fragte er sie, versuchte zu verstehen, was sie sagen wollte. »Was?«

Er folgte ihrem Blick, spähte über die Schulter zur anbrechenden Morgendämmerung.

Noch bevor irgendjemand reagieren konnte, riss Aubry sich von ihrem Vater los und rannte zur Tür.

»Aubry!«, brüllte ihre Mutter.

»Packen Sie sie!«, dröhnte Dr. Homais.

Aber da hatte sie längst die Tür aufgerissen und flitzte die Treppe hinunter. Sylvie – das würde Aubry nie vergessen – stand auf der Schwelle und schrie ihr hinterher: »Lauf, Aubry! Lauf!«

8

Zu Hause

Sie rannte durch die Straßen, als der Himmel noch zartrosa war und die Stadt noch immer schlief, als der Tau sich noch immer auf dem Gras niederschlug und die Pflastersteine so feucht machte, dass es das Blut von ihren nackten Füßen wusch. Bog scharf um eine Ecke, spurtete durch eine Gasse, Gesicht und Hände noch immer blutverschmiert. Aubrys rot gefärbter Mantel und blutstarrende Bluse waren nicht mehr zu retten, aber das machte ihr nichts aus, denn sie war frei und rannte, streifte ihre Krankheit ab und ließ sie hinter sich zurück. Mit jedem Schritt konnte sie freier atmen, glitt der Schmerz ein bisschen weiter von ihr fort. Sie wusste, dies würde fortan ihre Strategie sein. Sie würde ihr davonlaufen. Würde dieser Krankheit immer einen Schritt voraus sein und sich niemals wieder von ihr einholen lassen.

Sie rannte bis zu einem breiten Boulevard in einer Gegend, wo sie noch nie gewesen war, und jagte ihn entlang. Sie war allein, ihre Atemwege waren frei, die Blutung war versiegt. Ihre Glieder kamen ihr mit jedem Meter leichter vor. Sie lachte unter Tränen, fühlte sich besser als je zuvor, rannte schneller, als sie jemals gerannt war.

Doch dann vernahm sie hinter sich die Stimme ihrer Mutter, die ihr hinterherrief. »Aubry! Aubry! Wo willst du hin?«

Man hatte sie gesehen, aber das war ihr egal. Vor ihr am Ende des Boulevards lag ein kleiner Brunnen. Sie sauste hin, tauchte die Hände ins kalte Wasser, rieb sie, bis sie sauber waren. Sah zu, wie das Blut sich löste, und fühlte sich zweifelsohne gut.

Dann holte ihre Mutter sie ein.

»Bist du von Sinnen? Willst du dich denn umbringen? Ist es das? Willst du sterben und mir das Herz brechen?«

»Ich gehe nicht mehr dahin zurück.«

Ihre Mutter packte sie am Arm, als wolle sie Aubry den ganzen Weg zu Dr. Homais' Praxis zurückschleifen.

»Ich geh nicht zurück! Auf keinen Fall!«, schrie Aubry sie an und versuchte, sich ihr zu entwinden. »Schau mich an! Ich bin nicht mehr krank! Sehe ich etwa krank aus? Mir geht es gut!«

Ihre Mutter beäugte Aubry eindringlich, blutbefleckt von Kopf bis Fuß.

»Oh, du siehst wunderbar aus.«

Aubry riss sich dennoch los und wusch sich das Gesicht so lange, bis ihr klares Wasser von der Haut rann. Dann wandte sie sich um und präsentierte der Mutter ihr sauberes und unversehrtes Antlitz.

»Ich geh nicht mehr zurück. Das wird mich umbringen. Dieses Haus wird mich umbringen.«

Dann standen sie sich gegenüber, kampfbereit. Da keine von beiden wusste, was sie als Nächstes sagen sollte, schöpfte Aubry erst einmal tief Luft, um sich zu beruhigen. Ihre Mutter staunte. Aubry hatte nie zuvor verschnauft, um sich wieder in den Griff zu kriegen. Das war nicht die Tochter, die sie kannte. Aubry konnte so wild sein wie ein geprügelter Hund. Ihre Wutausbrüche waren legendär. Das Kämpfen lag ihr im Blut.

Stattdessen sagte Aubry: »Ich mache jetzt einen Spaziergang, Mama. Begleite mich doch bitte.«

Ihre Mutter sah sich misstrauisch um, glaubte fast, man wolle ihr einen Streich spielen. Sie beäugte Aubry prüfend, sah sie sich gründlich an, doch Aubry ging es gut, sie war zerzaust, gewiss, mehr aber nicht. Aubrys Mutter kam es vor, als wäre dies nicht mehr ihr kleines Mädchen. Als wäre die Aubry, die sie kannte, zu Hause am Esstisch geblieben. Das ist es, was Schmerz anrichten kann. Er zerstört alles. Sie hatte es bei ihrer Mutter erlebt, dem Schlaganfall, der sie zugrunde gerichtet hatte. Schmerz schreibt die Zukunft neu, die Vorstellung davon, wie man sein Leben einmal leben wird. Er lässt einen auf neuartige Weise über Dinge wie Geborgenheit und Glück nachsinnen. Für ein starrköpfiges neunjähriges Mädchen war das ein Weltuntergang. Sie dachte, es wäre wohl am besten, diese neue Tochter kennenzulernen, also gab sie nach und ging mit ihr spazieren.

Sie kamen zu einem kleinen Park, grün und gepflegt, auf allen Seiten umgeben von Wohnhäusern mit eleganten Fassaden.

»Mama, wo sind wir hier?«

Ihre Mutter hatte kaum aufgeblickt. Sie waren den ganzen Weg schweigend nebeneinanderher gelaufen, der Kopf der Mutter voller Ängste, voller Sorgen.

»Ich bin mir nicht sicher. Boulevard de Beauville?«

»Warum warst du noch nie mit mir hier?«

»Es gibt viele Orte, an denen ich noch nicht mit dir gewesen bin. Ich kann nicht überall mit dir hingehen.«

»Es ist hübsch hier, nicht wahr?«

»Ich bin nicht in Stimmung für hübsche Dinge.«

»Ich schon. Setzen wir uns doch kurz und schauen uns um.«

Sie fanden eine Parkbank und setzten sich. Ihre Mutter starrte, müde und verzweifelt, unverwandt zu Boden. Aubry aber sah empor. Hinter ihr warf der Sonnenaufgang erste Strahlen über die Baumwipfel und Dächer. Vor ihr fiel die

Sonne in die Fenster einer Häuserreihe und ließ die Scheiben leuchten. Das reflektierte Licht legte sich wohlig auf ihr Gesicht, sanft wie ein Bad in warmem Öl.

Aubry zupfte die Mutter an der Hand. »Sieh nur«, sagte sie.

Die Mutter schaute blinzelnd in das Licht, das sie beide wie ein Scheinwerfer erhellte. Einen Moment lang waren sie abgelenkt, ganz woanders, versetzt an einen Ort, dessen Namen sie nicht kannten.

Dann, wieder in Paris, vernahmen sie die Stimme ihres Vaters.

»Aubry! Josette!«

Ihre Mutter fuhr herum, sah ihn durch den Park herbeirennen, Pauline und Sylvie im Schlepptau. Die Mutter hob die Hand und schenkte ihm ein sanftes, schwermütiges Lächeln, das ihn anhalten ließ.

»Dein Vater wird das nicht verstehen«, sagte sie.

»Es wird schwer für ihn«, versetzte Aubry, »aber er wird es verstehen.«

»Dann verstehe ich es nicht.«

Ihr Vater näherte sich der Parkbank, sah, wie Aubry die Hand der Mutter streichelte, und starrte sie entgeistert an. Fast schien es, als wäre Aubry die Gefasstere der beiden und ihre Mutter, die nicht mal einen Schnupfen hatte, die Patientin.

Alle waren sie da, ihr Vater, Pauline und Sylvie, alle völlig außer Atem. Sie saßen Aubry und ihrer Mutter gegenüber auf der anderen Bank, als wäre dies ein ganz gewöhnliches Gespräch im Kreise der Familie, nur dass Pauline und Sylvie noch ihre Nachthemden trugen und alle voller Blut waren.

»Was macht ihr hier?«, wollte ihr Vater wissen.

»Ich sehe gesund aus, nicht wahr?«, sagte Aubry. »Viel besser.«

»Das stimmt«, pflichtete ihr Sylvie bei.

»Aber das heißt nicht, dass du einfach so wegrennen kannst«, rügte sie ihr Vater.

»Nein«, widersprach Aubry. »Es geht mir besser, *weil* ich weggerannt bin. Seid ihr schon mal hier gewesen?«

»Das ist der Cocteau-Park«, meinte Pauline. »Mit Catherine Duguay aus meinem Benimmunterricht bin ich manchmal hier.«

Aubry schaute ihren Vater an. »Ich kann nicht mehr zurück nach Hause. Du weißt, dass das nicht geht.«

»Was redest du denn da? Ich weiß nichts dergleichen!«

»Du hast doch gesehen, was passiert ist.«

»Aber das ist doch nicht …«, setzte er an, dann versuchte er es noch einmal. »Es gibt keinen …« Und doch stockte er immer wieder.

Es war zu ungeheuerlich, um es auszusprechen, selbst im Nachhinein. Die hellsichtige Logik einer Neunjährigen. Alle saßen fassungslos und schweigend da, bis Sylvie sagte: »Als Madame Noland krank wurde, riet der Doktor ihr, zu reisen.«

»Sie hatte Asthma!«, wandte ihr Vater ein. »Sie musste an einen warmen, trockenen Ort.«

»Vielleicht muss Aubry ja auch einfach woandershin.«

»Und wohin?«, fragte die Mutter verwundert.

Wieder langes Schweigen. Aubry merkte, dass alle Blicke nun auf sie gerichtet waren, als müsste sie es wissen – und vielleicht stimmte das sogar. »Irgendwohin«, sagte sie.

»Um Himmels willen«, murmelte ihr Vater. »Hör doch, was du da sagst. Du bist doch nicht Hippokrates! Du bist ein neunjähriges Mädchen! Was weißt du denn schon darüber?«

»Ich glaube, dass wohl niemand so viel darüber weiß wie ich«, entgegnete Aubry. Ihre Stimme war leise, gerade für

Aubry, aber sie barg keinen Zweifel. Es war, als spräche sie für die ganze Familie. Sie wandte sich an Pauline. »Pauline, würdest du ein paar Sachen für mich packen?«

Pauline zögerte. Sie wollte nicht zustimmen, doch alles, was sie mit angesehen hatte – das Blut, den Schmerz und womöglich auch den Mut, den Aubry bewiesen hatte –, machte sie gefügig. »Ja«, sagte sie.

»Sylvie, würdest du mir meinen Rätselball bringen?«

»Natürlich.«

»Ach, warte«, sagte Aubry und griff in ihre Manteltasche. »Hier ist er ja.« Der Rätselball war schon die ganze Zeit in ihrer Manteltasche gewesen, wenngleich sie sich nicht erinnern konnte, ihn eingesteckt zu haben.

»Das ist doch lächerlich«, brummte der Vater. Er merkte, wie ihm die Situation langsam entglitt, falls er sie denn je im Griff gehabt hatte. Er hielt es für Irrsinn, doch ob es seiner oder ihrer war, vermochte er nicht zu sagen.

»Ich glaube nicht, dass ich noch mehr ertragen kann«, sagte Aubry. Sie selbst staunte über ihre Gefasstheit, ihren Weitblick. Tut es noch immer. Manchmal sehen Leute Kinder und fragen sich, wie sie die unfassbaren Dinge tun, die sie tun. Aubry blickt auf ihr früheres Selbst zurück, und auch sie weiß keine Antwort, doch sie hat damals Schmerz empfunden, einen lebensverändernden Schmerz, und den wollte sie nie wieder spüren. Sie hatte Angst gehabt, und das gefiel ihr ebenso wenig, sie mochte es kein bisschen. Aubry hatte längst begriffen, dass ihr altes Leben auf gewisse Weise nun vorüber war. Sie wusste zwar nicht genau, auf welche Weise und in welchem Maße, doch sie war sich sicher, dass sie sich daran gewöhnen würde. Sie würde es müssen. In gewisser Hinsicht war ihr verwöhnter, eigensinniger Charakter wie dafür geschaffen – wer sonst könnte solch unfassbare Entscheidungen treffen, wenn nicht eine sturköpfige Neunjährige, ein kleines Mädchen, das so gut wie nichts über die Welt wusste?

»Gütiger Gott, Henri«, flehte ihre Mutter den Vater an, doch der starrte nur zu Boden, tief in Gedanken, und versuchte zu ergründen, was er in einer Welt, die er so wenig verstand, nun tun sollte.

»Wo willst du denn wohnen?«, fragte Pauline.

»Genau hier«, antwortete Aubry.

»Auf einer Parkbank?«, knurrte der Vater.

»Nein ... Ich weiß es nicht.«

»Schau mal«, sagte Pauline und deutete mit dem Finger auf ein Haus. »Da drüben ist ein Hotel.«

Alle drehten sich um und sahen es auf der gegenüberliegenden Seite aufragen.

»Und was machen wir dann?«, fügte ihr Vater an. »Hmm? Was ist mit morgen? Und der Nacht darauf? Was dann?«

9

Ein Flussschiff in Siam

»Sie hatten recht«, sagt sie zu Mr. Holcombe, der nach vorn gebeugt auf seiner Bank sitzt, der ihr zuhört, ohne sie auch nur ein Mal zu unterbrechen. Niemand rührt sich. Sie lassen den großen Motor seinen schwarzen Rauch ausschnaufen, den Fluss unter dem Rumpf und ihren Füßen hinwegfließen. Lassen das verwischte Grün des Dschungels an sich vorüberziehen.

»Sie hatten recht damit, vorsichtig zu sein«, sagt sie. »Ich lebe schon so lange damit, dass ich oft vergesse, wie es auf andere wirken muss. Sie hatten recht damit, Ihre Familie zu beschützen.«

Mr. Holcombe schlägt für einen Moment die Augen nieder, zeigt ansonsten aber keine Regung, nur die Güte seines Schweigens.

»Haben Sie in dem Hotel übernachtet?«, möchte Mrs. Holcombe wissen.

»Ja. Zwei Tage.«

Die Frage liegt unausgesprochen in der Luft, bis Sophie sie endlich stellt.

»Wieso nicht drei?«

10

Die Kunst der Verbannung

Es war ein hübsches Hotel. Zum Frühstück hätten sie in den Speisesaal gehen können, mit seiner kunstvollen Holzvertäfelung, den Spiegeln und den Oberlichtern, aber sie beschlossen stattdessen, auf ihrem Zimmer zu bleiben. Aubry saß am Sekretär und aß, als der Blutstropfen in ihrer Hafergrütze landete.

»Maman«, sagte sie, als würde sie sich entschuldigen. Vielleicht tat sie es auch.

Eine halbe Stunde später marschierten sie die Straße entlang und suchten nach dem nächsten Hotel. Drei Tage später suchten sie erneut. Und so ging es weiter. Zwei, drei oder – wenn sie Glück hatten – vier Tage blieben sie in einer neuen Unterkunft, bis der Schmerz ihr wie ein Vorschlaghammer in den Rücken fuhr und sie zum Weiterziehen zwang.

In etlichen dieser Hotelzimmer traf sie Ärzte, besuchte Krankenhäuser, an denen sie unterwegs vorüberkamen. Wie viele Ärzte allein im ersten Jahr – vierzig? Fünfzig? Mehr? Es war ein Jahr der Nadeln und Untersuchungen, der Pillen und Puder, die nicht halfen. Darunter ein Arzt aus Italien, der ein Glas voller medizinischer Maden in seinem Koffer hatte. Und einer aus Spanien, der Strom als Allheilmittel erachtete und unbedingt seinen patentierten elektropathischen Heilstab an ihr ausprobieren wollte. Eine Berührung reichte, und Aubry weigerte sich, je wieder einen Arzt aus Spanien zu sehen. Am meisten Angst machte ihr aber ein Landsmann von ihr, der Aubry ein Loch in den Schädel bohren wollte. Seine Praxis war voller funkelnder chirurgischer Hämmer und Messer. In ihrer Verzweiflung zogen ihre Eltern das kurzzeitig sogar in Erwägung. Hätten Pauline und Sylvie sich nicht unter Flehen für sie eingesetzt, wer weiß, was geschehen wäre. All das ist längst vergessen, die Ärzte, ihre Namen und Gesichter, ihre Diagnosen, Theorien, ihre Verwunderung. Die Zeitungen hatten schon über sie geschrieben. Sie war in aller Munde. Jeder Arzt der Stadt wollte zur Berühmtheit werden, indem er Aubry Tourvel heilte. Als wäre die Krankheit nicht schon Folter genug.

Manche Dinge überlebt man am besten, dachte Aubry, indem man nicht versucht, sie zu verstehen.

Ihre Unterkünfte ergaben eine kreisförmige Route um Paris, bis selbst Paris für sie zu klein wurde. Also drehten sie immer weitere Kreise in die Vorstädte hinein. Zwar wollten sie nicht so weit weg von zu Hause, doch das ließ sich nicht ändern. Es gab keinen Zweifel mehr – Paris würde für Aubry bald Geschichte sein.

Ihre Schwestern und ihr Vater hatten noch eine Weile mit ihnen Schritt halten können. Sie besuchten Aubry und die Mutter in den Hotels, in denen sie gerade abgestiegen waren, aber ihre Schwestern hatten Schule, und ihr Vater musste arbeiten. Je weiter ihre Flucht sie wegführte, desto seltener sah sie die drei. Wenn sie sich dennoch trafen, an Wochenenden oder Feiertagen, fragte sie ihre Schwestern immer, was sie denn gerade lernten. Sie wollten es ihr nicht sagen. Sie wussten, wie sehr sie sie vermisste – die Schule,

Freunde, selbst ihre grauenvollen Lehrer. Jeder wusste, dass sie nie dieselbe Ausbildung wie andere Kinder erhalten würde. Ihre Mutter gab sich Mühe, sie in Mathematik und Lesen zu unterrichten. Versuchte, mit ihr Gespräche über klassische Literatur zu führen, über algebraische Methoden und die Geschichte Roms, doch sie hatte einfach nicht das Wissen, und selbst wenn sie es besessen hätte, fehlte ihr die Leidenschaft dazu. Sie war allenfalls eine durchschnittliche Schülerin gewesen, und das meiste hatte sie längst wieder vergessen.

Eines Wintermorgens bekam ihre Mutter einen Brief von Pauline und Sylvie – beide waren zu Hause und halfen ihrem Vater, den Haushalt am Laufen zu halten. Sie schrieben ihr, dass Madame von Binghams Baby letztendlich an seiner Krankheit gestorben sei, sie es aber nicht Aubry sagen solle. Die Schuldgefühle würden sie sonst ewig quälen. Es sollte noch weitere sechs Jahre dauern, bis Aubry es schließlich erfuhr, und da war es längst zu spät für jede Art von Absolution.

Ein weiterer Wintermorgen. Ihre Mutter dachte, vielleicht hatte Sylvie ja doch recht, vielleicht war ein warmes, trockenes Klima genau das, was Aubry brauchte – blauer, aufgetürmter Himmel, reine, glasklare Luft. Selbst der große Komponist Chopin war zur Linderung seiner Tuberkulose bis nach Mallorca gereist. Warum nicht auch sie?

Also brachen sie sofort Richtung Provence auf, mit Zwischenstopps in Bourges, Lyon, Valence und anderen Städten auf dem Weg. Es wurde immer wärmer, die Luft sauberer. Geduldig wartete sie, dass sich Aubrys Symptome besserten. Als sie die ersten Hotels nach zwei, drei oder – mit viel Glück – vier Tagen verlassen mussten, betrachteten sie es nicht als Rückschlag, wussten sie doch, dass solche Dinge ihre Zeit brauchten. Sie reisten die französische Südküste hinunter, dann durch Italien, und drei Jahre später fanden sie sich in Kroatien wieder, wo sie der Adriaküste folgten, ausgelaugt und beinahe mittellos.

II

Ein Flussschiff in Siam

»Und dann?«, fragt Sophie. »Sind Sie weitergereist?«

»Ja«

»Und weiter?«

»Ja.«

»Und danach noch weiter?«

»Noch viel weiter.«

12

Die Kunst der Verbannung

Eines Tages auf einer Kutschfahrt in irgendeiner namenlosen Stadt im österreichisch-ungarischen Großreich – zumindest glaubt Aubry, dass es dort war –, nach vielen Tagen auf unwegsamen Wegen, nach Nächten in fremden, harten Betten, nachdem sie stundenlang ihr letztes Geld gezählt und mit den Einheimischen um Brot gefeilscht hatten, so erinnert sie sich, war ihre Mutter, gramgebeugt und müde neben ihr in der Kabine, völlig zusammengebrochen – und das nicht zum ersten Mal.

»Ich will mit dir nicht nach Athen, London oder Stockholm fahren«, sagte sie. »Ich will einfach nur mit dir nach Hause. Ich will dich ins Bett bringen, dein eigenes, und dann die ganze Nacht mit Henri aufbleiben und darüber reden, was für entzückende Kinder wir doch haben …«

Dann verstummte sie, schluchzte in der Kutsche nur noch leise vor sich hin, bis sie zu einer billigen Herberge kamen, wo sie schliefen wie Steine.

»Was haben Sie gemacht?«, fragt Somerset.

»Ich habe ihr ein paar Zeilen hinterlassen, Lebewohl gesagt, und mich mitten in der Nacht davongestohlen«, erzählt Aubry.

Emily schlägt die Hand vor den Mund. Etwas Zeit vergeht. Niemand regt sich, bis Sophie ihre Hand sanft auf Aubrys Arm legt. Sie sieht Aubry mit großen, runden Augen an, doch Aubry traut sich nicht, den Blick zu erwidern.

»Es gab keine Heilung«, erklärt sie. »Ich konnte nicht zur Schule gehen, uns ging das Geld aus, und mir wurde klar, dass ich für meine Familie zu einer furchtbaren Last geworden war. Meine arme Maman. Sie war zu Tode erschöpft.«

Der Abschied selbst war nicht so schwer. Er war weniger schmerzhaft, als Nacht für Nacht zu hören, wie ihre Mutter sich in den Schlaf weinte. Nicht einmal annähernd so schwer. Nein, sobald sie den Entschluss einmal gefasst hatte, tat sie es einfach, rasch und effizient. Das hatte ihre Krankheit sie gelehrt.

Mittlerweile war sie zwölf. Sie war kein Kind mehr – zumindest hielt sie sich nicht mehr dafür –, doch erwachsen war sie ebenso wenig. Sie schrieb einige schlichte Worte auf einen Notizzettel und legte ihn aufs Kissen neben ihrer Mutter. Sie sieht noch immer ihr Gesicht vor sich, entspannt, fast lächelnd, entrückt in Träumen von zu Hause. Manches bleibt für immer im Gedächtnis haften, Bilder meist, wie dieses hier. Sie raffte ein paar ihrer wertvollsten Dinge zusammen – ihren Rätselball, ihren Mantel – und schloss leise die Tür hinter sich. Wie verzweifelt ihre Mutter am nächsten Morgen gewesen sein musste, in der nächsten Woche, dem nächsten Monat, dem nächsten Jahr. Aubry hoffte, der Abschiedsbrief würde sie trösten, doch wie sollte das möglich sein? Selbst eine Zwölfjährige wusste das. Wie lang war ihre Mutter in dem Dorf geblieben, hatte sie gesucht, darauf gewartet, dass ihre Tochter zurückkam? Was war ihr durch den Kopf gegangen, auf der langen Reise nach Paris, so ganz allein?

Aubry blickt auf. Hinter der Reling sieht sie eine Reihe goldener Pagoden aus dem Urwald Asiens aufragen, wie durch grünes Fell gebohrte Pfeilspitzen, die vorüberziehen und in der Tropensonne funkeln.

»Ihre arme Mutter«, sagt Emily Holcombe.

»Ich habe getan, was ich konnte«, erzählt Aubry. »Habe geschrieben, wann immer es ging, sie wissen lassen, wo ich war und wohin ich wollte. Ich litt furchtbar.« Etwas an den Pagoden, die Art und Weise, wie sie das Licht einfangen und wieder zurückwerfen, fasziniert sie. »Ich hätte mit vielem leben können, nur nicht damit.«

»Das hätte ich auch nicht«, bemerkt Mr. Holcombe mitfühlend.

»Haben Sie sie je wiedergesehen?«, möchte Sophie wissen.

»O ja. Wenn sie wussten, wo ich sein würde, schickten sie mir Geld, und hin und wieder trafen wir uns sogar.«

Das waren glückliche Tage, wenn sie sich am Strand von Dover sahen oder in einem Dorf in Spanien, einmal gar auf den Azoren, wo Aubry den Anleger hinuntergerannt war, direkt in die Arme ihrer Eltern und Geschwister. Dann scharten sie sich um sie, und da Aubry ihr Zeitgefühl verloren hatte, fragte sie stets: »Wie alt bin ich?« Und dann sagten sie es ihr – neunzehn, zweiundzwanzig, dreiundzwanzig, achtundzwanzig. Heute schätzt sie sich auf dreißig, aber ganz genau weiß das nur ihre Familie.

Doch das kam erst viel später. Da hatte sie sich längst daran gewöhnt. Davor kamen die Entbehrungen, die Unwissenheit.

»Diese ersten Tage«, sagt sie wahllos in die Runde.

Sie könnte den Holcombes davon erzählen, wie sie auf den Straßen Kroatiens gehaust, sich in Montenegro von Essensresten ernährt hatte, die für streunende Katzen vor den Türen standen, oder dass sie so übel gerochen hatte, dass man sie in

Griechenland von einem Markt scheuchte. Sie könnte ihnen erzählen, dass sie einmal ein Fischgerippe aus dem Mülleimer eines Lokals gestohlen hatte, um es gleich darauf wieder an den zornentbrannten Nachbarshund zu verlieren. Sie könnte ihnen erzählen, dass sie lernte, nicht zu betteln, weil man Bettler mancherorts verprügelte, einsperrte oder noch Schlimmeres mit ihnen anstellte. Sie könnte ihnen erzählen, wie sie in Gassen geschlafen hatte, in Abwasserkanälen, in der Wildnis, im Regen, ohne Decke, ohne Feuer, ohne Hoffnung, oder von den Blutlachen, die sie manchmal hinterließ. All das hätte sie ihnen erzählen können.

Doch sie tut es nicht.

Sie erzählt ihnen nicht von jener ersten Nacht, der Nacht, in der sie ihre Mutter in dieser kleinen Herberge irgendwo nahe der Adria verlassen hatte. Sie erzählt ihnen nicht, wie sie auf die Pflasterstraße getreten war, tief Luft geholt und eine Richtung gewählt hatte. Sie erzählt ihnen nicht, wie ihre Hände zitterten. Sie hatte ihr Verschwinden seit Wochen, vielleicht Monaten geplant. Man könnte meinen, dass sie mittlerweile genug Mut gefasst hatte, doch das stimmte nicht.

Und dennoch stiefelte sie weiter, zu dem niedrigen Küstengebirge, das sie selbst im Dunkeln sehen konnte und das drohend über dem Dorf aufragte.

Ihre Füße wiesen ihr den Weg, und sie zweifelte ihn nicht an. Ihr Herz hämmerte wie wild, ihr Körper bebte, dennoch ging sie weiter. Eine Stunde später marschierte sie einen steilen Waldweg hinauf. Wieder eine Stunde später ging langsam die Sonne auf. Zum ersten Mal drehte sie sich um, wollte sehen, wie weit sie schon gekommen war, obgleich sie sich geschworen hatte, es nicht zu tun. Sie konnte die Stadt unter sich sehen, hatte aber keine Ahnung, wo die Herberge lag. Wahrscheinlich war es gut so, dachte sie. Sonst hätte sie den

Rest des Tages womöglich auf das Haus gestarrt, den Mut verloren und wäre schluchzend zurück in die Arme ihrer Mutter gerannt.

Stattdessen stapfte sie unverdrossen weiter, marschierte kopflos wie ein Schlafwandler durch einen Kiefernwald. Den gleichen Weg zurückzugehen, bedeutete, die Krankheit auf den Plan zu rufen. Kein Weg führte zurück, niemals. Sie leerte ihren Geist und lief den Rest des Tages auf diese Weise weiter.

Als sie schließlich eine Rast einlegte, war sie hungrig und erschöpft. Zwar hatte sie sich etwas Brot mitgenommen, doch das war längst gegessen. Sie saß mitten im Wald, es war dunkel, und sie wusste nicht, wo oder wie weit entfernt die nächste Siedlung war. Plötzlich packte sie die Angst.

Sie hatte keine Ahnung, wie man sich gegen Wölfe oder Bären wehrte. Wusste nicht, wie man ein Feuer machte, hatte nicht einmal daran gedacht, ein Zündholz einzupacken. Sie kletterte auf einen Baum und schlief unruhig in den Ästen. Sie zog alles an, was sie dabeihatte, um nicht zu frieren, und bibberte doch die ganze Nacht.

Am Morgen fragte sie sich, ob es schon zu spät war, umzukehren. Sie waren nur einen Tag in dieser Herberge gewesen. Vielleicht würde sie ja einen weiteren herausholen können? Oder sogar zwei? Sie stellte sich vor, was wäre, wenn sie ihren Fußabdrücken folgen und zurückgehen würde, selbst als sie immer tiefer in die Berge wanderte. Malte sich ein tränenreiches Wiedersehen mit der Mutter aus, auch noch, als sie in der Ferne eine neue Stadt erspähte. Dachte, wie es wohl wäre, sich zum Frühstück etwas Gebäck mit ihrer Mutter zu teilen, selbst als sie durch die Straßen dieser fremden, neuen Stadt ging und sich fragte, wo sie hier etwas zu essen finden sollte.

Sie wusste nicht, wie man bettelte, aber sie hatte inzwischen Tausende von Bettlern gesehen und sich stets gefragt, ob ihr einmal dasselbe Schicksal blühen würde. Jetzt irrte sie durch die Straßen und hielt, beinahe ohne nachzudenken, einfach die Hand auf. Nicht denken, sagte sie sich. *Nur handeln.*

Niemand legte ihr auch nur das Geringste hinein.

Es war keine kleine Stadt – drei Kirchtürme, ein kleiner See in der Mitte. Überall waren Leute, und alle mieden sie – mieden ihren Blick, ihre ausgestreckte Hand. Eine neue Angst überkam sie – Angst vor der Einsamkeit, dem Verhungern, davor, keinen Plan zu haben, der ihr Überleben sichern könnte. Sie hatte gewusst, dass diese Angst kommen würde, und jetzt war sie da, hatte sie vollkommen im Griff. Es war schlimmer, als sie es sich vorgestellt hatte. Die Angst höhlte ihren Magen, betäubte ihre Gedanken und dörrte ihren Mund aus.

Aubry erinnerte sich, wie stolz sie einst gewesen war, nun, da sie am Ausgang einer Gasse hockte und gleichgültigen Fremden ihre Hand hinstreckte. Einst hatte sie geglaubt, man könne die Welt beherrschen, sie dazu bringen, sich der eigenen Gerechtigkeitsauffassung zu fügen. Was für ein Kind sie doch gewesen war. Wie töricht und wie anmaßend. Sie hatte Freunde in Paris, die sich nie mit ihren Lehrern stritten, die auf die besten Schulen gehen und die besten Stellen bekommen würden, während sie auf den Straßen einer unbekannten Stadt bettelte. Jetzt wusste sie ohne jeden Zweifel, dass sie die Welt nicht beherrschte, sondern ihr schutzlos ausgeliefert war. Es ist eine Lektion, die die meisten Menschen irgendwann in ihrem Leben lernen, doch die Erkenntnis, dass die Welt viel größer und mächtiger ist als man selbst, erfahren auf so unerbittliche Weise, war etwas, mit dem eine stolze Zwölfjährige erst einmal fertigwerden musste – und das so unvermittelt und schier unwiderlegbar.

Noch zwei Tage lang lungerte sie in dem Ort herum, aß kaum mehr als ein paar Bissen, schlief in einer Hecke. Nachts rollte sie sich eng zusammen und weinte sich die Seele aus dem Leib. Dann kam ihre Krankheit und trieb sie weiter.

Auf dem Land war es anders. Hier folgte sie Feldwegen durch arme Bauerndörfer und sah jedem vorbeikommenden Fremden in die Augen. Ein alter Mann gab ihr eine Handvoll getrocknetes Lammfleisch, tätschelte ihr den Kopf und trottete weiter, sein Esel hinterdrein. Aubry war sprachlos. Sie konnte ihm nicht einmal danken, stand nur stumm auf dem Weg und starrte ihm und seinem Esel hinterher, bis sie verschwunden waren.

Ein anderer schenkte ihr ein paar Lauchstangen aus dem Sack voller Gemüse, den er auf dem Rücken trug. Sie beging denselben Fehler nicht noch einmal, verbeugte sich und dankte ihm mit dem paar Brocken Kroatisch, die sie aufgeschnappt hatte.

Einige Tage später wurde ein Junge auf sie aufmerksam, der im Hain seiner Familie gerade Oliven pflückte. Er lächelte sie an, sagte etwas, das sich freundlich anhörte. Einen Moment lang dachte sie, er hätte sich vielleicht in sie verliebt, doch dann ging es ihr auf – der Junge war stark und hübsch, und sie war schwach und schmutzig. Alles, was sie von ihm bekommen würde, war sein Mitleid.

Also rieb sie sich den Bauch.

Er rannte zur Scheune und kam mit zwei Äpfeln und einem Eimer Milch zurück, so frisch, dass sie noch warm war. Sein Vater brachte ihr etwas Brot. Dann bot seine Mutter ihr mit ausladender Gestik einen Schlafplatz in einem ihrer Ställe an. Aubry dankte ihnen unter Tränen. Ehe es dunkel wurde, war sie bereits eingeschlafen und stand anderthalb Tage lang nicht auf – anderthalb Tage ohne Angst.

Dann spürte sie wieder dieses Ziehen in den Eingeweiden, merkte, wie ihr Rücken sich versteifte. Da sie es nicht erklären konnte, schlich sie sich davon, als die Familie in der Küche zu tun hatte.

Wenn sie es noch einmal tun könnte, würde sie zurückgehen und dieser Familie danken, auf Knien gar, doch denselben Weg konnte sie nie zweimal nehmen. Wenn sie einmal irgendwo gewesen war, würde sie nie wieder zurückkehren können, jeder ihrer Abschiede war unumkehrbar. Aber zumindest hatte sie gelernt, Städte zu meiden und das Land zu lieben.

Das immerhin konnte sie ihnen sagen, also tat sie es und erzählte den Holcombes von der Kunst der Verbannung.

13

Ich habe jagen gelernt

Sie erzählt den Holcombes alles, was sie über Nächstenliebe lernte: dass sie lange nur durch die Almosen anderer überlebte, in den ärmsten Häusern die größte Großzügigkeit erfuhr und in den reichsten nur die Abfälle bekam. Sie erzählt ihnen, wie sie lernte, sich im Wald Nahrung zu suchen, weist sie aber darauf hin, wie wenig dort tatsächlich zu finden ist.

Einst lernte sie eine Familie kennen, die sie in ihr kleines Haus im Hochland Nicaraguas einlud, wo sie mit einem lang verheirateten Ehepaar, dessen sieben Kindern und zwei Großeltern zusammenhockte. Sie teilten sich ein einfaches, aber reichhaltiges Essen, obwohl sie es sich kaum leisten konnten. Sie wollte ihnen Geld dalassen, einfache Arbeiten für sie verrichten, doch die Familie lehnte ab. »So, wie wir es sehen, bist du so lange gereist, nur um uns zu treffen«, erklärte einer der zwei Alten.

»Und stimmte das?«, möchte Sophie wissen.

»Vielleicht stimmte es, in gewisser Weise. Je mehr man herumkommt«, sagt Aubry, »desto empfänglicher ist man für Zufälle und kleine Wunder.«

Mr. Holcombe nickt zustimmend.

Aubry weiß, dass überall Gefahren lauern. Sie ist nicht naiv. Kriege sind so alltäglich wie schlechtes Wetter, und sie achtet geflissentlich darauf, sie zu meiden. Es gibt Wüstennomaden in Nordafrika, die alle Nichtmuslime ausnahmslos versklaven. Es gibt eine Insel im Golf von Bengalen, wo jeder Fremde, den die Einheimischen sehen, angegriffen wird. Doch selbst wenn sie das alles abzieht, kann man die Welt noch ein Leben lang erkunden.

Vor allem erzählt sie ihnen, wie weit sie gelaufen ist, Tag für Tag, bis ihre Füße brannten, ihre Muskeln erst taub und dann stark wurden. Sie erzählt ihnen, dass sie heute von früh bis spät in sengender Sonne laufen kann, ohne ins Schwitzen zu geraten, von den weiten Strecken, die sie zurücklegen kann, ohne Hunger zu bekommen, dass ihr wenige Bissen am Tag reichen. Sie erinnert sich an Tage ohne Wasser, Wochen ohne Essen und ist heute noch verblüfft über die Kraft, die sie trotz allem hatte.

Sie erzählt ihnen davon, wie sie einst einen osmanischen Fischer um etwas zu essen angebettelt hatte. Er sprach ein paar Brocken Französisch und fragte sie, was *sie* ihm dafür geben könne.

»Nichts«, antwortete sie.

»Was ist das denn für ein Handel?«, ereiferte er sich und gab ihr dennoch einen Fisch.

Sie aß ihn neben einer hungrigen Hafenkatze, der sie die Gräten hinwarf, aber sie hatte verstanden, was er meinte – von nun an musste sie etwas finden, das sie im Gegenzug anbieten könnte.

Sie kam an einer leeren Metzgerei vorbei und stahl ein Messer. Sie durchkämmte Hinterhöfe und stahl einen Besen. Sie suchte sich einen stillen Fleck im Wald und schnitzte den Besenstiel an einem Ende zu einer scharfen Spitze. Jetzt hatte sie einen Speer und brachte sich monatelang bei, wie man ihn benutzte.

Sie lief und warf, lief und warf. Sie schleuderte ihn auf Bäume, bis er stecken blieb. Ihre Würfe wurden weiter und weiter. Sie lernte, flink und leichtfüßig zu sein. Ihre Treffsicherheit verbesserte sich zusehends, doch ihr Speer wurde allmählich stumpf. Ständig spitzte sie ihn wieder an. Sie experimentierte, hielt ihre Speerspitze ins Feuer, um sie schwarz und hart zu machen, was tatsächlich half, und rieb sie dick mit Baumharz ein, was sogar noch besser war.

»Falls ihr es einmal gebrauchen könnt«, erklärt sie Sophie und Somerset, »die beste Methode, sich eine hölzerne Speerspitze zu machen, ist, sie anzuspitzen, mit Vogelfett einzureiben, sie dann über einem Feuer zu härten und mit einem Flusskiesel so lange zu polieren, bis sie glänzt.«

Eines Tages, nachdem sie es ein Dutzend Mal versucht hatte, spießte sie einen Fisch auf und briet ihn. Am nächsten Tag fing sie noch einen und dachte sogar daran, ihn vor dem Kochen auszunehmen. Wochenlang fing sie so Fische, jagte sogar Vögel in den Bäumen.

Einmal erwischte sie sogar einen Hasen, Haken schlagend, noch im Sprung. Sie weiß noch immer, was sie damals gefühlt hat – ein sauberer Treffer, mitten durch den Körper, der mit einem Schlag das Leben aus dem kleinen Leib herausgeschmettert hatte. Staunend stand sie vor dem toten Hasen, so glücklich, wie sie seit Ausbruch ihrer Krankheit nicht mehr gewesen war. Sie glaubt bis heute, dass es einer der besten Treffer ihres Lebens war, ein fast perfekter Wurf. Vor allem aber erinnert sie sich daran, weil es der Tag war, an dem sie endlich keine Angst mehr hatte.

Sie fing so viele Hasen, Fische und Vögel, dass sie einige davon verkaufen und sich neue Kleidung, ein paar Süßigkeiten und, als sie in Griechenland ankam, ihren ersten Brief nach Hause leisten konnte.

»Ich habe jagen gelernt«, schrieb sie ihrer Familie. Endlich ein Brief – sie kann kaum in Worte fassen, was sie damals empfunden hat. Es war ein Jahr her – nein, sogar noch länger, eher zwei –, seit sie ihre Mutter verlassen, ein oder zwei Jahre, in denen ihre Familie in Sorge und Unwissenheit gelebt hatte. Der Brief war ein Allheilmittel, wie ein Licht in einer Höhle. Jetzt, wo sie eine Jägerin war – jetzt, wo sie Handel treiben konnte –, würde sie noch viele davon schreiben.

Sie beobachtete die Fischer mit ihren Harpunen und bewunderte ihre Eisenspitzen. Für ihren Speer, beschloss sie, bräuchte sie auch so eine Eisenspitze, doch dafür würde sie mehr Geld benötigen. Ein Wildschwein würde ausreichen, dachte Aubry. So blauäugig war sie. Ein Wildschwein. Das gefährlichste Tier in diesem Teil der Welt, und Aubry, noch halbwüchsig, machte sich daran, eins zu erlegen.

Das Wasserloch lag gut versteckt tief in den Bergen. Selbst die Einheimischen wussten nichts davon. Doch Aubry kannte es, und als eine Rotte Wildschweine zum Trinken kam, zielte sie auf das größte von ihnen – kein kleines, keins zur Übung, sondern gleich das größte, das sie sah. Sie wartete auf den richtigen Moment, dann warf sie – und verfehlte. Die Schweine flohen in den Busch und in die Wälder, verschwanden rasch wie Echos. Am nächsten Tag verfehlte sie erneut. Drei Tage lang landete sie keinen Treffer.

An jenem dritten Tag gingen die Wildschweine auf sie los. Sie ließ den Speer fallen und rannte weg, kletterte hastig auf den nächsten Baum, wo sie stundenlang wartete. Aber diese Jagd war nicht umsonst gewesen. Sie studierte dieses Wildschwein, das grunzend seine Kreise um den Baum zog. Ihr kamen einige Ideen. Eine davon ließ sie nicht mehr los.

Am vierten Tag – welch ein Glück, einen vierten Tag zu haben! – pirschte sie sich an das Wildschwein an – einen großen, kräftigen Keiler mit gebogenen Hauern, die ihm aus dem Maul ragten – und bewarf ihn mit Steinen. Der Keiler jagte auf sie zu. Aubry preschte los, das grunzende Wildschwein dicht auf ihren Fersen. Sie rannte, sprang, ergriff einen hängenden Ast und zog sich daran hoch, der Keiler wütend knurrend unter ihr.

Im Geäst des Baumes lagen ihr Speer und ein Beutel voller Steine. Sie fing an, das Tier mit Steinen zu bombardieren, es immer mehr in Rage zu versetzen. Das war es, was sie wollte – einen leichtfertigen, blindwütigen Keiler. Sie kletterte so weit hinunter, wie sie es sich traute. Dann zielte sie. Als das Wildschwein genau da stand, wo sie es haben wollte, ließ Aubry sich vom Baum fallen, der Speer abwärtsgerichtet wie ein Gleisnagel. Selbst ohne Eisenspitze durchschmetterte der Speer den Kopf des Keilers, nagelte seinen Schädel förmlich in den Boden.

Noch an Ort und Stelle schlachtete sie ihn. Sie besaß keine richtigen Werkzeuge. Hatte keinerlei Erfahrung. Die Arbeit war ermüdend und kostete sie Stunden. Sie zog ihm die Haut ab, schabte Blut und Eingeweide ab und breitete das Fell auf einem Stein zum Trocknen aus. Fleischstücke herauszuschneiden, war kaum leichter. Bald schon spürte sie, wie sich ihr eigenes Blut in ihrer Kehle sammelte, der Schmerz in den Gelenken einsetzte. Und doch schob sie ihn beiseite und arbeitete weiter, lange genug, um noch mit letzten Kräften zu einer anderen Stadt am Fuß des Berges zu marschieren. Dort ging sie schnurstracks auf den Markt, die bleierne Masse des zerlegten Keilers auf dem Rücken.

Das Fleisch verkaufte sich sofort, so frisch und saftig, wie es war, direkt aus dem hiesigen Gebirge. Als nichts mehr übrig war, kaufte jemand auch das Fell. Danach kaufte ein anderer den Schwanz. Aubry hatte keinen Schimmer, was jemand mit einem Schwanz anfangen sollte. Auch die Knochen kaufte man ihr ab, sogar die Zähne. Den Schädel ließ sie liegen, obwohl sie den womöglich auch noch losgeworden wäre. Diese Griechen hatten für alles eine Verwendung. Sie hatte das Tier für die Hälfte seines Wertes verkauft – doch was wusste sie schon über den Preis eines Keilers? In ihren Taschen klimperten nun die Münzen, das war alles, was zählte. Damit machte sie sich auf die Suche nach einem Schmied.

Die Eisenspitze war dünn und messerscharf. Ein örtlicher Schreiner bohrte ihr ein Loch in einen neuen Schaft, und sie ließ die Spitze darin einpassen. Ursprünglich wollte sie eine Speerspitze mit Widerhaken, aber das hätte zu viel gekostet, also kam ihr die Idee, den Widerhaken stattdessen in das Holz zu schnitzen. Sie war so froh über ihren neuen Speer, dass sie am liebsten zurückgegangen, den osmanischen Fischer umarmt und ihm für seinen Rat gedankt hätte – aber natürlich konnte sie nie mehr dorthin zurück.

14

Ein Flussschiff in Siam

Sophie und Somerset lauschen mit Begeisterung Aubrys Geschichten vom Überleben in der Wildnis, und alle Augen richten sich auf ihren Gehstock. Sie greift hinter sich und legt ihn sich quer auf den Schoß.

Sie haben eine Ecke des Hecks für sich allein, im Schatten des Unterdecks. Der Gehstock ist lang und gerade, doch an einem Ende etwas gewölbt, als wäre er aus einem Astknoten geschnitzt. Die Holcombes schauen gebannt zu, wie Aubry dieses Ende des Stocks nimmt und dreht. Die Kuppe löst sich, gleitet ab wie eine Degenscheide und gibt die schwarze Eisenspitze frei, die darin verborgen ist.

»Ist er das?«, fragt Somerset im Flüsterton. »Ist das der Speer, den Sie sich gemacht haben?«

»Nun ja, mal überlegen«, sagt sie. »Ich habe den Schaft schon sehr oft ausgetauscht – ich mache ständig Dinge kaputt – und fünf Speerspitzen verschlissen. Ist es also noch derselbe Speer? Er sieht genauso aus. Aber ich weiß es nicht. Ist es derselbe? Sagt ihr es mir?«

Sie streichen mit den Fingern über das dunkle Metall, das dünner und glatter ist, als sie erwartet haben, schwarz wie der polierte Lauf eines Gewehrs. Hin und wieder fällt das Licht darauf und lässt es bunt schimmern wie eine Starenfeder, ein Regenbogen wie von einem Ölfleck auf der Klinge.

»Seid vorsichtig«, warnt Aubry sie. »Sie ist sehr scharf.«

»Eigentlich ist sie recht hübsch«, sagt Mrs. Holcombe. Alle beugen sich nach vorn und recken ihre Köpfe, um die geschmeidigen Schwünge und Haken der dreikantigen Spitze zu bewundern. Ihre Stimmen sind jetzt leise und verhuscht, als sprächen sie über eine heilige Reliquie.

»Ich bin sehr wählerisch«, erklärt Aubry. »Ich suche mir die besten Handwerker, die ich finden kann, und lasse sie alles nach meinen eigenen Vorgaben fertigen. Diese Spitze hat mir eine Frau geschmiedet, die Tochter eines berühmten japanischen Messerschmieds. Jetzt habe ich auch Widerhaken, die Teil der Klinge sind statt nur aus Holz. Hier unten ist ein Loch, durch das ich eine Leine ziehen kann, wenn ich Haie oder Robben jage. Der Schaft ist aus australischem Eisenholz geschnitzt und sehr robust. Ich glaube, den hier werde ich nicht kaputt bekommen. Jedenfalls hoffe ich das.«

»Wunderschön«, schwärmt Mr. Holcombe.

»In den Zeitungen stand nichts von Brunnen oder Speeren«, sagt Mrs. Holcombe.

»In den Zeitungen stand auch nichts über Haiangriffe oder meine Pubertät, aber trotzdem habe ich auch das durchstehen müssen«, erwidert Aubry. »Ich habe nie genügend Zeit. Ich kann denen nicht alles erzählen.«

»Aber uns können Sie es erzählen!«, sagt Sophie.

»Ich werde es versuchen«, verspricht Aubry. Doch noch während sie es sagt, weiß sie, dass sie es nicht tun wird.

»Na ja«, sagt Somerset, »wenn wir alle Gespräche, die Sie mit Fremden je geführt haben, aneinanderhängen würden, vielleicht könnten wir dann ja Ihre ganze Lebensgeschichte aufschreiben.«

»Das könnte funktionieren. Aber ich hätte Angst, sie zu lesen.«

»Warum?«, will Sophie wissen.

Aubry schürzt die Lippen, schweigt jedoch dazu. Sie setzt die Kappe wieder auf den Speer.

»So etwas sollten wir lernen!«, sagt Somerset zu seiner Schwester, während Aubry den Speer aufrecht in die Ecke lehnt – nun wieder geschickt getarnt als ganz normaler, wenn auch sehr langer Gehstock.

»Eines solltet ihr im Leben unbedingt tun – eine Fähigkeit erlernen«, rät sie ihnen. »Etwas Nützliches, was die Leute brauchen. Damit werdet ihr weit kommen.«

»Hat Sie das Speerwerfen denn weit gebracht?«, erkundigt sich Sophie.

»Das will ich meinen.« Aubry beugt sich vor, um weiterzuerzählen. »Als mich ein Fischer das nächste Mal fragte, ob ich mit meinem Speer auch Fische fangen könnte, zeigte ich es ihm.«

Das war auf Andros, einer der griechischen Inseln, als sie fünfzehn war – oder war sie da schon sechzehn? Mit einer einzigen fließenden Bewegung schleuderte sie ihren Speer quer über die Straße in den schmalsten Baum, der dort wuchs, und hätte ihn beinahe gespalten. Der dürre Griesgram, der sie zuvor ausgelacht und eine Handbreit links davon gesessen hatte, war so geschockt, so verängstigt von dem Speer, der ihm entgegensauste, dass er vom Stuhl fiel. Die Fischer, die es mit angesehen hatten, starrten sie mit offenem Mund an, so sie nicht laut lachten.

Das wird ihm das Maul stopfen, dachte sie. Ihre Jagdkünste hatten ihr Selbstvertrauen neu belebt, wenn nicht gar ihre Fähigkeit, Glück zu empfinden. Doch dies war nicht der Stolz eines verwöhnten Mädchens. Es lag etwas Unbändiges darin, etwas, das nur Kindern eigen war, die in der Wildnis aufwuchsen.

Eine Stunde später hatten ihr nicht weniger als ein Dutzend Fischer angeboten, bei ihnen anzuheuern und für sie Wolfsbarsche oder Finnwale zu jagen, alles, was auf dem Markt einen guten Preis erzielen würde. Aubry sah sich jeden dieser wettergegerbten Männer an, musterte sie ganz genau. Am Ende entschied sie sich für einen alten, grauhaarigen Kapitän mit einem weißen Stoppelbart. Warum, konnte sie nie erklären. Er strahlte, wie es schien, eine gewisse Anmut aus – eine Schwere, wie Wissen, das niemand mehr benötigt. Früh am nächsten Morgen verließ sie auf seinem Schiff die Insel.

Später im Leben würde sie mit ihrem Speer mit den Unangax hinausfahren und von deren Kajaks aus im halb gefrorenen Meer Seehunde jagen. Sie würde so gut wie nackt durch die afrikanische Savanne rennen und mit den Buschleuten der Kalahari Straußen hinterhersausen. In den kalten Wäldern Norwegens würde sie mit den Saami gegen einen angreifenden Bären kämpfen, ihre Harpune nur einer in der Phalanx vieler Speere. Ihr atemberaubendster Moment war allerdings, als sie vor der Küste Neuguineas vom Bug des großen Holzkanus gesprungen war, eine gefühlte Ewigkeit in der Luft schwebte und sich überlegen musste, wie sie mit den Füßen voran auf einem riesigen Buckelwal landen und ihren Speer tief in sein glattes blaues Fleisch rammen könnte, während ein Geysir aus Meerwasser und Blut aus seinem Blasloch sie bis auf die Haut durchnässte.

Doch vor alledem saß sie auf diesem einsamen griechischen Fischerboot, das auf dem Mittelmeer seine Kreise zog, mit einer Mannschaft von sieben Leuten, mit denen sie nicht reden konnte oder wollte, und spießte alles auf, was zu schlau für ihre Netze war und doch so töricht, ihrem Boot zu nahe zu kommen.

»Sprechen Sie Griechisch?«, fragt Somerset.

»Jetzt schon«, antwortet sie ihm.

Damals aber sprach sie noch kein Wort. Wenn die Mannschaft unter Deck zusammensaß und aß, aß Aubry oben. Wenn sie im Cockpit aßen, aß sie vorn am Bug. Sie konnte hören, wie sie in ihrer Sprache schwatzten, über sie redeten, und zwar nichts Nettes. Das verriet die Art, wie sie sie von der Seite ansahen. Aubry wusste, dass sie ihnen mürrisch und hochmütig vorkam, dass sie stets verdrossen dreinblickte, und sie hatten recht. Seit Jahren hatte sie kaum mit jemandem gesprochen. Sie lebte in Wäldern, Höhlen und Gassen. Fast glich sie einer Taubstummen, war abgeschnitten von der Welt, so weit entfernt von allem wie ein tief vergrabener Stein. Sie lebte in und für sich selbst, formte ihre eigenen Gedanken, bildete sich ihre eigenen Meinungen. Sie schuf sich ihre eigene Welt, in der sie denken konnte, was sie wollte, in der sie sich nie irrte, weil niemand ihr je widersprach.

Sie träumte von ihren Schwestern, furchtbare Träume, in denen Pauline und Sylvie zu Hause spielten, während sie die beiden nur durchs Fenster hindurch dabei beobachten konnte. Sie träumte, dass ihre Mutter ein aufwendiges Weihnachtsessen zubereitete, das sie nie essen würde, träumte, dass sie auf dem Schoß des Vaters saß, während er mit anderen redete, aber nicht merkte, dass sie da war. Erst später, in der Rückschau, wusste sie, was sie gehabt hatte. Sie wünschte, sie wäre eine bessere Tochter gewesen, eine bessere Schwester. Sie wünschte, sie könnte wieder bei ihnen sein. Alles hätte sie dafür gegeben, doch sie hatte nichts zu geben.

Manchmal kam ihr der Gedanke, dass auch sie ein Transportmittel war, dass, so wie dieses Boot sie übers Meer trug, auch ihre Krankheit mit um die Welt reiste. Die Krankheit krallte sich mit Fingern und mit Zehen an ihren Rücken, staunte und frohlockte über all die Orte, zu denen sie sie führte, ein fröhlicher Dämon, der ihr für immer auf den Schultern hockte. Bei dem Gedanken fühlte sie sich ausgenutzt und wütend. Und doch, wo immer sie auch hinging, bei allem Neuen, was sie sah, konnte sie spüren, dass auch ihre Krankheit da war, kauernd in einer dunklen Ecke ihres Geistes saß, sich grinsend an ihren Schädel klammerte.

»Sieh nur!«, raunte sie ihr dann in ihrer tiefen, markerschütternden Stimme zu, während sie die Sterne über dem Mittelmeer bewunderte. »Ich habe dir doch gesagt, dass es wunderschön wird!«

Dann wachte sie stets in der Morgendämmerung auf, suchte den Horizont nach Fischen ab, und manchmal erlegte sie schon einen. Sie spielte mit ihrem Rätselball, aß abseits der Mannschaft und ging abends wieder schlafen, nicht selten an Deck in der Eiseskälte der offenen See.

Falls die Crew je auf den Gedanken käme, sie zu drangsalieren, zu vergewaltigen oder über Bord zu werfen, würde – da war sich Aubry sicher – der Kapitän eingreifen. Er hatte sie nicht als nette Begleitung angeheuert, sondern wegen ihres Könnens. Dazu hatte sie etwas Ungezähmtes an sich, das er respektierte. Sie fragte sich, ob er auf Andros womöglich eine Tochter hatte – oder aber kinderlos war und dies im Alter nun bedauerte. Sie hatte schon gehört, wie er mit seinem barschen Ton den Klagen seiner Leute einen Riegel vorgeschoben hatte. Sie wusste, dass er ihr oft Extrarationen gab und eine Koje abgelegen von den anderen. Im Gegenzug harpunierte sie für ihn alles und jedes, mal einen verirrten Thunfisch, mal einen Schwertfisch und einmal gar einen seltenen Rundkopfdelfin. An jenem Tag waren sogar ihre Mannschaftskameraden tief beeindruckt, wenn auch niemand genau wusste, was er wert war.

Wie sich herausstellte, war es eine ganze Menge.

Danach ließen die Matrosen ihr auf dem Schiff mehr Raum, gingen ihr aus dem Weg, wenn sie sie kommen sahen. Wenn sie nachts über Bord sprang, um sich zu waschen, stürzten sie nicht länger an die Bullaugen und gafften. Ein oder zwei lächelten sie gar hin und wieder an, und sie nickte zurück, nur flüchtig, aber nicht mehr ganz so kühl, wie sie gekonnt hätte.

Eines Tages merkte sie, dass sie tatsächlich Griechisch gelernt oder zumindest damit angefangen hatte. Nachdem sie dem Geschwätz der anderen so lange gelauscht hatte, hatte sich die Sprache allmählich in ihrem Kopf festgesetzt. Bald verstand sie rund die Hälfte der Gespräche, die sie hörte. Sie passte gut auf, und einen Monat später verstand sie auch die andere. Sie lernte, auf Griechisch zu fluchen, andere auf Griechisch zu beleidigen, ihre Vorfahren auf Griechisch zu verfluchen – nicht, dass sie das hätte tun wollen, aber wenn sie es je müsste, war sie vorbereitet.

Und noch immer sprach sie mit niemandem.

Sie legten in einem Hafen nahe Alexandria an, auf der anderen Seite des Meeres. Hier würden sie ihren Fang verkaufen, bevor er verdarb. Es war ein Markt, den der Kapitän gut kannte, Aubry jedoch hatte noch nie etwas Vergleichbares gesehen.

Da war Sand, ein endloser Horizont aus Sand. Eine leichte Brise schon konnte einen gelben Sandball hoch in den klaren blauen Himmel wirbeln. Es gab kleine stachelige Bäume und Kamele, die Möbel auf dem Rücken trugen. Es gab turmhohe Häuser und glatte Stadtmauern, so braun wie Herbstlaub. Es gab Herren im Anzug, mit Krawatte, Hemd und eleganten Hosen, die aussahen wie auf den Pariser Boulevards. Die Männer mit den Bärten und der sonnengepeitschten Haut jedoch, mit ihren langen weißen Westen und den roten Quastenhüten, oder roten Westen und weißen Quastenhüten, glichen nichts, was sie je gesehen hatte. Und die Frauen erst, so wunderhübsch mit ihren Kupferarmreifen und Kronen, die Hände bemalt mit kaleidoskopartigen Mustern, manche sogar hinter Schleiern aus winzigen Silbermünzen, die im Vorübergehen klimperten wie Windspiele. Es war überwältigend. Würden diese Leute vielleicht jemanden brauchen, der mit einem Speer umgehen konnte? Bestimmt.

Mittlerweile hatte sie sich mit großer Sorgfalt eine Holzkappe für ihre Speerspitze geschnitzt, sodass der Speer aussah wie ein Gehstock.

Sie band sich ein griechisches Halstuch um den Kopf, um die Mode, die sie sah, zu imitieren. Sie schlang sich die einzige kleine Tasche, die sie besaß, über die Schulter, und während die Besatzung damit beschäftigt war, den Fang auszuladen, ging sie ohne eine Erklärung von Bord. Als sie die dicht gedrängten Massen, den aufwirbelnden Staub, die Fremdheit dieser Stadt gerade auf sich wirken ließ, spürte sie plötzlich eine Hand auf ihrer Schulter. Da stand der Kapitän und musterte sie mit seinen grauen Augen. Er nahm ihre Hand und legte ihr ein Bündel Scheine hinein, mehr Geld, als sie verlangt, sich auch nur erträumt hatte. Dann sagte er etwas zu ihr, von dem sie jedes Wort verstand.

»Sei vorsichtig. Du bist weit weg von zu Hause.«

Er stand da, mit zusammengepressten Lippen, den Blick aus seinen halb zugekniffenen Augen unverwandt auf sie gerichtet. Eine ganze Weile ließ er ihre Hand nicht los, doch als er es schließlich tat, wandte er sich einfach um und bestieg wieder sein Schiff. Vielleicht sah er sie noch davongehen, vielleicht starrte die ganze Crew ihr hinterher. Falls ja, dann wusste sie es nicht, denn sie drehte sich nicht um.

Sie marschierte in Richtung der belebten Stadttore und stützte sich dabei auf ihren Speer, der nun ein Gehstock war.

Karawanen mit Kamelen überholten sie, Frachtgut aus den Schiffen auf dem Rücken – gegerbte Felle, Körbe voll Achat, süße Kardamomkapseln, die eine Spur wohlriechender Luft hinter sich herzogen. Die Pforte dieser Stadt glich einem riesigen Schlüsselloch, das man durch drei Meter dicke Mauern gebohrt hatte. Sie nahm allen Mut zusammen, entspannte sich und ließ sich vom Strom der Händler einfach mitziehen.

Auf der anderen Seite der von der Sonne ausgedörrten Straßen.

Sie nahm alles in sich auf – Türme, Spitzen, Minarette, die gewölbten Kuppeln über glatten, viereckigen Mauern. Stundenlang ließ sie sich ziellos treiben. Ihr Tuch wehte ihr vom Kopf. Ein freundlicher Geschäftsmann hob es auf, und eine nette junge Frau zeigte ihr, wie man es sich richtig um den Kopf wand. Sie kaufte sich ein Stück Eiergebäck, und der Händler schenkte ihr dazu eine Orange. Sie mochte diese Stadt, fragte sich, wie lange sie wohl würde bleiben können. Bald war später Nachmittag, die Sonne versank hinter den Stadtmauern. Aubry suchte sich eine Ecke auf einem großen Platz, um in Ruhe aufzuessen. An der Abenddämmerung las sie die Himmelsrichtung ab und wusste, wo die Sonne am nächsten Morgen wahrscheinlich aufgehen würde.

Dann, als sie durch eine Häuserlücke spähte, fiel ihr plötzlich ein Gebäude auf. Es war hoch und elegant, bestand aus Kuppeln über Kuppeln, allesamt errichtet auf einem Unterbau aus hufeisenförmigen Bögen – so viele Bögen, die zur Auswahl standen, und hinter ihnen nichts als Dunkelheit. Sie betrachtete das Gebäude eine Weile, sah aber niemanden hinein- oder hinausgehen. Sie fand es sonderbar und auf unerklärliche Art einladend. Nachdem sie ihre Orange aufgegessen hatte, ging sie quer über den Platz, drängte sich durch enge Gassen, auf das Gebäude zu.

Sie stieg die Stufen hoch und lugte in das pechschwarze Innere. In der Düsternis konnte sie kaum etwas erkennen und wandte sich gerade zum Gehen – als ein hölzern klingender Schlag auf dem Steinboden sie wieder umkehren ließ. Auf dem Boden lag ihr Rätselball – er musste irgendwie aus ihrer Tasche gefallen sein – und rollte gemächlich durch den Bogengang. Dann kam er zum Stehen, schon halb in Dunkelheit getaucht, als warte er, dass sie hinterherkam.

Sie musste zugeben, dass diese Dunkelheit etwas Behagliches barg – vielleicht die Vorstellung, etwas zu sehen, ohne gesehen zu werden, und womöglich auch noch eine Spur von etwas anderem, das sie nicht beschreiben konnte – ein seltsames Zerren in der Brust, als würde sie an einer Schnur hineingezogen. Sie hob die Kugel auf und warf einen letzten Blick über die Schulter.

Dann ging sie in die Schatten und, so plötzlich wie ein ungläubiges Atmenholen, verschwand.

15

Uzair und die nordafrikanische Odyssee

Jetzt kommt der Punkt in der Geschichte, an dem Aubry entscheiden muss, wie viel sie erzählt und was sie lieber verschweigt. Sie hat schon so vielen Menschen ihre Lebensgeschichte erzählt, auf so viele verschiedene Weisen, doch sie hat niemandem je alles offenbart, es gibt sogar Dinge, die sie noch nie irgendwem erzählt hat.

Soll sie berichten, was sie in dieser Dunkelheit entdeckte? Soll sie die Bibliothek erwähnen, das Reich der Bücher und Schriftrollen, mehr als irgendjemand je in einem Menschenleben lesen könnte, oder in zwei Menschenleben, wenn nicht gar in hundert? Und dass kaum ein Wort darin geschrieben stand – nur Bilder, Skizzen, Zeichnungen? Soll sie von den Stunden und Tagen erzählen, die sie damit zubrachte, sie anzuschauen? Von der Leere, der Abgeschiedenheit, einer Dunkelheit, in der man beinahe hätte baden können? Könnte sie in Worte fassen, wie sich die Zeit zu dehnen, ja fast aufzulösen schien? Sie ist wichtig, das weiß sie. Sie ist absolut entscheidend, diese Zeit, die sie in der Bibliothek verbracht hat, dieser kleine Vorgeschmack auf den Rest ihres Lebens. Alles, was sie in der Welt gesehen hat – Dinge, die ihr niemand glauben würde –, würde einen langen, einen außergewöhnlichen Katalog ergeben. Aber die Bibliothek ist das Außergewöhnlichste von allem. Wie könnte sie das erklären? Ginge das überhaupt? Nein. Sie würden glauben, sie wäre verrückt. Manchmal glaubt sie das sogar selbst.

Also kommt sie zu dem Schluss, hier, an Ort und Stelle, dass man manche Dinge besser für sich behalten sollte.

Sie erklärt den Holcombes nie, wie es passiert ist, doch viel, viel später, als sie aus den Schatten wieder heraustrat – o Gott, wie lange mag es wohl gewesen sein? –, fand sie sich woanders wieder, übernächtigt, halb verhungert, die Kleidung staubig und zerknittert, als wäre sie einen langen Weg gereist, konnte sich aber nicht daran erinnern, als hätte ein bizarrer Wüstensturm sie davongetragen und gnadenlos irgendwo fallen lassen.

Aber wie sollte sie das erklären?

Mein Gott, denkt sie, schon etwas weiter in ihrer Geschichte, als sie auf Uzair zu sprechen kommt. Uzair Ibn-Kadder, ein Name, an den sie schon lange nicht mehr gedacht hat, der Mann mit allen Heilmitteln. Und das vor den Kindern! Es würde die Holcombes ganz und gar schockieren, und sie würde es sich nie verzeihen können.

»Ich glaube, ich bin etwas müde«, sagt sie stattdessen. »Und ganz bestimmt langweile ich Sie alle.«

»Mich nicht«, sagt Somerset.

»Mich auch nicht«, fügt Sophie hinzu.

»Ihr beiden Kleinen«, sagt ihre Mutter. »Ich glaube, sie hat jetzt erst einmal genug vom Reden.«

16

Ein Flussschiff in Siam

Das Fährschiff nähert sich einer Hafenstadt, wo der Fluss schließlich aus dem Urwald herausführt und in einem breiten Delta voller Tempel, Brücken und Märkten aufgeht. Das Boot legt an. Aubry und die Holcombes gehen von Bord, treten vom Bootssteg und direkt in eine trubelige Straße, die am Flussufer entlangführt.

Emily wendet sich als Erste an sie. »Wenn Sie keine Pläne haben, sind Sie herzlich eingeladen, mit uns zu kommen. Wir wohnen in einer Villa mit viel Platz.«

»Das stimmt«, sagt Vaughan, damit sie weiß, dass das Angebot ebenso von ihm stammt.

»Oh, das könnte ich nicht annehmen«, erwidert sie höflich, obwohl sie sich sehr über die Einladung freut.

»Bitte, kommen Sie doch mit«, bettelt Sophie.

»Dann können Sie uns erzählen, was Sie in der Wüste gesehen haben«, sagt Somerset.

»Ich habe euch erzählt, was ich in der Wüste gesehen habe.«

»Nicht alles.«

Wie aufgeweckt dieser Somerset doch ist, mit seinem Gespür fürs Ungesagte.

»Wirklich, Sie würden uns eine große Freude machen«, bekniet auch Emily sie. Sie meint es wirklich ernst. Es wäre unhöflich, ihr Angebot abzulehnen.

»Wo wohnen Sie denn?«, fragt Aubry.

»Bangkok.«

Aubry verzieht das Gesicht. »Da war ich schon.« Nach und nach verstehen alle, was das heißt.

Emily runzelt die Stirn und schließt Aubry in die Arme. »Ich bin so froh, Sie kennengelernt zu haben. Passen Sie gut auf sich auf.«

»Sie kann also nicht mitkommen?«, fragt Sophie.

»Tut mir leid, meine Liebe«, sagt Aubry und beugt sich hinab, um auf Augenhöhe mit den Kindern zu sprechen.

»Es hat solchen Spaß gemacht, Ihnen zuzuhören«, schwärmt Sophie.

»Wenn wir erwachsen sind, wollen wir auch so werden wie Sie«, fügt Somerset hinzu.

»Oje, dann habe ich es völlig falsch erzählt. Aber ihr seid gute Kinder und sehr schlau, ihr werdet es selbst herausfinden.«

Sie umarmt die beiden und flüstert ihnen dabei zu: »Danke, dass ihr mich gerettet habt.«

Sie gibt beiden einen Kuss. Dann nimmt Vaughan sie am Arm und zieht sie diskret beiseite.

»Hier, nehmen Sie das«, sagt er und reicht ihr ein Bündel Geldscheine. Es ist dick, zu viel, um es anzunehmen.

»Nein, das kann ich unmöglich …«

»Das können Sie, und Sie werden es. Ich werde es nicht zurücknehmen. Wenn Sie es loswerden wollen, müssen Sie es einem wohltätigen Zweck spenden«, sagt Vaughan. »Es ist auch für mich ein gutes Geschäft. Man wird nicht zu einem guten Geschäftsmann, indem man nur nimmt. Nicht jeder versteht das.«

Sie versucht, ihm zu erklären, dass sie nicht viel braucht, dass sie mit ihrem Speer genügend Nahrung jagen, sich ihren Lebensunterhalt selbst verdienen kann.

»Schauen Sie sich das an«, unterbricht Vaughan sie jäh. »Sehen Sie, wie groß die ist?«

Er deutet auf die strohgedeckte Traufe des Bootshauses über ihren Köpfen. Dort oben hockt eine Spinne mit grellgelbem Körper, so lang wie ein Finger, in der Mitte ihres Netzes.

»Sehen Sie die?« Er dreht Aubry herum, damit auch sie sie sehen kann. »Wie sie da mitten in dem Netz hockt? Fernab von all dem Trubel, all dem Lärm. Sie hat da oben ihre ganz eigene kleine Welt. Sehen Sie nur«, raunt er ihr ins Ohr, »wie sie sich in ihr kleines Universum vortastet, herauszufinden versucht, wo sie ist und wer an ihren Fäden rüttelt.«

Aubry betrachtet die Spinne, die schwarzen Beine, den gefleckten gelben Körper. Als ein Windstoß durch die Stränge fegt, wölben sich die seidenen Fäden etwas. Die Spinne streckt ihre Beine aus, spürt zaghaft der Bewegung nach und zieht sie wieder ein.

Als sich Aubry umdreht, ist sie allein. Vaughan schlendert mit seiner Familie schon davon. Sie drehen sich noch einmal um, winken ihr zum Abschied, vor allem die Kinder. Sie winkt zurück. Dann verschwinden sie in der Menge.

Einen Moment lang bleibt sie noch stehen, blickt ihnen hinterher, bis sie sie nicht mehr sehen kann. Die Holcombes waren fantastische Begleiter, ausgezeichnete Zuhörer obendrein. Sie kann sich nicht erinnern, wann sie das letzte Mal so viel geredet hat.

Aubry schaut sich in den belebten Straßen um, so bunt wie alles in Siam, sie wimmeln von hübschen, schlanken Menschen, einige auf Fahrradrikschas, andere mit Körben voller Obst und Gemüse auf dem Kopf. Eine Motorkutsche, importiert aus Amerika, drängt sich stockend und hupend durchs Gewühl.

Wahllos schlägt Aubry irgendeine Richtung ein und läuft, bis sich die Menge lichtet und die Straßen Trampelpfaden weichen, die sich durchs grüne Dickicht ziehen. Sie könnte auch die Stadt erkunden, doch sie zieht die alten ausgetretenen Wege, die bis weit in die Ferne führen, dem Wirrsal der Maschinen und den anonymen Massen vor. So oder so kommt sie sich klein vor, doch die Kleinheit dieses Trampelpfads ist zumindest ihre eigene.

Eine Weile trippeln ihr zwei verirrte Hühner hinterher, bis sie sich schließlich unter ein Pfahlhaus flüchten. Aubry zieht ihre Sandalen aus. Mit den Jahren hat sie sich angewöhnt, barfuß zu wandern. Sie mag das Gefühl von Haut auf Haut, der eigenen auf der Haut der Erde – genießt das kurze Gras unter ihren Sohlen, scharf wie Ingwer, die Wärme des Wüstensandes, so wohlig wie ein trockenes Bad, die Sicherheit von hartem, blankem Granit. Der Pfad wird schmaler. Sie wirft einen Stein vor sich auf den Weg – für die Schlangen und Skorpione, damit sie rasch verschwinden können, bevor sie kommt.

Sie läuft und läuft, bis sie merkt, dass sich in ihrer Tasche etwas regt – ihr Rätselball, der zuckend auf ihr Rückgrat drückt, als wolle er sich freikämpfen. Sie bleibt wie angewurzelt stehen, macht kehrt und geht denselben Weg zurück. Lugt erst nach rechts, dann nach links in ein Gehölz aus dicken Feigenbäumen, ein mächtiges Gewirr aus Stämmen, Wurzeln und tief hängenden Ästen.

Mitten in all diesem Grün entdeckt sie einen Pfad, der sich wie ein Tunnel durch Bögen aus gewundenen Ranken zieht.

Ihr Rätselball hört auf zu zappeln.

Sie macht einen zaghaften Schritt auf den Eingang zu, legt den Kopf schief, um hineinzuspähen. Niemand geht hinein oder hinaus. Es ist, als hätte dieser Pfad sich wie ein Teppich ausgerollt, als hätte er sich still im Halbdunkel versteckt und nur ihr aufgelauert.

Wenn doch nur Sophie und Somerset hier wären, um es zu sehen. Die Antwort auf all ihre Fragen, hier und jetzt. Aber so ist es nie. Sie geht allein hinein, immer allein.

Sie drängt sich vorbei an den Stämmen und den Ranken, unter dem hängenden Moos hindurch. Es ist ein einsamer, lautloser Ort. Sie kennt solche Orte. Ist schon an ähnlichen gewesen. Ein Schauer des Wiederkennens läuft ihr über den Rücken. Sie folgt dem Pfad durch eine Kathedrale aus Wurzeln und Ästen, die an einer Tür endet – einer unerklärlichen Tür, die in diesem Dickicht nichts verloren hat. Sie ist rot, blau und grün, bunte, feierliche Farben, die Kanten goldverziert. Auch Türen wie diese kennt Aubry.

Sie wirft einen Blick über die Schulter, um sicherzugehen, dass dies ihre Tür ist und nur ihre. Die Stille der Umgebung überwältigt sie. Wäre sie nicht so aufgeregt, würde sie womöglich tiefe Ruhe empfinden.

Oder Einsamkeit. Ja, das wird auch kommen – eine abgrundtiefe Einsamkeit, die nur solche Türen ihr bescheren.

Dennoch macht ihr Herz einen Freudensprung, als hätte man es dazu aufgestachelt.

Ich existiere nicht mehr, denkt sie sich. *Niemand sieht mich. Niemand weiß, wo ich bin. Vom Erdboden verschluckt. Ich bin weg. Und gleich werde ich ganz verschwunden sein.*

Behutsam dreht sie den Knauf, zieht die Tür auf und tritt ein.

17

Eine Randbemerkung

Einige Jahre später entkommt Aubry einem Platzregen im kalten, tiefsten Süden Chiles dadurch, dass sie rasch in eine kleine Gaststätte am Stadtrand von Punta Arenas huscht. Obwohl sie sich nach und nach penibel an den örtlichen Kleidungsstil angepasst hat, gibt ihr Akzent sie preis. Sie weckt die Aufmerksamkeit eines älteren Herrn mit einem langen, runzligen Gesicht, der sie an eine Meeresschildkröte erinnert. Er hat von Arthritis geschwollene Gelenke, makellos saubere Fingernägel und trägt seinen Anzug gestärkt und geplättet, hart wie Eisenerz. Er lädt Aubry an seinen Tisch ein, für »eine Plauderei«, wie er es ausdrückt. Sie berichtet ihm von ihren Reisen, ihrer Unfähigkeit, an einem Ort zu bleiben. Das erstaunt ihn, doch nicht auf dieselbe Weise, wie es andere erstaunt. Andere romantisieren ihre Krankheit. Sie stellen sich ihre Reisen als unendliche Ferien vor, was natürlich lächerlich ist. Wer will denn schon unendliche Ferien? Ferien sind nichts anderes als eine zeitweilige Unterbrechung des Alltags, eine Möglichkeit, eingefahrene Gewohnheiten für eine Weile abzuschütteln, neues Essen, neue Sitten zu probieren, um dann zurückzukehren. Vielleicht nimmt man etwas davon mit oder weist es zurück – in jedem Fall kommt stets die Rückkehr. Schlussendlich sind wir doch alle Gewohnheitstiere, die Besitz, Sicherheit und Familienbande bevorzugen. Was aber gibt Aubry Geborgenheit? Wo sind ihre Bande? Welche alltäglichen Gewohnheiten hat sie, und wie, Gott behüte, kann sie damit brechen?

Dieser Mann, dieser steife Chilene, denkt darüber völlig anders. Er verabscheut Reisen. Einmal hatte er sich vorgenommen, nach Santiago zu fahren, um zu sehen, was es mit dem ganzen Buhei auf sich hatte. Er dachte, es würde ihm womöglich guttun. Nach einer unbequemen Kutschfahrt zum Bahnhof, wo er herausfand, dass sein Zug drei Stunden Verspätung hatte, bekam er Hunger und bestellte Süßkartoffel-Empanadas. Entsetzt musste er feststellen, dass diese Empanadas überhaupt nicht nach seinem Geschmack waren, viel zu süß, und das Café führte nicht einmal seinen Lieblingstee – ja, es gab gar keinen Tee. Er war gezwungen, ein gesüßtes Stärkungstonikum zu trinken, von dem er schon gehört, das er jedoch noch nie probiert hatte. Es war eine katastrophale Mahlzeit. Er dachte also, wenn ihm bereits die Fahrt zum Bahnhof so viele Unannehmlichkeiten beschert hatte, welche Schrecken würde dann erst eine Reise nach Santiago für ihn bergen? Er warf seine Fahrkarte fort und fuhr geradewegs wieder nach Hause. Wieso fremdländische Getränke trinken, wenn er mit Tee absolut zufrieden war? Warum in einem Zimmer, in dem es entweder zu heiß oder zu zugig war, in einem unebenen und ungewohnten Bett schlafen? Wieso die Straßen nach einem ordentlichen Restaurant absuchen, wenn er mehrere ausgezeichnete Lokale gleich um die Ecke hatte?

Und ganz ehrlich, gab es irgendetwas in Santiago, in Havanna oder in Madrid – irgendein Kunstwerk, ein Museum oder einen himmelhohen Berg –, worüber er nicht einfach in einem Buch lesen konnte? Musste er sich wirklich endlose Stunden lang in einen Zug oder ein Schiff drängen, um Dinge zu sehen, die schon tausendmal zu seinem Vergnügen abfotografiert, gemalt und veröffentlicht worden waren?

»Genau! Genau!«, ruft Aubry begeistert und verbringt den ganzen Nachmittag in der Gesellschaft eines aufsässigen Grantlers. Endlich ist sie auf eine verwandte Seele gestoßen.

18

Im Zug mit Lionel Kyengi

Wenn sie raten müsste, würde sie sagen, dass sie vierunddreißig ist – vierunddreißig und immer noch bereit, das eine oder andere Risiko einzugehen, wie damals, als sie die Klippen bei Conakry hochkletterte, um nicht denselben Weg durch die Stadt zurückgehen zu müssen. Oder erst vor zwei Monaten, als sie so töricht war, in einem tobenden Sturm durch die Barentssee zu segeln. Ähnlich knapp war es auch auf ihren Reisen durch Indonesien, Island und die schmale Seite Südamerikas gewesen. Hier jedoch, in Russland, hat sie Aubry schließlich eingeholt. Sie ist zu lange in Nischni Nowgorod geblieben. Sie kann sie bereits spüren – die Krankheit, dicht auf ihren Fersen, bald hat sie sie erwischt.

Vor ein paar Stunden noch hat sie von ihrer Krankheit geträumt, hat ihre knurrende Stimme markerschütternd durch ihren Schädel dröhnen hören.

»Geh«, hat sie gebrüllt. Draußen grollte der Donner, und es regnete in Strömen.

»Das kann doch nicht dein Ernst sein.«

»Geh, habe ich gesagt.«

»Und ich sag: Leck mich doch am Arsch.«

»Dann wecke ich dich eben auf«, sagte ihre Krankheit, und

Aubry wachte von einem Schmerz auf, der sich durch ihre Eingeweide fraß.

Jetzt bahnt sie sich mit ihrem Gehstock einen Weg durch die Menge, entschuldigt sich bei allen und bei niemandem. Oft spürt sie sie schon kommen, ein nagendes Gefühl, bevor sie zuschlägt, und genau das spürt sie jetzt. Sie muss unbedingt in diesen Zug, bevor ihre Ohren anfangen zu bluten, bevor ihr Körper sich in Krämpfen schüttelt. Sie möchte keine Szene machen, nicht vor all diesen Kosmopoliten. Sie werden sich um sie scharen und sie anstarren, zu verängstigt, um sie anzufassen, zu gebannt, um fortzugehen. Sie wird sich durch die Wand aus gaffenden Gesichtern drängen und um ihr Leben rennen müssen.

Aber wohin? Sie ist im Stadtzentrum von Nischni. Sie kennt sich mittlerweile aus – der Duft von Flieder in der Luft, ratternde Straßenbahnen, Kirchen und Klöster mit bunten Spritzgusskuppeln, eine ganze Stadt wie gebacken von Konditormeistern. Sie hat schon jeden Fußbreit hier erkundet, ist schon überall entlanggegangen und -gefahren, hat ihre Kreise gedreht bis in den Stadtkern.

Plötzlich, die kalte Gewissheit, ein Schauer, wie eine Eisschicht auf der Haut. Um von hier zu fliehen, muss sie durch Gegenden, in denen sie schon war. Das könnte sie sein, ihre letzte Krankheit, der Todesstoß, und sie hat ihn sich selbst bereitet. Sie rempelt, drängt und zwängt sich durch die Menge – Berufspendler, die jeden Tag hin- und zurückfahren, von zu Hause zur Arbeit und wieder zurück, immer hin und her, wie Tiger im Käfig. Sie kämpft sich durch Wolken aus Rauch und Dampf, in Richtung des gusseisernen Ungetüms, schiebt sich über den gesamten Bahnsteig bis zu den Trittbrettern der Transsibirischen Eisenbahn.

Aubry steigt in den Waggon und sucht so rasch wie möglich ihr Abteil. Der Mann, der dort bereits Platz genommen hat, schaut von seinem Lehrbuch auf. Sie setzt sich nicht. Bleibt stehen und wartet. Der Zug bewegt sich nicht. Wieso rührt er sich nicht? Draußen brüllt ein Schaffner etwas auf Russisch – Russisch, noch so eine Sprache, die sie nicht lernen konnte. Dazu war keine Zeit.

»Er sagt etwas von einer Verspätung«, erklärt der Mann, als er ihre Verwirrung bemerkt. Sie sieht ihn flüchtig an. Er ist Schwarz und spricht mit Akzent. Ansonsten nimmt sie kaum Notiz von ihm. Fährt sich mit der Zunge durch den Mund, um zu sehen, ob sie schon blutet.

Aber halt! Er hat etwas von einer Verspätung gesagt, und zwar auf Französisch.

»Wie bitte?«, fragt sie nach.

»Der Zug. Er hat Verspätung.«

»Wie lange?«

»Das weiß ich nicht.«

Aubry fährt sich mit dem Finger an den Mundwinkel. Da, auf der Fingerspitze, ein erster Blutfleck.

»Vielleicht muss ich zu Fuß gehen.«

Der Mann starrt sie verwundert an. »Ist es denn weit? Da, wo sie hinmüssen?«

»Zu weit.«

Sie bebt am ganzen Leib.

»Nehmen Sie doch Platz«, fordert er sie drängend auf.

Sie schüttelt den Kopf. »Das würde mich umbringen.«

Jetzt ist er beunruhigt. Aubry schwitzt. Mit jeder Sekunde weicht ihr mehr Farbe aus dem Gesicht. Er springt auf. »Ich rufe einen ...«

»Nein«, faucht sie. Er hält jäh inne, erstarrt mitten in der Bewegung.

»Ich bin mir sicher, dass es irgendwo im Zug einen Arzt ...«

»Setzen Sie sich!«, faucht sie abermals.

Er nimmt wieder Platz.

»Keine Ärzte mehr«, murmelt sie. »Nie mehr.«

Plötzlich setzt sich der Zug ruckelnd in Bewegung. Sie gerät ins Wanken. Er schnellt wieder hoch, um sie zu stützen, doch das hat sie nun nicht mehr nötig.

Jetzt stehen beide, und der Mann betrachtet Aubry, die stoisch aus dem Fenster stiert, während der Bahnsteig an ihnen vorbeizieht und der Zug langsam aus dem Bahnhof rollt.

Das nagende Gefühl in ihrem Bauch ist immer noch da. Sie fasst sich wieder an den Mund. Diesmal kein Blut. Trotzdem wartet sie. Der Zug, der mittlerweile gleichmäßig dahintuckert, überquert die Oka, und sie lässt Nischni Nowgorod für immer hinter sich.

»Ich glaube, jetzt kann ich mich setzen.« Aubry lässt sich seufzend auf den Sitz plumpsen, schnauft tief durch, um ihre Nerven zu beruhigen. Legt Gehstock und Tasche beiseite. Der Mann steht noch immer und beobachtet sie.

»Also … fühlen Sie sich nur wohl, wenn Sie in Bewegung sind? Ist das das Gegenteil von Seekrankheit?«

Sie schaut ihn an, mustert ihn genau. Er ist gut gekleidet, trägt eine Brille, seinem Akzent nach zu urteilen, kommt er womöglich aus Westafrika. Er spricht Französisch und Russisch, also ist er weit gereist und auch gebildet. Vor allem sorgt er sich rührend um ihr Wohlergehen, was sie zu schätzen weiß, nun, da sie endlich die Muße dazu hat.

»Ich kann verstehen, wie Sie darauf kommen«, sagt sie. »Woher wussten Sie, dass ich Französin bin?«

»Sie haben auf Französisch vor sich hin gemurmelt.«

»Habe ich das?«

»Jedenfalls klang es französisch, was immer es auch war, diese Laute, die Sie von sich gegeben haben.« Er deutet ein Lächeln an. Versucht, gefasst zu wirken, ist es jedoch nicht.

Er ist der erste Schwarze, den sie in Russland gesehen hat, und der erste Schwarze, dem sie seit – wie lange? Einem Monat? Einem Jahr? – begegnet ist. Doch sie misst nicht gerne Zeit, also greift sie in ihre Tasche, holt den Rätselball heraus und spielt damit. Er setzt sich wieder hin, nimmt das Buch wieder zur Hand, in dem er gelesen hat, und schlägt es im Schoß auf. Doch sein Blick wandert immer wieder zu ihr, so wie ein Detektiv eine Verdächtige im Auge behalten würde. Er setzt sich auf, verschränkt die Hände auf dem Tisch und dreht sich zu ihr.

»Dies ist ein Schlafwagenabteil«, sagt er schließlich, als würde er sie auf ein interessantes Detail der Landschaft hinweisen.

Sie schaut von ihrem Rätselball auf und blinzelt ihn verwundert an, hat keinen blassen Schimmer, was er damit sagen will.

»Ein Schlafabteil für Herren«, präzisiert er. Ihre Augenbraue kräuselt sich, eine einzelne Braue, die sie argwöhnisch emporzieht. Sie wühlt in ihren Taschen, sucht nach ihrer Fahrkarte. Als Aubry sie gefunden hat, hat auch er seine hervorgezogen, und sie vergleichen die Billetts.

»Ach, sehen Sie«, erklärt er mit bemüht entschuldigender Miene. »Sie sind im falschen Wagen. Ich fürchte, Sie haben gar kein Schlafwagenabteil.«

Da fällt es ihr wie Schuppen von den Augen, ihr gedankenloser Fehler, ihre Unverfrorenheit. Sie hat die Nummern vertauscht. Wie war sie nur darauf gekommen, ein Abteil zu haben? Sie hat sich sogar hingesetzt, es sich bequem gemacht und arglos mit ihrem Rätselball gespielt. Ihr Gesicht fängt an, vor Scham zu glühen.

»Oh … das tut mir ja so leid«, stammelt sie verlegen und sammelt rasch ihre Sachen zusammen.

»Keine Ursache. Gar keine Ursache.« Seine Augen, so groß und rund. »Ich … ich wollte nicht …«

Sie steht an der Abteiltür und sieht zu, wie er sich mit seinem unvollständigen Satz abmüht. Der Satz bleibt unvollendet. Sie lächelt ihn an, sagt »Danke«, tritt hinaus und schließt die Tür hinter sich.

Auf der einen Seite des schmalen Ganges gleitet die Landschaft rumpelnd an ihr vorüber, auf der anderen sind die Türen der Abteile. Sie ist sich nicht sicher, wo sie hinmuss, in welcher Richtung ihr Sitzplatz auf sie wartet. Also wählt sie einfach eine aus und marschiert los. Alles wird sich fügen, solange sie nur geht.

Dann, auf halbem Wege durch den Zug, bleibt sie jäh stehen. In ihrer Eile hat sie den Rätselball vergessen. Also macht sie kehrt, geht zurück, klopft höflich an und öffnet zaghaft die Abteiltür.

Der Mann steht wortlos da, entgeistert und angsterfüllt starrt er mit großen Augen vor sich auf den Boden. Er deutet auf etwas vor seinen Füßen.

»Er hat sich bewegt.«

Sie folgt seinem Blick. Ihr Rätselball wartet an der Tür auf sie.

»Wie bitte?«

»Er hat sich bewegt. Ich war dabei«, sagt er und zeigt auf das andere Ende der langen Bank vor ihm. »Ich habe mich nur ganz kurz umgedreht, und als ich wieder hinsah, war er da.« Er deutet auf den Ball, der vor ihren Füßen liegt. »Er hat sich bewegt.«

»Er ist gerollt, meinen Sie.«

»So weit? So schnell? Unmöglich. Das verdammte Ding ist Ihnen hinterhergehüpft. Ich schwöre es.«

Sie schaut zwischen ihm und dem Rätselball hin und her. Er kann den Blick nicht davon abwenden.

»Das ist aber recht unwahrscheinlich, oder?«

»Ich habe es gesehen.«

»Aber nein. Sie meinten doch, Sie hätten gerade weggeschaut.«

»Ich schwöre, dass ich es gesehen habe.«

»Nein, haben Sie nicht – nicht alles jedenfalls. Sie sehen etwas blass aus. Kann ich Ihnen vielleicht etwas anbieten?« Sie wühlt in ihrer Reisetasche. »Ich habe Schokolade.«

»Ich verstehe das nicht. Was ist das für ein Ding?«

Endlich beugt sie sich hinab und hebt ihn auf. »Das ist mein Rätselball. Ich habe ihn schon mein ganzes Leben. Aber das ist noch gar nichts. Das hier ist mein Speer.«

Sie schnippt die Kappe von ihrem Gehstock und bringt die glänzende Metallspitze zum Vorschein.

»Heilige Muttergottes«, staunt er mit noch größeren Augen, »wozu brauchen Sie den denn?«

»Zum Jagen. Wozu sonst?«, erwidert sie und setzt die Kappe wieder auf den Stock. »Vielleicht ist der Rätselball ja gerollt, ohne dass Sie es gemerkt haben.«

»Er ist vom Sitz gefallen. Das hätte ich gehört.«

»Vielleicht auch nicht. Vielleicht war der Zuglärm doch zu laut. Würde das nicht viel mehr Sinn ergeben? Es tut mir leid, dass ich Ihnen einen solchen Schrecken eingejagt habe. Lassen Sie mich Ihnen etwas zu trinken holen. Was hätten Sie denn gern? Einen Whisky vielleicht?«

»Nichts. Es geht mir gut.«

»Schokolade?« Endlich hat sie ihre Tafel Schokolade gefunden und bietet sie ihm an.

»Nein. Nein, danke.«

Es scheint, als könne sie nichts mehr für ihn tun, dennoch widerstrebt es ihr, zu gehen. »Möchten Sie, dass ich gehe?«

Er schaut sie an, womöglich das erste Mal, seit sie zurückgekommen ist. »Es war gar nicht meine Absicht, Sie zu vertreiben«, sagt er entschuldigend. »Ich wollte nur nicht, dass Sie glauben, ich wolle Sie irreführen, eine junge Dame unter falschen Annahmen in eine unschickliche Situation bringen.«

»Das hätte ich niemals angenommen. Sie sind ein Gentleman«, erwidert sie mit Nachdruck, fügt dann aber leicht zweifelnd hinzu: »Sie *sind* doch ein Gentleman, nicht wahr?«

»Aber gewiss doch.«

»Und liegt es in der Natur eines Gentlemans, zu teilen?«

Zum ersten Mal, seit sie sich begegnet sind, lächelt er. »In der Regel schon.«

»Dann sollte ich vielleicht bleiben. Nur für eine Weile. Bis Sie sich besser fühlen.«

Er streckt den Arm aus. »Lionel Kyengi.«

»Aubry Tourvel«, antwortet sie, und sie geben sich die Hand.

Dann nehmen sie einander gegenüber Platz und beginnen eine höfliche Unterhaltung, über Nischni, über Russland, und bald schon kann sich Lionel in ihrer Anwesenheit entspannen. Sie beteuern, wie nett es doch sei, auf einer so langen Reise Gesellschaft zu haben. Dabei sind sie Narren. Es ist ein unfassbarer Skandal, und das wissen sie auch – zwei Fremde verschiedenen Geschlechts, verschiedener Hautfarbe dazu, zusammen in einem Zugabteil. Dennoch wahren sie den Schein des Anstands.

»Wie geht es Ihnen«, fragt er.

»Ach das. Nur ein vorübergehendes Unwohlsein.«

»Mir schien es aber ernster zu sein.«

»Das ist es auch. Aber lassen Sie uns stattdessen über unsere Lieblingsspeisen reden.«

Sie haben reichlich Zeit.

Dann ein Poltern. Lionels Augen weiten sich erneut vor Schreck. Der Rätselball liegt auf dem Boden.

»Ich habe ihn fallen lassen«, sagt Aubry, die sich bereits vorbeugt, um ihn aufzuheben. »Ich war das.«

Lionel kommt wieder zu Atem.

»Macht der Ball Sie noch immer so nervös?«, fragt sie. »Lassen Sie es mich Ihnen zeigen. Warum helfen Sie mir nicht, ihn aufzubekommen?«

Sie zeigt ihm, wie sich die Plättchen verschieben lassen, die verschiedenen Richtungen, in die sie sich bewegen. Nach einer Weile wechseln sie sich damit ab, sitzen vornübergebeugt auf ihren Plätzen, beinahe Kopf an Kopf.

»Links … nein, in diese Richtung …«, weist sie ihn an. »Nein, probieren Sie mal das.«

Nichts funktioniert. Sie lachen und versuchen es erneut.

»Wollen Sie damit etwa sagen, dass Sie ihn noch nie geöffnet haben?«, fragt er.

»Noch nie.«

Er dreht die Paneele entlang ihrer versteckten Rillen, wieder und wieder, und noch immer tut sich nichts. Dann stöhnt er frustriert auf und brummt: »Wieso schleppen Sie dieses Teufelsding überhaupt mit sich herum?«

»Um herauszufinden, was drin ist!«

»Geben Sie mir einen Hammer, und ich zeig es Ihnen.«

Er fragt, wo sie ihn herhat. Sie erzählt ihm von dem Toten, dass sie den Ball vor dessen Haus gefunden hat, und auch von dem Wunschbrunnen, doch wenig mehr. Zum Beispiel erzählt sie ihm nichts von jenem Tag auf Zypern – damals war sie noch ein junges Mädchen –, als der Ball auf den Grund einer Schlucht fiel. Eine ganze Stunde ist sie hinuntergekraxelt und fand ihn ganz am Rande eines großen Lochs, das tief in die Erde hinabführte. Im Innern war eine klapprige Holzleiter festgezurrt, als wollte sie Aubry hineinlocken.

Sie stieg nicht hinunter. Hatte nicht den Mut dazu.

Noch nicht.

»Sie Arme«, sagt er. »Sie hatten nie den Hauch einer Chance.«

»Wie meinen Sie das?«

»Sie lieben dieses Ding. Wie könnten Sie es dann in einen Brunnen werfen?«

»Das hätte ich aber tun sollen. Ich hatte es versprochen.«

»Es ist wie mit dem Apfel im Paradies. Wieso einen Obstbaum im Garten Eden wachsen lassen und dann verbieten, dass jemand davon isst? Und mit Ihrem Rätselball ist es dasselbe. Wieso Ihnen diesen Ball geben und Sie dann zwingen, ihn wegzuwerfen? Natürlich haben Sie es nicht getan. Sie sind einfach nicht der Typ dafür.«

»Können wir über etwas anderes reden?«

»Warum?«

»Ich möchte nicht darüber nachdenken.«

»Warum?«

»Das ist Vergangenheit. Was geschehen ist, ist geschehen.«

»Ich will damit natürlich nicht sagen, dass dieses Ding daran schuld war. Das ist lächerlich. Es ging mir dabei nur um Sie. Das ist alles.«

Sie spielen weiter mit dem Ball, bis vor ihrem Fenster ein blutroter Streifen Sonnenuntergang den Himmel in zwei Stücke reißt. Mittlerweile reden sie längst über andere Dinge, etwa darüber, wie man einen Vogel im Baum mit einem Speer erlegt. Sie steht mitten im Abteil, hat die Speerspitze entblößt und zeigt Lionel, wie man zu stehen und zu zielen hat.

»Die Armhaltung ist alles. Sehen Sie? Sehen Sie meine Haltung?« Er lacht zu sehr, um richtig zuzuhören. Sie finden alles furchtbar komisch, als litten sie unter derselben Geisteskrankheit. »Wie können Sie das nicht wissen?«, schreit sie. »Ich dachte, alle Afrikaner könnten Speere werfen!«

»Vorsicht«, warnt er. »Das letzte Mal, als eine Französin so einen Speer in der Hand hatte, wurde sie auf dem Scheiterhaufen verbrannt!« Und dann brechen sie in Gelächter aus wie zwei Betrunkene.

Mitten im Gelächter verstummt sie, jäh ernüchtert durch einen verstörenden Gedanken.

»Meinen Sie etwa, ich sei hereingelegt worden?«, will sie von ihm wissen.

»Wie bitte?«

»Ich meine das, was Sie gerade über den Rätselball gesagt haben. Dass ich ihn behalten *sollte*. Soll das etwa heißen, dass man mich mit Absicht krank gemacht hat?«

»Was? Nein. Niemand ... Es ist ein Leiden wie jedes andere.«

»Es ist nicht wie jedes andere.«

»Wieso sollte irgendjemand Ihnen eine solche Krankheit aufbürden wollen?«

»Ich weiß es nicht. Ich möchte nicht darüber nachdenken. Aber Sie haben es gesagt, und jetzt kriege ich es nicht mehr aus dem Kopf.«

»Niemand hat Sie mit Absicht krank gemacht«, versichert er ihr so überzeugend, wie er kann.

Sie schließt die Augen, stützt den Kopf in die Hände und taucht einen Moment später zum Luftholen wieder empor.

»Nein. Natürlich nicht«, sagt sie. »Niemand würde so etwas tun.«

Schließlich haben sie sich müde gelacht. Sie machen es sich auf den Sitzbänken gemütlich. Er hat sich ausgestreckt, die Füße hochgelegt, dem Fenster zugewandt. Sie sitzt ihm auf der anderen Seite des Abteils gegenüber. Ohne Vorwarnung funkeln vor dem Fenster ihres Zuges plötzlich unzählige Sterne. Da ihnen der Gesprächsstoff ausgegangen ist, nennen sie einander Wörter, ihre Lieblingswörter aus irgendeiner Sprache, die sie kennen.

»*Yariman*«, sagt sie.

»Was bedeutet das?«, fragt er.

»Schlampe.«

»*Mudak*«, sagt er.

»Und das?«, möchte sie wissen.

»Scheißkerl.«

»I se va rupe capul off și dracu 'partea care încă se mișcă.«

»Soll ich fragen?«

»Ich werde dir den Kopf abreißen und den Teil vögeln, der sich noch bewegt.«

Ihm fällt die Kinnlade herunter. »Gütiger Gott.«

»Ein Barkeeper hat mir den beigebracht.«

»Und ich dachte, *ich* wäre ein weltlicher Mensch«, staunt er, ein wenig von sich selbst enttäuscht.

Sie zuckt die Achseln. »Ich bin eben auf eine andere Weise weltlich. Was sind Sie eigentlich? Sprachforscher?«

»Buchhalter.«

»Das klingt nützlich. Wenn ich zur Schule gegangen wäre, hätte ich das auch studiert.«

»Ich habe noch nie weibliche Buchhalter kennengelernt. Ich schätze, Frauen wären sehr gut darin.«

»Was machen Sie überhaupt in Russland?«

»Ich habe in Oxford studiert. Habe die ESCP in Paris besucht. Das macht mich auf gewisse Weise wertvoll. Ich habe geholfen, meine Heimatstadt vor dem Bankrott zu retten, und nebenbei noch ein paar andere Gemeinden. Ich habe einen Freund im russischen Ministerium. Ich glaube, er möchte wissen, was ich für sie in Wladiwostok tun kann.«

»Wladiwostok ist kein hübsches Wort«, sagt sie.

»Nein«, stimmt er ihr zu. »Und Sie?«

»Ich bin unterwegs. Immer unterwegs. Ich bin in Bewegung, um atmen zu können. Das ist alles. Ich bin nicht im Geringsten wertvoll«, erklärt sie. »Wenn meine Familie weiß, wo ich bald sein werde, schickt sie mir Geld. Manchmal hinterlegen sie auch kleinere Summen in verschiedenen Städten, wie bei einer Schatzsuche, auf die ich mich begeben muss. Die meiste Zeit jedoch versuche ich, mich alleine durchzuschlagen.«

»Wissen Sie, was man mit Dieben hierzulande macht?«

Wieso fragt er sie etwas über Diebe? Was hat sie verbrochen?

»Lionel«, sagt sie mit einem nervösen Unterton, »ich dachte, wir wären Freunde?«

»Man steckt sie in eine Zelle. Vielleicht haben sie ein Fenster, vielleicht auch nicht. Eine Reise bedeutet für sie die drei Schritte von einer Wand zur anderen. Viele leben jahrelang in dieser Zelle, je nachdem, was sie verbrochen haben, je nachdem, ob man sie vergessen hat oder nicht. Vielleicht sterben sie in dieser Zelle. Was ich damit sagen will: Ihre Strafe ist die Unfähigkeit, sich zu bewegen, die Unfähigkeit, die Welt um sie herum zu sehen. Es ist eine weltweit verbreitete Strafe. Was Sie haben, ist das Gegenteil davon. Sie haben so viel von der Welt gesehen, dass es eine Belohnung sein muss. Wofür jedoch, kann ich Ihnen nicht sagen.«

Sie muss ein wenig schmunzeln. Wo sie auch hingeht, begegnet sie Menschen, die sich danach sehnen, mit ihr zu kommen, eine Sehnsucht nach Bewegung, danach, Dinge zu sehen und zu fühlen, die man daheim nicht sehen und fühlen kann. Sie hat Menschen getroffen, die wünschten, sie hätten ihre Krankheit, die ihnen einen Vorwand böte, aufzubrechen und die Welt zu erkunden. Überall sind Leute, die sie voller Neid beäugen, die ihr sehnsuchtsvolle Blicke zuwerfen, Blicke, mit denen sie ihre Krankheit zu etwas verklären, das sie nicht ist. Kein Wunder, dass die Zeitungen seit jeher so an ihr interessiert sind.

»Exil ist auch eine Strafe«, wendet sie ein.

»Es gibt unzählige Exilanten, die nach ihrem Weggang noch ein glückliches, erfolgreiches Leben geführt haben. Wem ist das in einer Zelle schon vergönnt gewesen?« Und um seinen Standpunkt noch zu untermauern, fragt er: »Wo, glauben Sie, war Marco Polo glücklicher? Auf dem Weg nach China oder in einem venezianischen Gefängnis?«

Sie schweigt dazu.

»Sie sind eine bemerkenswerte Frau. Ich hoffe, dass man diese Krankheit nach Ihnen benennt.«

Sie lacht und mustert diesen Lionel Kyengi eingehend.

»Ich habe sieben Sprachen gelernt, komme mit vielen anderen einigermaßen durch«, sagt sie, »und habe doch kaum mal die Gelegenheit, sie zu benutzen. Macht es Ihnen etwas aus, wenn wir bis tief in die Nacht weiterreden?«

»Bis die Sonne aufgeht, wenn Sie möchten«, sagt er.

»Das würde mir gefallen.«

Und damit verstummen sie. Sie starren einander durch das Abteil hinweg an. Lionel hebt die Hand, zögert, dann zieht er den Vorhang vor die Tür, um neugierige Blicke fernzuhalten. Sie öffnet das Fenster, um etwas Luft hereinzulassen.

Ein geschlossenes Abteil, ein Mann, eine Frau, hämmernde Herzen, sie und ihrer beider Leben rasen über die in Blau getauchte Steppe. So weit sind sie gereist, aus entgegengesetzten Richtungen, nur um hier zu enden. Wer hätte gedacht, dass Bewegung auch ein Ort sein kann? Und wer hat wen geküsst? Sie weiß es nicht einmal genau. Ist zu beschäftigt, die verborgenen Talente ihrer Finger zu entdecken. Sie sind so erfüllt davon, sich dem andern hinzugeben, verzückt von dem Geschmack ihrer Münder, ihrem Seufzen und Stöhnen, davon, wie leicht Kleider doch herabgleiten können.

Sie liebt diesen Körper vor ihr, dieses kleine Wunder aus

Muskeln und Knochen. Sie kennt diese kultivierten Paare, so städtisch, so furchtbar elegant, mit ihren artig aufgereihten Kindern. Nichts davon ist ihr vorherbestimmt. Ihr Leben gleicht einem Hunger, der nach einer Mahlzeit sucht. Es ist schon lange her, aber heute Nacht hat sie eine gefunden, und sie nimmt ihn gierig mit den Händen in den Mund.

»Sag mir«, keucht er, als ihm kurz die Luft wegbleibt. »Woher weißt du das? Wie kannst du dir so sicher sein, dass es keine Heilung gibt?«

Die Geschichte von Uzair Ibn-Kadder hat sie bisher kaum jemandem erzählt. Doch dieser Mann, der Aubry auf seinem Schoß liebkost, der sie so hochhebt, dass ihre Zehen über dem Boden schweben, dieser gut aussehende Mann muss sie auf jeden Fall erfahren. Und wenn er sie gehört hat, wird er nie mehr eine so törichte Frage stellen …

19

Uzair und die nordafrikanische Odyssee

Die Luft war erfüllt von den Klängen eines sonderbaren Instruments. Das musste der Gebetsruf gewesen sein, von dem die griechischen Seeleute gesprochen hatten.

Waren sie immer noch da, diese griechischen Matrosen? Wie lange war das her? War es zu spät, um zurückzugehen und wieder bei dem Kapitän und seiner Mannschaft anzuheuern? Und wo genau war sie hier? Gerade war sie aus den endlosen Schatten mit den endlosen Büchern herausgetreten. Ihr schwirrte noch immer der Kopf von allem, was sie dort gesehen hatte, verworrene Gedanken wirbelten ihr durch den Schädel. Es war, als wäre sie aus einem Traum erwacht.

Sie schüttelte den Kopf, versuchte, sich zu konzentrieren. Sie konnte nirgends Wasser sehen oder hören, wie die Gischt des Mittelmeers an die Küste brandete. Aber sie entdeckte Berge, blassbraun am Horizont, was eigenartig war, da sie sich nicht entsinnen konnte, vom Schiff aus irgendein Gebirge gesehen zu haben. War dies dieselbe Stadt? Sie wirkte völlig anders. Die Straßen waren schmal und voller Sand. Die Wände schmutzig und gerissen, als würden sie den Kampf gegen die unerbittlich vorrückende Wüste allmählich verlieren.

Lärm dröhnte in ihrem Kopf, ein Tumult irgendeiner Art. Sie hörte Gebrüll und aufpeitschende Jubelschreie. Als sie um die Ecke bog, mündeten die Gassen in eine freie Fläche. Hier mochte einst ein Marktplatz gewesen sein, doch gab es keine Stände, nur eine Männerschar, die schreiend und johlend in der Mitte stand und ihr den Rücken zukehrte.

Ganz langsam trat sie näher. Wo waren die roten Westen geblieben, die bunten Quastenhüte? Wo die Frauen mit ihrem glänzenden Gold- und Silberschmuck? Stattdessen nur ein Einerlei aus Braun und Staubgrau. Langsam wurde ihr klar, dass sie die einzige Frau weit und breit war. Sie hatte das Gefühl, ganz woanders zu sein, als hätte sie den falschen Ausgang genommen, in die falsche Stadt. Das war Unsinn, aber der Gedanke ließ sie einfach nicht mehr los.

Aus dem Innern der Menge drang jetzt ein Geräusch, etwas Tierisches und Wildes. Die Schar von Männern zerstob mit einem lauten Grölen, Hohngelächter in den Mienen, und in dem freien Raum dazwischen sah sie den Löwen. Er war in der Mitte des Mobs angepflockt und warf seine gold-schwarze Mähne hin und her. Er blutete, wo die Männer mit Schaufeln und Harken auf ihn eingestochen hatten. Das Tier drosch wild um sich und wich wieder zurück, ausgemergelt wie ein fleischfressender Geist.

Sie fühlte so viele Dinge gleichzeitig. Ehrfurcht vor dem wilden Tier, so nah. War wie berauscht von der Gefahr, dem Tod, den seine Kiefer bringen konnten. Abscheu über seine Misshandlung und eine fürchterliche Angst davor, wo sie hier hineingeraten war.

Von allen Seiten stocherten die Männer mit ihren langen Werkzeugen auf die arme Kreatur ein. Aubry stand einfach da, bange und verloren, und fragte sich, wie sie zurück aufs Meer gelangen könnte.

Abseits der Menge stand ein Mann, der sie anstarrte, als wäre sie vom Himmel gefallen. Er kam auf sie zu, weiße Hosen unter einem schwarzen Kittel, schwarzer Kittel unter einem schwarzen Kopftuch, Augen so schwarz, dass sie verkohlt aussahen. Er sagte etwa Unverständliches, sprach mit tiefer und drängender Stimme auf sie ein. Sie wich zurück, doch er kam immer näher. Er sagte wieder etwas, doch diesmal hätte sie schwören können, dass es eine andere Sprache war, jedenfalls klang sie völlig anders. Doch er war zu nah und kam näher, und sie wich weiter und weiter zurück.

»Wenn Sie keinen Mucks machen, woher soll ich denn dann wissen, woher Sie kommen?« Diesmal verstand sie jedes Wort. Es war Französisch. Französisch! Es war eine Ewigkeit her, dass sie es zum letzten Mal gehört hatte. »Französisch? Ist es das? Gut. Und jetzt machen Sie, dass Sie von der Straße kommen.« Sie war so verblüfft, dass sie wie festgewachsen und mit offenem Mund dastand.

Er packte sie am Arm und zog sie in eine Seitengasse, außer Sichtweite der Meute. Dann beugte er sich zu ihr herab, sperrte die Sonne aus. Aubry konnte jede Regung seiner Augäpfel sehen. Sie hatte Angst, echte Angst, die sie umfing wie ein Umhang voller Nägel. Sie wollte wegrennen, zurück in diese seltsame Bibliothek, und sich verlieren in den unzähligen Büchern und Schriftrollen. Wollte das griechische Fischerboot wiederfinden, wo sie zwar unglücklich gewesen sein mochte, doch zumindest sicher.

Der Mann überzog sie mit einer Flut von Fragen: »Wie sind Sie hierhergekommen? Wie haben Sie diesen Ort gefunden? Wer hat Sie hierhergeführt?«

Sie flehte ihn an: »Niemand hat mich hergeführt! Ich habe ihn einfach gefunden.«

Er ließ ihren Arm los, machte einen Schritt zurück, musterte sie aufs Neue. »Wo glauben Sie denn, wo Sie sind? Am Ufer der Seine? Auf den Champs-Élysées? Sehen Sie die da draußen? Sehen Sie, was das für Menschen sind?«

»Ist das ein Löwe?«

»Er ist der Stadt zu nahe gekommen. Das geschieht, wenn man an Orte geht, an denen man nicht willkommen ist.«

»Was machen sie mit ihm?«

»Grausame Dinge.«

»Warum?«

»Ich weiß vieles, aber das weiß ich nicht.«

»Sie müssen damit aufhören.«

»Sie wollen Kerlen wie diesen Manieren beibringen? Sie sollten sich lieber verstecken. Am Ende bemerken die Sie noch und fallen über Sie her.«

»Warum?«

»Weil das Männer ohne Manieren sind!«

»Aber alle waren doch so freundlich. Alle waren so nett.«

»Ich habe keine Ahnung, von welchem Ort Sie sprechen. Jedenfalls nicht von diesem hier. Hier sind Sie eine Fremde an einem Ort, der keine Fremden mag. Sie sind allein. Sie sind eine Vagabundin. Ein Blick reicht, und die wissen, dass niemand Sie vermissen wird.«

»Wo soll ich hin?«

Er trat noch einen Schritt zurück, hob fragend die Arme. »Das ist ganz Ihnen überlassen. Da ist die Wüste.« Er deutete in die Ferne. »Und noch mehr Wüste.« Er reckte noch einmal den Finger, zögerte dann aber. »Oder«, er holte tief Luft, gab sich besänftigend, »Sie können mit mir kommen.« Sie aber drückte sich nur noch enger an die Wand. »Ich habe ein Haus, nun, eine Privatresidenz – ehrlicherweise recht bescheiden, aber Sie hätten dort Essen, einen Diener und Ihr eigenes Zimmer. Stellen Sie sich das vor. Selbst wenn Sie mich nie wiedersehen möchten, das Zimmer – das schwöre ich im Namen Allahs – gehört Ihnen.« Und das schwor er ihr mit erhobenen Händen, die Handflächen ihr zugewandt.

Sie kniff die Augen zusammen. »Ich glaube eher, *Sie* wollen über mich herfallen.«

»Wo wollen Sie denn sonst hin?«, fragte er, langsam die Geduld mit ihr verlierend. »Wo wollen Sie denn schlafen? Hier etwa?« Er deutete auf den Boden vor ihren Füßen. »Was wollen Sie essen? Wie an Wasser kommen?«

»Das weiß ich nicht.« Sie warf einen Blick hinüber zu der Menge, studierte die Gesichter. »Ich frage den Mann dort«, sagte sie und eilte, so schnell, dass er sie kurz aus dem Blick verlor, davon, schlängelte sich mit gesenktem Kopf durch die Masse, bog in einen Kreuzweg und war plötzlich verschwunden. Als er sie wiederfand, hatte sie einen alten Mann in einer kleinen Gasse in die Ecke gedrängt.

»Bitte?«, flehte sie den Alten an. »Nur für eine Nacht?«

Aber sie jagte ihm Angst ein, und er schlich kopfschüttelnd davon.

»Er glaubt, Sie wären eine Hure«, sagte der Mann mit den dunklen Augen und kam langsam auf sie zu.

»Glauben Sie das auch?«, fragte sie ihn, schäumend vor Wut.

»Nein. Ich glaube, Sie sind Französin.«

»Ich *bin* Französin.«

»Davon abgesehen weiß ich kaum etwas über Sie.«

»Das stimmt. Sie laden mich in Ihr Haus ein, und doch fragen Sie mich nicht einmal nach meinem Namen.«

»Sie würden mir nur einen falschen nennen.«

»Wollen Sie nicht wissen, was ich mir ausdenken würde?«

Er lächelte – diesmal war sein Lächeln echt – und gab sich geschlagen.

»Würden Sie mir die Ehre erweisen, mir Ihren Namen zu nennen?«

»Nein.«

»Würden Sie gern meinen wissen?«

»Uzair Ibn-Kadder«, platzte sie aufgebracht heraus, und während ihm der Kopf schwirrte und er sich fragte, woher sie das wissen konnte, wie lange sie ihn bereits kannte, was für ein Narr er gewesen war, wirbelte sie herum, ihr eigenes kleines Blitzgewitter, und verschwand abermals in der Menge.

20

Uzair und die nordafrikanische Odyssee

Stunden später, als sie ihn nach Hause kommen hörte, als die Haustür aufschwang und sie sah, wie er die Deckenlampe anzündete, die die Schatten schlagartig vertrieb, da wartete sie bereits auf ihn, den Gehstock in der Hand, als wäre nichts gewöhnlicher, als sich in ein fremdes Haus zu stehlen und still zu warten, bis dessen Besitzer heimkam.

Er blickte auf, sah sie auf dem Stuhl am Ende des Vorraums sitzen. Ihre Blicke trafen sich. Eine ganze Weile war er sprachlos.

»Woher kannten Sie meinen Namen?«, fragte er sie schließlich.

»Woher wusste ich, wo Sie wohnen?«, antwortete sie.

»Das auch.«

»Sie dachten, Sie würden mich verfolgen. Aber vielleicht habe ich ja *Sie* verfolgt.«

Er lehnte sich auf den Hacken zurück, und etwas in seinem Habitus veränderte sich. War er zuvor wütend gewesen, so wirkte er jetzt eher belustigt. »Das ist keine Antwort«, sagte er. »Aber ich bin froh, dass Sie hier sind. Das heißt, Sie sind nicht tot, denn das wäre eine Schande gewesen. Sie tragen ein Feuer in sich.«

»Genug, um Ihr Haus niederzubrennen.«

»Bitte nicht. Es ist alles, was mein Vater mir hinterlassen hat.«

»Was ist das?«, fragte sie ihn so eintönig, als würde die Unterhaltung sie schon langweilen. Sie war nicht gelangweilt, wollte nur nicht ihn alle Fragen stellen lassen. Er sah sich um, als wüsste er nicht, wovon sie sprach.

»Das da«, sagte sie und zeigte mit ihrem Gehstock ins Zimmer nebenan.

Er trat weiter in den Flur hinein, weiter auf sie zu, und schielte um die Ecke. Er wusste ganz genau, wovon sie sprach – natürlich tat er das –, und sie merkte, dass er ihr einfach ein Stück näher kommen wollte, um besser sehen zu können, ihre abgeklärte Kühnheit genauer zu studieren.

»Sie haben noch nie einen Dinosaurier gesehen?«

Auf einem Werktisch im größten Raum des Hauses, umringt von Werkzeugen und Pinseln, lag ein kolossaler Tierschädel, zu groß, um die Arme darumzulegen. Ein riesiges Horn, so dick wie der Oberschenkel eines Mannes, ragte aus seiner Schnauze.

»Haben *Sie* schon einen gesehen?«, konterte sie. Sie hatte sich bereits daran gewöhnt, ihm stets die Stirn zu bieten.

»Verzeihung. Ich habe mich versprochen. Das hier sind nur die Überreste eines Dinosauriers, die ich wieder zusammengesetzt habe. Ich wusste nicht, dass Sie es so genau nehmen würden.«

»Haben Sie den ausgegraben?«

»Ich habe ihn einem Tuareg abgekauft, der ihn von einer archäologischen Fundstätte in Äthiopien gestohlen hat. Nicht meine bevorzugte Methode, aber zumindest habe ich ihn den Fängen eines Kriminellen entrissen. Es ist ein fast vollständiger Schädel. Sehr selten. Die fehlenden Teile habe ich mit Gips gefüllt, und ich glaube, mir ist ein recht passables Abbild gelungen.«

»Wie heißt er?«

»Ich habe keine Ahnung. Haben Sie einen Vorschlag?«

»Hören Sie auf, Ihr Haus mit Knochen vollzustopfen.«

»Sehen Sie, ich habe mir das Ziel gesetzt, ein großer Wissenschaftler zu werden. Das Problem ist, dass Newton bereits eine ausgesprochen elegante Theorie des Universums entworfen hat – und Darwin eine des gesamten Lebens. Selbst die Dinosaurier wurden von einem kleinen Mädchen entdeckt, das am Strand nach Muscheln grub. Also drängt sich mir die Frage auf, ob noch etwas übrig ist, das man erforschen kann.«

»Oh.«

»Oh? Ist das alles? Stelle ich die falschen Fragen?«

Aubry starrte ihn nur an, als müsste er es besser wissen.

»Sie haben recht«, gestand er. »Eigentlich sollte ich Sie fragen, wie Sie in mein Haus eingebrochen sind.«

Doch da war sie schon weitergegangen und begutachtete seine in einem Schaukasten ausgestellte Mineraliensammlung. Sie hielt die Steine in die gleißend hellen Sonnenstrahlen, die durch die Maschrabiyya-Gitter vor dem Fenster fielen. Sie funkelten in Rosa, Grün und sogar Schwarz, wenn man bei etwas Schwarzem überhaupt von Funkeln sprechen konnte.

»Ist das Halit?«

»Nein. Es ist Fluorit, aber das war eine ausgezeichnete Vermutung.«

»Ich habe in der Bibliothek Bilder davon gesehen.«

»Welcher Bibliothek?«

»Der Bibliothek hier in Ihrer Stadt, der mit all den Bilderbüchern.«

»Die einzige Bibliothek in dieser Stadt ist meine eigene.«

Das stimmt nicht, dachte sie. Dieser Uzair war doch nicht so gelehrt. Schließlich war sie in der anderen Bibliothek gewesen. Sie hatte die griechischen Fischer verlassen, afrikanischen Boden betreten und das Gebäude mit den hufeisenförmigen Bögen entdeckt. Sie war in diese tintenschwarzen Schatten eingetreten. Hatte die Bibliothek gesehen, die sich darin verbarg.

»Ich habe einen ganzen Tag dort verbracht.« In Wahrheit waren es mehrere Tage gewesen. In Wahrheit hatte sie die Tage gar nicht mehr gezählt, so vertieft war sie in die unzähligen Bücher mit den unzähligen Bildern darin gewesen, und sie hatte alle ganz für sich allein gehabt – aber sie war müde und hungrig, und sie musste wachsam bleiben. Sie war nicht in der Stimmung für große Erklärungen.

»Die nächste Bibliothek liegt vierzig Meilen ostwärts von hier«, sagte er. »Sind Sie heute vierzig Meilen gelaufen?«

»Bin ich das vielleicht?« Die Frage war ganz ernst gemeint, obgleich er sie für Koketterie hielt. Hier musste irgendeine Art von Missverständnis vorliegen, irgendeine Art Geheimnis, das es zu lüften galt, aber sie hatte keine Lust dazu. Denn dieses Lüften erforderte Erklärungen, und die besaß sie ebenso wenig. Also beschloss sie, nicht davon zu reden. Seit sie ihrer Mutter fortgelaufen war und sich bis zu den griechischen Inseln durchgeschlagen hatte, ist sie zunehmend zurückhaltender mit dem geworden, was sie anderen erzählte, und ihre Geheimnisse wurden größer und größer.

»Ich glaube, Sie brauchen etwas zu trinken«, sagte er und ging hinaus, um ihr aus der Zisterne einen Becher Wasser zu holen.

Sie schlenderte durch sein großes Zimmer voller Kuriositäten. Der Grundriss des Hauses war recht simpel, im Grunde war es ein Laboratorium mit daran angrenzenden Räumen. Der Schädel war beeindruckend, ihr jedoch gefielen die Kristalle besser. Besonders angetan hatte es ihr ein honigfarbener Stein, in dem ein Käfer eingeschlossen war.

»Bernstein«, sagte er, als er mit dem Wasser zurückkehrte. »Von der Ostseeküste.«

»Sind Sie reich?«

Er zuckte die Achseln. »Mein Vater hat mir etwas hinterlassen.«

Sie nahm das Wasser. Sie hatte sich längst selbst bedient, wollte aber nicht, dass er es wusste.

»Und Sie geben es für so etwas aus?«

»Wulfenit aus Marokko«, sagte er, während sie seine Steinesammlung betrachtete, die auf samtbezogenen Regalen ausgebreitet war.

»Wieso sammeln Sie diese Dinge?«

»Damit ich sie studieren kann.«

»Und warum studieren Sie sie?«

»Es verleiht mir einen Sinn, schätze ich.«

Sie hielt inne, wie schraffiert vom gebrochenen Licht des Fensters. »Einen Sinn?«

»Den Grund, wieso ich hier bin.«

Ein Gefühl machte sich in ihr breit, eine vage Panik ganz hinten im Gehirn. Sie wusste nicht, warum.

»Was ist denn?«, erkundigte er sich.

»Daran hatte ich nicht gedacht«, sagte sie. Sie riss sich zusammen, inspizierte weiter seine Edelsteine.

»Zinnober aus Peru«, fuhr er fort. »Opal aus Australien.«

Sie hörte eine Tür auf- und wieder zuschlagen, sah Sonnenlicht in einem anderen Zimmer aufflammen. Dann sah sie flüchtig einen Diener um die Ecke huschen, einen Jungen, sogar noch jünger als Aubry. Der Diener entdeckte sie, schnappte kurz nach Luft, verbeugte sich so tief, dass sein Kopf beinahe den Boden berührte, bevor er wieder davonsauste.

»Sie sammeln viele Dinge, Uzair«, sagte Aubry.

»Ja.«

»Und leben noch andere Gassenkinder bei Ihnen?«

»Ich bin ein harmloser Exzentriker«, erklärte er. »Hier gibt es keine Gefangenen. Wenn Sie wollen, durchsuchen Sie mein Haus.«

»Das habe ich bereits.«

»Und?«

»Ich habe keine Mordinstrumente gefunden«, versetzte sie. Dann neigte sie sich dicht an ihn heran, damit er ja jedes Wort verstand. »Und die bräuchten Sie, um mich zu töten.«

21

Uzair und die nordafrikanische Odyssee

Uzair wirkte unsicher, als er sie über die schmale Tischplatte hinweg beäugte. Sie fragte sich, was wohl mit ihm geschehen würde, wenn jemand herausfände, dass sie hier war, und auch, was man mit ihr machen würde. Fragte sich, was ihre Eltern denken würden – allerdings hatte sie schon tausend Situationen überstanden, von denen ihre Eltern nie erfahren durften, hatte Abfälle gegessen, Kleidung gestohlen. Sich mit List ins Leben eines älteren Mannes einzuschleichen, gehörte kaum zu ihren schlimmeren Verfehlungen.

Sie war erst seit ein paar Jahren durch die Welt gereist und übte sich noch immer in der Kunst des Überlebens. Und hier war sie nun, experimentierte, nutzte ihre mädchenhaften Reize, um sich einen Schlafplatz und etwas zu essen zu verschaffen. Sie hatte ihr Glück noch nie so strapaziert, doch jetzt forderte sie es geradezu heraus. Bemaß jedes Wort, das er sagte, jeden Blick, den er ihr zuwarf. Jetzt bin ich hier, dachte sie. Mal sehen, wie es läuft.

In seiner Nervosität begann er mit der Gastfreundschaft der Araber zu prahlen, und nicht allein der Araber, sondern aller Freunde, die er auf seinen Reisen durch Europa und Mittelasien gefunden hatte. »Es könnte schlimmer sein. Etwas weiter südlich, und Sie wären wohl den Berbern in die Hände gefallen.«

Sie musste schmunzeln, sagte aber nichts. In Bulgarien hatte ein Landarbeiter auf Wanderschaft sie bis zur Grenze des Osmanischen Reiches begleitet, ein herzensguter Mann, der ihr jede Gunst erwiesen und ihr beigepflichtet hatte, dass die Menschen allerorts gut und wohltätig seien.

»Aber«, hatte er gesagt, als sich ihre Wege schließlich trennten, »hüte dich vor den Osmanen. Unter allen Völkern dieser Welt sind sie die Einzigen, denen nicht zu trauen ist.«

Die Osmanen erwiesen sich als ebenso gutherzig und großzügig wie die Bulgaren, gaben ihr zu essen und luden sie zu sich nach Hause ein. Aber als sie Abschied nehmen musste, warnten sie sie: »Hüte dich vor den Griechen. Die sind skrupellos. Die werden dich bis aufs Hemd ausrauben.«

Aber auch die Griechen waren großzügig. So war es nun mal, ist es noch immer: Überall preist man der Menschen Güte, nur stets mit Ausnahme seiner direkten Nachbarn, die allesamt Diebe und Verbrecher sind.

Irgendwann sollte sie auch den Berbern begegnen. Sie sammelten Aubry in der Wüste auf, pflegten sie, gaben ihr zu essen, retteten ihr das Leben. Trotz seines Forschergeistes und seiner weiten Reisen dachte Uzair genauso provinziell wie die Welt um ihn herum.

Sie wandte sich dem Essen zu. Auf dem kniehohen Brett, das Uzair einen Tisch nannte, standen Speisen, die sie als solche kaum erkannte. Bei einigen wusste sie, dass sie zum Essen gedacht waren. Bei anderen war sie sich nicht sicher. Als er ihre Unkenntnis bemerkte, lachte Uzair kurz in sich hinein und wies dann nacheinander auf jedes Nahrungsmittel.

»Schleimapfel«, sagte er. »Aus Persien.«

Sie zeigte auf die nächste Frucht.

»Mangostan. Aus Ostindien.«

»Was sonst noch? Eis aus der Antarktis?«

»Kein Eis.«

»Und die Datteln?«

»Die sind von hier.«

Sie aß mehr von den Datteln, dazu Ziegenkäse, eifrig bemüht, nicht ganz so gierig zu erscheinen wie die ausgehungerte Herumtreiberin, die sie war.

»Wussten Sie, dass Ihr kleines Gassenmädchen krank ist?«, sagte sie.

»Nein. Ist es etwas Ernstes?«

»In ein oder zwei Tagen wird sie anfangen zu sterben.« Sie spülte eine Dattel mit einem Schluck Tee herunter.

Uzair hielt mit dem Essen inne.

»Zu sterben?«

Da sie den Mund voll hatte, antwortete sie mit einem Nicken.

»Was muss ich tun?«

Sie wagte sich an den Schleimapfel, sah Uzair verdutzt und mit hochgezogener Braue an, als wäre er ein Dummkopf, weil er es nicht wusste. »Tun? Es gibt nichts, was Sie tun könnten.«

»Es gibt kein Heilmittel?«

»Nur den Tod.«

»Abgesehen davon natürlich.«

»Nun, das Reisen. Nur das Reisen. Ich werde Sie bald verlassen müssen.«

Sie zupfte kleine Fetzen von ihrem Stück Brot, knabberte daran, ließ ihn dabei aber keine Sekunde aus den Augen. Das war der Test. Das war immer der Test.

Auf seinen Zügen zeichnete sich ein abschätziger Ausdruck ab. »Von einer solchen Krankheit habe ich noch nie gehört.«

»Ob Sie schon davon gehört haben oder nicht, ich habe sie.«

»Sie meinen das metaphorisch.«

»Wieso, glauben Sie, bin ich so weit weg von zu Hause? Hmm? Haben Sie sich das je gefragt?«

»Das wollte ich gerade.«

»Ha! Und Sie schimpfen sich einen Wissenschaftler.«

Seine Miene wurde streng. »Ich *bin* ein Wissenschaftler«, beharrte er.

»Wo ist dann Ihr Forschergeist?«

»Würden Sie nicht zustimmen, wenn ich sage, dass Dinge entweder existieren oder nicht?«

Sie stockte, irritiert von seiner Frage. »Wieso sollte ich dem zustimmen?«

»Weil es keine dritte Möglichkeit gibt.«

»Nicht bei Ihnen.«

Er lehnte sich zurück, musterte sie prüfend.

»Fragen Sie sich denn nicht gelegentlich, ob Sie verrückt sind?«, wollte er wissen.

»Aber gewiss doch. Ich schaue Sie mir an und denke: Na ja, wenn er es nicht weiß, dann weiß ich es womöglich auch nicht.«

Darauf wusste er nichts zu sagen. Er kippte den Rest des Tees hinunter und stellte die leere Tasse auf den Tisch, um das Essen für beendet zu erklären.

»Schauen wir einfach, was in den nächsten Tagen passiert«, sagte er.

»Ja. Tun wir das«, stimmte sie zu.

22

Uzair und die nordafrikanische Odyssee

Am nächsten Morgen, kurz nachdem Aubry erwacht war, stand er schon im Zimmer, eine Tonschale mit einem seltsamen Gebräu in der Hand.

»Probieren Sie das«, sagte er.

»Was ist das?«

»Wermut in einem Mantel aus Kandiszucker. Kauen Sie es. Schauen Sie, ob Sie trotzdem krank werden.«

»Aber Sie glauben doch gar nicht, dass ich krank bin.«

»Das stimmt. Aber Sie glauben es. Der Geist ist etwas sehr, sehr Mächtiges. Jüngst habe ich einen Artikel gelesen – darin ging es um eine alte Frau aus Gibraltar, die unter Arthritis litt und deswegen zum Arzt ging. Der Arzt riet ihr, ins Warme zu reisen, sich zu bewegen und Übungen zu machen, um die Gelenke aufzulockern. Sie nahm seinen Rat so ernst, dass sie südwärts floh und nie wieder zurückkehrte. Nach Malta, nach Marokko, auf die Kapverden, immer weiter. Sie starb, als der Ozeandampfer, auf dem sie reiste, anhielt, um Reparaturen durchzuführen, und zu lange auf See vor Anker lag.«

»Ihr Blatt ist bitter.«

»In ein oder zwei Tagen werden Sie es merken.«

»Mmmm«, grollte sie, während sie auf dem grässlichen Blatt herumkaute. »Schmecken so etwa die Süßigkeiten in Ägypten?«

»Nein.«

»Wieso kaue ich das dann?«

»Weil Sie nicht in Ägypten sind.«

Sie warf ihm einen misstrauischen Blick zu. »Wo bin ich denn sonst?«

»Da, wo auch ich bin. Tripoli.«

»Ich dachte, ich wäre in Ägypten.«

»Da irren Sie sich.«

Ihr Blick wanderte skeptisch durch den Raum, als hätte er sie schon die ganze Zeit über belogen.

»Wo ist Tripoli?«

»In Nordafrika.«

»Oh.« Das zumindest kam ihr richtig vor. Doch eine Frage, die ihr unter den Nägeln brannte, musste sie ihm noch stellen. »Ist das Meer hier in der Nähe?«

»Nein.«

»Aber ich bin mit dem Schiff hierhergekommen.«

Er schüttelte den Kopf. »Unmöglich«, sagte er sanft. »Haben Sie sich unterwegs vielleicht den Kopf gestoßen?«

Auch daran konnte sie sich nicht erinnern. Sollte das ein Scherz sein? War das womöglich ägyptischer Humor? Sie konnte sich auf diese Unterhaltung einfach keinen Reim machen. Das alles brachte sie derart durcheinander, dass sie beschloss, vorerst nicht weiter darüber nachzudenken.

Zumindest musste sie hier nicht verhungern. Musste nicht in der Gosse oder einem Graben schlafen. Und dann waren da noch seine Bücher, Bücher aller Art – in manchen ging es um Geologie, mit farbigen Abbildungen von Edelsteinen. Eines war ein Biologielehrbuch voller verstörender Fotografien kranker Körper. Ein anderes behandelte Archäologie, mit Darstellungen der Pyramiden und anderer Ruinen. Es gab Bücher über Astronomie, Chemie und Architektur. Uzair war ein Mann mit vielseitigen Interessen. Natürlich war seine Sammlung nicht vergleichbar mit der Bücherei, die sie vor ein paar Tagen besucht hatte, doch sie scheute sich, diesen Ort ein weiteres Mal anzusprechen.

Es gab auch einen Atlas, in dem sie die Karten von Nordafrika, Ägypten und Tripoli studierte.

An jenem Abend, kurz nach Sonnenuntergang, als es noch hell am Himmel war, kletterte sie auf das Dach seines Hauses. Von dort aus konnte sie ringsum sehen – die Moschee, den Markt und die Wüste, die sich in alle Richtungen erstreckte. Sie hätte schwören können, dass diese Stadt ganz anders war als die, in der sie angekommen war – keine hohen Mauern, keine Turmspitzen, und in der Tat war hier nirgendwo das Meer zu sehen.

Als der Dämon ihr in jener Nacht im Traum erschien, knurrte seine tiefe Stimme ihr ins Ohr: »Wenn du bereit bist, wirst du es wissen.«

23

Uzair und die nordafrikanische Odyssee

Sie war bei so vielen Ärzten gewesen – in Paris, in Rom, in Wien –, doch keiner davon hatte wie Uzair gesprochen. Keiner sprach von Blättern und Kräutern. Sie sprachen von Nadeln und Messern. Keiner dachte je, der Grund könne allein in ihrem Kopf liegen – was für eine bemerkenswerte Vorstellung –, dass sie sich alles irgendwie selbst angetan hatte, dass es kein Brunnen war oder ihre Strafe für einen verpfuschten Wunsch, dass von Anfang an alles nur sie selbst gewesen war.

Wahnwitzig, gut möglich, aber sie war gewillt, es zu versuchen. Uzairs Methode war neu und, noch besser, schmerzfrei. Es war schon der dritte Tag, an dem sie Blätter kaute, und irgendwie fühlte sie sich reiner, geistig wacher. Sie fragte Uzair, ob sie nicht noch ein anderes Blatt kauen könne, und derart ermutigt gab er ihr drei verschiedene zum Ausprobieren.

Die Hoffnung auf Heilung keimte wieder in ihr auf.

Sie lebte sich bei ihm ein und wartete. Wenn sie ins Labor kam, saß Uzair da, bohrte ein winziges Loch in das Stück Bernstein mit dem eingeschlossenen Käfer, musterte Aubry über sein Vergrößerungsglas hinweg und studierte ihren Teint. In der Küche war er auch sofort zur Stelle, inspizierte ihren Frühstücksteller, achtete geflissentlich darauf, dass sie auch tatsächlich aß. Auf den Fluren, im Studierzimmer – er schlich ständig durchs Haus, sah ihr beim Essen zu oder dabei, wie sie an ihrem Rätselball herumspielte.

»Was ist das?«

»Mein Rätselball.« Sie überlegte, ob sie ihm erzählen sollte, wie der Ball einst einen Fluss hinabgeschwemmt worden war, tags darauf aber wieder unversehrt am Boden ihres Schlafsacks gelegen hatte. Doch dann wurde ihr klar, dass er das nie verstehen würde. »Wollen Sie auch mal damit spielen?«

Er winkte ab. »Dafür habe ich keine Zeit.«

Wenn sie etwas von draußen brauchte – neue Schuhe, etwas, das sie gerne aß –, ging der Diener hinaus, um es zu besorgen. Davon abgesehen ließ Uzair sie nach Belieben herumstreifen, immer gut gelaunt und stets mit einem wachen Auge für alles, was sie tat. Aubry legte sich auf einen Teppich oder fläzte sich in einem Sessel, lümmelte sich hin wie ein ungemachtes Bett und blätterte mit halb offenen Augen in seinen Büchern. Sie wusste, dass sie eine gewisse Macht über ihn hatte, und wollte lernen, diese besser zu verstehen. Diese Macht war subtil, aber sehr wirkungsvoll, und ihr gefiel es, wenn sie ihn dabei ertappte, wie er sie studierte.

Der Dienstjunge hieß Hamza. Als er an jenem Morgen vom Markt zurückkehrte, war er vor Erregung völlig außer sich und redete wie ein Wasserfall auf seinen Herrn ein.

»Was sagt er?«, fragte sie.

»Irgendjemand hat den Löwen befreit. Er ist verschwunden.«

Sie fuhr hoch, genauso aufgeregt wie Hamza. »Dem Himmel sei Dank! Aber wie? Er war doch so wütend?«

»Das stimmt«, sagte Uzair und kratzte sich am Kinn. »Wie würde man das wohl anstellen? Man müsste ihm sehr nah kommen. Dazu müsste man ihn zuerst betäuben.«

Er ging zu seinem Kabinett voller getrockneter Kräuter und Pulver und stöberte darin herum. »Eine Mischung aus Schlafmohn und Alraune, nur ganz wenig, versteckt in einem Stück Fleisch. Das würde die Bestie einschläfern. Oder vielleicht ein mit Chloroform getränktes Tuch«, er holte eine mit einer klaren Flüssigkeit gefüllte Ampulle aus seiner Schreibtischschublade, »das man ihm unter die Schnauze hält, während man mit einem Bolzenschneider die Kette durchtrennt.«

Aubry schielte hinüber zum Dinosaurierschädel auf dem Tisch, der Werkzeugkiste darunter, dem Bolzenschneider, der darauf lag.

»Der Löwe wacht eine Stunde später auf und stapft davon, schleicht sich wieder in die Wildnis, wo er hingehört.«

Ein verschmitztes Grinsen machte sich auf Aubrys Gesicht breit. Also hatte Uzair den Löwen befreit, eine gute Tat begangen, mitten in der Nacht. Hatte er es für sie getan? Leib und Leben riskiert, um ihr zu gefallen? Bis jetzt fand sie Uzair nur amüsant, nun aber hatte sich etwas verändert, lag etwas anderes in der Luft. Auf all ihren Reisen, nach all den Menschen, die sie getroffen hatte, empfand sie es zum ersten Mal, und diese Einsicht ließ ihre Züge jäh entgleiten.

Am vierten Tag kam Uzair zu ihr, er hielt einen kleinen Glastiegel in der Hand. Sie blickte von ihrem Buch auf. »Sie sprachen von einem Klingeln in den Ohren, was mich an gewisse Gehöranomalien denken ließ, und ich habe etwas recherchiert. Wussten Sie, dass es einst einen Mann gab, der immer und überall Musik hörte? Laute Musik. Aber auch wunderschöne Musik. Er schrieb sie nieder, und Musiker spielten die Musik vor großem Publikum. Am Ende jedoch wurde der Mann verrückt, Tag und Nacht Musik zu hören, brachte ihn um den Verstand. Er ging allein in die Wüste und ward nie mehr gesehen. Alles nur Einbildung natürlich.«

»Sonst noch etwas?«

»Das hier.« Er zeigte ihr das Glas. »Wein aus blauem Lotus, eingedickt mit Senfsamen und Kampfer.« Er hielt es ihr hin. »Sie müssen es sich auf die Haut reiben.«

»Wo?«

»Auf die Handgelenke.«

Sie stand auf, streckte ihm die Arme hin, Handflächen nach oben.

»Zeigen Sie es mir.«

Die Aufforderung war derart kühn, dass Uzair erst gar nicht wusste, wie er reagieren sollte. Trotz ihrer Vertrautheit gab es Grenzen zwischen Männern und Frauen, die sich nicht so einfach überwinden ließen. Aubry war das zwar kaum bewusst, doch seine Reaktion machte sie neugierig.

Nervös tunkte er die Finger in das Glas voll blassem Balsam. »Wenn Sie es mir gestatten?«

Er nahm ihr Handgelenk und rieb ihr das Gemisch so sachte wie nur möglich auf die Haut. Dann nahm er die andere Hand und tat dasselbe.

»Wo noch?«, fragte sie.

Er schüttelte den Kopf, nun völlig aus der Fassung gebracht. »Ihre Füße?« Er hatte es als Aussage gemeint, doch so, wie er es sagte, klang es wie eine Frage.

Sie saß auf einem Stuhl, er auf einem anderen. Sie zog ihren Pantoffel aus und legte den nackten Fuß auf seinen Schoß.

Mit zwei Fingern rieb er ihr die Paste auf den Fußrücken, massierte sie dann mit Daumen und Zeigefinger in die Kuhle neben der Achillessehne. Wortlos hob sie den Fuß von seinem Schoß und bot ihm den anderen an.

»Woher kannten Sie meinen Namen?«, fragte er, während er sie prüfend musterte. »Wir hatten uns gerade erst getroffen. Sie konnten ihn nicht wissen.«

Aubry überlegte, ob sie es ihm sagen sollte, entschied sich aber dagegen – sie wollte dieses Spiel nach ihren Regeln spielen. Also schwieg sie, grinste nur ein wenig, und die Luft zwischen ihnen knisterte vor Spannung.

»Ist das alles?«, fragte sie, ihre Stimme kaum mehr als ein Flüstern.

Er zögerte, dann zeigte er auf sein Gesicht, die weichen Stellen zwischen Hals und Kiefer.

Sie verstand, beugte sich vor, hob das Kinn und bot ihm ihre Kehle dar. Seine Züge waren bis zum Bersten angespannt, und sie musste unwillkürlich lächeln.

Ihre Zähne waren rot vor Blut.

Uzair fuhr so schnell hoch, dass sein Stuhl hinter ihm zu Boden polterte. »Nicht bewegen!«, schrie er und deutete, vor Aufregung ganz fahrig, mit dem Finger auf sie. »Bleiben Sie ganz ruhig!«

Aubry schlug die Hand vor den Mund. Sie hatte es nicht kommen sehen, doch nun, da es da war, spürte sie, wie der Dämon seine rostigen Klauen an ihren Knochen wetzte, daran auf und ab fuhr. Uzair untersuchte sie, drehte ihren Kopf in seinen Händen, studierte ihre Pupillen, nahm ihren Puls. Dann eilte er davon, um noch mehr Heilmittel zu holen. Während er weg war, quälte sie sich so vorsichtig auf die Beine wie ein alter arthritischer Mann und ging auf ihr Zimmer, um zu packen.

Auf halbem Weg durch das Labor stürzte sie taumelnd zu Boden.

Sie konnte hören, wie sich Uzair und Hamza etwas auf Arabisch zuriefen. Aubry rappelte sich mühsam wieder auf die Beine, während jeder ihrer Knochen knirschte, jeder Muskel barst. Hustend, zitternd. Als die beiden sie fanden, klammerte Aubry sich gerade an dem Riesenschädel fest. Eine Hand in der

Augenhöhle, der Arm um das elefantenhafte Horn geschlungen. Blutige Tränen rannen an dem weißen Knochen herunter, der spitz und glatt war wie ein Eiszapfen. Uzair zerrte sie fort und bettete sie auf den Boden.

»Nun«, sagte Aubry, »es war mir eine Freude, Sie kennenzulernen, Uzair.« Ihre Brust hob und senkte sich, kämpfte gegen den Schmerz an. »Ihre Gastfreundschaft ist vorbildlich. Aber ich muss jetzt wirklich gehen.«

»Ist sie das? Ist das Ihre Krankheit?«, wollte er wissen, gefesselt und entsetzt zugleich.

»Sehen Sie?«, sagte sie. »Sehen Sie nicht, dass ich sterbe?« Sie leckte sich die Zähne sauber, doch das Blut sammelte sich in ihrem Mund und färbte sie gleich wieder rot.

»Und Sie müssen weiterreisen? Ist es das? Sie müssen ...«

»Ich muss fort. Weit fort«, keuchte Aubry und hustete mehr Blut auf ihren Arm. »Aber ich werde Sie in liebevoller Erinnerung behalten«, fügte sie hinzu, strich ihm über die Wange und lächelte ihr rotes Lächeln.

»Warten Sie«, flehte er beinahe panisch, fieberhaft bemüht, sich aus dem Stegreif etwas einfallen zu lassen. »Ich ... ich kenne einen Ort. Ich weiß, wo ich Sie hinbringen kann. Darf ich Sie dorthin bringen?«

Doch die Krämpfe hatten bereits eingesetzt. Sie lag zuckend und sich windend auf dem Boden, als hätte man sie in Brand gesetzt. Hamza bibberte vor Angst, doch Uzair packte ihn an den Schultern und brüllte ihm Befehle zu.

Hamza rannte in Aubrys Zimmer, Uzair in sein Studierzimmer. Dort riss er Schubladen heraus, stopfte Hände voll getrockneter Kräuter, Ampullen mit Pülverchen und bunten Flüssigkeiten in eine Ledertasche. Als er in den großen Raum zurückkehrte, war Aubry verschwunden. Sie folgten der Blutspur, die sie auf dem Boden des Labors hinterlassen hatte, um die Ecke und sahen sie eben auf die Tür zukriechen, wo sie sich nach dem Schloss reckte.

Als sich Hamza ihren Arm um den Hals schlang, tastete sie blicklos nach seiner Hand und hielt sie fest. Er war jung, aber kräftig, und er zog Aubry nach draußen in die Sonne. Er wisperte ihr aufmunternde Worte zu und trug sie, bis ihre Beine wieder anfingen zu strampeln, dann taumelten und schließlich liefen. Und so marschierten sie hinaus in die Bruthitze der Wüste, bis die Stadt in ihrem Rücken zu einem fernen Schatten wurde.

Mit jedem Schritt streckte sich ihr Rückgrat etwas mehr, versiegte das Blut in ihrer Luftröhre so weit, dass sie wieder atmen konnte. Den Rest des Blutes spie sie einfach in den Sand. Die Hände rieb sie sich mit Sand sauber. Hamza packte Aubry an den Schultern, sah ihr in die Augen, um sich zu vergewissern, dass es ihr gut ging, und lachte dann erleichtert auf.

Noch kurz zuvor hatte Aubry auf dem Totenbett gelegen. Jetzt war sie hier und schlenderte mit ihrem neuen Freund gemächlich durch die Wüste, überglücklich, wieder Teil der körperlichen Welt zu sein.

Hamza spähte immerzu über die Schulter. Doch erst nach einer Stunde sahen sie Sand aufwirbeln. Hamza drehte Aubry herum, damit auch sie es sehen konnte. Drei Gestalten erschienen in der Ferne, gebrochen durch die hin und her wogende Hitze. Sie konnten das Grunzen hören, das dumpfe Stampfen von Hufen auf dem Sand. Als sie näher kamen, formten sich die zerschmolzenen Figuren allmählich zu Kamelen. Uzair ritt auf dem ersten und zog zwei weitere hinter sich her.

Aubry grinste. »Na, das wird ein Spaß werden!«

24

Uzair und die nordafrikanische Odyssee

Die Wüste – ihre erste Wüste –, nur Licht und Stille, so grandios, wie sonst allein das Meer sein kann. Die heißen Tage und kalten Nächte unterschieden sich nicht so sehr von denen auf offener See, das Auf und Ab der Dünen nicht so sehr vom Wogen großer Wellen. Aubry ritt den ganzen Tag auf dem Kamel, im Schatten eines über ihrem Kopf gespannten Baldachins. Sie lauschte dem leichten Galopp der Hufe, ließ sich vom steten Vorüberziehen des Sandes unter ihr in Trance versetzen. Sie schlief im Sand, der sich an die Formen ihres Körpers schmiegte, besser als auf jeder Matratze, auf der sie je genächtigt hatte.

Sie brauchten drei Tage bis zu ihrem Ziel, drei Tage in der immer gleichen Wüste, drei Tage, in denen Uzair seine Geschichten spann – von Männern, die auf der Suche nach unterirdischen Flüssen Tunnel in die Erde trieben, von verhängnisvollen Expeditionen schlecht vorbereiteter Europäer, von uralten Städten, die von Sandstürmen verschluckt und nie wieder gesehen wurden.

Er gab ihr in Zucker eingelegten wilden Ingwer und Kannablüten, die sie auf ihrer Reise kauen sollte. Nach dem letzten Ausbruch hatte sie den Glauben an seine Theorien verloren, doch als sie nur eine Stunde oder weniger auf dem Ingwer gekaut hatte, musste sie zugeben, dass sie sich wohler fühlte und auch nachts besser schlief.

»Es gibt da eine Krankheit«, erklärte er, »ich weiß nicht genau, wie man sie nennt, doch dabei fürchtet man sich ebenfalls vor jedem Stillstand, und beides muss sich in Ihrem Kopf miteinander verquickt haben. Wenn es mir gelingt, nur einige der Symptome zu heilen, werden auch all diese furchtbaren Einbildungen in sich zusammenfallen.«

Das werden wir ja sehen, dachte sie.

Als sie ankamen, stieg Aubry als Erste von ihrem Kamel – zu ihrer Linken lag ein kuppelförmiger Bau, zu ihrer Rechten ein gelber Schmelztiegel aus Sand – und ließ den Blick schweifen.

»Wo sind wir hier?«

»Am Rande des Calanshio-Sandmeeres«, erklärte er. »So weit südlich, wie man reiten kann, ohne in der Sonne zu verbrennen.«

Sie schlenderte herum, schöpfte eine Handvoll Sand vom Boden, heiß wie geschmolzenes Glas, ließ ihn sich durch die Finger rinnen. In der Ferne, so weit das Auge reichte, war nichts als raue, leere Wüste und eine Stille, wie sie sie noch nie erlebt hatte. Kein Rauschen von Bäumen, kein Summen von Insekten, kein Vogelzwitschern oder Plätschern eines Baches. Eine Stille, die sie daran zweifeln ließ, dass all dies überhaupt real war.

»Hier«, rief Uzair ihr zu. »Ich möchte Ihnen etwas zeigen.«

Er führte sie zum Kuppelbau. Eine Moschee? Hier draußen? Das schien unwahrscheinlich. Ein Lagerhaus? Waren hier womöglich Vorräte verstaut, die ein Leben lang genügen würden?

Er stieß die Tür auf, und eine geisterhafte Staubwolke stob an den Seiten auf. Die Dunkelheit im Innenraum war absolut – reines, makelloses Schwarz. Als Aubry langsam durch die Tür trat, hätte sie schwören können, der grelle Wüstentag hätte sich mit einem Schlag in kohlenschwarze Nacht verwandelt. Sie war derart orientierungslos, dass sie wieder hinaus- und noch einmal hineingehen wollte, um zu begreifen, was sie sah. Doch da hatte Uzair die Tür hinter ihnen schon geschlossen.

Schweigend stand sie da und achtete darauf, dass ihre Füße fest und sicher auf dem Boden standen. Sie schloss die Augen, schüttelte den Kopf, schaute wieder hin.

Sterne. Ja, Tausende von Sternen an einem klaren Abendhimmel, ein Meer aus weiß glühenden Sternen, in das man ein Ruder tauchen könnte. Sie rieb sich die Augen, sah erneut empor.

Die Kuppel war voller Löcher, Tausende, wenn nicht sogar mehr. Kleine Nadelstiche aus Licht in einer schwarzseidigen Oberfläche. Manche waren größer und heller, andere kaum auszumachen. Sie erkannte Sternbilder. Hier war der Gürtel des Orion und dort der Polarstern. Sie entdeckte einen hellen Schimmer, einen Streifen Meeresleuchten quer über dem Himmel, der nur die Milchstraße sein konnte. Wie hatte er das gemacht?

»Es lässt sich sogar drehen, um die Erdrotation nachzuahmen«, sagte er, schnappte sich ein Seil und zog daran, während er ringsum an der Wand entlanglief. Die Sterne bewegten sich, die ganze Kuppel stand auf Rollen, der Himmel samt all seiner Lichter schwirrte über Aubrys Kopf hinweg.

»Der Nachthimmel hat mich lange fasziniert«, erzählte Uzair. »Ich versagte mir den Schlaf, um ihn zu beobachten. Mir graute vor dem Sonnenaufgang. Um mich zu heilen, baute ich diese haargenaue Nachbildung.«

Er legte das Seil weg, sein Blick traf ihren. »Und Sie werde ich auch heilen.«

Aubry wandte sich ab, sah stattdessen hoch zum Nachthimmel. »Es ist wunderschön, Uzair.«

»Es hat mich Jahre gekostet.«

Sie stellte sich ihn in jüngeren Jahren vor, als Jungen gar, wie er Sternkarten gen Himmel hält und mit seiner Kuppel abgleicht, rücklings auf einem behelfsmäßigen Hochsitz liegt, gewissenhaft Löcher in die schwarze Decke sticht, ein Michelangelo der Wüste. »Was für Entdeckungen Sie gemacht haben müssen«, sagte sie.

»Nein, im Grunde gar keine. Aber jetzt«, sagte er voller Zufriedenheit, »habe ich immer meine Sterne.«

Sie fühlte sich wie berauscht – die letzten Tage waren wie eine Prozession der Wunder: Dinosaurierschädel, seltene Edelsteine, Wüstenreisen und jetzt dies. Sie fragte sich, was wohl noch bevorstünde.

»Ich habe es bisher kaum jemandem gezeigt.«

»Was? Wie ist das möglich?«

»Wem sonst sollte ich es denn zeigen? Meine Eltern sind tot. Sie sind der interessanteste Mensch im Umkreis von tausend Meilen. Wie kleingeistig, dieses Verlangen nach einem Publikum.«

»Es ist eine Errungenschaft«, wandte Aubry ein. »Die Welt sollte es sehen.«

Als Uzair sich wieder zu ihr umdrehte, lag sie auf dem Boden, ein Mädchen, das hoch in die Sterne starrte. Er zögerte, dann kam er zu ihr herüber, so langsam, dass es Aubry auffiel. Sie lauschte seinen Schritten, hielt den Atem an. Es war ihr gar nicht in den Sinn gekommen, dass die Art und Weise, wie sie dalag – und unverfänglich in die Sterne blickte –, auch als anzügliche Einladung aufgefasst werden konnte, doch nun, da es geschehen war, wollte sie sehen, wo es hinführte, herausfinden, welche neuen Wunder sie vielleicht erwarteten. Sie hatte ihr

Glück bereits so arg herausgefordert. Jetzt konnte sie es noch ein Stück weitertreiben.

Mit sanften, gemessenen Schritten umrundete er ihren Körper. Nur das Rascheln seiner Kleidung verriet ihr, dass er sich neben sie legte. Ihr erster Versuch war jäh gestört worden. War er damals noch so zaghaft aufgetreten, wirkte er nun fest entschlossen. Er hatte immer so viel Selbstgewissheit ausgestrahlt, beinahe Arroganz, doch nun sah sie, wie nervös er war, dort neben ihr. Dieser Mann – dieser Wissenschaftler –, so aufgewühlt nur wegen eines Mädchens! Was für eine Macht sie barg! Aber das war gut, denn sie war ebenfalls nervös. Sie hatte noch nie einen Mann gehabt, jedenfalls nicht so, und seine zitternden Hände beruhigten sie.

Er drehte sich auf die Seite, neben sie, an sie heran. Seine Lippen senkten sich auf ihre. Er küsste sie, wich dann zurück und wartete. Sie hob den Kopf und erwiderte seinen Gefallen.

Ganz behutsam schob er ihre Bluse hoch. Zum ersten Mal enthüllte sie sich einem anderem. Zum ersten Mal enthüllte sich ein anderer vor ihr. Es war ein Anblick, der Gold wert war. Die Sterne über ihr verblassten jäh.

Als er auf ihr lag, fühlte er sich schwer und massig an. Unter seinen Küssen und dem Duft von Myrrhe hatte sie manchmal das Gefühl, als würde sie ersticken, zu Boden gepresst und wie bedeckt von einer Matratze aus Sand. Sie hatte schon geahnt, dass es sich so oder so ähnlich anfühlen würde – Gewicht und Stärke, Macht und Verletzlichkeit. Aber sie war so lange frei gewesen – hatte gejagt, erkundet, war ihren eigenen Karten und Pfaden gefolgt –, dass es ein Schock war.

»Ich will mich bewegen«, sagte sie.

Doch er legte ihr nur zärtlich die Hand über den Mund und ließ sie nicht.

25

Im Zug mit Lionel Kyengi

Eine zweite Nacht im Zug, und wieder schlafen Lionel und Aubry nicht, klammern sich am anderen fest wie eine Sucht. Schauen zu, wie der Mond vor ihrem Zugfenster aufgeht und vorüberzieht, spüren, wie das Schienenrumpeln ihr Abteil durchrüttelt, ihre Kissen, ihre nackten Wirbelsäulen. Denken darüber nach, wie weit sie in so kurzer Zeit gekommen sind und wie weit die Strecke ist, die noch vor ihnen liegt.

»Ich bin eifersüchtig auf diesen Uzair«, sagt er.

»Wirklich? Das musst du nicht. Es geht nicht gut aus.«

Er dreht sich zu ihr hin, jähe Erkenntnis spiegelt sich in seinen Augen.

»Tut es das je?«

»Er war meine erste Liebe.«

»Wer war deine zweite?«

»Du.«

»Wer wird deine dritte sein?«

»Ich will keine dritte.« Dann schweigt sie eine Weile, beobachtet gebannt den Mond. »Wladiwostok?«, sagt sie schließlich.

»Wladiwostok«, sagt Lionel. »Die Endstation.«

Sie schmiegen sich so dicht aneinander wie die Seiten eines Buchs, eine Umarmung, so lang, dass darüber Nacht zu Tag wird. Erst dann, ernüchtert durch den Morgen, fragt Lionel, wie die Geschichte ausgeht …

26

Uzair und die nordafrikanische Odyssee

Die nächsten zwei Tage verbrachte Uzair damit, Kräuter zu zermahlen, Pulver zu trennen und seine Elixiere in einem Tonofen auf dem Vorplatz zu kochen. Stundenlang wälzte er Heilbücher, enträtselte die Geheimnisse der Leber und des Innenohrs. Er stellte Aubry unermüdlich Fragen: War ihr schwindlig? Woher wusste sie, in welche Richtung sie reisen musste? War es ein stechender Schmerz wie bei einem Knochenbruch oder ein dumpfer wie bei einer Grippe?

Am ersten Tag um Mitternacht glaubte er, womöglich etwas Wirksames gebraut zu haben, und gab ihr einen Becher. Es sah aus wie ein schlichter roter Tee, der Geruch jedoch war beißend. Es roch wie eine Mischung aus Kompost und Kiefernharz.

»Das wirst du jetzt mehrmals am Tag trinken«, sagte Uzair erwartungsvoll.

»Werde ich das?«

»Es wird die Kontraktionen deines Herzens steigern, dein Blut reinigen, deine inneren Organe …«

»Halt. Das muss ich gar nicht wissen.«

»Es wird dich heilen«, sagte er.

»Und wenn es das nicht tut?«, entgegnete sie, obwohl sie trotzdem daran nippte, ihm ihre Bereitschaft zeigte, es zu versuchen. Er war ihr erster Liebhaber. So, das glaubte sie, gab man den Forderungen der Liebe nach.

»Dann werde ich etwas herstellen, das wirkt«, sagte er, und sie beschloss, ihm zu glauben. Seine Theorien waren schlüssig. Er verfolgte unbeirrbar seine Ziele und ließ dabei größte Sorgfalt walten. Beides hielt sie für die besten Eigenschaften, die ein Wissenschaftler haben konnte. Lass es ihn versuchen, sagte sie sich, solange noch genügend Zeit ist. Er hatte eine Kuppel voller Sterne geschaffen. Er hatte den Schädel eines Ungeheuers in seinem Wohnzimmer. Es gab nichts, so schien es, was er nicht vermochte.

»Was habe ich für einen Sinn, Uzair?«

»Dein Sinn? Du fragst dich nach dem Sinn deines Lebens?«

»Würdest du das nicht tun?«

»Du bist dazu da, um mir zu helfen, dich zu heilen. Ich würde dich nicht heilen, wenn du nicht hier wärst.«

»Und wenn du mich nicht heilen kannst?«

»Dann besteht dein Sinn darin, zu leiden.« Er zuckte nicht einmal mit der Wimper. Was für ein grausamer Liebhaber er doch sein konnte.

Später aber, als sie auf dem Rücken lagen und in die Sterne blickten, holte er das Stück Bernstein mit dem Käfer aus seiner Tasche. Er hatte ein winziges Loch hineingebohrt und eine dünne Goldkette hindurchgezogen.

Sie nahm es, hielt den Schmuck gegen das Sternenlicht. Der Stein leuchtete honiggelb, und der Käfer im Innern schimmerte grün. Es war wunderschön, fast hätte sie geweint vor Rührung. Ursprünglich hatte sie nur einen sicheren Ort zum Schlafen gesucht, doch was als Notlösung begonnen hatte, war nun eine Bindung. Und wenn das stimmte, dann war sie vielleicht doch nicht so durchtrieben, wie sie glaubte. Liebe rechtfertigt alles, dachte sie, alle Taten wurden reingewaschen, wenn sie in Liebe endeten.

Später, wenn sie sich hier und da an Uzair zurückerinnern wollte, war es dieser Augenblick, so flüchtig er auch war, den sie sich ins Gedächtnis rief.

»Der da«, sagte sie mit emporgerecktem Zeigefinger. »Der da oben. Das ist kein Stern. Es ist eine Galaxie.«

»Wie bitte?«

»Man nennt es einen Nebel. Den Andromedanebel, glaube ich. Aber eigentlich ist es eine Galaxie. Wie die, in der wir leben.«

»Da irrst du dich, es ist genau andersherum. Unsere Galaxie ist eine Ansammlung von Sternen. Alle Sterne sind Teil der Milchstraße.«

»Nein. Die Planeten drehen sich um einen Stern. Die Sterne drehen sich um eine Galaxie. Und die Galaxien drehen sich ums Universum.«

»Und was dann? Die Universen drehen sich um … was?«

»Das weiß keiner. Aber das ist eine Galaxie.«

Er stand auf, schaute hoch zu seinem künstlichen Himmel, betrachtete eingehend den kleinen Lichtpunkt. Aubrys Stimme hinter ihm: »Es heißt, Entdeckungen würden stets an Orten warten, an denen sie niemand sucht.«

»Wo hast du diese Ideen her?«

»Aus einem Buch.«

»Was für einem Buch?«

»In der Bibliothek.«

»Dann nimm mich mit in deine Bibliothek.«

»Ich kann nicht.«

»Wieso nicht.«

»Weil sie jetzt hinter mir liegt. Ich kann nie mehr zurück.«

»Ach ja. Deine angebliche Krankheit. Deine angeblichen Bibliotheken.«

»Das ist eine Galaxie.«

»Wie soll ich dich heilen, wenn du so verrückt bist?«

»Wenn du es beweisen kannst, wirst du berühmt.«

Er lachte auf und schien ihre Ideen abzutun, voller Geringschätzung. Was sie jedoch nicht wusste, war, dass Uzair in jener Nacht lang aufblieb, seine Astronomietexte studierte, mit dem Finger Zeichnungen von Sonnensystemen und weit entfernten Sternbildern nachfuhr und sich die Folgerungen ihrer Worte wieder und wieder durch den Kopf gehen ließ. Er wälzte dieses Buch bis in die Morgenstunden und ließ erst davon ab, als er sie schreien hörte.

Er fand sie auf dem Gang, Blut lief ihr aus den Ohren.

Als die Sonne am folgenden Tag aufging, saßen Uzair, Hamza und Aubry schon auf ihren Kamelen und ritten durch die Wüste. Heiße Winde peitschten Sand vom Boden auf, der den Tieren pfeifend durch die Beine fegte.

Dann erreichten sie ihr neues Ziel, doch diesmal war kaum auszumachen, wo die Wüste endete und das Haus anfing. Seit Jahren hatte niemand hier gelebt, Sand bedeckte die Mauern, die Fenster klafften hohl und leer. Der Sand war hineingeweht, lag auf dem Boden und türmte sich in manchen Zimmern gar zu kleinen Dünen, ließ ihre Vorstellungen von innen und von außen jäh verschwimmen. Die Schränke waren leer, und es gab kein Wasser außer dem bisschen, das sie mitgebracht hatte.

»Muss ich etwa annehmen«, fragte Aubry rundheraus, »dass dir die Orte ausgehen, an die du mich bringen kannst?«

Doch Uzair vergeudete keine Zeit damit, sich einzurichten. Er rief Hamza eine Reihe von Befehlen zu, der artig nickte und davoneilte. Hamza war alles andere als forsch. Er war ein

Waisenkind, das Uzair eines Tages dabei ertappt hatte, wie es in seinem Unrat wühlte. Er hatte Mitleid mit dem Jungen gehabt und ihm eine Stelle als Hausdiener angeboten. Hamza hatte keine Familie, keine Bildung, keine Perspektiven. Wie Aubry wusste auch er nur allzu gut, dass er durch nur einen Fehltritt wieder auf der Straße landen könnte. Er machte sich klein wie eine scheue Katze und wuselte davon, band die Kamele fest und trug den Proviant ins Haus, während Uzair sich an die Arbeit für ein neues Elixier machte. Er fand einen Tisch, der den Elementen einigermaßen widerstanden hatte, räumte ihn ab und fing an, seine getrockneten Kräuter zu sortieren.

Später zeigte er Aubry ein Zimmer im Innern des Hauses, direkt neben der leeren Küche, in der er seine Pülverchen und Kräuter mischte. Die Wände waren kahl und fensterlos, doch zumindest lag darin kein Sand. Uzair hatte es so gut es ging gefegt, gesäubert und auch eine schmale Liege hineingestellt, die er andernorts im Haus gefunden hatte. Der Sand wäre ihr lieber gewesen, dachte sie, sagte aber nichts und dankte ihm.

»Es tut mir leid«, entschuldigte er sich. »Der Zustand dieses Hauses … Es war einmal völlig intakt … als ich noch ein Kind war.«

Es machte ihr nichts aus. Sie fand ein großes Zimmer mit einem durchlässigen Bretterdach, das einer kleinen Wüste glich, und sah zu, wie die Balken aus Licht langsam über den Sand glitten. Dort fand er sie, nachdem er seine Kräuter gemahlen und seine Pülverchen gekocht hatte. Er hockte sich ihr gegenüber hin, ein Glas in der Hand, die Medizin darin noch dampfend.

»Das ist es«, sagte er und blickte traurig auf das Glas. »Mein letzter Versuch.«

»Du hast dir solche Mühe gegeben.«

»Möchtest du wissen, woraus es besteht?«

»Nein.«

Sie nahm es ihm ab, machte sich auf das Schlimmste gefasst und trank. Doch welch Überraschung. Sie hatte etwas Saures wie Sumpfwasser erwartet.

»Es schmeckt süß«, sagte sie lächelnd. »Endlich.«

Er verzog keine Miene, fragte sie nur: »Woher wusstest du meinen Namen?«

»Der Alte hat ihn mir gesagt. Erinnerst du dich an den alten Mann?«

»Er konnte Französisch?«

»Nein. Er hat dich kommen sehen. Uzair Ibn-Kadder, sagte er. Und sobald man einen Namen kennt, muss man nur noch fragen, wo derjenige wohnt.«

Uzair musterte sie mit gespielter Missbilligung.

»Nun, du hast es mir angeboten, nicht wahr?«, sagte sie.

Doch seine Gedanken waren längst zu etwas anderem geschweift. »Früher dachte man, die Erde sei der Mittelpunkt des Universums, dann die Sonne, jetzt die Milchstraße.« Wie sie beobachtete er das Lichtspiel auf den kleinen Dünen, die sich durchs Fenster in den Raum ergossen. »Doch jetzt heißt es, wir wären nur eine Galaxis unter vielen. Und was dann? Geht es immer so weiter? Wo soll das je enden?«

»Das verstehe ich«, sagte sie. »Auch diese Suche wird auf ewig weitergehen. Sie wird endlos sein, wie alles andere da draußen. Siehst du? Ein Mensch hatte einmal eine Idee, und die führte zu einer anderen. Es ist wie eine Geschichte, die jemand angefangen hat und die sich von selbst weiterschreibt, lange nachdem die Autoren gestorben sind.«

»Habe ich etwas falsch gemacht?«

»Was? Nein.«

»Du wirst mich verlassen.«

»Bestimmt wäre es sehr romantisch, dazubleiben und in deinen Armen zu sterben, aber nüchtern betrachtet wäre es doch eine ziemliche Verschwendung.«

»Du wirst nicht sterben.«

»Uzair …«

»Ich schwöre dir, dass du nicht sterben wirst.«

»Uzair, allein dem Tod wieder so nahe zu kommen, ist eine Erfahrung, die ich nicht noch einmal durchleben möchte.«

»Siehst du? Du hast zugegeben, dass alles nur Einbildung ist.«

»Habe ich das? Manchmal denkst du dir Sachen aus, Uzair.«

Sie wirft den Kopf zurück und leert das Glas, dann klettert sie auf seinen Schoß und küsst ihn.

An jenem Abend stand sie vor ihm, und ihre Kleider fielen bei der leichtesten seiner Berührungen von ihr ab, Tücher und Röcke wanden sich im Fallen rings um ihre Knöchel. Ihre Körper wölbten und krümmten sich, formten hohe Gipfel, kleine Tode. Selbst nachdem er wieder sein Gewand übergestreift hatte und hinausgegangen war, um seine Schriften zu studieren, blieb ihr sein Bild noch lange Zeit vor Augen.

Doch ihre Krankheit kam, und sie sollte immer wiederkommen. Aubry überlegte, ob sie sich so lange wie möglich an ihn klammern sollte. Überlegte, still und heimlich in der Nacht zu gehen, um allen das Unvermeidliche zu ersparen. Warum das alles noch weiter in die Länge ziehen?

Dann aber, als sie den Kopf auf ihre Liege bettete, schlief sie auf der Stelle ein.

»Etwas stimmt nicht«, sagte die tiefe Stimme ihrer Krankheit, die sie in ihren Träumen heimsuchte. »Das ist kein natürlicher Schlaf. Er führt etwas im Schilde. Gib acht! Wach auf! Wach sofort auf!«

Aber dafür war es längst zu spät. In einem abgelegenen Teil des Hauses, auf einem Stuhl inmitten von Bergen aus Sand, saß Uzair und starrte die ganze Nacht die Wände an, und ihm graute davor, was Aubry wohl am Morgen tun würde, wenn sie entdeckte, dass ihre Tür verschlossen war.

27

Uzair und die nordafrikanische Odyssee

Als Aubry die Augen aufschlug, war es bereits Mittag, und ihr kleines Zimmer, fensterlos und stickig, glich einem Hochofen. Sie versuchte aufzustehen, aber ihr schwirrte der Kopf, ihre Knie gaben nach, und sie fiel zurück auf ihre Pritsche. Sie wartete darauf, dass dieser Schwindel nachließ, und versuchte es erneut.

Die Hitze war narkotisierend. Ihr Kopf wirbelte herum wie am Ende eines Lassos. Geschah es denn jetzt schon? Hatte ihre Krankheit sie so rasch heimgesucht? Es war doch erst eine Nacht. So schnell ging es doch selten. Nein, dachte sie. Es war Uzairs Gebräu. Das musste es sein.

Sie rappelte sich hoch, noch etwas schwankend, doch sie hielt sich aufrecht und drehte eine Runde durch ihr kleines Zimmer, nur um sicherzugehen, dass sie wieder Herrin über ihre Beine war. Dann ging sie zur Tür.

Sie ließ sich nicht öffnen.

Aubry drückte fest dagegen, doch nichts geschah. Sie zog an der Tür, doch die blieb geschlossen. Sie rüttelte daran, fester und fester. Die Tür klemmte. Das musste es sein. Es war eine alte Tür, das Holz musste verzogen sein. Kein Wunder bei der glühend heißen Luft. Sie versuchte herauszufinden, wo genau sie sich verkantet hatte, konnte aber nichts Offensichtliches erkennen. Als die Tür immer noch nicht aufgehen wollte, klopfte sie. Vielleicht waren Uzair oder Hamza ja in der Nähe und könnten ihr helfen. Sie klopfte wieder und wieder. Dann hämmerte sie dagegen, drosch mit den Fäusten an die Tür und brüllte.

»Uzair!«

Sie hämmerte, zerrte, drückte, doch die Tür wollte nicht aufgehen.

»Uzair!«

Sie wartete.

»Uzair!«

Wieso rief sie nicht nach Hamza?, fragte sie sich. Weil es nicht Hamza war, der die Tür verriegelt hatte, gab sie sich selbst die Antwort.

Jähes Entsetzen packte sie, es war, als würde sich eine Schwarze Mamba ihr Bein emporschlängeln. All ihre Muskeln spannten sich. Sie spürte den ersten Anflug von Panik tief in ihrer Lunge, spürte, wie sie in ihr aufstieg, würgte sie wieder hinab. Selbstbeherrschung. Die wenigstens besaß sie. Sie legte das Ohr an die Tür und lauschte. Dann, ein paar Augenblicke später, flüsterte sie: »Uzair? Hörst du mich?«

Sie hörte nichts, aber er war da. Sie konnte es spüren.

»Uzair, das kannst du nicht tun. Du wirst mich umbringen. Bist du da? Kannst du mich hören?«

Sie wartete auf eine Reaktion, irgendeinen verräterischen Laut, das Knarren eines Stuhls, einen Atemzug, einen Seufzer.

»Uzair, eine Krankheit wie diese ist dir noch nie begegnet. Gib es zu und lass mich gehen. Das ist es, was du tun musst. Es ist das Richtige.«

»Wäre, dich zu heilen«, drang sein reibeiserner Flüsterton zu ihr herein, »damit du bleiben kannst, damit wir zusammenbleiben können, nicht das Richtige?«

Er war so nah, auf der anderen Seite der Tür, seine Lippen nur eine Handbreit von ihrem Ohr entfernt.

»Du kannst entweder diese Tür öffnen oder aber meinen Leichnam hier im Sand begraben«, sagte sie, mit aller Kraft darum bemüht, weiterhin ruhig zu klingen. »So oder so wirst du mich gehen lassen müssen.«

»Nein«, sagte er mit halb erstickter Stimme, von seinem eigenen Vorhaben gepeinigt. Sie konnte sie hören, seine Zerrissenheit, die Stimme, die sich selbst noch nicht recht überzeugt hatte.

»Uzair …«

»Nein, hör mir zu! Hör zu! In Tunis gab es einmal einen Mann …«

»Uzair, hör auf …«

»… einen Mann, der fest davon überzeugt war, er sei tot. Er weigerte sich, zu essen und zu trinken. Seine Familie versuchte, ihn dazu zu zwingen, aber nein, wandte er ein – die Toten, sie essen oder trinken nicht. Sie empfinden keinen Schmerz. Sie existieren nicht! Und zwei Monate später wurden seine Worte wahr. Ist es das, was du willst?«

»Nein. Und du?«

»Es wird nicht passieren. Ich schwöre es dir.«

»Das kannst du nicht schwören, Uzair. Du hast dir diese Geschichte ausgedacht, hast sie dir ausgedacht wie einen Roman. Aber es ist die falsche Geschichte, Uzair.«

»Ich schwöre es dir!«

»Meine Krankheit ist echt!« Er protestiert, aber sie fällt ihm ins Wort. »Ich habe nicht darum gebeten, ich will sie nicht, aber sie ist nun mal da, sie sucht mich heim, folgt mir überallhin.«

»Nein, das tut sie nicht!«

»Sie ist längst hier!«

»Hör auf, das zu sagen!«

»Bei mir hier in diesem Zimmer!«

»Hör auf! Das muss aufhören! Ich kann dich nirgendwo mehr hinbringen!«

Sie schrien einander an. Sie war kurz davor, ihn zu verlieren. Wenn das geschah, das wusste sie, würde er weggehen und nicht wiederkommen. Dann wäre niemand mehr da, den sie überzeugen könnte, der die Todesangst in ihrer Stimme hören und die Tür entriegeln würde.

Sie schöpfte Luft und versuchte es noch einmal.

»Uzair ...«

Sie wartete, doch da war nur noch Stille.

»Uzair?«

Er drosch mit der Faust gegen das Holz, und die Tür bebte in den Angeln. Sie schrak zurück, sah, wie sich sein Schatten unter der Tür unschlüssig bewegte. Dann war der Schatten verschwunden. Sie hörte, wie sich seine Schritte eilig entfernten, wie er irgendwohin floh, wo ihre Stimme ihn nicht würde erreichen können.

28

Uzair und die nordafrikanische Odyssee

»Nein«, grollte ihre Krankheit mit so tiefer Stimme, dass ihre Lungenflügel bebten, wenn sie in ihrem Schädel sprach. In ihrem Delirium vermochte sie ihn beinahe zu sehen, den kleinen Dämon, der sich an ihren Rücken klammerte, sich nach vorn zu ihrem Ohr beugte.

»Hier darf es nicht enden«, sagte der Dämon. »Steh auf.«

Sie kam wieder zu sich, kreischte, wälzte sich auf dem Boden, versuchte mit aller Kraft, ihn abzuschütteln. Ihre Schreie wurden jäh von einem Hustenanfall unterbrochen, der alle Luft aus ihr herauspresste und sie einen Schwall von Blut auf den Boden speien ließ.

Sie kroch zur Tür. »Bitte«, krächzte sie. »Bitte.«

Doch Uzair war hinaus in die Nacht gerannt wie ein geprügelter Hund und hatte Aubry allein in dieser kleinen, fensterlosen Kammer zurückgelassen, beschmiert mit Blut, Erbrochenem und Pisse. Zusammengekrümmt lag sie auf dem Boden vor der Tür, ein Bündel dreckstarrender Kleider, das mit letzter Kraft am Holz kratzte.

»Bitte …«, bettelte sie in die Leere. »Kann irgendwer mir … bitte.«

Sie hatte sich heiser geschrien, den ganzen Tag, die ganze

Nacht. Hatte keine Kraft mehr. Ihr ganzes Leben lang hatte sie Angst davor gehabt, irgendwann aufzugeben. Sie wusste, dass nichts ihrem Leben so gewiss ein Ende setzen würde wie die Kapitulation. Selbst an jenen Tagen – jenen furchtbaren Tagen –, als sie glaubte, sie könne nicht mehr weitermachen, tat sie es trotzdem. Aber dieser verschlossene Raum in einer menschenleeren Wüste – manchmal gibt es Umstände, denen selbst die Stärksten und Widerstandsfähigsten nicht trotzen können.

Sie würde nie verwinden können, was Uzair ihr angetan hatte. Ein Verrat ist mehr als nur eine Lüge – er ist die Umkehrung der Wirklichkeit. Sie hatte geglaubt, dass sie einander liebten und dass Liebe zugleich Fürsorge und Zuneigung bedeutete – und Mitgefühl. Das alles hatte sie geglaubt, doch wie sie sich geirrt hatte. Liebe konnte alles Mögliche bedeuten, es war vollkommen willkürlich. Überzeugungen konnten so rasch zusammenstürzen wie die Mauern einer belagerten Stadt. Seltsam, wie die Wirklichkeit ihr doch ständig den Boden unter den Füßen wegzog.

Doch die größten Entdeckungen warten stets dort, wo niemand sie sucht.

Blut rann ihr die Kehle herunter, schon das Atmen fiel ihr unendlich schwer. Es war, als könne sie spüren, wie ihre inneren Organe allmählich aufgaben, wie ihre Lungen müde wurden, ihr Herz langsamer schlug, unter seiner eigenen Last ins Stolpern geriet. Ihre Augen sollten sich längst an die Dunkelheit gewöhnt haben, doch jetzt merkte sie, wie alles um sie herum trübe wurde.

Trotzdem kratzte sie weiter an der Tür. Würde auf ewig an dieser Tür kratzen. Uzair und Hamza würden die Spuren ihrer Nägel sehen und wie tief sie sich in Holz gegraben hatten, und sie würden staunen und sich schämen.

Durch den Spalt unter der Tür ließ sich erahnen, wie der Mondschein durch das Fenster fiel und den Küchenboden in blauen Schimmer tauchte. Da draußen war die Wüste, ihr Fluchtweg, nicht weit weg, gar nicht weit entfernt. Wie grausam, in dem Wissen zu sterben, wie nah sie war.

Ein Schatten glitt vorüber, durchbrach die Pfütze blauen Mondlichts. Ein Schatten? Oder ihr Delirium? Sie hörte Schritte, die sanft über den Küchenboden tappten. Schob ihre Fingerspitzen so weit unter die Tür, wie es nur ging.

Dann ein Klicken, langsam, leise und behutsam. Die dicke Holztür schwang zurück und gab den Blick auf die dahinterliegende Küche frei, die Küche, die anfangs noch so klein gewesen war, ihr jetzt aber so endlos vorkam wie die Wüste selbst.

Und doch streckte sie mit letzter Kraft die Hand aus. Schmiegte die Handfläche auf die Küchenfliesen. Es war wahr. Sie fantasierte nicht. Die Tür hatte sich tatsächlich geöffnet.

Irgendetwas durchströmte ihren Körper wie eine Droge, deren Wirkung einsetzte. Sie merkte, wie ihr Herz, das eben noch so schwach gewesen war, wieder zu schlagen begann. Ihre Haut rötete sich. Ihr Denken wurde klarer. Sie fand die Kraft, den Kopf zu heben, wieder den Arm auszustrecken, ihren geschundenen Körper über die Türschwelle zu ziehen.

Zentimeter für Zentimeter kroch sie durch die Küche, jeder Atemzug ein blutverklumptes Rasseln, eine Halbtote, deren Hände jedes Mal erbebten, wenn sie sie nach vorne reckte, um ihren armseligen Leib über den Boden zu schleifen.

Sie schleppte sich an einem Paar Füßen in Sandalen vorüber, die nur Hamza gehören konnten, aber Aubry hatte nicht die Kraft, ihm zu danken, nicht einmal die Kraft zu sprechen. Sie brauchte alles, was ihr blieb, um sich über den Boden zu ziehen.

Hamza sah, dass ein Schemel ihr im Weg stand, und schob ihn rasch beiseite. Sah Aubry zu, wie sie langsam quer über den endlosen Küchenboden robbte. Er hatte Angst, sie zu berühren, Angst davor, es vielleicht noch schlimmer zu machen. Es war viel schrecklicher als beim ersten Mal. Er eilte voraus und öffnete die nächste Tür. In diesem Türrahmen schimmerte die nächtliche Wüste.

Aubry krauchte vorwärts, schleifte ihre Beine wie totes Fleisch hinter sich her. Zerrte sie über die Fliesen. Die offene Tür lag direkt vor ihr.

Sie brauchte so lange, um die Küche zu durchqueren – als sie sich hinausgeschleppt hatte, dämmerte bereits der Morgen. Vor ihr lag das Calanshio-Sandmeer, weit und lückenlos. Die Sonne hatte noch nicht einmal den Horizont erreicht, doch der Sand fühlte sich schon an, als wäre darunter ein Backofen entzündet worden.

Sie zog sich durch den Sand, und bei jedem Ausatmen stoben kleine Wölkchen vor ihr auf. Ihre Finger krallten sich vergebens in das Pulver. So weit hatte sie sich noch nie vom Haus entfernt. Diese Handvoll Sand war ihr noch unbekannt, war neu und unerforscht.

Langsam kehrte das Gefühl zurück in ihre Beine.

29

Im Zug mit Lionel Kyengi

»Verstehe ich das richtig?«, staunt Lionel Kyengi. »Du bist durch das Calanshio-Sandmeer gekrochen?«

Sie sind, fast schon überraschend, angezogen, schließen gerade ihre letzten Knöpfe.

»Nein«, sagt Aubry. »Den Großteil der Strecke bin ich gelaufen.«

Das stimmte. Ihre Beine erholten sich binnen Minuten, nachdem sie in der Wüste war. Sie rappelte sich mühsam hoch, taumelte zunächst, fiel ein- oder zweimal wieder hin, doch schon nach einer Stunde marschierte sie bereits wieder mit strammem Schritt.

»Wie lange hat es gedauert?«

»Zwei Wochen, glaube ich.« Das ist geraten. Es könnte auch länger gewesen sein, viel länger, aber sie möchte Lionel nicht beunruhigen.

Es könnte ihre dritte Woche des Umherirrens gewesen sein, als eine Berberkarawane sie erspähte, wie sie ohne Schuhe durch die Calanshio wanderte. Und es könnte durchaus so gewesen sein, dass ein Mann auf einem Pferd auf Aubry zugeritten war, bass erstaunt, eine gelbhaarige, barfüßige Fremde alleine durch die Wüste stapfen zu sehen, und sie zurück zu seiner Karawane getragen hatte, wo man ihr neue Kleidung und Nahrung gab und mit offenen Mündern jenes Mädchen anstarrte, das die Dreistigkeit besaß, mitten im Sandmeer noch am Leben zu sein.

Sie reiste noch mehrere Wochen mit ihnen durch die Wüste, bevor sie sich einer Karawane der Afar anschloss, die sich gerade auf dem Weg zur äthiopischen Salzwüste befand. Eben dort, in dieser sengenden Hitze, beschloss Aubry, dass sie nie wieder das überhebliche Mädchen auf dem griechischen Fischerboot sein wollte, ebenso wenig die streitlustige Verführerin, die sie bei Uzair gewesen war, die sich mit ihren Reizen Kost und Unterkunft erschlichen hatte. Sie schwor, fortan Güte mit Güte zu vergelten, Barmherzigkeit mit Barmherzigkeit. Genau dort war es, in dieser Salzwüste, wo sie mithalf, in gnadenloser Hitze Salz vom ausgedorrten Seebett zu schaben, einer Hitze, die wie ein Gewicht, wie flüssiges Blei, auf ihren Schultern lastete. Es war eine Hitze, die sie nie zuvor und auch danach nie wieder empfunden hatte, und sie schabte Salz, als wäre es ein Akt der Buße.

Sie musste an Uzair denken, stellte sich vor, wie er zu Fuß durchs Sandmeer stolperte, in dem Versuch, sie zu finden, bevor sie zu weit weg wäre. Vielleicht war er ja ihren Fußspuren gefolgt, der Blutspur, die sie hinterlassen hatte, bevor diese getrocknet war oder es zu heiß wurde. Aubry malte sich aus, wie er wieder und wieder ihren Namen rief, voller Reue, sie aber nicht finden konnte. War er umgedreht und hatte es auf dem Kamel erneut versucht? Hatte er Hamza für seinen Ungehorsam bestraft oder ihm dafür gedankt, dass er getan hatte, was er selbst hätte tun müssen? Oder waren sie schweigend heimgeritten und hatten nie wieder ein Wort darüber verloren?

Was hielt er nun von seinen Theorien?, fragte sie sich. Er hatte sich nur gewünscht, dass sie bei ihm blieb, hatte ihr die

Krankheit aus dem Kopf reißen wollen, doch alles, was er davon hatte, war ein blutverschmierter Boden gewesen. Zu dritt waren sie losgezogen in die Wüste – ihre Liebe für Uzair, seine Liebe für sie und ihre Krankheit. Und von den dreien hatte nur die Krankheit überlebt.

»Ohne Essen und Wasser?«, wundert sich Lionel.

»Da muss …« Sie denkt kurz darüber nach, aber die Frage erwischt sie auf dem falschen Fuß. »Da muss es irgendetwas gegeben haben. Ich kann mich kaum noch erinnern.«

»Du kannst dich kaum noch erinnern?«, wiederholt er ungläubig. »An das Calanshio-Sandmeer?«

Sie schüttelt den Kopf.

»Ich war in der Sahara. Ich habe im Sand Skelette ausgegraben. Selbst die Beduinen weigern sich, die Calanshio zu betreten«, sagt er. »Hast du dich irgendwann in diesen zwei Wochen verbrannt? Hat deine Haut Blasen geschlagen? Ist deine Zunge angeschwollen?«

»Warum sollte sie?«

»Weil das bei den meisten Menschen so wäre. Man nennt das Durst«, antwortet er. »Hast du manchmal Kopfweh?«

Sie runzelt die Stirn – keine, an die sie sich erinnern könnte.

»Fieber?«, fährt er fort. »Durchfall? Was ist mit einer einfachen Erkältung?«

Nichts davon ruft eine Erinnerung hervor. Hatte sie sich nicht irgendwann einmal eine Erkältung eingefangen? Als Kind schon, das weiß sie, vor ihrer Krankheit. Doch seither nichts dergleichen. Aubry hatte angenommen, sie wäre einfach aus dem Alter herausgewachsen oder dass der ständige Kampf ums Überleben, der Zwang zu reisen sie davor bewahrt habe. Wer hat schon Zeit, krank zu sein, wenn man den Erdball durchwandern muss?

Aber halt! Sie war Schluchten hinabgestürzt, reißende

Flüsse hinabgeschwemmt worden, ohne – jetzt, wo sie darüber nachdachte – mehr als ein paar Kratzer und blaue Flecken davonzutragen. Konnte das wahr sein? Nun fiel ihr wieder ein, dass sie sich einmal – nein, nicht einmal, zweimal, nein, viel öfter – den Knöchel so übel verdreht hatte, dass sie überzeugt war, der Knochen sei gebrochen. Doch zwei oder drei Tage später konnte sie schon wieder laufen, und das tat sie auch, stundenlang, tagelang, ewig.

Aber das wird sie ihm nicht erzählen.

»Natürlich hatte ich mal eine Erkältung!«, echauffiert sie sich mit gespielter Empörung. Doch dann, sie kann nicht anders, korrigiert sie sich. »Bestimmt hatte ich eine.«

»Moment mal«, sagt er. »Hattest du eine oder nicht?«

»Bestimmt hatte ich eine«, wiederholt sie, als hätte er sie beim ersten Mal nicht gehört.

»Aber du weißt es nicht.«

»Natürlich weiß ich es.«

»Aber du bist dir nicht ganz sicher.«

»Ich habe doch gesagt, dass ich mir sicher bin.«

»Aber du erinnerst dich nicht daran.«

»Im Moment gerade nicht, nein.«

»Dann hattest du keine.«

»Doch.«

»Beschreib mir, wie es sich anfühlt.«

Sie schweigt eine ganze Weile, während sie sich überlegt, was sie antworten soll. Wie fühlt sich eine Grippe an? Oder ein Hitzschlag? Oder eine Erfrierung?

»Es tut weh«, sagt sie.

»Gut geraten.«

»Danke«, erwidert sie im Flüsterton.

»Das habe ich mir bei dir schon gedacht.«

»Was?«

»Du weißt so viel über die Welt. Aber du weißt so wenig über dich selbst.«

»Das stimmt nicht.«

»Du zählst die Tage nicht. Du setzt dir kein Ziel. Du hast selbst gesagt, dass du versuchst, nicht darüber nachzudenken …«

»Das nennt man Überleben.«

»Was?«

»Was würdest du denn an meiner Stelle tun? Dich von Fragen, auf die es keine Antwort gibt, in den Irrsinn treiben lassen?«

»Das verstehe ich. Wirklich. Aber das Calanshio-Sandmeer! Da muss man doch stutzig werden, oder etwa nicht?«

Was er sagt, gefällt ihr nicht. Auch nicht die Erinnerungen, die plötzlich auf sie einprasseln. War ihr Knöchel wirklich so rasch geheilt? Und wie kam das?

»Schauen Sie mich nicht so an, Mr. Kyengi«, weist sie ihn zurecht. »Ich versichere dir, dass ich sehr wohl in der Lage bin, mich auf die ein oder andere Art umzubringen.«

»Gewiss, so wie wir alle. Aber ich glaube, dass es für dich nicht ganz so einfach ist, wie du womöglich denkst.«

30

Im Zug mit Lionel Kyengi

Ihre Erinnerung an Russland wird süß und schmerzhaft sein. Sie wird daran zurückdenken, wie sie sich Morgen für Morgen artig an- und nachmittags und abends wieder auszogen. Wird sich an ihr Gelächter erinnern, an Innigkeit und schamlose Unanständigkeiten, kurz bevor sie den Vorhang an der Tür wieder aufzogen.

Sie küsst ihn – tausendundein Kuss mittlerweile – und zieht ihn zu sich heran.

»In Wladiwostok«, sagt sie, »gehen wir in die Bibliothek. Ich werde dich hinbringen.«

»Was für eine Bibliothek?«

»Solche Bibliotheken gibt es auf der ganzen Welt, nur für Reisende wie uns.«

»Ach, wirklich?«

»Ja. Und ich bin besonders gut darin, sie zu finden.«

Bevor er weiterfragen kann, erbebt der Zug so heftig, dass ihr Gepäck von den Sitzen rutscht und Aubrys Speer zu Boden fällt. Wolken verdunkeln das Abteil – schwarzer Rauch wogt an ihrem Fenster vorüber. Sie merken, wie der Zug langsamer wird und kreischend zum Stehen kommt.

Eine Stunde später sind alle nacheinander aus dem Zug

geklettert und schlendern durch die Felder, während die Mechaniker fluchend am treulosen gusseisernen Motor herumfriemeln. Natürlich sorgen die Passagiere sich um die Verspätung und hoffen, dass die Reparaturen nicht zu lange dauern werden, doch ansonsten scheinen sie die Verschnaufpause zu genießen, strecken im hohen Gras die Beine aus, atmen in der kühlen Luft tief durch.

Lionel, der sich um Aubry sorgt, marschiert hinüber, um einen Blick auf das Problem zu werfen, sieht, wie die Maschine zischend weißen und schwarzen Rauch ausstößt, blickt in die betretenen Gesichter der Mechaniker.

Aber Aubry geht stattdessen spazieren. Das Gras ist so hoch, dass die federsanften Spitzen der Halme sie im Vorbeigehen an den Händen kitzeln. Sie betrachtet ausgiebig die scheinbar endlose Landschaft ringsumher – den wogenden Weizen, die einsame Erhabenheit des Himmels –, taxiert sie eingehend, nur für alle Fälle.

Das ist Tag eins.

An jenem Abend breiten sie eine Decke aus und sehen zu, wie die rote Sommerdämmerung ganz langsam in ein zartes fliederblaues Leuchten übergeht, ein Sonnenuntergang, so herrlich, dass sie sich vorstellen, Gott selbst sei ebenfalls verliebt.

Aber Lionel möchte sich nicht zu ihr setzen.

»Man wird über uns reden, du weißt schon«, sagt er.

Aubry seufzt. All ihre Affären sind Skandale. Sie ist die Fremde, die in die Stadt kommt und den Frauen ihre Männer stiehlt. Das ist zwar eine Lüge, aber so wirkt es immer. In ihrem Leben ist kein Platz für lange Bindungen. Sie kannte einmal eine Schönheit aus Sansibar, die sich von einem Liebhaber zum anderen treiben ließ, leicht wie eine Feder. Ihr war es egal, was andere von ihr dachten. Aubry ist es nicht egal, doch sie hat auch nicht vor, ihrem Katalog der Leiden die Keuschheit hinzuzufügen.

»Magst du die Gefahr?«, fragt Lionel. »Den Skandal?«

»Ich mag einfach nur dich. Und jetzt setz dich hin.«

Also setzt er sich zu ihr, und sie starren in den Himmel, schauen zu, wie die Sterne aufgehen, einer nach dem anderen.

»Ich weiß nicht, womit ich das verdient habe«, sagt er.

»Ich auch nicht.«

»Es muss an deinen Reisen liegen.«

»Meinen Reisen?«

»Du bist alles, was ich an Europa bewundere, und alles, was ich an Afrika vermisse. Ich wünschte, ich könnte dir so etwas bieten.«

»Da hast du ja Glück, dass ich nicht viel verlange. Nur Liebenswürdigkeit.«

Vor langer Zeit hatte sie Liebe gefunden, aber nur Sand geschmeckt. Seither hat sie nicht mehr nach Liebe gesucht, nicht in Worten, nicht in Geschenken, nicht im Kerzenschein. Heute aber, gestrandet in der Steppe, wo nur der Wind das Gras hin und her wiegt – ausgerechnet hier hat Aubry sie gefunden.

Sie denkt zurück an die Handelsrouten, daran, wie sie von Ostafrika aus in einem kleinen Ausleger voller Zimt, Zuckerrohr und Kaffee aufgebrochen war. Sie war durch den Indischen Ozean gesegelt, von Boot zu Boot gewechselt, hatte kleine Frachtladungen von Insel zu Insel transportiert, oft als einzige Frau an Bord. Hatte mit ihrer Harpune für etliche Besatzungen die Mahlzeiten gefangen, mit ihnen gegessen und gelacht. Sie war nicht mehr das missmutige Mädchen auf dem griechischen Fischerboot und auch nicht die gerissene Rumtreiberin, die Uzair gekannt hatte. Sie hat endlich Halt gefunden, so zufrieden wie schon seit Jahren nicht mehr.

Die Matrosen waren nicht selten junge Männer, die voller Liebe um ihre Gunst buhlten. Doch sie besaß nichts mehr, hatte kaum etwas zu geben. Oh, sie mag den einen oder anderen geküsst haben, manchmal auch ein wenig mehr als das, aber sie war nun eine Zweiflerin und trug Uzairs tote Liebe noch jahrelang auf ihren Schultern mit sich herum.

Was zieht sie an Lionel so an? Seine Intelligenz? Seine Sanftheit? Liegt es daran, dass sie beide Reisende sind, Außenseiter in den Welten der anderen? Sie weiß es nicht, doch die Anziehung ist da. Jeden Morgen wacht sie auf wie ein neugeborenes Tier, das darauf wartet, auf jemanden geprägt zu werden, schlägt die Augen auf und sieht sein Gesicht. Sie empfindet einen Schmerz wie Heimweh, wie den Schmerz und die Angst, die sie in jener Nacht empfand, als sie ihre Mutter endgültig verließ. Ein furchtbarer Schmerz, und doch ist er ihr lieb und teuer, wie ein wilder Vogel, der nur aus ihren Händen pickt.

Obwohl sie sich dagegen wehren – jeden Augenblick könnte jemand zufällig vorbeikommen und sie ertappen –, rücken sie doch zentimeterweise immer näher aneinander. Ihre Knie berühren sich. Ihre Finger gleiten lautlos ineinander. Sie legen sich ins Gras und zählen Sterne bis tief in die Nacht. Reden über die fantastischsten Dinge, Dinge, die nie wahr werden können, bis die Kälte sie zurück ins Warme treibt.

31

Im Zug mit Lionel Kyengi

Tag drei. Morgen. Sie teilen sich das Dach des Zuges mit einer ganzen Reihe anderer Passagiere und beobachten, wie der Wind wechselnde Muster in das gelbe Gras weht.

Lionel meint, er habe gesehen, wie sich der Rätselball erneut bewegt hätte. Er sagt, er habe ihn über das Regal rollen sehen – nur wenige Zentimeter weit –, doch er sei rasch und lautlos weggerollt, ohne einen Windstoß oder einen Ruck des Zuges. Den Rest der Nacht machte er kein Auge zu, weil er ihn ständig beobachtete, wie er in einem Flecken Mondschein dalag.

Aubry versucht, Lionel zu beruhigen, aber er ist zu aufgewühlt und müde. Eine fürchterliche Kombination.

In der Zwischenzeit haben sich die Passagiere überall ausgebreitet, manche sitzen auf den Dächern, manche hocken im Gras auf den kleinen Hügeln, andere picknicken auf Decken, wieder andere bevorzugen ihre bequemen angestammten Plätze im Zug.

Aubry ist beeindruckt von diesem Fatalismus. Diese Reisenden, die das ganze Land durchqueren wollen, gar den ganzen Kontinent, sind plötzlich zur Bewegungslosigkeit verdammt, zum Stillstand gezwungen. Doch sie nehmen es gelassen hin, sind machtlos und sich ihrer Machtlosigkeit nur zu bewusst. Es gibt genug zu essen, es gibt Wasser, und das ließ sie fast umgehend kapitulieren. Also lungern sie unbeschwert herum, überraschend still und schweigsam.

In den unterschiedlichsten Häusern hat Aubry beobachtet, wie Leute zusammen auf Sofas saßen, schweigend ihre Bücher lasen und kein Wort sprachen. Hat Hausfrauen gesehen, die ihre Häuser stets auf Vordermann hielten und sich nie weit davon entfernten; Kinder, die Stunde um Stunde ihre Schulbücher studierten, nur um später einmal für den Rest ihres Lebens in Bürogebäuden an Schreibtischen zu hocken. Sie hat Mönche gesehen, die, tief in Meditation versunken, wochenlang im Schneidersitz dasaßen, Bettler, die tagein, tagaus an derselben Straßenecke hockten, wohlhabende Geschäftsleute, die Zigarren rauchten und über die Politik in Gegenden debattierten, die sie nie gesehen hatten, gelangweilte, ans Haus gekettete Frauen, die stundenlang dem Radio lauschten, Sendungen von weit entfernten Orten, die sie nie besuchen würden.

Vielleicht ist ihre Krankheit ja nur die Zurückweisung des sesshaften Lebens, vielleicht rebelliert ihr Körper nur gegen die Trägheit, in der sich die Menschheit über die Jahrtausende hinweg eingerichtet hat. Sonnen und Planeten rotieren unablässig. Das Gras ist immerzu am Wachsen, die Jahreszeiten wechseln ständig. Die Erde wäre wüst und leer, wenn der Wind nicht Samen übers Land geweht hätte, die Tiere nicht zu saftigeren Weiden aufgebrochen und die Frühmenschen nicht aus ihren Höhlen gekrochen wären. Lag es nicht jedem von uns im Blut, das Nomadenleben, der Drang, umherzuziehen? Die flache Steppe, die sich von Polen bis weit nach Sibirien zieht, ist wie zur Wanderschaft geschaffen. Tut sie also nicht nur das, wofür sie ohnehin bestimmt ist?

Lionel ist panisch – der Rätselball, ihre Krankheit. Stillstand ist auch sein Feind. Er geht ziellos auf und ab. Zweimal am Tag bringen ihn die Mechaniker auf den neuesten Stand. Jetzt meinen sie, alles würde gut, wenn der Folgezug sie nächste Woche einhole, was Lionel nur noch größere Angst macht. Sie versucht, ihn abzulenken, wenn sie in ihrem Abteil allein sind, mit zugezogenen Vorhängen, der Rätselball gut verborgen, außer Sichtweite. Sie hat sich vorgenommen, diese Tage für sie beide unvergesslich zu machen. Meist gelingt es ihr. Dennoch tippt er mit den Fingern nervös Stakkatorhythmen auf sein Knie. Manchmal springt er plötzlich auf, dreht fahrig seine Kreise um sie herum.

»Ich schau mal nach, wie es vorangeht«, sagt er und schaut sie an. »Und dir …? Geht es dir …?«

»Mir geht es gut«, antwortet sie.

Sie berühren einander kurz, dann stiefelt er davon, um zu sehen, ob die Mechaniker irgendwelche Fortschritte gemacht haben, springt vom Dach eines Waggons zum anderen, bis er ganz vorn zur Lokomotive gelangt.

Er ist gerade einen Moment fort, als sie das Blut schmeckt. Sie ist darauf vorbereitet, hat darauf gewartet, seit der Zug liegen geblieben ist. Und doch, jetzt, da es so weit ist, legt sich eine dunkle Wolke über ihren Geist, die kein Lichtstrahl durchdringen kann. In der Zeit, die sie braucht, um das Blut als solches zu erkennen, hat sich ihr Daseinszweck grundlegend gewandelt: vom Lustempfinden hin zum reinen Überleben.

In der Kunst des Abschiednehmens ist sie Meisterin. Keine Szenen, keine Tränen. Sie steht einfach auf, klettert die Leiter hinunter und geht in das Abteil, das sie sich geteilt haben. Sucht ihre Sachen zusammen, packt sie ein.

Nur ihren Rätselball kann sie nicht finden. Wo ist er nur hin? Sie hatte ihn versteckt, aber wo?

Ein Geräusch, gleich hinter ihr.

Sie schnellt herum, sieht den Ball langsam über den Boden rollen. Schließlich kommt er direkt vor ihren Füßen zum Stehen, wie ein Haustier, das nicht daheim zurückgelassen werden will.

»Keine Sorge«, sagt sie, hebt ihn auf und packt ihn in ihre Tasche. Dann geht sie hinaus und setzt sich eine Weile ins Gras zu den anderen Passagieren. Neben ihr ist eine russische Familie – Mutter, Vater, eine feiste, gut gelaunte Babuschka, ein paar kleine Kinder. Sie holt eine Tafel Schokolade aus der Tasche, bemüht ihre paar Brocken Russisch und hält sie ihnen hin.

Sie nehmen dankbar an. Die Kinder lieben Schokolade, grinsen bis über beide Ohren. Die Mutter greift in ihre Tasche und bietet ihr im Gegenzug ein kleines Weizenbrot an. Welch ein freundlicher Austausch, ganz ohne Worte. Er gibt ihr das Selbstvertrauen, das sie braucht, nun, da sie eine so schwere Aufgabe vor sich hat.

Als Lionel zurückkommt und sie im Gras sitzen sieht, steht ihm die Auskunft der Mechaniker ins Gesicht geschrieben.

»Schon in Ordnung«, sagt Aubry. »Hier, iss etwas Brot.«

Er setzt sich neben sie. In der luftigen Stille der Steppe teilen sie sich den Brotlaib. Als sie einen Blick auf das Brot in ihrer Hand wirft, sieht sie einen Blutfleck, der durch ihre Bisse sickert und sich als kleiner roter Kreis allmählich ausbreitet.

Südlich von hier liegt die Wüste Gobi. Sie wird eine ganze Weile durch die Steppe wandern müssen, dann aber wird das Gras trockener werden, und die Gobi wird sie erwarten, kalt, rau und leer. Aber wenn sie es hindurchschafft, dann könnte sie vielleicht nach …? Wohin? Peking? An die Küste Chinas? Oder in die andere Richtung, nach Gansu oder Kasachstan?

Was macht das schon für einen Unterschied?

Erst bleibt sie völlig regungslos, sieht zu, wie der Tautropfen aus Blut durch ihr Stück Brot sickert. Sie holt Luft, beugt sich vor und küsst Lionel auf die Wange.

»Es ist Zeit«, flüstert sie ihm ins Ohr, dann steht sie auf und marschiert samt Tasche und Gehstock davon. Lionel schaut ihr hinterher, anfangs völlig fassungslos. Er hätte nicht gedacht, dass es so werden würde, so abrupt, so unkompliziert. Er begreift nicht recht, was gerade vor sich geht. Hievt sich langsam auf die Beine, ohne den Blick von ihr zu nehmen. Aubry stiefelt weiter, geradewegs ins weite Nirgendwo. Selbst die russische Familie ist verwirrt, sie so gehen zu sehen. Wie sonderbar, das alles.

Dann rennt er ihr hinterher.

»Wo willst du hin?«, ruft er ihr zu. »Halt! Du kannst nicht da hineinlaufen!«

Aubry dreht sich um, lässt ihn zu sich aufschließen, bis sie zu zweit im hohen Gras stehen. »Wieso denn nicht?«

Er stutzt, stottert. Er weiß nicht, was er sagen soll und wie.

»Weil ich dich noch nicht gut genug kenne« ist alles, was er herausbringt.

»Ich habe selten jemanden so gut kennengelernt wie dich«, erwidert Aubry und wendet sich zum Gehen.

»Da draußen ist nichts!«

Sie bleibt stehen, senkt den Kopf. Sie spricht zu ihren Füßen, weil sie glaubt, dass sie ihm nicht in die Augen blicken kann.

»Da draußen ist die ganze Welt«, erklärt sie ihm. »Das weiß ich. Ich habe sie gesehen.«

»Ich komme mit dir.«

Sie ist es gewohnt, Brackwasser und warmes Blut zu trinken, auf faserigen Blättern herumzukauen und Tiere roh zu essen. An ihren schlechten Abenden muss sie daran denken, wie sie einst als kleines Mädchen das Essen ihrer Mutter verschmäht hat, und könnte vor Scham im Boden versinken. Sie kann nicht zulassen, dass Lionel ein solches Leben führen muss.

»Wir werden Wasser brauchen«, sagt er. »Lass mich noch rasch Wasser holen. Ich brauche nicht lange. Nur ... Alles, was ich brauche, ist Wasser. Wartest du auf mich?«

»Nein.«

»Um Himmels willen, du wirst da draußen umkommen.«

»Nein«, sagt sie und schaut ihn dabei endlich an. »Aber du.«

»Ich komme mit.«

»Du hast noch viel zu tun. Du wirst die Welt besser machen, Lionel. Meine Aufgabe ist nur, sie zu überleben.«

»Hör auf damit ... Sag nicht ...« Er ringt nach Worten. »Du sagst ... du sagst, du wärst nichts wert, aber das stimmt nicht. Du bist wertvoll für mich. Und ich glaube, dass wir füreinander wertvoll sind«, sagt er so warmherzig, dass ihr ein körperlicher Schmerz in die Brust fährt. »Was sage ich? Natürlich sind wir wertvoll füreinander! Was haben wir denn die ganze Woche hier im Zug getan? Was, wenn ...«, und er hat Mühe, mit seinem eigenen Gedanken Schritt zu halten. »Was, wenn der Grund unseres Daseins in nichts anderem besteht, als einander zu finden und zusammen zu sein? Ist das denn nicht wichtiger als Wladiwostok? Oder irgendein anderer Ort?«

Sie senkt den Blick, fast demütig, als würde sie sich schämen. »Du hast es doch selbst gesagt, Lionel. Klar und deutlich. Diese Krankheit wird mich entweder umbringen oder mich ewig leben lassen. Und ich habe nicht vor, für dich zu sterben, ebenso wenig wie du vorhast, für mich zu sterben. Lass uns bei der Sache doch schmerzhaft nüchtern bleiben, was meinst du?«

Sie stehen schweigend da. Lionel späht nach hinten in Richtung des Zuges, in Richtung des Wassers, das er holen wollte.

Blickt ostwärts gen Wladiwostok. Sie schaut ihn an, und was sie sieht – diesen liebeskranken Mann, wahnsinnig vor Kummer –, reißt sie entzwei.

»Lionel, ich wünsche mir nichts sehnlicher, als dich bei mir zu haben«, sagt sie und stochert dabei mit dem Ende ihres Speers in der Erde. »Aber du bist aus einem bestimmten Grund auf dieser Erde.« Sie schaut gen Himmel. »Und ich nicht.«

Sie lächelt ihn milde an und denkt sich, wenn sie schnell genug ist, kommt sie womöglich hier heraus, bevor es Tränen gibt, bevor sie die Kontrolle verliert und es damit nur ungleich schlimmer macht. Sie dreht sich um und marschiert ohne einen Blick zurück ins Grasland. Mehrmals macht er ein paar zögerliche Schritte, als würde er ihr folgen wollen, schaut erst in Richtung Zug, dann wieder zu ihr hin. Er packt sich mit den Händen an den Kopf wie ein Kind, sein Stolz so wertlos wie die Lappen der Mechaniker. Obwohl er jetzt schon weit hinter ihr ist, glaubt sie noch hören zu können, wie er flucht, dann wie ein zerknülltes Blatt Papier zusammenbricht und jäh zu Boden sinkt.

Doch das weiß sie nicht genau, denn sie hütet sich davor, sich umzudrehen und nachzusehen.

32

Eine Randbemerkung

»Weißt du«, sagt ihre neue Freundin, »ich dachte, du müsstest schweigsam und zurückhaltend sein, weil du es gewohnt bist, andauernd allein zu sein. Aber du bist genau das Gegenteil.«

Aubry hat die junge Lady in einer Kneipe irgendwo nördlich von Kanazawa kennengelernt. Sie ist schon lange genug in Japan, dass sie sich in der Landessprache unterhalten kann, und hat in den vergangenen Monaten eine Menge Freunde gefunden, vor allem in den kleinen Dörfern, die die Küste säumen. Diese Dörfer bestehen aus eng verwobenen Bauerngemeinschaften, und jedes hat seinen ganz eigenen Charakter. In diesem Dorf geht es besonders wild zu. Am Ende des Abends liegen Aubry und die junge Lady sturzbetrunken rücklings am Strand und starren in den Nachthimmel. Die junge Lady, die Yuki heißt, hat von Aubry gehört, in den Zeitungen über sie gelesen und war begeistert, sie in ihrer Stammkneipe zu treffen, wo sie mit den Einheimischen warmen Sake trank.

»Du tanzt mit den Mädchen«, sagt Yuki. »Trinkst mit den Jungs. Redest einfach so mit mir, einer völlig Fremden. Du bist andauernd von Menschen umgeben.«

»Wirkt das so?«, fragt Aubry, und ihr Lächeln wird ein wenig fahler. Sie denkt zurück an ihre Reisen. »Wie seltsam, welchen Eindruck man so hinterlässt.«

Sie erinnert sich an einen Sumpf an irgendeinem Ort, dessen Namen sie schon lange nicht mehr weiß, erinnert sich, wie sie sich einen Weg durch den Sumpf bahnte, in dem an allen Seiten der Bäume Moos wuchs. Mit ihrem Speer stocherte sie im toten Modder aus Blättern und Schleim herum, lose zusammengehalten von Mangrovenwurzeln, um sicherzugehen, dass darin keine Schlangen oder Krokodile auf sie lauerten.

»Ich habe ganze Länder durchquert, ohne dass man mich gesehen oder bemerkt hätte«, sagt sie. »Wie ein Nebel. Oder ein Geist.«

Sie erinnert sich an die Platzangst, die von ihr Besitz ergriffen hatte. Insekten summten in ihren Ohren, hüpften übers Wasser. Sie hörte Vogelgesang. Aber es gab auch Zeiten der Stille, als wäre sie mit Haut und Haar verschlungen worden. Sie erinnert sich, wie losgelöst von ihrem Selbst, wie sie sich durch schwarzes Wasser kämpfte, das ihr bis zu den Hüften reichte. Fast kann sie sehen, wie sie zwischen den Baumstümpfen und herabhängenden Zweigen verschwindet, ihr Pfad und alles, was von ihr noch übrig ist, verschluckt von den erbsengrünen Halmen.

33

Der Prinz

Sie taumelt, blinzelt in das Licht. Sie ist in einer Schlucht, ein seichter Fluss zwischen Mauern aus Fels, in irgendeiner schroffen, zerklüfteten Gegend, ohne einen Schimmer, wie sie hergekommen ist. Sie war über Berge geklettert, und dann war da der Sturm, der sie beinahe zu Eis erstarren ließ. Sie lag im Sterben, oder etwa nicht?

Jetzt kehren die Erinnerungen allmählich zurück. Einen Augenblick lang denkt sie: Nein, keine Erinnerungen, Träume. Es muss ein Traum gewesen sein. Jedenfalls hat es sich wie einer angefühlt. Kurz darauf ist sie überzeugt, dass sie verrückt sein muss. Sie spürt trockenen Boden unter den Füßen, ist in einem trockenen Land. Die Sonne scheint grell auf sie herab. Sie hat das Gebirge überquert. Unmöglich, aber sie hat es geschafft.

Sie ist am Leben.

Die Erkenntnis lässt sie innehalten. Sie schaut sich um, inspiziert ihre Umgebung. Sie ist so durcheinander wie noch nie. Rasch hakt sie im Kopf all ihre Habe ab: Ihr Speer? Noch in der Hand. Ihre Tasche? Hängt über ihrer Schulter. So weit, so gut. Ihr Name?, fragt sie sich. Aubry Tourvel, antwortet sie. Alter? Vierzig, glaubt sie, obwohl sie sich da nicht ganz sicher ist. Sollte irgendjemand sie fragen, wird sie neununddreißig sagen oder vielleicht achtunddreißig, was sogar noch besser klingt. Nun, wo könnte sie sein? Wenn sie das Gebirge überquert hat, dann wahrscheinlich Nepal oder Indien. Heiß genug für Indien ist es allemal. Sie hat schon lange nicht mehr eine solche Hitze gespürt.

In welche Richtung nun? Norden? Süden? Am liebsten würde sie ihren Rätselball hervorholen und ihn entscheiden lassen. Er war so gut darin. Doch sie hat ihn das letzte Mal auf der anderen Seite des Gebirges gesehen. Er ist weg, für immer. Jetzt fällt ihr auch diese furchtbare Nacht wieder ein, und es schmerzt sie immer noch. Er hat kaum mehr gewogen als ein Igel, doch von allem, was sie bei sich trug, wiegt sein Verlust am schwersten.

Der Fluss fließt südwärts. Wenn man einem Fluss nur lange genug folgt, kommt man meistens früher oder später zu einem Dorf oder einer Stadt. Lebenslange Erfahrung hat sie das gelehrt. Also folgt sie dem Fluss, als sie ihr, kurz nachdem sie aufgebrochen ist, entgegenkommen.

Für gewöhnlich freut sich Aubry, wenn sie in einem unbekannten Land auf einen Fremden trifft. Es bedeutet fast immer etwas Gutes – jemand, der ihr etwas zu essen geben kann, wenn sie hungrig ist, jemand, der einen sicheren Ort zum Übernachten kennt. So gut wie immer war der- oder diejenige hilfsbereit, und wenn nicht, hatten sie kaum je vor, ihr etwas anzutun.

Aber als sie um die Biegung in der Schlucht kommt und diese drei Männer auf sich zukommen sieht, fährt ihr ein kalter Schauer vom Kopf bis in die Füße. Wieso genau sich plötzlich ihre Muskeln anspannen, ihre Finger den Gehstock fest umklammern, kann sie nicht sagen. Da ist etwas in ihren Augen, ihrem Gang. Es ist die Art, wie sie bei ihrem Anblick kurz zusammenzucken, sehen, dass sie allein ist, und dann lächeln.

Sie lächeln nicht ihr zu, sondern grinsen einander an. Es sind Männer, die schon lange keine Frau mehr hatten. Männer, die furchtbare Pläne schmieden.

Tief in ihrem Innern rührt sich ein Instinkt, tritt ihr in den Magen, es ist ein Instinkt, dem sie vertraut und dem sie sich in diesem Moment voll und ganz hingibt.

Der Nebel in ihrem Kopf lichtet sich. Ihr Verstand ist plötzlich messerscharf. Ihr erster Gedanke ist, dass sie zu dritt sind und sie nur eine. Schlimmer noch, der in der Mitte ist ein wahrer Riese. Sie geht weiter, tut, als hätte sie nicht die geringste Angst. Deutet gar ein Lächeln an, doch insgeheim zielt sie bereits mit ihrem Speer.

Ihr zweiter Gedanke gilt der Reihenfolge. Wen zuerst? Den Riesen? Den Dürren? Den Mann mit den gespenstisch blassen Augen? Sie hat Angst, ganz gleich, wie sehr sie es auch leugnet, eine Heidenangst sogar, aber es hilft, eine Entscheidung zu treffen. Sobald sie die getroffen hat, kann sie alles andere hintanstellen. In diesem kurzen Augenblick akzeptiert sie die Möglichkeit des Todes, hakt sie ab und legt sich ihre Strategie zurecht.

Der Mann links, der Dürre, wirkt plötzlich beunruhigt. Beäugt argwöhnisch den Gehstock, den sie hinter sich herschleift. Irgendwann während der rund ein Dutzend Schritte zwischen ihr und den drei Männern hat sie die Kappe abgeschnippt. Jetzt ist es ein Speer. Kann er das sehen?

Sie teilen sich. Wollen sie einkesseln. Ihr wird klar, fast unmittelbar und ohne sich dessen ganz bewusst zu sein, dass dies ein taktischer Fehler ist. Einzeln lassen sie sich viel besser ausschalten.

Ihr dritter Gedanke betrifft all das, was sie nicht wissen. Sie wissen nicht, dass sie die Worte, die sie sagen wollen, niemals sagen werden – dass die Drohungen und Einschüchterungen, die ihnen schon auf der Zunge liegen, nie ausgesprochen werden.

Ihr vierter Gedanke streckt den Riesen nieder. Sie dreht den Speer flink in der Hand und rammt ihm die Eisenspitze durch den fleischigen Hals, noch bevor er seine letzten Worte aussprechen kann. Stattdessen füllt sich seine Kehle mit Blut, das ihm wie eine Fontäne aus dem Mund sprüht und im Sand vor seinen Füßen landet. Da sie pflichtbewusst einen Widerhaken in die Speerspitze geschnitzt hat, zieht sie den Riesen jetzt an seiner Wunde zu Boden, wo er zwischen ihr und dem dürren Kerl, der dem Fluss am nächsten steht, aufschlägt wie ein Bergsturz.

Die Gedanken strömen jetzt blitzschnell auf sie ein, eine ganze Schar von ihnen. Sie weiß, dass die zwei schmalen Männer sie von beiden Seiten in die Zange nehmen werden. Mit einer einzigen fließenden Bewegung reißt sie den Speer aus der Kehle des Riesen und rammt dem Helläugigen das stumpfe Ende in die Brust. Als er nicht zu Boden geht – nur keucht und sie entgeistert angafft –, stößt sie noch dreimal zu – rat-tat-tat – und drischt ihn weiter rückwärts, bis sein Kopf gegen die Felswand kracht und seine Beine nachgeben.

Inzwischen hat der Dürre einen Satz über den daliegenden Riesen gemacht und ist fast bei ihr. Doch auch das weiß sie, noch bevor sie herumwirbelt und ihn mitten im Sprung erwischt.

Ihr Speer durchstößt sein Brustbein und bohrt sich in seine Lunge. Er fällt zu Boden wie ein Zirkusclown, als hätte ihm jemand einen Teppich unter den Füßen weggezogen. Beim Aufschlag speit er keuchend eine Eimerfüllung Blut auf die glatt polierten Flussfelsen.

Ihre Gedanken sind nicht mehr vollständig geformt, nicht einmal ansatzweise. Sie handelt nur noch nach Instinkt, wenn sie das nicht bereits zuvor getan hat.

Doch der Helläugige fällt ihr zu spät ein. Er stürzt sich von hinten auf sie, stößt sie brutal zu Boden. Sie saugt geräuschvoll Luft ein. Dann zieht er ein Messer und sticht nach ihrer Kehle. Sie weicht aus, schlägt und tritt wild um sich. Seine Klinge verfehlt ihr Ziel, dringt kurz unter dem Schlüsselbein ins Fleisch. Sie schreit vor Schmerzen auf, als er das Messer noch fester hineinpresst, ist jedoch schneller und gemeiner als er, packt zwei Handvoll seiner Haare und zerrt ihn zur Seite.

Sie wälzen sich über den Boden, bis sie auf ihm hockt, ihm das Knie zwischen die Beine rammt, ihn an den Haaren zieht und ihm einen Daumen in die Augenhöhle stößt. Er kreischt und prügelt mit seinen Fäusten um sich, erwischt sie seitlich am Kopf. Sie krümmt sich, und er stößt sie herunter, doch sie krallt sich immer noch an seinen Haaren fest, und sie rollen gemeinsam in den Fluss, fieberhaft bemüht, sich über Wasser zu halten.

Aber es ist Aubry, die am Ende oben bleibt.

Während er die Fäuste schwingt, sie an Hals und Stirn trifft, ihr ein blaues Auge und eine blutige Nase verpasst, schießt ihr der nächste Gedanke durch den Kopf. Sie reißt sich sein Messer aus der Schulter.

Aubry zerrt ihn noch einmal an den Haaren, und er ist unter Wasser, strampelnd und schreiend, derweil der Fluss seine Lungen füllt. Er kämpft sich wieder hoch, doch sie zerrt ihn am Haar senkrecht nach unten, bis eine Spur Luftblasen an die Oberfläche steigt. Mit der anderen Hand stößt sie ihm das Messer in die Brust, wieder und wieder, bis sich das Wasser brodelnd rot färbt, bis seine Hände aufhören, auf sie einzutrommeln, und seine Beine nicht mehr zappeln.

Sie lässt sein Haar los, schüttelt seinen schlaffen Körper ab, tritt ihn von sich fort. Sieht zu, wie die Strömung ihn erfasst und in einem Glorienschein aus Blut flussabwärts trägt. Dann fallen ihr die beiden anderen wieder ein, und sie dreht sich um, um sich zu vergewissern, dass sie tot sind.

Der Riese hat sein Leben ausgehaucht, ist ausgeblutet und liegt bäuchlings auf den Steinen, die Hand noch immer an der aufgeschlitzten Kehle.

Doch der Dürre mit der durchbohrten Lunge regt sich immer noch, schafft es sogar beinahe, aufzustehen, während ihm das Blut den Bauch hinabrinnt. Ungelenk und geifernd wie ein Untoter zieht er die Pistole des Riesen aus dem Holster und versucht, sie, zittrig wie ein Betrunkener, ins Visier zu nehmen.

Aubry bleibt ganz ungerührt, sieht die Waffe hin und her schwingen. Er drückt ab, verfehlt sie jedoch um Längen, die Kugel schlägt ein Loch in die Felswand auf der anderen Flussseite.

Sie ist erschöpft und von Blutergüssen übersät, blutet aus einer tiefen Stichwunde unterhalb des Schlüsselbeins. Sie müht sich hoch und wankt zu ihrem Speer, der noch am Ufer liegt. Wie eine kaputte Marionette hockt der Dürre da und legt noch einmal auf sie an, verfehlt aber erneut. Irgendwo hinter ihrem Rücken ein Wölkchen Rauch und das Bröckeln abgesprengten Steins.

Sie hat jetzt ihren Speer in der Hand und wankt auf den Dürren zu. Er zielt ein letztes Mal, überwindet seinen Schmerz, den Blutverlust. Aber sie hat eine letzte Eingebung, und die widmet sie ihm, rennt die letzten paar Schritte und rammt ihm den Speer so tief wie möglich in die Eingeweide. Er zuckt zusammen, streckt die Arme aus, und der Schuss geht abermals daneben.

Sie macht einen Schritt zurück. Ihr Herz schlägt, als müsse es jemanden zu Tode prügeln. Aber sie lebt, und die anderen sind tot. Ein fast schon greifbares Gefühl des Irrealen ergreift von ihr Besitz, als wäre sie nicht da, als wäre nichts von alledem passiert. Ihre Sicht verliert die Tiefe, verengt sich bis zu einem Nadelstich. Zu ihrer Überraschung fühlt es sich an, als wäre sie betrunken.

Sie zögert nicht oder nimmt sich Zeit, um ihre Nerven zu beruhigen. Sie arbeitet zügig, ohne nachzudenken. Ihre innere Stimme schweigt, dafür arbeiten ihre Hände flink und zielgerichtet. Sie durchkämmt die Kleider und Taschen der Toten, kommt sich dabei beinahe animalisch vor, doch jetzt hat sie Brot und Steckrüben gefunden, chinesische Münzen und Papiergeld. Auch eine lange Schnur mit aufgereihten Perlen findet sie und fragt sich, wen sie wohl dafür ermordet haben. Sie schnappt sich die Pistole des Toten und sämtliche Patronen, die sie finden kann.

Ein Zittern breitet sich aus ihrem Innern heraus bis in ihre Fingerspitzen aus. Sie steht auf und dreht sich um, bereit, dem Fluss südwärts zu folgen und diesen Ort so schnell wie möglich hinter sich zu lassen.

Doch ein Dutzend Männer auf Pferden versperrt ihr den Weg, starrt sie ungläubig an. Sie bleibt wie angewurzelt stehen, nimmt sie in den Blick, zielt mit ihrem Speer. Sie hat ein blaues Auge, geschwollene Lippen von den Fausthieben des helläugigen Mannes, eine blutende Wunde unterhalb des Schlüsselbeins, einen tiefen Riss quer über der Wange.

Einige von ihnen tragen Uniform – blaue Turbane mit Pfauenfedern, silberne Knöpfe auf weißen Uniformröcken, Säbel an der Hüfte. Andere haben Gewehre. Polizisten, ganz sicher, oder eine königliche Leibgarde, die gerade mit angesehen hat, wie sie drei Männer umgebracht und dann ihr Hab und Gut geplündert hat. Bei Sonnenaufgang werden sie sie hängen.

Einer der Männer steigt ab. Im Gegensatz zu den anderen ist er dezent gekleidet, trägt nur Sandalen an den Füßen und kommt näher. Doch ihr Kopf gleicht einer Wolke aus Adrenalin. Wenn sie schon sterben muss, dann wird sie nicht allein gehen. Sie stürmt mit erhobenem Speer auf ihn zu.

Er hebt im Gegenzug die Hand, leer, keine Pistole, kein Messer. Sie zögert, weicht wieder zurück, wirft einen Blick über die Schulter und sucht nach einem Fluchtweg. Sie hyperventiliert. Die Welt verschwimmt vor ihren Augen.

»Es ist vorbei«, sagt er. »Sie sind jetzt in Sicherheit.«

Eine sonderbare Schwäche überkommt sie. Mit einem Schlag leert sich ihr Kopf, und die Gedanken strömen hinab in die Erde. Sie fällt auf die Knie, und damit endet ihre Erinnerung an diesen Tag.

34

Der Prinz

»Steh auf!«, schreit ihre Krankheit, der Dämon in ihrem Kopf. »Ein Palast wartet auf dich. Ein Mann wartet darauf, dass du ihn kennenlernst.«

»Leck mich«, flucht sie. »Ich schlafe. Ich werde nie wieder aufwachen.«

Doch dann kommt der Schmerz, so heftig, als würde jemand seinen Finger tief in die Wunde stecken, die das Messer hinterlassen hat, und wacht auf. Sie tastet nach dem Messerstich, findet stattdessen aber nur einen Verband.

Um sie herum hört sie Männer schnarchen, sieht schlafende Leiber im Licht des blassen Mondes. Der Fluss ist nur wenige Schritte entfernt. Über ihr blauschwarzer Himmel, eingerahmt von Felswänden. Der Morgen hat gerade erst gegraut.

Langsam schält sie sich aus ihrer Decke, verzieht vor Schmerzen das Gesicht. Ihr Speer und ihre Tasche liegen neben ihr in Reichweite. Wieso wurde nichts davon beschlagnahmt? Sie schnappt sich ihre Sachen, schleicht sich barfuß aus dem Lager, über Flusskiesel und Sand, watet durchs Wasser, kommt um eine Biegung und sieht jemanden im Dämmerlicht vor sich.

Er ist ein Riss im Dunkeln, sein weißer Umhang ein matter Schimmer vor den Wänden dieser Schlucht. Er sieht aus, als würde er versuchen, einen Fisch zu fangen, steht gebückt im flachen Wasser. Vielleicht hat er sie noch nicht bemerkt. Sie kann noch umkehren. Es ist noch nicht zu spät. Stattdessen könnte sie versuchen, die Klippen hochzuklettern.

Doch da richtet er sich auf, wendet sich ihr zu. Sie kann sein Gesicht zwar nicht erkennen, weiß aber, dass sie entdeckt wurde.

»Oh, aber Sie sollten sich ausruhen«, hallt seine Stimme klar und deutlich durch die Schlucht.

»Was haben Sie mit mir vor?«

»Wir werden uns um Sie kümmern.« Er kommt gemächlich auf sie zu, seine Füße gleiten lautlos durch das Wasser. Er hält etwas Nasses in der Hand. Er hat gar nicht versucht, einen Fisch zu fangen. Er hat Wäsche gewaschen.

»Ich bin eine Mörderin«, sagt sie.

»Das weiß ich nicht.«

»Sie haben mich gesehen. Sie haben gesehen, was ich getan habe.«

»Haben diese Männer Sie angegriffen?«

»Nein.«

»Haben Sie diese Männer angegriffen?«

»Ja.«

»Haben Sie geglaubt, sie wollten Ihnen etwas antun?«

»Ich weiß nicht.«

Er hält kurz inne. »Verstehe.« Er fragt sich, was zu tun ist, schaut sie an, schaut in die Morgendämmerung, dann sagt er: »So ist es mir von dem Hirten berichtet worden, der alles oben von der Klippe beobachtet hat. Er sagte, an einer abgelegenen Stelle der Klamm hätten drei kräftige Männer eine einsame Frau umzingelt. Also ist er losgerannt, um Hilfe zu holen, und hat uns oben auf dem Pfad gefunden. Wir sind so schnell geritten, wie wir konnten, um Sie zu retten. Doch als wir ankamen, hatten Sie sich bereits selbst gerettet.«

Aubry ist sich über nichts mehr sicher. Ihre Träume haben sie letzte Nacht wieder heimgesucht. Sie vertraut ihrem Instinkt, doch Instinkt ist nichts anderes als ein Urteil, so rasch gefällt wie ein Fingerschnippen. Er taugt nicht als Maßstab oder Kompass. Er ist eine Intuition, menschlich, fehlbar. Wenn ihr Instinkt richtiglag, hat sie die Welt von etwas Bösem befreit. Wenn er sie getrogen hat, ist sie eine Mörderin, und eine gemeine obendrein.

»Wird es einen Prozess geben?«

»Hoffentlich nicht«, sagt er. »Sie würden eine erbärmliche Angeklagte abgeben.« Der Himmel hat sich aufgehellt, öffnet allmählich die Augen und blickt auf die Welt. In seiner Miene liegt der Anflug eines Lächelns, kaum merklich, aber allgegenwärtig. Mit kahl rasiertem Schädel hätte man ihn fast für einen japanischen Mönch halten können.

»Wird man mich hängen?«

»Meine Männer sind überzeugt davon, dass Sie Aubry Tourvel sind«, sagt er, nur noch wenige Schritte entfernt, »aus Paris. Die Frau, die die Welt durchwandert. Stimmt das?«

Ihr stockt der Atem. Sie kennen ihren Namen. Sie weicht einen Schritt zurück, packt ihren Speer.

»Ich bin ein Prinz. Ich wandle Ihre Strafe um. Anstatt Sie aufzuhängen, befehle ich Ihnen, mit uns zu reiten, zu mir in meinen Palast zu kommen, so lange mein Gast zu sein, wie Sie können, und, wenn es Ihnen beliebt, mir das eine oder andere von Ihren Reisen zu berichten.«

In der Hand hält er ihr Hemd, blutbefleckt und voller Löcher. Er hat versucht, es reinzuwaschen, aber es wird nie wieder sauber. Dieser Mann strahlt eine solche Arglosigkeit aus, dass sie den Speer herunternimmt und die Spitze in den Fluss senkt.

»Sind Sie wirklich um die ganze Welt gelaufen?«, fragt er sie.

»Fünf Mal.«

»Dann müssen Ihnen die Füße wehtun. Sie sollten sich ein wenig ausruhen.«

35

Der Prinz

Sie nennen ihn Prinz Surasiva, und er und seine Männer sind schon seit einigen Tagen unterwegs, sehen in seinem Reich nach dem Rechten, so wie jedes Jahr. Bis zum Nachmittag haben sie die Schlucht hinter sich gelassen und durchqueren eine trockene, von der Hitze ausgedörrte Ebene aus Felsen, Gestrüpp, roter Erde und, hier und da, einigen grünen Palmen. Aubry kennt sich mit Pferden aus, und diese hier sind die schönsten, die sie je gesehen hat. Mit geschecktem Fell und wehenden Mähnen heben sie sich schimmernd von der rostroten Erde ab.

Als die Mittagssonne den Zenit erreicht, machen sie Rast. Aubry sitzt im Schatten der Bäume, ihre Kleidung ein buntes Sammelsurium, das die Männer ihr gespendet haben. Ein Mann Mitte sechzig namens Krishna, hager, aber nicht gebrechlich, pflegt ihre Wunden. Der Prinz gesellt sich zu ihnen. Er trägt ein einfaches Leinengewand, dazu reinweiße Hosen. So schlicht. Seine eigene Leibgarde ist glanzvoller gekleidet.

»Wie geht es Ihrem Auge?«, will er wissen.

»Die Schwellung ist vollständig verschwunden«, sagt Krishna. »Sie heilt schnell.«

»Das habe ich schon oft gehört«, sagt Aubry.

»Wir haben in der Zeitung von Ihnen gelesen«, sagt der Prinz. »Einmal haben einige von uns im Wohnzimmer gesessen und uns gefragt, wie es wohl wäre, wie Sie zu sein. Kannst du dich noch erinnern, Krishna?«

»O ja. Jeder hatte seine eigene Theorie.« Er denkt kurz nach und wendet sich dann an den Prinzen. »Nur Sie nicht.«

»Mir ist es lieber, nichts zu wissen, als zu glauben, dass ich etwas wüsste, und falschzuliegen. Es gibt Menschen, wie ich finde, die ihre bemerkenswerte Fantasie dazu verwenden, sich Dinge vorzustellen, die es gar nicht gibt. Für sie ist die Welt nichts anderes als ein Heldenepos in ihren Köpfen, etwas, das sie sich ausdenken, um ihrem Leben Sinn zu verleihen. Aber ich habe das aufgegeben. Ich weiß nicht mehr genau, wann, aber ich habe schon vor langer Zeit beschlossen, meine Vorstellungskraft einzusetzen, um zu begreifen, was wirklich existiert.«

Ein Gedanke kommt Aubry in den Sinn, vollständig ausgereift. Die Worte platzen einfach aus ihr heraus: »Aber ist die Vorstellung in Ihrem Kopf dann nicht auch ein Heldenepos?«

Der Prinz neigt den Kopf zur Seite wie ein Spaniel. Sie hat ihn bei einem Paradoxon ertappt, und er zuckt zusammen wie bei einem Nasenstüber.

»Ja, das ist sie in der Tat«, ruft er überrascht aus. Ein Lächeln breitet sich über sein Gesicht aus – ein zutiefst natürliches, entwaffnendes Lächeln, und da lächelt auch sie.

Eine Stunde später sitzen sie wieder im Sattel, der Prinz neben ihr, die Beine der Pferde rot gefärbt vom Boden unter ihnen.

»Das Letzte, was wir von Ihnen gelesen haben«, erzählt er, »war, dass Sie in Kabul wären.«

»Kabul?« Aubry muss nachdenken. »Ja, ich erinnere mich an Kabul.«

»Den Zeitungen zufolge ist es erst zwei Monate her. Meine Männer sind begierig zu erfahren, welchen Pass durch die Berge Sie genommen haben.«

Die Berge? Will er wirklich wissen, wie sie das Gebirge überquert hat? Das wird eine Katastrophe. Er wird Fragen stellen, und Aubry wird sie nicht beantworten können. Sie kann es unmöglich erklären.

»Ich habe keinen Pass zwischen den Bergen genommen«, erwidert sie nach einer langen Pause. »Ich bin darübergeklettert.«

Krishna, der hinter ihnen reitet, übersetzt das Gesagte für die Wachen. Ein Raunen hebt hinter ihnen an. Selbst wenn Aubry gesagt hätte, sie sei auf dem Rücken eines Spatzen von Kabul bis hierher geflogen – das Staunen hätte kaum größer sein können.

»Sie machen einen solchen Lärm!«, sagt der Prinz. »Sie wollen wissen, wie Sie das gemacht haben.«

Wenn sie es ihnen sagt, werden die Männer sie entweder für verrückt oder für eine Lügnerin halten. Stattdessen sagt sie: »Ich weiß nicht, wie ich es gemacht habe.«

»Sie wollen es uns nicht sagen?«

»Ich kann es Ihnen nicht sagen. Es tut mir leid.«

Eine seltsame Antwort, das weiß sie, vielleicht ist es auch unhöflich, und sie hat Angst, wie sie darauf wohl reagieren. Doch der Prinz sagt nur: »Es ist meine Schuld. Ich hätte nicht fragen sollen. Ich verspreche, es nicht mehr anzusprechen. Aber denken Sie bitte daran: Wenn es irgendetwas gibt, worüber Sie reden möchten, wäre es mir ein Vergnügen, Ihnen zuzuhören.«

Der Weg führt sie durch ein Dorf, und Aubry ist überwältigt von der aufrichtigen Zuneigung, die die Menschen ihrem Prinzen entgegenbringen. Sie stürmen nicht in jubelnden Scharen auf ihn zu, sondern zollen ihm, wenn er vorüberreitet, auf stille, würdevolle Art Respekt, als wäre er ein naher Vetter oder alter Freund.

Sie verbringen die Nacht im Haus einer hochgestellten Familie, während ihre Pferde draußen angebunden sind. Die Familie ist nicht reich, ihr Haus nicht groß, doch es sind auch nur der Prinz, Krishna, ein paar Wachen und Aubry. Ihr gibt man eine Liege, doch die anderen geben sich klaglos mit Kissen auf dem Boden zufrieden.

Der Prinz und Krishna bleiben bis spät in der Nacht auf und führen lange Gespräche mit der Familie. Man sagt ihnen, ein altes Ehepaar sei in der Nacht gestorben. Es erscheint allen wie ein kleines Wunder, dass der Tod sie gemeinsam im Schlaf ereilt hat, genau zur gleichen Zeit. Sie waren sehr verliebt, selbst im hohen Alter noch.

Der Prinz beschließt, noch einige Tage länger im Dorf zu bleiben. Bei der Einäscherungszeremonie erzählt er eine Geschichte über den Banyanbaum, den die zwei Verstorbenen als Kinder einst pflanzten, dass er noch immer wächst und in den kommenden Jahrhunderten noch weiterwachsen wird. Die Menschen lauschen, viele nicken mit dem Kopf. Andere berichten vom Tod der Kinder der zwei Alten und den anderen Prüfungen, die das Paar hatte bestehen müssen, und noch mehr Leute fangen an zu weinen.

Dann wird der Scheiterhaufen angezündet, und ihre sterblichen Hüllen verwandeln sich zu Asche.

»Wieso werden sie verbrannt?«, fragt Aubry Krishna leise, während sie zusehen, wie die glühenden Funken emporstieben.

Er dreht sich zu ihr hin. »Sind Sie dasselbe wie Ihr Körper?«

Die Frage macht sie sprachlos.

»Sie, Miss Tourvel, haben keinen Anfang und kein Ende. Ihr Leib hingegen schon, und wenn er verbraucht ist, werden Sie für ihn keine Verwendung mehr haben.«

Als die Sonne untergegangen ist, ziehen sich Aubry und der Prinz an den Rand des Dorfes zurück und schauen zu, wie der Rauch der Einäscherung in einem Wirbel dicht über den Häusern hängt.

»Hatten Sie je das Gefühl, Sie könnten nicht mehr weitergehen?«, fragt sie der Prinz. Er ist erschöpft vom Tag. Er war so voller Trauer, voller Tränen. Sie macht es sich nicht leicht. Sie möchte ihm wahrhaftig antworten.

»Einmal«, sagt sie, »als ich jung, ängstlich und unglücklich war. Keine Freunde. Keine Familie. Keine Zukunft. Ich war auf einem griechischen Fischerboot.« Sie richtet sich auf. »Ich war Fischerin, Prinz. Wussten Sie das? Ich habe von diesem Boot aus alles Mögliche erlegt.«

»Es ist gut, ein Handwerk zu beherrschen.«

»Monatelang habe ich auf harten Schiffsdielen geschlafen. Davor auf Waldboden. Und davor in Abflussrohren. Und danach? Wo nur? Wer wusste das schon? Ich jedenfalls nicht.« Während sie das sagt, spürt sie, dass die längst vergessene Panik wieder in ihr aufsteigt, schleichend wieder an ihrem Herzen rührt. Oder ist es ihre jüngste Panik, die sie packt, weil sich ihr Speer in die Herzen anderer gebohrt hat? »Ich war fünfzehn und mir verdammt sicher, dass ich niemals sechzehn werden würde. Leben war Schmerz, Prinz. Leben war nichts als Qual. Ich habe geflucht. Habe alle Obrigkeit verdammt, Prinz! Wieso haben Sie mich das gefragt?«

»Es hat mich einfach interessiert.«

Sie hätte gelacht, doch im Geiste treibt sie noch immer übers weite Mittelmeer, goldglänzend in der Abendsonne, und es wirkt auf sie so warm und wunderschön und einladend.

»Ich beschloss, ein langes, langes Bad im Meer zu nehmen.« Und in Gedanken lehnt sie sich in diesem Augenblick über die Reling, kein Land in Sicht, nur wunderbare, gnadenlose

Wellen überall. Sie fragt sich, wie sie am besten ins Wasser kommt, ohne einen Laut von sich zu geben. Sie will nicht, dass die Griechen ihr zu Hilfe kommen. Will nur schwimmen, bis sie nicht mehr schwimmen kann.

»Aber dann«, sagt sie, »direkt vor mir, sah ich eine Mönchsrobbe im Wasser, die mich anstarrte.«

Ein leuchtendes Paar Augen, ein gebrochenes Prisma roter und weißer Haut unter den Wellen – wie könnte sie das je vergessen. Sie dachte, sie hätte sich mit ihrem Speer mittlerweile einen todbringenden Ruf erarbeitet, dieses Tier jedoch war völlig furchtlos, wie es genau vor ihren Füßen auf und ab dümpelte, so nah, dass sie die Zehen ins Wasser stecken und damit an die Robbenschnauze hätte stupsen können.

»Wie es dieses Tier geschafft hat, dass sich der Nebel um mich herum auf einmal lichtete, weiß ich bis heute nicht. Aber derartige Gedanken habe ich nie wieder gehegt.«

Schweigen. Ob es an ihrem Tonfall liegt oder an der Abendstimmung, jedenfalls hat sie das Gefühl, dass der Prinz ihre Worte richtig gedeutet hat.

»Ein Mangel an Worten«, sagt er, »bedeutet nicht einen Mangel an Erkenntnis.«

»Nein«, pflichtet sie ihm bei.

Aubry wacht am nächsten Morgen zweimal auf, das erste Mal noch weit vor Morgengrauen, das Licht am Himmel kaum mehr als eine vage Verheißung. Sie setzt sich auf, schwingt die Beine von der Pritsche auf den Boden. Doch erwarten sie dort weder ein Wollteppich noch kalte Fliesen, sondern sonderbarerweise Wasser. Sie sieht, dass ihre Füße im seichten Fluss stehen, auf den glatten Steinen, Wasser an ihnen vorüberfließt. Das erstaunt sie. Sie war in einem Haus eingeschlafen, in einem Dorf, aber sie ist wieder in der Schlucht.

Doch plötzlich färbt sich das so saubere und klare Wasser rot, ein Fluss aus Blut strömt über ihre Füße.

»Du bist genau da, wo du sein musst«, sagt der Dämon. »Und hast genau das getan, was du tun musst.«

Dann wacht sie wieder auf.

Als der Prinz sie an jenem Nachmittag aufsucht, machen sie einen Spaziergang, teilen sich die Straße mit Ongole-Rindern.

»Überwältigt sie Sie? Die Welt?«

Das hat sie noch nie jemand gefragt, jedenfalls nicht so. »Ich versuche, nicht zu viel hineinzutragen.«

»Sie tragen ja so gut wie nichts bei sich.«

»Das meine ich nicht.«

»Meinen Sie sich selbst?«

»Mich selbst«, stimmt sie zu und fügt als Beispiel noch hinzu: »Mein Selbstmitleid.«

»Und Selbstzweifel.«

»Ich habe all das abgelegt.«

»Es ist gut, mit leichtem Gepäck zu reisen.«

»Das war, bevor ich drei Männer getötet habe.«

Der Prinz schweigt eine Weile. »Daran hat man schwer zu tragen.«

»Ich hatte einmal einen Rätselball.«

»Ja?«

»Ich habe ihn aus Paris mitgebracht.«

»Das ist lange her. Haben Sie ihn verloren?«

»Ich habe ihn weggeworfen.«

Sie fragt sich, ob er ihre Trauer spüren kann, spüren kann, dass mehr hinter der Geschichte steckt, als sie verrät. Wenn ja, sagt er es nicht. Er geht wieder fort, um Besuche zu machen, die Trauernden zu trösten, mit den Bauern über Böden und Wasser zu sprechen und mit den angesehensten Familien über

Politik. Aber als es Abend wird, ist er wieder bei Aubry, spaziert mit ihr über Feldwege und Straßen.

»Und?«, fragt sie.

»Und was?«

»Sie haben mich nicht gefragt. Ich gebe Ihnen all diese Hinweise, und Sie fragen mich überhaupt nichts.«

»Ah, jetzt machen wir Fortschritte«, sagt er und lächelt. »Erzählen Sie mir von Ihrem Rätselball und warum Sie ihn weggeworfen haben.«

36

Jäger des Hochlands

Das Hochland war bronzefarben, bronzefarbene Berge getürmt auf noch mehr bronzefarbene Berge. Die Ausläufer unterhalb der Berge waren sanft, löchrig und braun – und sie krochen davon. Sie krochen, so schnell es ging, davon, flohen in alle Richtungen, nur weg, weg von diesen düsteren, gebieterischen Bergen.

Hier drehte sich alles um Entfernung – wie weit sich die Ebene noch hinziehen, wie hoch die Berge aufragen, wie weit ein Pferd ohne Wasser kommen, wie lange Aubry ohne Essen durchhalten könnte.

Sie war durch die Schluchten Kasachstans hierher in den Süden gewandert, hatte Jahre dafür gebraucht. Hatte die gesetzlosen Randgebiete im Westen Chinas durchstreift und überlegt, durch das Tarimbecken abzukürzen. Wie harmlos manche Orte auf der Landkarte doch aussehen – der blaue Schnörkel eines Flusses, ein gelber Flecken Wüste. Auf der Karte war das Becken eine Wüste von der Größe Spaniens. Vor Ort war es so groß wie die Welt und völlig menschenleer. Also beschloss sie, stattdessen alte Seidenstraßenpfade einzuschlagen, uralte Routen, die sich um die Ausläufer des Kunlun-Gebirges schlängelten und sie weit in die Ebene des tibetischen Hochlands führten.

Erst vor Kurzem war sie an einem kleinen, namenlosen Dorf vorbeigekommen, das in Hügel eingebettet dalag, hatte vom Gebirgspfad darauf hinabgeblickt. All seine Bewohner schliefen noch in ihren Stein- und Holzhäusern, sie aber glitt vorüber, gespenstisch, kaum mehr als ein Geist. Sie würden nie wissen, dass sie hier war, diese fremdländische Frau, die nie zur Ruhe kam. Viele von ihnen hatten noch nie blaue Augen oder blondes Haar gesehen. Als sie das Dorf hinter sich gelassen hatte, würde das für viele auch so bleiben. Sie wollte es in die Täler schaffen, bevor das Wetter umschlug. Sie musste sich beeilen.

Für Aubry folgte Zeit dem Rhythmus ihrer Schritte und dem wandelbaren Wetter. Für die Menschen dort unten in dem Dorf bemaß sich Zeit nach ihrem Tagesablauf, den krähenden Hähnen, den Eutern ihrer Ziegen, dem Reifen ihrer Gerste. Zeit war lang für junge Liebende, die auf die Nacht warteten, kurz für die alten Männer, die ihre besten Jahre hinter sich hatten. Sie verging ganz langsam in den Bergdörfern und raste in den trubeligen Städten. Einmal war sie den Colorado River hinabgetrieben, und die Zeit hatte sich gedehnt wie ein Gummiband, bis die Stromschnellen es zurückschnappen ließen. Sie fasziniert Aubry, diese Formbarkeit. Sie fragt sich, ob sich die Zeit für Deserteure vor dem Erschießungskommando oder für Seeleute im Sturm verlangsamte, nur um dann beim Krocketspielen oder beim Schmökern in einem Lieblingsbuch wieder rascher zu vergehen. Hatte Zeit denn je ein Ende? Würde sie auf einen warten, damit man sie einholen konnte? Würde sie vorauseilen?

Und dann war sie auf einmal in den tief liegenden Tälern, als wäre überhaupt keine Zeit vergangen.

Jetzt saß sie auf einem Stein, ringsum die sanfte gelbe Erde der windabgewandten Seite einer Bergwand namens Himalaja.

Sie war nicht mehr jung, und doch schreckte der Anblick sie nicht ab. Sie saß einfach da und studierte dieses Hindernis, das vor ihr lag, überschlug die Höhe und den Aufstieg, bemaß sich selbst dagegen.

Aubry griff in ihre Tasche und holte den Rätselball heraus. Dann legte sie ihn auf den Boden vor ihre Füße, lehnte sich zurück und wartete.

»Nur zu!«, befahl sie. »Zeig mir den Weg.«

Eine ganze Weile saß sie einfach da und beäugte die Kugel, wartete, bis sie den ersten Schritt tat. Doch die lag nur regungslos im strohigen Gras. Die Zeit verging. Dies waren nie rasche Entscheidungen.

Dann rollte er los, immer geradeaus, und kam wenige Meter entfernt wieder zum Stehen – doch die Richtung war eindeutig: zu den schneebedeckten Gipfeln.

Da landete ein kleiner Vogel auf ihm. Er hockte oben auf dem Ball, hackte sogar ein- oder zweimal auf ihn ein. Er schien sich auf dem schimmernden Holz so wohlzufühlen, als wollte er sich dort sein Nest bauen. Doch der Rätselball erzitterte, und der Vogel schwang sich in einer wilden Achterkurve wieder in die Lüfte, nur um kurz darauf wieder auf Aubrys Unterarm zu landen.

Was war das für ein Vogel? Weich und braun, weiße Brust, langer schwarzer Schnabel. Er hockte auf Aubrys Ärmel, entweder völlig furchtlos oder furchtbar ahnungslos. Eine Minute oder länger saß er da. Er war so zerbrechlich – sie konnte sein winziges Herz durch das Gefieder hindurch heftig schlagen sehen. Hielt er sie vielleicht für einen Baum? Sie wagte nicht, sich zu bewegen.

Und dann, so rasch, wie er gekommen war, flatterte er wieder fort, schoss mit einem Zwitschern über die dürre Landschaft. Ihr Blick folgte dem Flug des kleinen Vogels, sie sah, wie er nah am Boden eine Schleife flog und dann in die Höhe schnellte – direkt in die Klauen eines großen Adlers, der aus höheren Gefilden herabgestoßen war. Er schnappte den kleinen Vogel aus der Luft, und für einen Augenblick waren die beiden nicht zu unterscheiden, Jäger und Gejagter, die nur einen einzigen Schatten auf die Erde warfen. Aubry blieb kurz das Herz stehen, ihr stockte der Atem. Ein Wölkchen Federn blieb in der Luft zurück.

Als hätte ihn die Angst gepackt, rollte der Rätselball schnell wieder zurück, schnurstracks in Aubrys Tasche, die offen auf dem Boden lag, und verschwand.

Aubry aber sah, wie sich der mächtige Vogel in einem Aufwind in die Höhe schraubte und dann mit seinen ausgestreckten Flügeln mit den dunklen Spitzen, breit genug, um darunter eine Gebetsmühle zu verbergen, nach Norden abdrehte, bevor er schließlich auf Pathiks Arm landete.

Er war Nomade, trug einen Mantel und ein langes rotes Gewand. Der Flügelschlag des Adlers bauschte das Fell an seiner Mütze und zauste die Mähne seines Pferdes, doch sein Blick ruhte unverwandt auf ihr. Die Verwunderung stand ihm ins Gesicht geschrieben. Aubry hatte sie schon so oft gesehen: eine Frau, dachte er, hier draußen, Tage, vielleicht Wochen von allem entfernt, was einem Dorf ähnelte. Und eine so sonderbare obendrein. Sie fragte sich, ob er je eine weiße Frau gesehen hatte. Hier draußen schien das unwahrscheinlich.

Er stieg bedachtsam ab, warf seinen Adler in die Luft und kam näher. Aubry sah ihn auf sich zukommen, keiner von beiden nahm den Blick vom anderen. Weder ihrer Tasche noch dem Rätselball darin widmete er die geringste Aufmerksamkeit. Also konnte er nicht gesehen haben, wie der Ball von selbst gerollt ist. Gott sei Dank. Dann standen sie sich gegenüber. Er beugte sich vor, um ihr in die Augen zu sehen.

»Tapā'īm'lē harā'ēkō hunuhuncha?«, fragte er leise.

»Ach, mach dir gar nicht erst die Mühe, das zu wiederholen«, antwortete sie sachte und ahmte seinen Tonfall nach.

Er wiederholte seine Worte dennoch, diesmal weniger als Frage, mehr als Ausdruck des Erstaunens.

Sie standen dicht beieinander, nur sie beide in der weiten, menschenleeren Wildnis. Er murmelte noch etwas, diesmal zu sich selbst. Aubry erwiderte seinen Blick. Sie hatte schon einige tibetische Nomaden getroffen – aber sie studierte seine Miene und teilte mit ihm die Lust daran, etwas zum ersten Mal zu sehen. Sie hatte es auch schon erlebt, vor nicht allzu langer Zeit, und womöglich würde es ihr bald wieder so ergehen, vielleicht sogar schon heute.

Er schaute auf die Erde zwischen ihnen, machte eine Armbewegung, bedeutete ihr, sich hinzusetzen. Also hockten sie sich einander gegenüber und musterten den jeweils anderen.

Sobald er saß, fiel ihm wieder ein, was sich gehörte. Er bot ihr aus seiner hölzernen Feldflasche etwas zu trinken an. Sie nahm die Flasche und trank etwas so Starkes und Saures, dass sie um ein Haar hätte würgen müssen.

Seine Augen weiteten sich aus Sorge, sie verärgert zu haben, doch sie lächelte nur, nickte und log: »Das schmeckt gut. Danke schön.« Dann nahm sie noch einen Schluck, diesmal besser darauf vorbereitet.

»Danke schön«, sagte er.

Er hatte also seine ersten Wörter Französisch gelernt, unaufgefordert, mit starkem Akzent, aber es war Französisch.

»Sehr gut«, sagte sie und wiederholte es für ihn.

»Danke schön«, gab er zurück und griff zaghaft nach ihrem Haar. *»Ma garaum'?«*, fragte er.

Er war ein ausgesprochen höflicher Nomade. Sie ließ ihn langsam ihre fellgesäumte Kapuze zurückschieben, erlaubte ihm, ganze Strähnen ihres Haares zwischen den Fingern zu reiben.

»*Suna …*«, murmelte er zu sich selbst. Sein Adler kreiste über ihnen, flog manchmal tief und nah an sie heran. Sie hörten ihn vorübergleiten wie einen Windstoß. Wieder starrte Pathik ins Blau ihrer Augen. Auch sie beugte sich immer näher zu ihm, sodass sie einander eingehend und ohne Scham studieren konnten.

Kaum mehr als eine Fingerlänge voneinander entfernt, mussten beide unwillkürlich lächeln – ein breites, albernes, kindliches Grinsen, das sich über ihre Gesichter zog und auch ihre Augen lächeln ließ.

»*Tyahām' suna tyahām' pani cha*«, sagte er.

Sie streckte die Hand aus, warf ihm einen Blick zu, mit dem sie ihn um Erlaubnis bat. Er zögerte einen Moment, dann ließ er sie gewähren. Sie zog ihren Seidenhandschuh aus und fuhr mit der Hand durch seinen dünnen, kurzen Bart und tat so, als hätte sie noch nie einen gesehen.

Er nahm ihre bloße Hand, staunte ungläubig, wie weich sie war. Von seiner Miene konnte sie die Fragen ablesen, die ihm durch den Kopf gingen: Wie war sie hierhergekommen? Und warum? Sachte zupfte er ihr auch den anderen Handschuh von der Hand, um nachzusehen, ob sie ebenso geschmeidig war. Sie war es. Er hielt sie voller Ehrfurcht in den Fingern.

Er studierte den Stoff, aus dem ihr Kragen war. Also knöpfte sie ihren Schafpelzmantel auf und schlüpfte heraus, damit er die rot schimmernde chinesische Seide darunter inspizieren konnte. An ihrem Arm entdeckte er das Ende einer Narbe und schob ihren Ärmel hoch. Seine Finger folgten dem Lauf der alten Wunde.

»Korallen«, sagte sie.

Dann zog er seinen Schafpelzmantel aus, raffte seinen eigenen Ärmel hoch, und auch an seinem Arm kam eine alte Narbe zum Vorschein, fast an der gleichen Stelle wie die ihre.

»*Cituvā*«, sagte er, und sie fragte sich, ob auch er von der Brandung über ein Korallenriff gespült worden war.

Dann fiel ihr eine weitere Narbe ein, und sie rollte ihr Hosenbein hoch. Da an der Wade, noch eine Narbe.

Aufgeregt rollte auch er seins nach oben, um ihr eine ganz ähnliche Narbe unterhalb des Knies zu präsentieren. Sie gab ihm einen Klaps aufs Bein, als wäre er ihr Bruder, und auch er versetzte ihr einen leichten Klaps. Wieder grinsten sie einander an wie Idioten.

Da er seinen Mantel ausgezogen hatte und der Hemdausschnitt zu sehen war, fiel ihr sein Halsband auf, der große Zahn irgendeines seltsamen Tieres an einem Stück Schnur, verziert mit einer Art purpurnem Muster. Womöglich ein Talisman oder eine Jagdtrophäe.

»*Mērī āmā malā'ī dinubhayō*«, erklärte er und hielt es ihr entgegen.

»Ach, tatsächlich?«, scherzte sie, und beide lachten über die Nutzlosigkeit ihrer Worte.

Sie zeigte ihm ihren Halsschmuck – einen in Bernstein eingeschlossenen Käfer, der an einem Faden hing. Einst hatte er an einer Goldkette gehangen, die Uzair Ibn-Kadder ihr geschenkt hatte, doch diese Kette war schon vor langer Zeit gerissen.

Er starrte auf den Stein, starrte so gebannt darauf, dass sie den Faden über den Kopf hob und ihm das Halsband anbot.

»Hier. Es gehört dir.«

Er wiegelte ab, schüttelte den Kopf, fuchtelte mit den Händen, doch sie beharrte darauf. Wohl aus reiner Höflichkeit – was besagten wohl die Bräuche hier? – nahm er sie dann doch und bot ihr im Gegenzug sofort seinen Zahn mit der purpurnen Gravur an. Und so tauschten beide Halsbänder ihre Besitzer.

»*Dhan'yavāda*«, sagte er ehrerbietig.

»*Dhan'yavāda*«, wiederholte sie. Er schien beeindruckt.

»*Utkruṣṭa. Dhan'yavāda.*«

»Bitte sehr.«

Beide starrten einander an. Jetzt Abschied zu nehmen, schien ausgeschlossen. Aubry hatte einfach zu viel Spaß. Er visierte kurz die Sonne an, deutete anschließend in eine Richtung. Südwesten, schätzte sie.

»*Ma tyō bāṭō lāgyauṁ chu.*«

Sie zeigte in dieselbe Richtung.

»Sieh an, sieh an! Was für ein Zufall«, sagte sie. »Da muss ich auch hin.«

37

Jäger des Hochlands

Sie ritt mit auf Pathiks Pferd, über Anhöhen, durch tiefe Rinnen in der Erde, seine Brust stets fest umklammert. Während sie ritten, saß sein Jagdadler festgekrallt auf seinem Handschuh oder manchmal auch auf einer in den Sattel eingearbeiteten Stange. Ab und zu kreiste er über ihnen, entfernte sich aber nie sonderlich weit.

Nach einer Weile fand Pathik, worauf er aus war. Er hatte den Boden nach Spuren abgesucht, den Blick über den Horizont schweifen lassen, ständig Ausschau gehalten. Schließlich entdeckte er etwas. Er stieg ab, kniete nieder, um etwas auf dem Boden zu studieren. In der Erde waren seltsame Tierspuren zu sehen – drei scharfe Klauen, so lang wie Dolche, in jedem Schritt. Das war kein Leopard, kein Wolf und auch kein Bär. Sie hatte noch nie etwas Vergleichbares gesehen.

»Machst du darauf Jagd?«, fragte ihn Aubry, aus Gewohnheit auf Französisch, dann stellte sie ihm die Frage noch einmal mit Gesten, reckte ihren Speer und zeigte auf die Spuren. Er schrak etwas zurück. Er hatte nicht bemerkt, dass sie einen Speer besaß. Sobald er das hingenommen hatte, wandte er sich wieder den sonderbaren Abdrücken zu. Er nickte, sagte mit ernster Miene etwas in seiner Sprache. All dies ernüchterte sie.

Sie spähten beide in die Richtung, in die die Spuren führten, überlegten, wo in diesem weitläufigen Gebiet sich dieses Geschöpf wohl verstecken könnte.

Sie ritten weiter, bis sich die Sonne langsam senkte, als Aubry, nachdem sie lange an Pathiks Rücken geruht hatte, jäh aufschreckte. Sie zwickte ihn leicht in die Schulter, und er straffte die Zügel. Aubry stieg ab, packte ihren Speer. Pathik blieb im Sattel und schaute ihr neugierig zu, wie sie wurfbereit durchs Gras pirschte. Lautlos schlich sie sich einen Erdhügel hinauf und verschwand hinter der Kuppe.

Als sie zurückkehrte, präsentierte sie ihm, aufgespießt am Ende ihres Speers, einen zappelnden, pfeifenden Pika. Pathik lachte, aufs Neue hingerissen von der sonderbaren Fremden. Sie rammte den Pika zu Boden und tötete ihn. Obwohl das Fleisch fürchterlich roch, rösteten sie sich an jenem Abend etwas davon über ihrem Feuer und aßen es mit Tee, eingelegtem Kohl und saurem Joghurt, den er ihr aus einem Yakhorn eingoss.

»*Mērō khānē kō lāgi dhan'yavāda*«, sagte er, während er das Fleisch direkt vom Hasenknochen nagte. »*Yō dhērai rāmrō cha.*«

Sie hatte keinen Schimmer, was er sagte, aber es klang nett, also lächelte sie, und alles schien in Ordnung.

Am nächsten Tag folgten sie der Fährte bis zu einem toten Beutetier. Aubry stieg ab, um es sich anzusehen. Sie traute ihren Augen kaum. Dieses Wesen, das sie jagten, hatte nicht nur ein, sondern gleich zwei Wildpferde getötet – sie in Stücke gerissen und ihnen die Eingeweide herausgefressen. Hier lag der abgetrennte Kopf eines der Pferde, andernorts, am Ende eines langen Rinnsals aus getrocknetem Blut, sein Hinterleib. Überall verstreut fanden sich Beine und Rippen, der Boden ringsum war aufgescharrt, blutgetränkt und übersät von dreizehigen Abdrücken.

Als sie sich wieder Pathik zuwandte, noch immer auf dem Pferd, musterte er sie prüfend. Er wirkte besorgt, womöglich bereute er sogar, sie der Gefahr so nahe gebracht zu haben. Sie jedoch hielt seinem Blick stand, nickte dann ernst und schwang sich wieder in den Sattel.

Noch drei weitere Tage folgten sie im Hellen den Spuren und schliefen, wenn es dunkel wurde, rings ums Feuer. Nie weiter als eine Armlänge voneinander entfernt, schlug sein Herz nah neben ihrem. Er begegnete ihr stets höflich und voller Respekt. Allmählich fragte sie sich, ob sie nach Pferdemist und faulen Zwiebeln roch. Vielleicht lag es ja an ihr, vielleicht war sie zu lange allein gewesen und schmolz nun beim ersten freundlichen Gesicht dahin. An ihrem fünften gemeinsamen Tag hielten sie an einem Berghang an. Pathik kletterte mit seinem Adler auf den Hügel, um den Blick über die Tundra schweifen zu lassen.

Da erklang ein Schrei, klar und schrill wie ein Sägeblatt auf Stein. Er hallte durch die Berge. Sie dachte, dass etwas Großes groß sein müsste, und sehr nah, doch als sie die Landschaft absuchte, konnte sie nichts sehen.

Pathik stieg mit seinem Adler auf dem Arm den Hügel wieder herab. Er sah Aubry an, nickte kurz und machte sich bereit zum Weiterreiten.

38

Jäger des Hochlands

Sie folgten den dreigezackten Spuren, bis die Sonne unterging, und dann weiter im Fackelschein. Folgten ihnen durch Staub und Gras und um einen ausladenden Hügel herum, bis sie zu einem tiefen Loch kamen, das in der Wand eines Steilhangs klaffte.

Der Mond verbarg sich hinter Wolken. Die Dunkelheit war fast greifbar. Der matte Fackelschein flackerte in Wellen auf, huschte über den Boden und warf Schatten, die aussahen wie Tiere, die in den Schluchten lauerten. Es war so dunkel, dass sie das Loch kaum sehen konnte, obwohl Pathik sie darauf hingewiesen hatte. Selbst der Boden war kaum zu erkennen, als Pathik abstieg.

Das Pferd wieherte ängstlich. Sogar der Adler, der sich sonst vor nichts zu fürchten schien, krächzte und breitete auf Pathiks Arm schützend die Flügel aus. Pathik warf den Vogel in die Luft, und er flog davon. Dann band er das Pferd an einen Busch. Vor Angst fast wie gelähmt, ließ Aubry sich zu Boden gleiten, zog ihren Speer vom Sattel. Pathik traf weiter seine Vorbereitungen. Er griff sich eine Rolle Seil und seinen kurzen Speer.

Der Adler stieß herab. Aubry und Pathik konnten es hören, das Flügelrauschen in der Luft zwischen ihnen, der flüchtige

Schatten im Augenwinkel. Pathik leuchtete mit der Fackel in seine Richtung. Der Adler war auf einem Haufen Knochen gelandet – Brustkörbe, gehörnte Schädel, Oberschenkelknochen und Hufe, alle wild verstreut rings um den Höhleneingang, wie auf einem umgedrehten Friedhof. Einige der Tiere waren groß gewesen. Sie erkannte die Überreste eines Yaks und eines Esels und etwas, das wie ein Leopardenschädel aussah.

Nichts davon schreckte Pathik ab. Er steckte seine Fackel in die Erde. Sie tat es ihm gleich, beobachtete ihn aufmerksam, ahmte jede seiner Bewegungen nach. Sie sah, wie er kurz innehielt, seine Angst abschüttelte und sich dann vorsichtig der Höhle näherte. Er knüpfte einen Laufknoten ins Seil und legte die Schlinge um den Eingang. Dann nahm er das andere Ende des Seils, band es um einen Holzpflock und rammte diesen fest in den Boden. Er schaute sich um, inspizierte seine Arbeit. Auch sie warf einen Blick auf die Vorrichtung, prüfte sie auf Festigkeit, ohne recht zu wissen, wozu genau sie dienen sollte.

Er starrte sie an, als wäre ihm eben erst aufgefallen, dass sie da war. Dann scheuchte er sie fort und wies auf einen Ort hinter dem Pferd. Er wollte, dass sie sich verbarg, in Sicherheit war, aber sie wich nicht vom Fleck und schüttelte den Kopf. Sie würde den Mann nicht im Stich lassen, der sieben Tage lang seinen Sattel mit ihr geteilt, der ihr Essen gegeben, ihr Haar berührt, ihre Narben gestreichelt und sie zum Lächeln gebracht hatte.

Er erwiderte ihren Blick, suchte in ihren Zügen nach Anzeichen von Furcht. Es musste etliche geben, dachte sie sich, doch er wandte sich ab und widmete sich wieder seinen Vorbereitungen. Nun holte er ein Bündel Stöcke aus den Satteltaschen, die er über den Tag hinweg gesammelt hatte. Er schnürte sie fest zusammen, hielt sie an seine Fackel und zündete sie an. Das Holz fing Feuer, bis das Bündel der hellste Fleck der Tundra war.

Damit marschierte er zum Eingang der Höhle und schleuderte das lodernde Paket hinein. Aus den Tiefen der Erde drangen Trampeln und Kreischen zu ihnen empor. Der Adler schrak zusammen, flog hoch und verschwand in die Nacht. Pathik machte sich bereit, ging mit gezücktem Speer tief in die Hocke. Sie schaute zu und tat das Gleiche, kniete dicht auf dem Boden, die Speerspitze emporgerichtet. Der Boden bebte unter ihren Füßen. Von den Rändern des Höhleneingangs rieselten Erdbröckchen.

Heulend und wild um sich schnappend, schoss es aus seinem Bau. Erdklumpen flogen umher. Das Lasso, das Pathik um das Loch geschlungen hatte, legte sich um den langen Hals der Kreatur und zog sich langsam zu wie eine Galgenschlinge.

Selbst im flatterigen Fackelschein sah es gewaltig aus, größer als jeder Mensch, Bär oder ein Pferd. Es stürmte auf sie zu, die Masse seiner Krallenfüße – ja, dachte sie, es mussten Krallen sein – ließ die Erde beben, die ringsum verstreuten Knochen bersten und das Herz in ihrer Brust bis hoch zum Hals schlagen.

Es kreischte Pathik direkt an, der, den Speer in den Boden gestemmt, noch immer nicht zurückwich – der Narr! Dann zog sich die Schlinge zu, der Pflock hielt dem Zug stand, und das Wesen schnellte jäh zurück, vom Rückstoß zu Boden geworfen.

Es wand sich fieberhaft, krallte sich mit seinen Klauen in den Boden. Trat um sich, ließ Erdreich, Knochen, Schädel aufstieben. Es wirbelte so heftig herum, dass manche seiner Federn – ja, es hatte Federn – ausfielen und durch die Luft flogen. Das Pferd versuchte zu fliehen, konnte seine Leine aber nicht vom Busch losmachen. Und die Flügel des Geschöpfs – gewaltige Flügel, die sich entfalteten wie dunkle Capes – schlugen wie wild vor dem Schwarz der Nacht. Die Luft war so voller Staub, dass Aubry und Pathik kaum mehr etwas sehen konnten. Wie ein menschlicher Pfeil stürmte Pathik mit vorgerecktem Speer nun auf das Wesen zu, stach zu, wich aus, stach wieder auf es ein, immer auf der Suche nach dem idealen Stoß.

Aubry nahm all ihren Mut zusammen und setzte sich in Bewegung, rannte tief gebückt und mit erhobenem Speer auf das Geschöpf zu und attackierte es von der anderen Seite. Es gab ein hohes Kreischen von sich. Sie sah etwas Gelbes und Orangefarbenes aufblitzen, gefolgt von einem scharfen Knall, der die Luft zerriss. Sein Schnabel – groß wie zwei Schaufelblätter – schnappte nur Zentimeter neben ihrem Kopf zusammen, laut wie ein Pistolenschuss.

Sie schrak zurück, taumelte nach hinten. Das Wesen ging auf sie los, mit hackendem Schnabel und scharrenden Krallen, die Erde und Knochen aufstieben ließen. Der Pflock riss aus dem Boden und schoss durch die Luft wie ein Schrapnell – auf der Pathik abgewandten Seite hörte man ein Zischen, und der Holzstock verfehlte seine Stirn nur um Haaresbreite. Die Kreatur, der neuen Freiheit nun gewiss, spreizte ihre Flügel, drehte sich im Kreis. Fauchte und spie. Pathik wich aus, wurde aber dennoch hart getroffen und zu Boden geworfen. Das Geschöpf stampfte auf eine der Fackeln, und das züngelnde, harzige Licht schien nur noch halb so hell.

Doch dann schnellte das Geschöpf zurück. Pathik hielt das Seil fest in den Händen und zog die Kreatur Hand über Hand zu sich heran. Sie kippte zur Seite, wäre beinahe gestürzt, ihr langer, dicker Hals krümmte sich wie ein Haken. Pathik hielt die Spannung, zerrte das Geschöpf immer dichter zu sich, wartete den richtigen Moment ab, um zu springen, packte den monströsen Vogel dann am Hals und schwang sich auf dessen Rücken.

Aubry sah dies, sah die Gefahr, die darin lag, aber auch die große Chance. Das Wesen fuhr herum, schüttelte sich, konnte

Pathik jedoch nicht abwerfen. Es versuchte, ihn mit den Krallen abzustreifen, kam aber nicht nah genug an ihn heran. Es biss nach ihm und riss ein Loch in seinen Schaffellmantel, und doch hielt Pathik es immer noch im Würgegriff, schloss die Arme enger und enger um seinen Hals.

Das Geschöpf fauchte und heulte, schlug mit den Flügeln, fuhr herum und raste dann in seiner Wut direkt in Aubrys Speer. Die Spitze bohrte sich in seine Seite. Nun rammte Aubry ihm die Waffe immer tiefer in den Körper, spürte, wie die Klinge Schicht um Schicht durch Fleisch und anderes Gewebe glitt. Die Kreatur schrie auf, rasend vor Schmerz, dann erbebte sie, stürzte zu Boden und begrub Pathik unter ihrem massigen Leib.

Aubry kroch blicklos durch die Finsternis und fand Pathiks Speer. Dann ging sie auf das Wesen los, stemmte einen Fuß gegen seine Brust und stieß den Speer in die weiche Stelle unten an der Kehle, immer tiefer und tiefer bis durchs Herz der Kreatur.

Langsam wehten die Staubwolken davon. Aubry packte Pathik unter den Achseln und zerrte ihn unter dem Tier hervor. Sie fielen zu Boden, erschöpft, atemlos, dennoch vollgepumpt mit Adrenalin. Obwohl ihr ganzer Körper vor Schmerzen pochte, schloss Aubry die Augen und vergaß vollkommen, sie wieder aufzuschlagen, bis der Himmel hell erleuchtet war.

39

Jäger des Hochlands

Sie erinnert sich an ihre Krankheit, die tiefe, teuflische Stimme, die ihr in der Nacht zuraunte: »Es tut mir leid. Ich hatte nicht vor, dich in so große Gefahr zu bringen. Ich wollte nur, dass du es siehst.«

»Warum?«

»Das ist eine törichte Frage«, knurrte die Krankheit, mit der Geduld am Ende. »Wenn du es ungeschehen machen könntest, würdest du es tun?«

Als sie erwachte, war Pathik schon dabei, den Vogel zu zerlegen. Sie hatte es nicht geträumt. Ihr Gehirn kam allmählich in Gang, und mit furchtbarem Bedauern wurde ihr klar, dass es das Geschöpf so nicht mehr gab. Bei all dem aufwirbelnden Staub, der Angst und dem dahinschwindenden Fackelschein hatte sie es nie deutlich zu Gesicht bekommen, und sie würde es auch nie sehen können. Würde nie erfahren, was für ein Wesen es gewesen war und wie sein lateinischer Name lautete, oder auch der französische oder englische.

Sie beäugte die verstreuten Einzelteile. Die Krallen waren bereits abgetrennt worden und lagen auf einem Haufen. Auch der Schnabel lag darauf, dessen gebogene Form gewiss für etwas nützlich war. Große Batzen Beinfleisch hatte Pathik zum

Ausbluten auf Stöcke gespießt. Sie entdeckte einen Flügel, hob ihn an der Spitze an, sodass sich die Federn auffächerten. Mit beiden Händen reckte sie ihn weit über den Kopf, und noch immer war er nicht zu voller Länge ausgebreitet.

Mit seinem großen Messer schnitt Pathik, die Arme bis zu den Ellbogen blutrot, mehr Stücke aus dem Leib des Tieres. Als er bemerkte, dass Aubry wach war, griff er in den Scheffel voller Federn, die er ausgerupft hatte. Er wählte die schönste aus, leuchtend rot und golden – wahrscheinlich stammte sie vom Schopf der Bestie, dachte Aubry –, und bot sie ihr dar.

Sie nahm die Feder an sich, wie bezaubert von ihrem Glanz, und hielt sie gegen das Licht. Es war ein Geschöpf, von dessen Existenz niemand etwas wusste, zu fantastisch, als dass man es ihr glauben würde, aber hier war der Beweis.

Stück für Stück entrollte sich vor ihr die unenthüllte Erde, wie ein Teppich.

40

Der Prinz

Mitten in ihrer Geschichte hält sie plötzlich inne. Gerade hatte sie die Tötung des Ungeheuers für den Prinzen mit wilden Gesten nachgespielt, war ganz in der Erzählung aufgegangen, im Licht des Mondes in der finsteren Savanne. Sogar ihren Speer hat sie gezückt, posiert mit ihm, reckt ihn in die Luft und stößt damit genau im rechten Moment zu.

Nun jedoch, nach alledem, hält sie jäh inne und verstummt. Nimmt den Blick nicht vom Prinzen. Die Rollen haben sich verkehrt. Bis jetzt hat der Prinz *sie* studiert. »Fahren Sie fort.«

»Das ist nicht so einfach, Prinz.«

»Das sehe ich.«

Sie beobachtet ihn genau, so argwöhnisch wie einen Hund, der auf der Suche nach einem vergrabenen Leichnam in der Gegend herumschnüffelt.

»So meine ich das nicht. Wissen Sie, die Leute gestehen ja alles«, sagt Aubry. »Da gab es diese Frau, die mir erzählt hat, sie habe einmal mit einem Engel das Bett geteilt. Und jenen Mann, der mir versicherte, er sei auf hoher See von einem Geisterschiff versenkt worden.« Schweigen. Sie weiß nicht mehr, worauf sie eigentlich hinauswill. »Ich möchte nicht wie sie klingen. Nicht vor Ihnen. Nicht vor irgendwem. Wahrscheinlich ist es Eitelkeit. Schauen Sie mich an. Ich bin eine Frau mittleren Alters, die in der Wildnis schläft. Es steht mir wohl kaum zu, eitel zu sein. Trotzdem bin ich es. Noch immer. Auch nach all dieser Zeit.« Sie schüttelt den Kopf. »Ich werde jetzt meine Geschichte zu Ende erzählen, Prinz«, sagt sie. »Egal, ob Sie mir glauben oder nicht. Wenn nicht, dann tun Sie einfach so, als täten Sie's. Würden Sie das tun? Würden Sie das für mich tun?«

»Ich habe Ihre Erzählung noch nicht angezweifelt. Sie glauben es zwar, aber das stimmt nicht.«

»Nun«, sagt sie reuevoll und legt ihren Speer behutsam auf den Boden, »das werden Sie.«

41

Jäger des Hochlands

Tage später, nach einem langen Ritt über die Hochebene mit köstlichem und wohlverdientem Fleisch als Wegzehrung, erreichten sie Pathiks Zuhause. Es bestand aus wenig mehr als einem Paar schwarzen, aus Yakhaar gewobenen Zelten, die an den Rändern mit Steinen und Erde am Boden festgemacht waren. Ganz in der Nähe waren sechs Pferde angebunden. Obwohl sie ansonsten keine Tiere sah, entdeckte sie überall Anzeichen von Vieh – deren Mist, platt getrampelte Erde, im Gras hängen gebliebene Haarbüschel.

Und alles überragend, türmten sich darüber die eisbedeckten Berge auf, die furchteinflößendsten Höhen dieser Erde.

Pathiks Familie kam herausgestürzt, um ihn zu begrüßen – Eltern, Großeltern, Schwestern, Brüder, Kinder, Schwiegereltern möglicherweise –, ein Dutzend oder mehr, alle wie vom Schlag getroffen, als sie die Fremde sahen, mit der er seinen Sattel teilte.

Eine der älteren Frauen zeigte mit dem Finger auf sie. Vielleicht seine Mutter? Eine Tante? Was mochten sie von ihr denken, von alldem hier? Pathik hätte sie gewiss nicht mit hierhergebracht, wenn sie nicht willkommen wäre. Also lächelte Aubry, gab sich so freundlich und bescheiden wie noch nie.

Doch der Schock wog schwerer als alles andere, ging weit über den Skandal hinaus. Sie konnte es an ihren Gesichtern ablesen, der Art, wie sie sich zusammendrängten, die Kinder an sich zogen. Hinter Pathik im Sattel saß der Beweis für eine Welt, die größer war als alles, was sie kannten – größer, weiter und wundersamer, als sie sich die Welt je vorgestellt hatten.

Sie hatten Angst.

Die alte Frau spie eine Salve von Worten aus. Pathik erwiderte etwas, worauf Aubry sich keinen Reim machen konnte, außer, dass sie ihren Namen hörte und vermutete, dass sie vorgestellt oder ihre Anwesenheit zumindest erklärt wurde.

Lautstarkes Geplapper brach los, alle redeten durcheinander, alle stierten Aubry an. Pathik stieg von seinem Pferd, half auch Aubry aus dem Sattel und hob zu einer ausführlichen Geschichte an. Er tat, als steche er auf etwas ein. Seine Familie staunte furchtsam. Sie sah, wie sich Angst zunächst in Fassungslosigkeit verwandelte und schließlich in Bewunderung. Eine Frau – später erfuhr sie, dass es Pathiks Schwester war – kam sogar herzlich lächelnd auf sie zu.

»Aubry?«, fragte sie, so gut sie konnte.

»Ja, Aubry.«

»Ojal«, antwortete sie und zeigte mit dem Finger auf sich selbst.

»Ojal«, sagte Aubry, und sie verneigten sich voreinander.

Dann auf einmal konnte sie sich vor Begrüßungen nicht retten, alle verbeugten sich vor ihr, die Handflächen aneinandergepresst wie im Gebet. Aubry tat es ihnen gleich, legte die Hände zusammen, verneigte sich vor jedem Einzelnen. Die kleinen Kinder zupften an ihren wundersamen Kleidern. Die Erwachsenen rügten sie dafür, doch Aubry beugte sich hinab und zeigte ihnen die chinesische Seide und den Pelz aus Russland. Sie hörte zustimmendes Raunen, blickte in breit grinsende Gesichter. Ihr wurde leichter ums Herz. Pathiks Familie, in dieser kleinen Nische dieser Welt, war für sie wie eine Quelle in einem ausgedörrten Land, und wie so oft überkam das Glück sie völlig unerwartet.

Als die Nacht hereinbrach, grillten sie den Vogel über einem Feuer aus brennendem Yakmist, das vor dem Zelt loderte. Etliche Streifen Fleisch waren bereits zum Trocknen auf Gestelle aufgespannt oder in Holztrögen haltbar gemacht worden. Pathiks Familienmitglieder schwatzten, lachten und erzählten sich Geschichten. Ständig boten sie Aubry etwas zu essen oder zu trinken an. Eine alte Frau – Großmutter? Tante? – begutachtete das Bündel Federn, zeigte ihnen die, die sie am liebsten mochte, und alle debattierten wild darüber, wie viel die Feder in vielen Monaten auf dem Markt wohl bringen würde.

Zumindest glaubte sie, dass sie das sagten, reimte es sich aus den wenigen Brocken zusammen, die sie aufgeschnappt hatte. Aubry hatte ja längst ihre Feder, feuerrot und golden, die glanzvollste von allen. Sie lernte bereits Phrasen, lauschte auf bestimmte Abfolgen von Wörtern, murmelte sie ganz leise vor sich hin.

Am nächsten Tag wachte Aubry frühmorgens mit den anderen auf. Sie sah, wie die Ältesten vor dem Buddha auf der anderen Seite des Zeltes ein leises Dankgebet sprachen, also dankte auch sie der kleinen Statue. Sie trat hinaus, um den Tag zu begrüßen, und folgte dem Klang singender Stimmen, die der Wind einen Kilometer oder weiter bis zu ihr getragen haben musste. Sie lief in die Richtung, bis sie die Jungen der Familie entdeckte, die eine Herde von über hundert Yaks und noch mehr Schafen hütete, auf einem kleinen Hügel dicht gedrängt wie Moos auf einem Baumstamm. Die Kinder standen singend rings um die Herde herum, und hin und wieder beschossen sie ein ausbrechendes Tier mit ihren Steinschleudern und brachten es wieder zum Einscheren. Den Rest des Morgens schaute Aubry ihnen zu, lauschte, lernte ihre Lieder. Die Jungen warfen ihr schiefe Blicke zu – dies war keine Frauenarbeit –, doch sie war fremd und hatte ein Ungeheuer erlegt, also ließen die Kinder sie gewähren. Kunchen, der jüngste der Burschen, keine acht Jahre alt, schien sie zu mögen, hockte sich sogar zu ihr und brachte ihr noch mehr Tibetisch bei. Sie hatte Kinder stets gemocht, sich in ihrer Gesellschaft immer wohlgefühlt. Dieser kleine Junge war da keine Ausnahme.

Als sie sah, wie die Jungen an einem Brunnen ihre Wassersäcke füllten, kramte auch sie ihren Trinkschlauch aus der Tasche und ging hinüber, um ihn zu füllen, während Kunchen neben ihr umhertollte.

Was musste er sich wohl gedacht haben, als er sah, wie sie auf einmal schneeweiß anlief, sah, wie sie am ganzen Körper schauderte, ihr selbstsicherer Gang jäh stockte?

Der Brunnen war aus großen Steinen gemauert, glatt und grau, so eng, dass eine Nadel nicht dazwischengepasst hätte. Mehr noch, der Brunnenrand hatte die Form eines Gesichts, und an der einen Seite waren zwei Augen eingemeißelt, auf der anderen ein winziger Bart, sodass der klaffende Schlund des Brunnens den Mund bildete, mitsamt Lippen und Zähnen.

Aubry blickte hinab in dieses Antlitz, stocksteif und atemlos. Sie füllte ihren Schlauch nicht auf. Starrte nur eine gefühlte Ewigkeit hinunter auf den Brunnen, völlig reglos, bis Kunchen sie behutsam an der Hand nahm und wegführte.

42

Jäger des Hochlands

In jener mond- und sternenlosen Nacht, als alle anderen schliefen, stahl sich Aubry aus dem Zelt. Sie hatte das Abendessen leidlich hinter sich gebracht, geschwiegen, während die anderen sich unterhalten hatten. Bestimmt hatte Kunchen ihnen gesagt, dass Aubry ihren Brunnen nicht mochte, und sie hatten sich womöglich gefragt, warum. Aber damit konnte sie sich jetzt nicht befassen. Sie musste Pläne schmieden.

Das gesamte Plateau war ein einziger Schatten. Sie fürchtete schon, sie könnte den Brunnen in so tiefer Finsternis nicht finden, doch sie beließ die Umrisse der Berge stets hinter ihrer rechten Schulter, blieb in den höheren Lagen, bis sie ihn schließlich entdeckte – einen silbrigen Reif zwischen grauen Hügeln.

Als sie sich näherte, formten ihre Lippen stumme Wörter. Ihre kalten Hände glitten in die Manteltasche und brachten den Rätselball zum Vorschein.

Die Kugel wirbelte durch die Luft und fiel zu Boden. Der Ball hielt einen Moment still, dann fing er an zu rollen. Floh erst nach links, dann nach rechts. Aubry jagte ihm im Dunkeln hinterher. In der Art und Weise, wie sie ihm nachsetzte, unbeholfen wie ein angsterfülltes Tier, lag ein Hauch Verzweiflung.

Doch sie konnte ihn nicht entkommen lassen. Dies war ihre einzige Chance. Bald schon hatte sie ihn wieder, hob ihn auf und drückte ihn fest an ihre Brust.

So tappte sie zum Brunnenrand, ihr Atem flach und hektisch, der Kiefer angespannt. Was sie im Alter von neun Jahren versäumt hatte, würde sie jetzt nachholen. Alles würde ihr verziehen werden.

»Bitte«, sagte sie, wieder und wieder. »Bitte …«

Mit ausgestreckten Armen, die Kugel zitternd in den Händen, hielt Aubry sie über das Rund des Brunnens.

»Bitte.«

Dann ließ sie den Ball los. Er fiel, vorbei an Zähnen, Lippen, Mund, immer tiefer in den schwarzen Schlund. Dann ein Augenblick der Verzögerung, gefolgt vom Widerhall des zurückschnellenden Wassers.

Sie fühlte sich einer Ohnmacht nahe. Schlang fest die Arme um den Leib, atmete tief ein und füllte ihre Lunge wieder mit Luft. Würde nun alles zu Ende sein? Würde sie jetzt bleiben können, hier, an diesem einen Ort, ohne irgendwelche Konsequenzen? Würde der Schmerz sie nie wieder quälen? Würde sie endlich heimkehren können? Es dauerte etwas, bis ihre Nerven sich beruhigt hatten. Als sie wieder denken konnte, hörte sie die Krankheit in ihrem Kopf sagen: »Das war töricht.«

»Ich habe dich nicht gefragt«, fauchte sie zurück.

Der Klang ihrer Stimme in der Nacht ließ sie zusammenfahren. Sie hatte es laut ausgesprochen. Aubry brauchte eine Weile, um es zu begreifen, doch es war das erste Mal, dass der Dämon außerhalb eines Traumes zu ihr gesprochen hatte. Sie spürte seine Nähe, etwas oder jemand direkt hinter ihr, gleich hinter ihrer Schulter.

Ganz langsam wandte sie sich um, doch hinter ihr stand nur Pathik, und sie war sich verdammt sicher, dass er nicht der

Dämon war. Pathik war ihr gefolgt. Er hatte alles mitangesehen, selbst ihren Wahn, sofern man ihr Verhalten so nennen konnte.

Hatten die Schwarzmaler denn recht? War für alles, was sie durchgemacht hatte, ihre Krankheit, ihre Reisen, nur ihr kranker Geist verantwortlich?

Pathik kam näher, und sie sah ihm in die Augen. Wenn sie wahnsinnig war, dann sollte er sie auch so sehen. Heute Nacht, gerade heute Nacht, müsste ihr der Irrsinn deutlich ins Gesicht geschrieben stehen. Doch er erwiderte ihren Blick nur kurz, bevor er zum Brunnen schaute. Er begriff sehr wohl, dass es ein sonderbarer Brunnen war, womöglich gar ein einzigartiger, aber natürlich konnte sich Pathik nicht vorstellen, was genau er ihr bedeutete.

Sie schloss die Leere zwischen ihnen, und ihre weißen Atemwölkchen verschmolzen miteinander. Sie schlang die Arme um ihn und ließ ihn nicht mehr los. Sie fühlte sich gerettet, presste sich so fest an seinen Körper, als hätte man sie aus der sturmumtosten See gezogen.

Seite an Seite kehrten sie in tiefem Schweigen zum Zelt zurück. Sein Mund war voller Fragen, die er ihr nicht stellen konnte. Sie besaß ohnehin nicht die Kraft, sie zu beantworten. Den gesamten Heimweg über spähte sie nach hinten über ihre Schulter Richtung Brunnen, so lange, bis sie ihn in der Nacht nicht mehr erkennen konnte.

43

Jäger des Hochlands

Sie träumte, sie würde über ihrem eigenen Körper stehen und sich selbst ein endgültiges Heilmittel verabreichen. Träumte, der Dämon wäre so gut wie tot und sie würde sich ganz behutsam seine Klauen hinten aus dem Schädel zupfen und seinen verkümmerten Leib auf der Hochebene zurücklassen, wo er sterben würde.

An jenem Morgen wachte sie beschwingt auf, wähnte sich bereits auf der Schwelle zur Freiheit. Sie hatte ihren Rätselball geopfert, doch sieh nur, was sie dafür gewonnen hatte. Früher war sie so substanzlos gewesen wie ein Geist, ein trüber Dunst, der durch die Nacht dahintrieb. Nun fühlte sie sich allmählich wieder dinglich, greifbar, wie etwas, das womöglich bleiben könnte. Der Gedanke war zu sonderbar, um wahr zu sein, doch irgendetwas in ihrem Geist, in ihrem Körper sagte ihr, dass es so war.

Sie dankte dem Buddha, dann half sie den Frauen, Milch zu kirnen und die Butter abzuschöpfen. Sie brach Yakknochen entzwei, damit sie im Kessel köcheln konnten. Half dabei, den Käse auszuschaben, der in einem Holzkrug gereift war.

Sie achtete noch mehr auf Wörter und Gespräche als je zuvor. Spürte, dass sie bald bevorstand, ihre erste Unterhaltung mit

Pathik, ohne Zeichensprache, ohne Bilder oder Pantomime. Sie würden miteinander sprechen und Dinge vom anderen erfahren, die sie noch nicht wussten. Würden einander von ihrer Kindheit erzählen. Würden sich gegenseitig zum Lachen bringen und hin und wieder auch zum Weinen. Er würde ihr beibringen, wie man an diesem Flecken der Welt lebte, und wenn es Zeit war, würden sie gemeinsam aufbrechen und jagen.

Erst aber würde sie auf ihr Geplauder lauschen und die Sprache lernen.

Nach so viel Hausarbeit sehnte sie sich nach freiem Himmel und schlich sich fort, um nachzuschauen, wo die Jungen waren. Sie hockte sich auf einen nahen Hügel und stopfte das Loch in Pathiks Schaffellmantel, wo der Vogel ihn durchgehackt hatte. Beim Nähen sah sie den Yaks beim Grasen zu, sah, wie das lange schwarze Haar an ihren Flanken und Bäuchen wie dunkle Staubwedel über das Riedgras strich. Hier gab es keine Königreiche, kein Eroberer blieb lange. Nichts wurde gepflanzt. Alles kam vom Tier – Kleidung, Teppiche, Zelte und Seile waren aus Tierhaaren geflochten, ihr Kot ließ die Feuer brennen, und die Nahrung bestand allein aus deren Milch und Fleisch.

Die Schatten wurden länger. Die Herde zog weiter, und im Nu war sie allein. Pathik stapfte mit einem leeren Wassersack vorüber und hielt an, um sie zu grüßen.

»Pahāḍa. Sundara«, sagte Aubry, und Pathik zwinkerte ihr zu. Mit einer leichten Verbeugung erwiderte er *»Uniharu sundara chan«* und schenkte ihr ein breites Lächeln.

Sie stand auf, trat zu ihm und streckte den Arm aus, wollte ihm den leeren Wassersack abnehmen. Er schüttelte den Kopf, wiegelte ab, bestand darauf, den Sack selbst zu tragen. Doch Aubry ließ sich nicht beirren und marschierte davon in Richtung der Senken, wo sie vor fremden Blicken sicher wären.

Pathik blickte sich um, wollte sehen, ob irgendjemand sie beobachtete, dann folgte er ihr. Sie erwartete kein aufwendiges Liebeswerben. Sie war nie glücklicher gewesen, und so wollte sie ihr Glück feiern.

Der Brunnen war gleich dort drüben, nur wenige Schritte entfernt, doch Pathik würde über eine Stunde brauchen, um ihn zu erreichen.

44

Jäger des Hochlands

Später richteten sie ihre Kleider, zurrten einander die Gürtel fest, zupften dem anderen das Gras aus den zerzausten Haaren – und strahlten für den Rest des Tages. Sie konnten nicht miteinander sprechen. Konnten nur erahnen, was dem anderen durch den Kopf ging. Alles, was sie wussten, war, dass sie einander sehr glücklich gemacht hatten. Es war so einfach, dieser wortlose Austausch von Gefühlen – hier ein Stöhnen, dort ein Kuss. Sie hatte sich schon lange nicht mehr so lebendig gefühlt, alle Sinne messerscharf, der Lufthauch in ihrem Nacken so, als spürte sie ihn zum allerersten Mal. Aubry ließ den Blick über die Ebene schweifen, die nur Wetter und Ferne war, als hätte sie noch nie Wetter oder Ferne gesehen.

Sie dachte an alle Männer, die sie geliebt hatte – gar nicht viele eigentlich. Wie viele Männer hatte sie kennengelernt? Es gab Millionen Menschen auf der Welt, und sie hatte das Gefühl, die meisten von ihnen getroffen zu haben. Und doch konnte sie ihre innigen Verhältnisse an einer Hand abzählen. Nur so wenige von so vielen. Wieso hatte Aubry gerade sie aus der Masse ausgewählt? Jeden von ihnen hatte sie auf eine andere Art geliebt – töricht, leidenschaftlich, leise und sogar ganz wortlos. Für jede Phase ihres Lebens schien es eine Liebe zu geben, die ihr genau entsprach, die das verkörperte, was sie brauchte, ob sie es wusste oder nicht. Was dies betraf, hatte sie Glück gehabt.

Nachts kamen sie zusammen, erzählten Geschichten, machten Witze. In der Zeltmitte hing ein Eisenkessel über einem Feuer, dessen Rauch durch ein kleines, eisig kaltes Loch in der Plane abzog. Sie hatte gesehen, wie die Yaks wilden Knoblauch fraßen, und ihr brennender Dung verlieh der Luft ein köstliches Aroma. Pathiks Familie fand Freude daran, Aubry neue Wörter beizubringen. Dazu zeigten sie auf einen Gegenstand, sagten ihr den Namen, ließen sie ihn wiederholen und lachten anschließend über ihre fehlerhafte Aussprache.

Sie lachten so sehr, dass ihnen der Bauch wehtat – und Aubry machte sich einen Spaß daraus, die eigenen Fehler zur hellen Freude aller Kinder noch zu übertreiben.

Ihr Gespräch mit Pathik, das allererste – es würde stattfinden. Sie hatte den Brunnen gefunden, hatte sogar das passende Geschenk für ihn. Sie hatte sich mehr Zeit erkauft, vielleicht sogar ein ganzes Leben. Es war das Heilmittel, mit dem alle Heilmittel ein Ende fanden. Es setzte dort an, wo alles begonnen hatte, merzte die Krankheit an der Wurzel aus. Sie verstand zwar nicht, wie es geschehen konnte, doch fürs Erste gab sie sich damit zufrieden, zu wissen, dass es passiert war. Sie sah sich im Zelt um, blickte in all die lachenden Gesichter und dachte, sie könnte gut ein ganzes Leben hier verbringen. Es hatte etwas so Vertrautes an sich, eine Familie, die sich eine Mahlzeit teilte. Sie hatte aus dem Fremden das Vertraute herausgelesen.

Ein Zuhause.

Pathik, der neben ihr saß, blickte auf einmal besorgt drein. Er streckte den Arm aus, berührte ihre Lippe und zeigte ihr den kleinen Blutfleck auf seiner Fingerspitze.

Sie war kaum auszumachen, ihre Reaktion – der Augenblick, in dem Aubry erstarrte, sich ihr Kopf mit finsteren Gedanken, Angst und Wut füllte –, denn nach außen hin lächelte sie noch immer. Sie zog ein ratloses Gesicht, als wäre der Blutstropfen kaum mehr als eine kleine Kuriosität, wo doch etwas in ihr zerbrach, entzweiriss wie eine Rettungsleine des Verstandes, wie der Draht, der die Seele zusammenhielt.

»*Tyō cōṭa cha?*«, fragte die alte Frau.

»*Tyō birāmī cha?*«, wollte Pathiks Schwester wissen.

Doch Aubry tat es nur mit einem Lachen ab, sagte mit ihrer holprigen Aussprache »*Yō kēhī cha. Ma mērō jibrō bit*«, und alle lachten schallend auf, nicht jedoch, weil sie ihre Sprache so verhunzte, sondern weil sie es diesmal nahezu perfekt gesagt hatte. Gesichter erstrahlten, die Kinder lachten, alle waren zufrieden – alle außer Pathik, der sie still musterte. Er sah etwas in ihrem Gesicht, in ihren Augen, das jenseits dessen lag, was er begreifen konnte. Aubry berührte seine Hand, und sie lächelten einander an, doch insgeheim stellte sie bereits schmerzhafte Berechnungen an.

In jener Nacht, als im Zelt üppig geschnarcht wurde und im Feuer nur noch etwas Asche glomm, setzte sie sich auf ihrer Matte auf. Die gesamte Familie schlief in einem großen Kreis rings um den Buddha, die Männer auf der einen Seite der Statue, die Frauen, bei denen sie sich einen Platz gesucht hatte, auf der anderen.

Sie schlüpfte in ihren Mantel, den sie unter der Decke verborgen hatte. Als sie sich die Stiefel geschnürt hatte, schaute sie auf und merkte, dass eines der Kinder, Kunchen, wach war und sie beobachtete. Er verstand nicht, was Aubry vorhatte, doch die Sorge stand ihm deutlich ins Gesicht geschrieben. Sie legte sich den Finger an die Lippen, und er schwieg, gab keinen Mucks von sich. Aubry hatte den armen Jungen gerade zum Komplizen ihrer Flucht gemacht, aber sie konnte nun mal nicht an alle denken. Konnte nicht auf jeden Rücksicht nehmen. Sie stand auf und schlich zum Vorhang vor dem Eingang.

Sie ging an Pathik vorüber, der auf seiner Liege schlief. Als sie über ihm stand, zögerte sie kurz. Fühlte sich auf einmal schwach, fürchtete, zusammenzubrechen. Würde ihr denn nie verziehen werden? Und was genau war ihr Verbrechen gewesen? Was konnte ein neunjähriges Mädchen schon getan haben, das sie dazu verdammte, rastlos durch die Welt zu ziehen, ohne Freunde, ungeliebt und elend?

Eines Tages wird sie alt sein, noch immer im Regen umherwandern, im Kalten schlafen und aus anderer Leute Gärten Essen stehlen. Der Brunnen hat sich ihr erneut gezeigt, doch nicht, um sie zu retten, sondern um sie noch besser ins Visier zu nehmen. Vielleicht ist das ja seine Absicht: sie mit Missachtung zu strafen, mit anzusehen, wie ihr Herz versteinert, ihren Leib so mit Wunden zu bedecken, dass der Dämon seine Klauen besser in ihr Fleisch schlagen und diese Wunden ewig bluten lassen kann. Vielleicht ist ihr Wahnsinn ja sein Ziel.

Fast hätte sie die Hand ausgestreckt und Pathik wach gerüttelt. Sie wollte es ihm erklären. Mehr noch, sie wollte gerettet werden.

Aber Kunchen beobachtete sie.

Also riss sie sich los und trat durch den Vorhang in die kalte Nachtluft. Vor ihr lagen die endlosen Gipfel des Gebirges. Am liebsten hätte sie sie ignoriert, dieses Rückgrat des Winters, von dessen Höhen weiße Wolken fegten, sie immerzu drängten, sie stets daran erinnerten, dass ihre Reise lebenslang war. Neben der Zeltklappe wartete ihr Speer auf sie, ihre Tasche lag versteckt ganz in der Nähe. Sie griff sich beides und brach im trüben Mondschein auf, zog los in Richtung der finsteren Umrisse der Berge.

45

Der Prinz

»Wieso reden Sie nicht weiter?«, fragt der Prinz. »Die Berge – was war dort, dass Sie es mir nicht sagen können?«

Aber Aubry ist erstarrt. Ihr Körper bebt, ihre Muskeln spannen sich wie Draht. Ihre Augen fangen an zu tränen.

Dann rinnt Blut aus ihrer Nase.

»Wenn Sie machen können, dass das aufhört«, keucht sie, »dann erzähle ich Ihnen alles, was ich weiß.«

Der Prinz springt auf und schließt sie fest in die Arme, ihre Tränen, ihr Blut färben sein Gewand. Zum ersten Mal erhebt er seine Stimme, ruft um Hilfe, brüllt Befehle.

Krishna und die Wachen schrecken auf und kommen in der anbrechenden Dämmerung zu ihnen gerannt. Aubry wird zu einem Pferd getragen, und sie preschen aus dem Dorf, kaum imstande, den versammelten Dorfbewohnern ihren hastigen Aufbruch zu erklären.

Nach einer Stunde sind all ihre Symptome verschwunden. Sie sitzt aufrecht im Sattel, vollkommen entspannt, und noch ein paar Stunden später erspäht sie in der Ferne einen Palast, der aus der roten Erde emporzuwachsen scheint, dessen Mauern und Türme mit den Bergkuppen verschmelzen, sich gen Himmel recken, als wollten sie nur das beenden, was die Berge längst begonnen haben. Bisher hat sie den Prinzen nur in seiner schlichten Kleidung gesehen, mit seiner Handvoll Wachen, doch dieser Palast gibt ihm einen neuen, prunkvolleren Rahmen.

»Was ist das?«, fragt Krishna, und alle fahren herum, um nachzuschauen.

Zuvor bot der Blick über das Land rotes Buschland mit einem Schimmer ferner grüner Hügel. Jetzt ist da nur noch ockerbrauner Dunst, der den gesamten Horizont erfüllt und immer näher kommt. Sie können schon den Windhauch im Gesicht spüren.

Sie reiten auf den Palast zu, der noch Stunden entfernt ist. Bis zum Nachmittag hat sich der Himmel rostrot eingefärbt. Ihre Kleider blähen sich im Wind. Sand fegt über den Weg. Langsam packt sie die Angst. Unter solchen Bedingungen, das wissen sie, kann man sich leicht verirren.

Der Prinz versichert Aubry, dass sie einem Fluss folgen und dass dieser Fluss sie nach Hause führen wird, doch in diesem Sturm können sie keine Spur davon entdecken.

Sie sind erleichtert, als sie endlich die Palastmauern erreichen, obwohl Aubry kaum mehr als die Pforte sehen kann, ein hohes, reich verziertes Tor, der Rest verschleiert vom aufgewirbelten Sand.

Doch sobald sie drinnen sind – wie soll sie es beschreiben? Es würde sich nicht ziemen, die königlichen Gemächer in zu großer und vom Sturm beschmutzter Männerkleidung zu durchwandeln, also wäscht sie sich zuerst in einem abgelegenen Bad, das aussieht, als sei es mit der Kelle eines Riesen aus dem Marmorboden geschöpft worden. Die Decken ihres Zimmers, in poliertem Blau und Gold, scheinen ewig aufzuragen. Als sie aus dem Bad kommt, findet sie auf ihrem Bett eine weiße Lehenga samt Choli und auf dem Kissen ein Paar Saphirohrringe.

Vor ihrer Tür hastet die Dienerschaft umher, schließt Fenster und Türen gegen den Sturm, und als Aubry aus ihrem Zimmer tritt, funkeln an ihren Ohrläppchen Saphire.

Mit geschlossenen Läden wird der Palast gleich fünf Nuancen dunkler. Aubry hilft, wo sie nur kann. Kerzen müssen angezündet, Laternen aufgehängt werden. Böden müssen gefegt, Teppiche gereinigt werden. Doch nach einer langen Reise, schlaflosen Nächten und einer Attacke ihrer Krankheit ist sie erschöpft und nickt in einem Sessel im langen, leeren Bankettsaal ein.

Als der Prinz sie eine Stunde später findet, sitzt sie noch immer in dem Sessel, ist aber wieder wach. Ein kräftiger Windstoß wie von einem schnaubenden Ungeheuer fegt heulend durch die Tore und Türme des Palastes.

»Ich hatte einen Traum«, erzählt sie ihm. »Der Riese, der, den ich getötet habe, flüsterte mir etwas ins Ohr. Er sagte, tot zu sein sei wunderschön. Er dankte mir sogar dafür. Er dachte, er würde als Geist durch die Welt ziehen müssen, aber stattdessen ist er nun ein Fels im Meer, und die Welt bewegt sich um ihn herum.« Sie streckt die Hand aus, berührt seinen Arm. »Ich schlafe doch nicht immer noch, oder? Ich habe so lange gebraucht, um aufzuwachen, dass es sich anfühlt, als wäre ich noch immer nicht ganz da.«

Noch ein Aufheulen des Windes. Wenn sie genau hinhören, fangen die Lüster über ihnen an zu klirren.

»Man sagt, aufzuwachen hieße, eine Ebene der Wirklichkeit zu verlassen und in eine andere einzutreten, von der Traumwelt in die Wachwelt. Erleuchtet zu werden bedeutet, in eine noch höhere Stufe der Wirklichkeit einzutreten, und es soll sich ganz ähnlich anfühlen. Wie ein Aufwachen.«

»Erleuchtet bin ich sicher nicht«, wiegelt sie ab.

»Sagen Sie mir das noch einmal, wenn Sie ganz wach sind.«

Sie lassen ihre Besen stehen, schnappen sich eine Laterne und steigen eine Freitreppe hinauf. Er führt sie durch himmelblau bemalte Säle, dann welche in Kolibrigrün und Buttergelb, so hoch und breit, dass ein Elefant mühelos hindurchmarschieren könnte. In die Salons würde eine ganze Herde von ihnen passen. Auf dem Mauerwerk finden sich Wandmalereien, die Szenen aus den Veden zeigen, gemalt in bunten Farben wie in einer Blumenschau.

Er deutet auf ein Wandgemälde, eine Gestalt im Schneidersitz, die neben einem Streitwagen auf einem Feld hockt, rechts und links von Heeren eingerahmt. »Arjuna beim Meditieren«, sagt er. »Andernorts reisen die Menschen stets nach außen. Arabische Pilger. Japanische Wanderdichter. König Artus' Ritter auf der Suche nach dem Heiligen Gral. Hier führen uns unsere Reisen in uns selbst. Wie dieser Doktor in Wien, der vom Unbewussten spricht.«

»Den kenne ich nicht«, sagt sie.

»Einst hatte ich eine Schwester. Sie verlor ihr Augenlicht. Dann ihr Gehör. Ihre Fingerspitzen wurden taub, und das Essen verlor jeden Geschmack. Sie erzählte mir, dass sie manchmal Schritte auf der anderen Seite des Palastes wahrnehmen könne oder das Umschlagen des Windes, obwohl sie weit weg von jedem Fenster war. Womöglich hätte sie gar einen Wirbelsturm in Sri Lanka spüren können. Selbst wenn man alles andere wegnimmt, bleibt uns doch eine Verbindung mit der Welt, mit deren Bewusstsein, so sie eines besitzt. Das hat sie mir gesagt, bevor sie starb.«

Sie erinnert sich an einen Mann aus den Urwäldern von Guangxi, der ihr etwas ganz Ähnliches geschildert hatte, das er empfand, wenn er von den Pilzen aß, die er sorgsam in seinem Hof anbaute. Es sei, so meinte er, als würden sich alle Schichten der Persönlichkeit allmählich ablösen, bis nur noch die Abwesenheit des Selbst übrig bliebe, und an dessen Stelle trete etwas Ewiges, der Kern des Bewusstseins, ein endloses Meer, in dem alle Dinge ihren Anfang nehmen. Er habe lediglich am Ufer gestanden und sich die Gischt über die Füße spülen lassen, sagte er, aber eines Tages würde er schwimmen.

Der Prinz wendet sich ihr zu. »Vielleicht war es das, was der Riese Ihnen sagen wollte.«

Er verspricht, sie zu einem Ort zu führen, wo sie sich setzen kann, aber sie schlendern eine lange Zeit durch die gewundenen Gänge des Palastes, reden über ihre Familien, über Fremde, die Bedeutung von Freundschaft und Barmherzigkeit.

»Freundschaft?«, sagt er. »Das ist eine vertrackte Sache für jemanden in meiner Position. Ich bin den ganzen Tag von Freunden umgeben, unzählbar vielen sogar, die aber in Wahrheit womöglich keine sind.«

»All meine Freunde sind lediglich Bekannte, die auf meinem Weg an mir vorüberziehen«, fügt sie hinzu. »Gerade wenn es scheint, als hätte ich Freunde gefunden, muss ich sie wieder gehen lassen.«

Später ist sie wieder allein, der Prinz weggerufen zu eiligen Regierungsgeschäften. Sie entzündet gerade die Laternen in der Vorhalle, da hämmert jemand verzweifelt von außen an das Tor, so laut, dass sie jäh zurückschreckt. Sie zögert, doch draußen wütet der Sturm. Jemand ist in Not. Sie entriegelt das Tor und öffnet es. Eine Wolke aus Sand, Staub und Licht schießt ihr ins Gesicht, löscht jede Kerze in der Halle.

Draußen stehen zwanzig oder mehr britische Soldaten, die kakibraunen Uniformen vom Sandsturm rot eingefärbt.

Der Colonel brüllt ihr über den Wind hinweg entgegen: »Ist der Prinz zu Hause?«

46

Der Prinz

Die Soldaten stemmen sich gegen den Wind, beschirmen ihre Augen, halten ihre rot getünchten Kappen fest. Sie geben ein jämmerliches Bild ab. Einen Moment lang weiß sie nicht, was sie machen soll, aber sie kann sie unmöglich so stehen lassen, zusammengekauert dort im Sturm.

»Kommen Sie herein!«, sagt Aubry, und die Soldaten danken ihr und stapfen in die Halle, während ihnen Sand aus den Uniformen rieselt. Sie müssen gegen den Wind ankämpfen, um das Tor hinter sich wieder zu schließen.

»Der Sturm hat uns überrascht. Wir wussten nicht, wohin«, sagt der Colonel. Sie ahnt, dass sein Schnurrbart einmal grau war, jetzt ist auch er vom Sand ganz rot.

»Es tut mir leid«, erwidert Aubry, »aber da ich hier nicht zu Hause bin, steht es mir nicht zu, Obdach zu gewähren. Lassen Sie mich den Prinzen holen.« Die Entgeisterung steht Aubry ins Gesicht geschrieben, doch die Briten sind mindestens ebenso überrascht, sie hier zu sehen – eine goldblonde Französin, die ihnen die Palasttür öffnet. Sie wendet sich zum Gehen, doch der Prinz ist bereits da, kommt eben in die Vorhalle geeilt. Als er die Soldaten sieht, erstarrt er. Nur für einen winzigen Moment, den niemand sonst bemerkt – nur Aubry.

»Mein Gott, Colonel Morton«, sagt er, »waren Sie etwa bei dem Unwetter da draußen?«

»Ich bitte um Verzeihung, Prinz. Wir sind schon halb erblindet in dem Sturm. Würden Sie uns Schutz gewähren, bis er vorbeigezogen ist?«

»Selbstverständlich. Sie können so lange bleiben, wie Sie wollen«, erklärt der Prinz. »Wo sind Ihre Pferde?«

»Angebunden. Um die Ecke, wo es windstill ist.«

»Wir werden sie in die Ställe bringen.«

Im Bankettsaal finden sie Krishna und die anderen. Aubry kann beinahe hören, wie ihnen beim Anblick der Briten das Herz hoch bis zum Halse schlägt, nur ein einziges Mal, wie ein großer Eisenhammer in ihrer aller Brust.

»Aber ich wähnte Sie schon auf dem Weg nach Delhi«, sagt der Prinz.

»Das waren wir auch, mein Freund«, antwortet der Colonel, während Krishna ihm eine Bürste reicht, um seine Uniform zu reinigen. »Doch dann ist etwas Seltsames geschehen. Vor uns auf der Straße sahen wir einen Hund rennen, der einen menschlichen Arm im Maul hatte. Also haben wir das vermaledeite Vieh eine tiefe Kluft hinabverfolgt. Wie sich herausstellte, hatte der Wind die Leichen dreier Männer freigelegt, die man in den Schluchten verscharrt hatte. Jetzt haben wir einen neuen Auftrag: Wir suchen einen Mörder.«

Der Prinz schweigt. Krishna schweigt. Aubry sagt: »Dann wollen wir Ihnen und Ihren Männern mal ein schönes Bad zubereiten.«

Der Prinz gibt dem Personal auf Hindi Anweisungen – Bäder, Pferde, Essen. Die Diener hasten davon, um die Befehle zu befolgen, und Aubry eilt mit ihnen hinaus, als wolle auch sie die Zimmer für die Gäste richten, doch in Wahrheit sucht sie nach einem Fluchtweg.

Sie schnappt sich ihren Gehstock und ihre Tasche und rennt zur entferntesten Tür im entlegensten Palastflügel. Auf der anderen Seite der Tür tobt der Sturm. Sie öffnet sie. Der Wind reißt ihr die Klinke aus der Hand, lässt die Tür weit auffliegen. Licht, hell wie ein Feuer, Sand, so dicht wie Rauch, durch die Luft wirbelnder Schutt, umherfliegende Trümmerteile. Sie lässt ihre Habseligkeiten fallen und greift panisch nach der Tür, klammert sich mit beiden Händen daran fest, strafft den Rücken und stemmt die Beine in den Boden. Endlich schafft sie es, die Tür wieder zu schließen. Eine Flucht durch die Wildnis kommt also nicht infrage.

Eine ganze Weile weiß sie nicht, wohin sie gehen soll. Schließlich bringt sie ihre Sachen wieder auf ihr Zimmer und geht widerwillig zurück in den Bankettsaal, wo sie den Prinzen mit dem Colonel reden hört.

»Aber wer waren diese Männer?«, fragt der Prinz.

»Das wissen wir nicht genau«, hört sie den Colonel sagen, »doch in Pamuleru gab es Berichte über eine Bande, eine kleine Gruppe von Männern, die eine Spur des Todes hinterlassen habe. Mehrere ermordete Frauen, heißt es.«

Hatte sie richtig gehört? Wenn das wahr war, dann hatte ihr Instinkt sie nicht getrogen. Sie hatte sich gerettet. Die Woge der Erleichterung, die Aubry überkommt, ist unermesslich, als habe sie eine Zwangsjacke gesprengt. Sie sackt gegen eine Wand, atmet tief und befreit aus.

»Wenn dem so ist, kann es Ihnen dann nicht gleich sein, wer sie getötet hat?«

»Verstehen Sie denn nicht, Prinz? Es könnte jemand noch viel Schlimmeres durchs Land ziehen und sein Unwesen treiben. Das können wir doch schwerlich zulassen, nicht wahr?«

Schließlich bricht die Nacht herein. Der Wind heult immer noch. Der Colonel erhält ein eigenes Zimmer, die Soldaten werden auf vier weitere aufgeteilt. Der Prinz wünscht ihnen allen eine gute Nacht, dann kommt er zu Aubry aufs Zimmer.

»Haben Sie jemals einen solchen Sturm erlebt?«, will sie von ihm wissen. Sie sind erschöpft von dem langen und chaotischen Tag. Sie legt sich quer über das riesige Bett. Obwohl an der gegenüberliegenden Wand ein bequemes Sofa steht, legt der Prinz sich neben dem Bett auf den Boden.

»Nein. Noch nie. Aber er wird sich gewiss bald ausgetobt haben.«

Sie lauschen. So viele offene Innenhöfe, so wenige Türen. Der Sand weht ungehindert, prasselt durch die Gänge, rinnt zwischen Säulen hindurch, von Norden herein und Richtung Süden wieder hinaus. Es ist, als schliefen sie in einer sich sanft wiegenden Maraca.

»Ich muss hier weg«, sagt Aubry.

»Sie verdächtigen Sie nicht«, versetzt der Prinz. »Sie hätten keinen Grund dazu. Aber wenn Sie mitten in der Nacht davonlaufen, wüsste ich nicht, wie ich es erklären sollte. Ich glaube, es wäre besser …«

»Ich habe ein Geheimnis«, fällt sie ihm ins Wort. »Ein Geheimnis, durch das ich überlebe. Ich habe es noch nie jemandem erzählt. Soll ich es Ihnen verraten?«

Sie reckt den Kopf über die Bettkante und schaut ihn an. Er stützt sich auf den Ellbogen, um ihr zuzuhören.

»Früher hat mich meine Krankheit überallhin verfolgt, hat mich von jedem Ort vertrieben, an dem ich glücklich war – Wälder, Wüsten, Schiffe, Züge. Sie wird sogar versuchen, mich von hier davonzujagen, und von Ihnen. Ja, so war es. Dann eines Tages …« Sie hält inne, um ihre Gedanken zu ordnen. Ihre Hände zittern. Aubry und der Prinz rücken noch näher aneinander. »Eines Tages hatte ich eine Offenbarung«, sagt sie. »Ich habe meine Strategie grundlegend geändert.« Sie spricht immer langsamer, damit ihm ja keines ihrer Worte entgeht. »Jetzt jage ich *sie*. Immer wenn sie mir zu nahe kommt, breche ich auf, um sie zur Strecke zu bringen wie einen räudigen Hund.«

Der Prinz schweigt.

»Ich bin niemandes Opfer«, setzt sie hinzu, die Stimme schneidend wie eine Rasierklinge.

Der Prinz aber starrt sie nur an, ohne einen Ton von sich zu geben, wie ein Mann, der ungewollt ein Mordkomplott belauscht hat. Hat sie zu viel gesagt? Plötzlich wird ihr klar, dass es so ist. Plötzlich kommt sie sich selbst so irre vor, wie sie auf ihn wirken muss.

»Meinen Sie nicht auch?«, fragt sie, verunsichert von ihrem eigenen Geständnis.

»Ich glaube, Sie haben recht«, antwortet er, taktvoll wie immer. »Sie sind niemandes Opfer.« Er setzt sich auf, mustert sie nachdenklich. »Nein, das sind Sie gewiss nicht.«

47

Der Prinz

Im Bankettsaal reden alle über den Sturm. Keiner hätte gedacht, dass er die Nacht über andauern würde. Ja, er ist sogar noch heftiger geworden, und alle sind verdutzt.

»Die sonderbarste Sache, die ich je gesehen habe«, sagt einer der Soldaten.

»Der Wind weht aus dem Norden«, sagt der Prinz. »Westen, Süden, meinetwegen, aber niemals aus den Norden. Nicht einmal der Wind kommt über diese Berge.«

Aubry aber geht an ihnen allen vorüber, schnurstracks zu den verbarrikadierten Fenstern.

»Hören Sie das?«

Krishna tritt von links an sie heran. »Memsahib?«

»Dieses Geräusch …«

Ein Soldat wendet sich von der anderen Seite an sie. »Ma'am?«

Sie schweigt einen Augenblick, lauscht nur. »Da draußen ist jemand.«

Im Nu haben Aubry, der Prinz, der Colonel und einige andere sich Tücher vors Gesicht gebunden und treten aus der Tür, hinaus in den Sturm. Die Wucht des Windes wirft sie beinahe um. Aubry gelingt es nur mit Mühe, ihr Tuch auf dem

Kopf zu behalten. Sie werden Zeuge einer seltsamen Hochzeit von Himmel und Erde, alle Grenzen sind wie ausgelöscht. Der Wind ist derart zäh und dicht, dass man seine Hand ausstrecken und einen kleinen Haufen Sand und Erde darin finden würde.

Ein greller Lichtblitz zuckt über den Himmel, sodass man die Umrisse der Staubwolken erkennen kann, gefolgt von einem Donnerschlag, der die Erde zum Beben bringt.

»Lassen Sie alles Metallene im Haus, Gentlemen«, befiehlt der Prinz.

»Sie glauben doch nicht etwa, das könnte ...«

Dann ein Blitz, so hell, dass man ihn selbst durch den Sandsturm noch aus mehreren Hundert Metern Entfernung sehen kann. Er schießt schnurgerade vom Himmel, schlägt blaue Funken sprühend krachend in den Boden ein. Der Donner folgt auf dem Fuße, wie ein Kanonenschuss, der sich direkt auf ihre Brust richtet. Krishna und die zwei Soldaten schrecken zurück an die Mauer. Einen Moment lang sieht man dort, wo gerade noch der Blitz war, eine Rauchfahne emporsteigen, die sich im Wind rasch auflöst.

Aubry schlingt vor Angst die Arme um den Leib, mustert aber die Umgebung. Sie späht durch ihren Schleier, durch beißende Sandschwaden hindurch, die heulend an ihr vorüberfegen. Sie ruft, sucht hinter Felsen, hinter vom Wind gebeugten Baumgruppen. Bald tun es ihr alle gleich. Schließlich stößt sie in einiger Entfernung vom Palast auf eine Hütte. Sie öffnet die Tür und findet drei Erwachsene und fünf Kinder verschiedenen Alters, dicht zusammengekauert in dem kleinen Raum. Sie schlagen die Hände vor Gesicht, um sich vor dem hereinwehenden Sand zu schützen. Aubry ruft die anderen, und zusammen geleiten sie die verzweifelte Schar aus dem Sturm ins Innere des Palastes.

In der Ferne hört sie noch etwas, ein metallisches Dröhnen. Selbst bei dem Wind kann sie es hören. Fast klingt es nach Musik. Halb blind stolpert sie den Hang hinunter, unter einem Himmel, der aussieht wie eine kopfstehende Kupferschüssel, folgt sie dem Klang bis hinab zur Flussböschung. Zu ihrer Überraschung entdeckt sie am Ufer ein umgedrehtes Boot, vernimmt darunter Stimmen. Dort findet sie sieben Männer, die ihr umgekipptes Boot als Unterstand benutzen, fünf von ihnen haben Musikinstrumente in den Händen. Sie fassen sich an den Händen, bilden eine Kette, und Aubry führt sie zur nächstgelegenen Palasttür. Als Aubry sie hineinbringt, hört sie ein Zwitschern und schaut hoch. In den Dachsparren hocken Vögel aller Art – Eulen, Zaunkönige, Singvögel, sogar ein Falke, ganz allein ganz hinten in der Ecke. Jäger und Gejagte, alle gemeinsam an diesem Ort, nur um sicher durch den Sturm zu kommen. So etwas hat sie noch nie gesehen.

Bis zum Abend entdeckt Krishna bei den Pferden auch noch ein sehr verlegenes Liebespaar, das sich in den Stallungen versteckt hatte. Der Prinz findet zwei Brüder, dicht gedrängt in einem Brunnen, und hinter der Ostmauer eine Mutter samt ihrer drei Töchter, die sich über ihre Rettung derart freuen, dass sie anbieten, für alle im Palast Gestrandeten zu kochen.

Alle bekommen Tee und Tanka Torani. Wasser wird erhitzt, und bald darauf können sie baden.

Krishna wendet sich an die Musikanten. »Funktionieren denn eure Instrumente noch?«

Sie schütteln den Sand aus ihren Flöten, Sitars und Tablas, blasen, trommeln und zupfen ein paar Töne.

»Gut«, sagt Krishna.

Doch als Private Hayley mit einem siebenjährigen Jungen hereinkommt, den er zusammengekauert auf der windabgewandten Seite eines Felsens gefunden hat, trübt sich die Stimmung jäh. Die Augen des Jungen sind so vom Sand verkrustet, dass er sie nicht mehr öffnen kann. Die Briten haben einen Wundarzt in ihren Reihen. Etliche scharen sich um ihn herum, auch Aubry und der Prinz, als der Arzt den Jungen auf den nächsten Esstisch legt, ihm warmes Wasser auf die Augen träufelt und mit einer in geölter Baumwolle gewickelten Pinzette ganz behutsam Sand und Steine herauszupft. Es ist eine bange Stunde, doch am Ende setzt der Junge sich auf und kann wieder sehen.

»Krishna, haben wir etwas zu trinken?«, fragt der Prinz. »Etwas Berauschendes, meine ich.«

Krishna und einige der Diener kehren aus der Küche mit Tabletts voller Champagner, Whiskey und Mahua zurück. Derart gestärkt, legen die Soldaten ihre Paradeuniformen an, polieren ihre Stiefel, und die Dienerschaft durchkämmt die Schränke nach Abendkleidern, Saris und Anzügen für sämtliche Geretteten. Die Böden werden abermals gefegt und die Festtafel gedeckt.

Die gerettete Mutter entpuppt sich als hervorragende Köchin und freut sich über die große Küche. Als sie herausfindet, dass sie für britische Soldaten kocht, bereitet sie zwei Töpfe Ulavacharu zu, weil sie sich sicher ist, dass die Briten es hassen werden. Zu ihrer Überraschung jedoch schlingen sie die dicke, scharfe Suppe hinunter, und sie weiß nicht, ob sie wütend oder insgeheim stolz darauf sein soll.

»Verehrte Memsahib«, sagt Krishna, als er Aubry allein in einer Ecke des Saales findet. »Bei all der Aufregung habe ich ganz vergessen, Ihnen Ihre Abendgarderobe zu zeigen.«

Zwei der Frauen gehen Aubry beim Umkleiden zur Hand. Sie scharwenzeln um sie herum, zupfen ihr das Kleid zurecht, kämmen sie, und am Ende tupft eine von ihnen ihr mit geübtem Finger einen perfekten Punkt aus gelbem Kurkuma auf die Stirn. Als sie zum Fest zurückkehrt, hakt sich der Prinz bei Aubry unter, und so betreten sie den Saal, Aubry in ihrem blau-weißen ärmellosen Sari, passend zu seinem ebenfalls blau-weißen Sherwani. Doch wieso tragen Aubry und der Prinz Blau? Weil es zu ihren Saphiren passt, natürlich. Der ganze verdammte Bankettsaal ist blau, als wären alle nur gekommen, um ihre Ohrringe zu bewundern.

Als sie eintreten, fangen alle an zu klatschen. Sie denkt, der Beifall gelte nur dem Prinzen, doch er gilt gleichermaßen ihr. Aubry hat noch nie Applaus bekommen, und sie weiß nicht recht, was sie getan hat, um ihn zu verdienen. Dann sausen ihr die Kinder aus dem Schuppen entgegen, in den Händen ein Tablett voll Chikki, Zuckerriegel mit Pistazien.

»Sie haben uns gerettet!«, sagt eines von ihnen.

»Der Prinz sagt, sie könnten nicht viel mitnehmen«, meint ein anderes, »also haben wir Ihnen statt Schmuck Süßigkeiten zubereitet.«

»Wie umsichtig!«

Sie betteln Aubry an, ein Stück davon sofort an Ort und Stelle zu probieren, und das tut sie auch.

»Wie lecker! Wenn ihr rausrennen würdet und ich würde euch ein zweites Mal retten, würde ich noch mehr davon bekommen?«

Sie lachen. »Nein!«

»Dann ist das hier ja etwas ganz Besonderes.«

Aubry schlendert herum. Nimmt sich ein Glas Champagner, nicht, um davon zu trinken, sondern nur, um sich an etwas festzuhalten. Streift umher und schwenkt ihr Glas, tut, als würde sie das Leben gar nicht interessieren, obwohl sie ihm tatsächlich sehr aufmerksam lauscht. Das ist, was sie hört:

»Mit der rechten Hand füttere ich die Ostindien-Kompanie«, knurrt der Colonel einem seiner Untergebenen zu, »mit der anderen unterjoche ich ganz Madras, und die dritte fehlt mir.«

»Auf der ganzen Welt bitten sie Gott um den Sieg über irgendjemand anderen, egal auf welcher Seite«, sagt ein müder Soldat zum anderen. »Ich bin mir sicher, dass Gott irgendwann nur noch die Schultern zuckt und sagt, sie sollen allesamt zur Hölle fahren.«

»Dann fragt man sich, hält es einen von der Flucht ab? Birgt es ein tödliches Risiko?«, sagt ein stattlicher Palastwächter mit einer langen Narbe, die knapp neben seinem linken Auge verläuft. Die Mädchen aus dem Dorf lauschen ihm gebannt, umringen ihn wie Boote in einem Hafen. »Werde ich dauerhaft versehrt sein? Oder entstellt? Wenn es in keine dieser Kategorien fällt, dann ist es nicht wichtig.« Er leert sein Glas in einem Zug, und die hübschen Mädchen seufzen auf.

Die Briten bitten Aubry in ihre Runde. »Auf die Heldin des Tages«, sagt einer von ihnen, es folgen Trinksprüche und Glückwünsche. Bald ist ihr Glas leer. Auch die Musikanten machen ihre Aufwartung, danken ihr einer nach dem anderen, verneigen sich vor ihr und schütteln ihr die Hand.

Sie schaut sich um – so dankbare, überglückliche Gesichter. Die Briten sind hier nicht willkommen. Das weiß sie. Doch heute Abend sind Menschenleben gerettet worden, ein kleiner Junge wurde bewahrt vor dem Erblinden. Die geretteten Töchter bezaubern alle mit ihren Saris in Purpur und Gold. Ein Soldat spielt Spiele mit den Kindern. Und im Mittelpunkt von allem der Prinz, die Feier scheint sich nur um ihn zu drehen, und am liebsten würde sie zu ihm gehen und ihn umarmen, nur ganz kurz, wenn niemand hinsieht.

Private Hayley, der den kleinen Jungen gerettet hat, kommt mit einer Flasche Champagner vorbei und schenkt ihr nach.

»Da sind Antilopen auf den Veranden.« Er ist so fröhlich

und gut gelaunt, wie es ein Mann des Krieges nur sein kann. Er hat schon mehr als genug intus.

»Und Vögel in den Dachsparren«, fügt sie hinzu.

»Und Affen im Bootshaus.«

»Sind Sie betrunken, Private Hayley?«

»Der Begriff ist relativ, Madam.«

»Darf ich Ihnen eine Frage stellen?«

»Aber gewiss doch!«

»Sie haben bestimmt schon einmal jemanden getötet, oder?«

»Ich bin Soldat. Das gehört zu meinem Beruf.«

»Wie war das?«

»Das erste Mal? Hart. Verdammt hart. Mir wurde speiübel, um ehrlich zu sein. Wieso fragen Sie?«

»Ich bin gerade sehr glücklich. Und ich habe es nicht verdient.«

»Ah, Ihr erstes Mal war also auch hart.«

Aubry erstarrt. Vielleicht ist er doch nicht so betrunken, wie sie dachte. Sie kippt den Champagner herunter.

Andere kommen vorbei, einige Soldaten, ein oder zwei Wachen. »Auf die Frau, die niemals still stehen kann«, sagt einer von ihnen und erhebt sein Glas. Sie seufzt leise. Sie wusste nicht, dass es allgemein bekannt ist.

»Wie bitte?«, fragt ein anderer.

»Sie leidet unter einer Krankheit. Wie lautet der Name noch mal?«

»Wir suchen noch nach einem Namen«, sagt Aubry. Private Hayley füllt ihr Glas noch einmal auf.

»Ist sie ansteckend? Sind wir in Gefahr?«, fragt eine der geretteten Töchter, die sich in die Unterhaltung einschaltet.

»Das ist eine ausgezeichnete Frage. Das wüsste ich selbst gern«, sagt Aubry und nimmt noch einen Schluck Champagner. Keiner weiß, was er darauf sagen soll.

Das Mädchen fragt noch einmal zaghaft nach: »Gibt es … Gibt es denn nichts, was man dagegen tun kann?«

Aubry zuckt die Achseln. »Ich laufe.«

»Wie weit?«

»So weit ich kann.«

»Den ganzen Weg von Paris? Bis hierher?«

»Ja«, versetzt Aubry, »mit vielen Umwegen.«

»Vielleicht könnten Sie einen Kompass gebrauchen«, scherzt einer der Soldaten.

»Dann hätte ich Sie hier nie gefunden«, sagt sie.

»Sie Arme«, sagt die Tochter und schaut Aubry mit aufrichtigem Mitleid an.

»Nein«, erwidert Hayley und versucht, in seinem Rausch einen Gedanken zu fassen. »Nein, so darf man das nicht sehen. Sie versucht, damit etwas zu beweisen.« Aubry starrt ihn fragend an, zieht eine Augenbraue in die Höhe. »Ich bin schon etwas rumgekommen«, sagt er, das Champagnerglas bedrohlich schwankend in der Hand. »Wie soll ich es erklären? Man muss die Welt als etwas begreifen, das einem auf der Zunge liegt, etwas, an das man sich ums Verrecken nicht erinnern kann. Je angestrengter man es versucht, an desto weniger erinnert man sich. Was ich damit sagen will, ist, die Umwege sind gerade der Trick. Das ist es, was ich damit sagen will. Man muss … man muss die Welt auf sich zukommen lassen.«

Dann geht die Musik los, eine aufsteigende Tonfolge, die sich elegant über das Gemurmel der Feiernden erhebt. Alle drehen die Köpfe. Die Plauderei verstummt. Die Luft ist nun erfüllt vom Brummen der Sarangi, den Melismen der Sitar. Ein flötenartiges Instrument nimmt eine Melodie auf, die über ihnen allen schwebt, langsam und ätherisch, wie der Abendhimmel. Alle Gäste schauen zu und lauschen, verzückt von den Musikern am Ende des Saales, hinter ihnen Kerzenlicht, vor ihnen ihre Musik.

Auf einmal, so sanft wie die Musik selbst, ertönt eine Stimme in Aubrys Kopf.

»Auch ich bin früher durch die Welt gewandert.«

48

Der Wunsch

Neben ihr steht eine Frau. Aubry merkt, wie sich ihre Brust bei ihrem Anblick zusammenzieht, ihrer Schönheit, ihrem langen schwarzen Haar, ihrer Stimme wie ein Duft.

»Wie weit sind Sie gegangen?«, will Aubry von ihr wissen.

»Meine Familie und ich mussten aus unserer Heimat fliehen – Krieg, wissen Sie.« Flüsternd entfernen sie sich von den anderen. »Über Bergpässe sind wir nach Süden marschiert, der arabischen Küste gefolgt, haben Seen durchquert, die so salzig waren, dass man nicht darin versinken konnte.«

»Woher kennen Sie den Prinzen?«

»Wir sind alte Freunde. Wenn er Hilfe braucht, dann komme ich.«

»Einfach so?«

»Manchmal weiß er selbst gar nicht, dass er in Not ist, doch dann, auf einmal, bin ich da.«

»Braucht er denn jetzt Hilfe?«

»Das wird er.«

In einer flüssigen Bewegung hakt sie sich bei Aubry unter, und bevor sie sichs versieht, wird sie durch die ahnungslose Menge geleitet. Die beiden sind ein atemberaubender Anblick, gehen wispernd und vertraut wie Liebende nebeneinanderher, doch niemand scheint zu merken, wie sie vorübergehen.

»Unser Prinz hat einmal einen Geburtstagswunsch geäußert, und ich habe ihn zufällig gehört. Möchten Sie sehen, was ich ihm geschenkt habe?«

Sie führt Aubry durch drei Türfluchten in einen dunklen, unbewohnten Teil des Palastes. Die Wände ächzen und knirschen. Ein Luftzug dringt von außen durch die Ritzen. Die Türen sind geschlossen, die Fensterläden fest verriegelt, dennoch blähen sich die Vorhänge. Der Raga hallt durch die Gänge, verschmilzt mit dem Toben des Sturms.

»Sehen Sie sich um«, sagt die Frau, eine Kerze in der Hand, mit der sie für Aubry eine weitere entzündet. »Was sehen Sie?«

»Einen Palast«, antwortet Aubry im flackernden Kerzenschein. »Möbel. Wandteppiche.«

»Die Wandteppiche sind aus gefärbter Wolle.« Sie zeigt auf die Holzfiguren in der Ecke. »Die Smaragdintarsien sind aus Buntglas.« Sie dreht sich um, deutet in eine andere Richtung. »Die Uhr auf diesem Sims geht schon seit drei Jahren nicht mehr. Und seine Diener – alles Freiwillige aus dem Dorf.«

»Was wollen Sie damit sagen?«

»Der Prinz müsste eigentlich Steuern eintreiben, um die Briten für den Schutz zu bezahlen, den sie ihnen bieten.«

»Schutz vor wem?«

»Ja, Sie haben es verstanden.«

Aubry geht still neben ihr her, zunehmend beunruhigter, ohne recht den Grund dafür zu kennen. Später wird alles sich bestätigen – Krishna, die Diener, sie alle sind Bewohner der umliegenden Dörfer, alle unbezahlt, alle ihrem Prinzen treu ergeben. Später, als sie die Diamanten auf seinem kunstvoll bestickten Turban eingehender mustert, wird sie merken, dass es sich bei jedem zweiten um ein Imitat handelt, ein Stück Glas mit einem Streifen buntem Flitter auf der Rückseite.

Die Frau führt sie in ein weiteres Zimmer. An der Wand hängt eine Sammlung kleiner, gerahmter Pastelle. Aubry beugt sich näher heran, und der Kerzenschein offenbart Porträts, Landschaften, abstrakte Zeichnungen, Stillleben. Und was für Farben – Gold wie heißes geschmolzenes Erz, Grüntöne wie gemahlene Jade, Rot wie das Feuer im Herzen eines Feuers. Ein Raum voller Schmetterlinge könnte kaum bezaubernder sein. Dies hier sind keine uralten Kunstwerke, sie sind modern und meisterlich. Die Frau deutet auf eins der Bilder.

»Was halten Sie von dem hier?«

»Es ist wunderschön.«

»Ich habe es gemalt«, sagt sie und führt sie zu einem weiteren. »Dieses auch. Und das hier.«

Aubry ist sprachlos. Eines zieht sie ganz besonders in seinen Bann.

»Das hier ebenso?«, fragt Aubry. Sie tritt näher und studiert das Gemälde eines schwarzen Flusses – dahinter ein dichter Dschungel, gemalt in wirbelnd grünen Linien, die verschlungen ineinanderfließen. Im Mittelpunkt des ganzen Grüns steht ein hoher Unterstand aus breiten Dschungelblättern, darunter eine Handvoll Menschen, die sich an einem Feuer wärmen.

»Es war eine Vision. Wenn ich todmüde bin und fast schon einschlafe, egal wo – auf einer Wiese, in einem Sessel –, dann überkommen sie mich. Sie sind wie Träume, nur dass ich immer wach bin, wenn ich sie erlebe. In diesem Fall erinnere ich mich, dass ich in einem Boot war, aber ich konnte nicht die Hand vor Augen sehen. Dann lichtete sich der Nebel, und ich sah sie – die Vision eines Flusses am Ende der Welt. Es fühlte sich an, als wäre ich zu Hause. Also habe ich es so gemalt.«

Aubry sagt nichts, lässt es einfach auf sich wirken.

»Es gefällt Ihnen«, sagt die Frau.

Aubry nickt. Die Frau deutet auf ein anderes Bild.

»Das habe ich am Tag seines Wunsches gemalt.«

Es ist ein Pastellbild von drei Pferden, zwei davon grellrot, das dritte himmelblau. Die Hügellandschaft, in der sie herumtollen, ist grün wie eine Schlange im Regenwald.

»Er muss sich sehr darüber gefreut haben«, meint Aubry.

»Ja, mir kam diese Vision nicht weit von hier – drei Pferde auf einem Hügel. Aber das war nicht das Geschenk. Nachdem er es gesehen hatte, schmiedete der Prinz einen Plan. Er fing an, heimlich Pferde zu züchten und sie für Gold nach China und Persien zu verkaufen. Mit diesem Gold bezahlt er die Briten, die Leute müssen keine Steuern zahlen, und die Ärmsten unter ihnen versorgt Surasiva selbst mit Kleidung und Essen.«

Welches Spiel spielt der Prinz? Und wie gefährlich ist es? Bei dem Gedanken, dass der Prinz in Schwierigkeiten steckt, wird ihr ganz flau im Magen.

»Der Plan war Ihr Geschenk?«, fragt Aubry etwas verwirrt. »Oder war es das Gemälde?«

Die Frau spricht einfach weiter, als hätte sie die Frage nicht gehört. »Aber die Welt verändert sich. Züge und Telegrafen machen Pferde überflüssig, und jetzt geht ihm das Geld aus.«

»Was wird er tun?«

»Das werden wir sehen.« Sie stehen sich gegenüber, beinahe Kopf an Kopf. »Auch ich habe Berge überquert«, sagt sie. »Das Zagrosgebirge. Den Hindukusch. Ich habe sie mit meiner Familie, Führern und einer Karawane von Einheimischen überwunden, die uns auf dem Marsch geholfen haben, und dennoch wären wir etliche Male fast gestorben. Sie jedoch haben den Himalaja überquert. Allein. Ich muss Sie fragen: Welches Wunder haben Sie vollbracht, dass Sie hinübergelangt sind?«

Aubry zögert, wägt ab, wie viel sie preisgeben soll. »Ein Wunder, das ich kaum beschreiben kann.«

Die Frau lächelt, als wüsste sie genau, wovon Aubry spricht. »Es gibt Dinge auf dieser Welt, die nur deshalb existieren, weil man sie erblickt hat. Wäre man nicht da gewesen, hätte es sie nie gegeben.«

War das möglich? Aubry hat Dinge gesehen, die sonst niemand je gesehen hat, das stimmt. Ist das für sie denn Grund genug, zu existieren? *»So wie wir es sehen«*, hat man ihr einst gesagt, *»bist du so lange gereist, nur um uns zu treffen.«* Sie hat sich empfänglich gemacht für Zufälle und kleine Wunder. Aber was, wenn man nicht dafür empfänglich ist? Geschehen diese kleinen Wunder dann nicht? Warten sie, vielleicht sogar vergeblich, auf jemanden, der zufällig vorüberkommt und sie erblickt?

Aubry spürt, wie die Frau jetzt fester ihre Hand packt, sieht, wie sich das Gesicht der Frau erhellt. »Haben Sie heute Geburtstag?«

Aubry stutzt. Sie muss überlegen. »Wenn ja, wüsste ich es nicht.«

»Dann tun wir einfach so«, sagt die Frau.

»In Ordnung.«

»Wünschen Sie sich etwas.«

»Ein Wunsch?«

»Ich möchte etwas für Sie tun.«

Von draußen dringt ein tiefes Grollen zu ihnen herein. Ihre Kerzen flackern.

»Was soll ich mir denn wünschen?«

»Nun, vergeuden Sie den Wunsch nicht. Überlegen Sie ihn sich gut.«

Aubry muss nicht überlegen. Sie wünscht sich stets dasselbe, seit die Krankheit ihre Klauen in sie geschlagen hat. »Und das wollen Sie mir schenken?«

»Wenn es in Erfüllung geht, werden Sie es wissen.«

Aubry glaubt ihr nicht, zumindest anfangs, doch der Blick der Frau bleibt fest und zuversichtlich.

»Haben Sie sich entschieden?«, fragt sie.

Aubry nickt.

»Das habe ich mir schon gedacht. Jetzt wünschen Sie sich etwas.«

Aubry schließt die Augen und wünscht es sich von ganzem Herzen. Die Frau legt ihre Stirn an Aubrys, schmiegt die Hände sanft an ihr Gesicht. Ihre Parfums mischen sich, ihre Sinne werden eins, und einen Moment lang verharren sie auf diese Weise.

»Herzlichen Glückwunsch zum Geburtstag«, sagt sie. Mit einem ruhigen, großzügigen Lächeln dreht sie sich um, geht davon und verschwindet schließlich im Getümmel der Feiernden.

Erst am nächsten Tag nennt der Prinz Aubry ihren Namen.

»Qalima«, sagt er, und sie bittet ihn, es zu wiederholen, ganz langsam, so hingerissen ist sie von dem Klang, den er hervorbringt.

»*Qa-Li-Ma*«, und als Aubry in jener Nacht zu Bett geht, spricht sie ihn sich wieder und wieder vor, wie ein heimliches Gebet.

49

Der Prinz

Als Aubry zurück zu ihrem Zimmer geht, schwirren ihr Tausende Gedanken durch den Kopf wie Bienen in einem Bienenstock. Was hat diese Frau gemeint? Konnte sie tatsächlich Wünsche erfüllen? Wann würde es passieren? Oder passierte es vielleicht bereits? Natürlich sind das törichte Gedanken. Niemand kann seine Sorgen einfach wegwünschen. Wenn es so wäre, dann wäre sie gewiss längst schon geheilt.

Aber die Feier hat ihr Freude bereitet, ihre Stimmung gehoben, wie eine Blase, die nie platzt. Morgen wird sie dem Prinzen von all den Menschen erzählen, die sie getroffen hat, von allem, was gesagt wurde. Ihre Laune ist so ausgezeichnet, dass ihr alle möglichen Ideen kommen.

Diese Frau, so betörend. Irgendetwas an ihr bringt Aubry dazu, die Welt, die sie einst kannte, völlig neu zu betrachten. Aber sie hat zu viel getrunken. Sie kann nicht mehr klar denken. Wie viele Gläser Champagner? Vier? Fünf? Mehr? Irgendwann hat sie aufgehört zu zählen, aber gewiss verträgt sie mehr als das.

Ihre Zimmertür steht offen, falls das tatsächlich ihr Zimmer ist. Doch sie glaubt es schon, da vorn, am Ende des Ganges. Zwar ist sie etwas benebelt, und doch ist sie sich recht sicher, dass die Tür geschlossen war, als sie es verließ. Sie geht zielstrebig, wenn auch nicht gerade geradlinig, den Gang entlang. Manchmal schwankt der Boden. Das ist nicht ihre Schuld.

Als sie ins Zimmer kommt, sitzt jemand auf ihrer Bettkante. Es ist niemand Geringerer als Private Hayley. Wenn sie angeheitert ist, dann ist er sturzbetrunken, starrt mit offenem Mund blicklos ins Leere.

»Private Hayley«, sagt sie. »Sind Sie gekommen, um mir Gute Nacht zu sagen?«

Er schaut sie prüfend an, geht sicher, dass sie es wirklich ist. »Ziemlich lange habe ich es für mein Zimmer gehalten.«

»Ich glaube, es ist meins.«

»Ja. Das sehe ich jetzt auch.«

Sie setzt sich neben ihm aufs Bett.

»Soll ich Ihnen vielleicht helfen, ihr eigenes zu finden?«

»Nein. Ich habe etwas viel Wichtigeres gefunden.« Anfangs denkt sie, sie müsste sich eines betrunkenen Verehrers erwehren. Dann aber zeigt er ihr die Patrone in seiner Hand. »Sehen Sie das?«

Sie starrt eine Weile auf die Kugel, weiß nicht, wo das hinführen soll. »Das ist eine Patrone.«

»Es ist ein Beweisstück. Ich habe es in der Tasche eines der Toten am Grunde dieser Schlucht gefunden. Wissen Sie, ich dachte ja, das hier wäre mein Zimmer.«

»Ja, das haben Sie bereits gesagt.«

»Und ich dachte, das wäre meine Schublade.«

Er deutet auf eine offen stehende Kommode, und jetzt spürt sie es, spürt, wie alle ihre Ängste zurückkehren und ihr die Kehle zuschnüren wie eine sich langsam zuziehende Schlinge.

»Und ich dachte, das wäre meine Pistole.«

Er nimmt die Pistole, die neben ihm liegt, in die Hand. Die Pistole, die Aubry in ihrer Schublade verborgen hatte. Die Pistole, die sie dem Toten gestohlen hat.

»Dann aber habe ich gemerkt, dass das gar nicht meine Pistole ist. Das ist ein russisches Fabrikat. Und sie funktioniert nur mit speziellen russischen Patronen.«

Er öffnet die Patronenkammer und schiebt die Kugel in den Zylinder. Sie gleitet so mühelos hinein wie ein Schwert in seine Scheide.

»Dann dachte ich, jemand hier im Haus hat die Pistole dieses Toten. Jemand hier im Haus muss sie getötet haben. Also habe ich gewartet. Und jetzt sind Sie es.«

Aubry fühlt sich plötzlich schwerelos, als wäre der Boden unter ihren Füßen schlagartig verschwunden und ihre Eingeweide würden ihr den Hals zudrücken.

»Aber das ist meine Pistole«, lügt sie. »Ich trage diese Waffe bei mir, seit ich ein Mädchen bin. Verstehen Sie? Sie kann wohl kaum an zwei Orten zugleich sein.«

»Aber die ist nicht aus Frankreich. Sie ist aus Russland.«

»Da habe ich sie auch bekommen.« Sie hat keine Ahnung, wie überzeugend ihre Lügen sind, doch sie klammert sich an ihnen fest wie an einem Felsen inmitten eines reißenden, todbringenden Flusses.

»Ein Mann in Moskau, der sich um meine Sicherheit sorgte, hat sie mir geschenkt. Sie können sich ja sicher vorstellen, wie gefährlich es für eine junge Frau sein kann, die Welt so ganz alleine zu bereisen, nicht wahr?«

»Aber das ist nicht …«

»Sie können doch bestimmt verstehen, dass eine junge Frau, die alleine durch die Welt reist, eine Waffe bei sich trägt, weil sich ein netter alter Mann in Moskau einst um sie gesorgt hat.«

»Ja, ich schätze ...«

»Und können Sie sich vorstellen, dass ich diese drei Männer getötet habe? Können Sie sich vorstellen, dass ich irgendjemanden töten könnte?«

Darauf antwortet er nicht. Sein Blick schweift ratlos über den Boden.

»Wurden diese Männer denn erschossen oder erstochen?«, fragt sie ihn, als wüsste sie die Antwort bereits.

»Erstochen.«

»Dann ist das hier gar keine Mordwaffe, richtig? Und womit sollte eine zierliche Frau wie ich diese großen Männer denn erstechen?«

Private Hayley schüttelt den Kopf. Das alles war für ihn zutiefst verwirrend. Er starrt sie wieder an. Seine Augen weiten sich. »Ihre Nase blutet.«

Sie weiß, dass es stimmt. Sie kann ihn spüren, diesen einen Tropfen, der ihr hinab zur Lippe rinnt.

»Es tut mir leid«, sagt Hayley, »dass ich Ihnen das zugemutet habe.« Er zieht sein Taschentuch hervor und versucht, das Blut fortzuwischen. Aubry kneift die Augen fest zusammen, während sie Hayley seine bezechte Kavalierstat vollbringen lässt. Sie hatte einen so wunderbaren Abend. Ihr wurde ein Wunsch gewährt. Sie hat jeden Augenblick genossen, den sie mit dem Prinzen verbringen durfte. Sie kann noch nicht gehen. Nicht schon wieder. Es fühlt sich an, als würde ihr gesamter Leib zerschmettert. Aber es ist nicht die Krankheit. Es ist Verzweiflung. Diese Verzweiflung hat sie so fest im Griff, dass ihr die Tränen kommen und sie von ihnen kurz wie geblendet ist.

»Ich bin unmöglich«, fährt Hayley fort. »Ich wollte Sie nicht so aus der Fassung bringen.«

»Ach, seien Sie nicht albern. Sie haben nichts dergleichen

getan. Aber um ehrlich zu sein, bin ich sehr müde, und ich glaube, ich bräuchte etwas Schlaf. Können wir vielleicht morgen früh weiterreden?«

»Aber natürlich.«

Beide stehen auf und gehen zur Tür. Ein letztes Mal dreht er sich zu ihr um. »Woher wussten Sie, dass die Männer erstochen wurden?«

»Das wusste ich nicht. Sie haben sich das eingebildet.«

Er nickt, als wäre nichts auf der Welt logischer. Dann wankt er davon, noch immer nickend, stützt sich mit der Hand an der Wand ab, um nicht zu stolpern. Sie schließt die Tür hinter ihm. Ihr Zimmer ist dunkel, und im Palast ist alles ruhig bis auf den Wind. Es ist noch nicht einmal ihr dritter Tag und ihr Spaß viel zu früh und jäh zu Ende.

Mit diesem Soldaten bin ich gut fertiggeworden, denkt sie. Ich kann gerissen sein, wenn man mich in die Enge treibt.

Sie denkt, wenn irgendwer den Prinzen vor diesen Leuten retten kann, dann sie. Sie mag den Prinzen. Nein. Warum so schüchtern? Sie liebt den Prinzen. Sie muss unter allen Umständen hierbleiben und ihn beschützen.

Aber die Krankheit kommt. Sie schüttelt heftig ihren Kopf, das Zimmer fängt an, sich zu drehen. Sie fällt auf die Knie und trommelt mit den Fäusten auf den Marmorboden, bis sie wehtun.

Sie will nicht durch die Welt ziehen. Sie will, dass die Welt um sie herumzieht. Wie haben sie es genannt? Den Kern des Bewusstseins? Ja. Das war es. Bewusstsein und alles, was es mit sich bringt. Wenn man alles andere wegnimmt, wird nur noch sie übrig bleiben, kein Anfang, kein Ende, und sie wird diesen kränklichen, zerlumpten Körper nicht mehr brauchen.

Entweder das, oder sie ist einfach irre.

In dem ordentlichen Kleiderstapel, den die Diener ihr herausgelegt haben, findet sie eine Kordel. Eigentlich ist sie als Gürtel gedacht, stattdessen aber bindet Aubry sie sich mithilfe ihrer Zähne und der freien Hand fest um das Handgelenk. Das andere Ende schlingt sie um den Bettpfosten und bindet es sich ans andere Handgelenk, genauso stramm. Sie setzt sich auf den Boden und lehnt sich, am Pfosten festgezurrt, ans Bett, sodass sie sich kaum noch rühren kann. Ihr schwirrt immer noch der Kopf. Draußen wütet der Sturm, weht die Stunden eine nach der anderen hinfort. Hier drinnen aber kratzt der Sand mit seinen Nägeln an den Mauern, windet sich wie eine riesige Schlange rings um den Palast. Wenn sie genau hinhört, so glaubt sie, in dessen Innern das Universum hören zu können.

Ihre Hände zittern, doch der Schmerz lässt noch immer auf sich warten. Sie hat die Geduld mit ihrem Körper verloren. Heute Nacht wird sie ihn bis zur Besinnungslosigkeit malträtieren. Wird ihn an den Rand der Zerstörung bringen.

Ihr Wunsch kommt gerade rechtzeitig. Das Ewige wird alles Vergängliche verschlingen. Das, was Aubry ist, wird das, was Krankheit ist, vernichten. Vielleicht wird sich dann ja alles, was geschlossen wurde, öffnen, und sie wird die Welt so sehen, wie sie hofft, dass sie tatsächlich ist, und sie wird hindurchtreten, und ihre Knochen werden ihr sagen, *wir wussten nicht, dass es so schön sein würde.*

Manchmal verblüfft ihr Mangel an Vernunft sogar sie selbst.

»Ich werde dich jetzt töten«, droht sie ihrer Krankheit.

»Das kannst du nicht«, röchelt deren Stimme tief in Aubrys Brust.

»Dann tötest du eben mich. Aber einer von uns wird heute Nacht sterben.«

Schweigen.

»Es gibt noch mehr zu sehen«, sagt die Stimme. »Viel mehr.«

»Ich werde es nie wissen«, sagt sie und macht sich auf das Ende gefasst, das Ende von allem.

Als die Krankheit schließlich kommt – spät, spät in der Nacht –, fällt sie wütend über Aubry her.

50

Der Prinz

Sie ächzt, stöhnt, krümmt sich zähneknirschend auf dem Boden. Verschmiertes Blut auf den Marmorfliesen. Ihr Rückgrat windet sich wie eine Liane im Urwald. An den Handgelenken gefesselt, versucht sie nicht zu fliehen, klammert sich nur ans Bettgestell. Schreit nicht ein einziges Mal auf oder ruft nach Hilfe. Morgen früh wird sie entweder den Schmerz durchlebt haben oder tot sein.

Doch wie sehr sie auch dagegen ankämpft, es dringt doch etwas heraus – ein Stöhnen, ein Arm oder ein Bein, das auf den Boden hämmert. Trotz des tosenden Sturms bemerkt jemand, dass etwas nicht in Ordnung ist, und öffnet ihre Tür.

Anfangs ist der Prinz sich nicht ganz sicher, was er sieht. In der Dunkelheit sieht es aus, als wäre da am Fuß des Bettes ein Raubtier, das ein anderes Tier reißt. So viel Blut. Dann aber begreift er, dass es Aubry ist, deren Leib sich in Krämpfen auf dem Boden windet.

Er stürzt hinein, dreht sie um, entdeckt, dass sie mit den Händen ans Bett gefesselt ist.

»Ich werde nicht gehen …«, stöhnt sie, Blut und Tränen rinnen ihr in Schlangenlinien über die Wangen. »Ich werde Sie nicht verlassen …«

»Helft uns!«, brüllt der Prinz und macht sich eilig daran, ihre Handgelenke loszubinden. Die Mutter und ihre Töchter, im Zimmer nebenan, treffen als Erste ein, und der Anblick verschlägt ihnen die Sprache. Der Prinz nimmt sie auf den Arm, ihre blutverschmierte Kleidung färbt auch seine rot, und trägt sie hinaus auf den Gang. Nun strömen auch andere herbei: Diener, der Schiffer und sein Sohn, die Frauen und die Kinder und die Musiker, dann der Colonel, seine Soldaten – selbst die verzagten Liebenden, zu ängstlich, um näher zu treten, doch mit vor Mitleid ganz verzerrten Mienen.

Sie alle sind gekommen, jede und jeder Einzelne von ihnen.

»Was können wir tun?«, fragt der Colonel.

»Wir müssen fort«, ruft der Prinz, und obwohl Tränen seinen Blick trüben, sieht er Krishna in der anwachsenden Menge. »Das Bootshaus«, ruft der Prinz, und Krishna setzt sich sofort in Bewegung.

»Proviant!«, befiehlt der Colonel. »Wasser!«

Der Prinz trägt sie durch den großen Prunksaal. Der Schiffer und sein Sohn preschen voraus, um ihnen die Türen aufzumachen. Eine Lawine heißer Luft schießt ihnen entgegen, ein Aufwind voller Sand, der ihr Haar auffliegen lässt, Dienstmädchen die Halstücher entreißt, Kleider mit Wind füllt. Blitze lassen herumwirbelnde Trümmer in der Luft erstarren. Ein fester Sandstrahl zwingt Aubry dazu, die Augen zu schließen. Für einen Augenblick fühlt sie sich in Surasivas Armen schwerelos, wie in einem Strudel aus Sand – ein Gefühl des Schwebens, ein Gefühl des Nichtseins.

Dann flaut der Wind ab. Der Sand verebbt zu einem Nieselregen, der rieselnd auf sie niedergeht. Der Prinz trägt sie die Treppe hinab, Stufen, die sich Klippen hinabwinden, Klippen, die den Wind zurückhalten. Die Diener mit ihren schwankenden Laternen folgen ihnen. Sie erreichen das Bootshaus, eine

Reihe langer Dächer, die sich bis zum Fluss zieht und zwischen deren Balken und Pfosten Licht hindurchflackert.

Im Bootshaus wimmelt es nur so von Affen. Dutzende von Makaken haben sich hier eingenistet, Schutz vor dem Sturm gesucht. Als der Prinz mit Aubry auf dem Arm hereinkommt, stieben sie auseinander. Erklimmen Pfosten. Klettern auf Dachbalken. Fliehen hinaus in den Sandregen. Bilden eine Gasse für sie wie für Rama und Sita höchstpersönlich.

Krishna steht bereits im langen Flussschiff, lässt das Ruder ab, entknotet Leinen. Aubry, nur halb bei Bewusstsein, versucht zu begreifen, was hier vor sich geht. Sie erkennt Gesichter – die Musiker, Private Hayley. Letzterer greift nach ihrer Hand und legt etwas hinein.

»Nehmen Sie die«, sagt er. »Damit sind Sie sicherer!« Er drückt es ihr in die Handfläche, schließt ihre Finger darum, bevor sie ohnmächtig wird und man sie ins Boot trägt. Die Frauen reichen Krishna ein paar verschnürte Bündel.

»Kleidung und Decken«, sagen sie.

Die geretteten Töchter geben ihm Aubrys Tasche und ihren langen Gehstock. Die Reihe von Bediensteten reicht in Papier eingewickeltes Essen hinein. Die Briten werfen Feldflaschen mit Wasser hinterher.

Sie sind gekommen, um sie zu verabschieden, die, die sie gerettet hat und die nun sie retten wollen. Es ist ein Geschenk, das sie ihnen nicht wird vergelten können. Sie möchte sie nicht verlassen. Will sie festhalten, nie wieder loslassen, aber sie kann sich eine Güte wie die ihre nicht einfach in die Tasche stecken. Sie will bleiben, doch das Verlangen ist stets nur eine süße, hilflose Kapitulation vor etwas, das größer ist als man selbst.

Auf dem Kai macht Krishna nun die Leinen los und versetzt dem Schiff einen Stoß. »Passen Sie gut auf sie auf, Prinz.«

Aubry sieht gerade noch, wie sie in einer Reihe am Rand der Mole stehen, zuschauen, wie das Schiff in der Strömung Fahrt aufnimmt. Solch angsterfüllte Mienen. Sie sieht, wie sich die Musiker zum Gebet an die Stirn fassen. Sie glaubt, das junge Liebespaar zu sehen, ganz hinten in der Menge, das eng umschlungen zuschaut.

Sie glaubt sogar, Qalima zu erkennen, hoch oben auf der Klippe, die auf sie alle herabschaut, sicher aber ist sie sich nicht.

An beiden Ufern des gewundenen Flusses ragen hohe Felswände empor. Im Himmel über ihnen wütet der Sturm, lässt Kiesel hinunter auf ihr Boot regnen. Der Prinz legt Aubry behutsam unter das Verdeck, Wellen von Sand fegen über die Plane. Es geht ihr immer noch nicht besser. Ihre Zähne sind rot. Sie ertrinkt in ihrem eigenen Blut.

»Es geht nicht weg«, sagt der Prinz, bemüht, nicht in Panik zu geraten. »Warum geht es nicht weg?«

Der Schmerz packt ihre Wirbelsäule und verdrillt sie. Sie erschaudert, jeder Muskel ist zum Bersten angespannt.

»Ich muss Ihnen …«, stammelt sie, jedes Wort ein Kampf. »Ich muss es jemandem erzählen, bevor ich sterbe …«

»Sie werden nicht sterben.«

Sie zieht Luft ein, bekommt ihren Körper so gut wie möglich unter Kontrolle. »So habe ich es geschafft …«, zischt sie durch zusammengebissene Zähne, während ihr ein stetes Rinnsal Blut über die Lippen läuft. »So habe ich diese Berge überquert …«

51

Wie sie die Berge überquerte

Bis zum Vormittag war sie so hoch gestiegen, dass sich Pathiks Zelte und Herden in der Ferne längst verloren hatten und das Hochland Tibets nur noch eine schwindelerregende Leere unter ihr geworden war. In der immer dünneren Luft schien ihre Lunge jäh zu schrumpfen, doch sie atmete noch immer – und sie würde jeden Zug benötigen, denn vor ihr lag nichts als Hügel, Kämme und Felsnadeln, die schier endlos in die Höhe ragten. Sobald sie mühsam einen Gipfel überwunden hatte, warteten da stets neue Höhen und Bergkegel auf sie, aufeinandergetürmt in einem nicht enden wollenden Treppenhaus für Riesen und für Götter, nicht aber für sie.

Am Abend hatte sie keine Ahnung, wie hoch sie emporgestiegen war und wie weit sie noch klettern musste. In einer flachen Höhle schlug sie ihr Lager auf, türmte zum Schutz eine Wand aus Schnee auf. In einer Blechdose, die sie seit dem Aralsee bei sich trug, machte sie ein kleines Feuer. Als sie hinausspähte, konnte sie sehen, wie sich gigantische Wolkenberge auf sie zuwälzten, wie grauer Nebel über die eisigen, ungeheuerlichen Gipfel strömte. Sie zog alle Kleidung, die sie hatte, übereinander und kauerte sich tief in ihrer Höhle zusammen. Langsam machte sie sich Sorgen. Die ganze Nacht über dämmerte sie immer wieder weg. Ein Augenblick dauerte erst eine, denn zwei, dann zehn Minuten.

»Bleib nicht hier«, sagte die Krankheit. »Berge sind dazu da, angeschaut zu werden.«

»Das kümmert mich einen Dreck. Ich bleibe hier.«

»Du glaubst, der Sturm wäre die Hölle und diese Höhle hier der Himmel, aber das stimmt beides nicht.«

»Für mich kommen beide dem recht nah, verdammt noch mal.«

»Geh. Ich verspreche, dass ich dich beschütze.«

»Du versuchst, mich umzubringen.«

»Ich versuche, dich zu lieben.«

Sie wachte auf, als eine Bö wie ein monströses Einatmen ihre Schneewand wegfegte, jäh ihr Feuer löschte und der Wind sie beinahe aus der Höhle zerrte.

Um sie herum nichts als blendendes, stechendes Weiß. Die Welt reduziert auf eine leere Seite. Mit ihren behandschuhten Fingern tastete sie um sich, wollte sich irgendwo anlehnen, doch sie fand nur Kälte und donnernden Wind. Aus diesem Wind schossen ihr Eissplitter entgegen, wie Wellen aus gemahlenem Glas, die ihren Mantel abschliffen, auf ihrer Haut wie Nadelstiche brannten.

Sie wankte hindurch. Die Kälte drang tief in sie ein, durch Haut und Muskeln, in die Knochen, bis ins Herz. Ihr Kiefer war taub, wie festgefroren. Ihre Kleidung war nutzlos geworden, von einer Eisschicht überzogen. Jede Vorstellung von Wärme war absurd, etwas, von dessen Existenz sie zwar noch wusste, woran sie sich aber nicht im Geringsten erinnern konnte. Sie bestand nur noch aus Kälte.

Auf ihren Speer gestützt, pflügte sie halb blind durch knietiefen Schnee, bis der sich plötzlich lichtete und eine Eiswand freigab, die ihr den Weg versperrte.

Wenn sie sich eng gegen die Wand schmiegte, war es windstill. Nur ein oder zwei Schritte davon entfernt jedoch droschen die Böen wieder auf sie ein. Sie tappte vorsichtig am Rand entlang, schlich sich tastend vorwärts, als die Wand plötzlich verschwunden war und ein gewaltiger Windstoß von jenseits der Biegung sie nach hinten schleuderte.

Sie schlitterte den Hang hinab, ohne anhalten zu können, bis ihr von der Kälte halb gelähmter Geist sich an den Speer in ihrer Hand erinnerte. Im Rutschen drehte sie sich um und rammte den Speer unter sich ins Eis, sodass ringsum Schnee und abgesprengtes Eis aufstoben. Inmitten eines Irrgartens aus festgefrorenen Felsbrocken kam sie endlich zum Stehen. Sie rollte sich unter einen dieser Steine, aus dem Wind, doch die Kälte hüllte sie bald ein wie ein tiefer, betäubender Schlaf. Teile ihres Körpers verschwanden einfach. Sie konnte weder ihre Hände noch ihre Füße spüren. Sie musste sie sehen, um zu wissen, wo sie waren. Ihr Denken wurde träge, als wäre ihr Gehirn nur noch aus Watte. Ihre Sicht trübte sich ein.

Lionel Kyengi hatte sie für unverwundbar gehalten.

»Ich versichere dir«, hatte sie ihm gesagt, *»dass ich sehr wohl in der Lage bin, mich auf die eine oder andere Art umzubringen.«*

»Gewiss, so wie wir alle. Aber ich glaube, dass es für dich nicht ganz so einfach ist, wie du womöglich denkst.«

Wie falsch er doch gelegen hatte. Wie einfach es doch war, einen falschen Schritt zu machen, eine falsche Wahl zu treffen, etwas zu unter- oder auch zu überschätzen. Wie leicht es war, zu sterben.

Und dennoch kämpfte sie. Wiegend mühte sie sich auf die tauben Beine und kletterte auf allen vieren den Hang wieder hinauf. Vom Schnee geblendet, von den Böen hin und her geworfen und mit blauen Lippen kroch sie auf die Eiswand zu, suchte eine Höhle, eine Nische, irgendetwas, wo sie sich vor dem Peitschen dieses Sturms verbergen konnte. Es ergab zwar keinen Sinn, doch diese Wand aus Eis erschien ihr wie ein besserer Ort, um zu sterben, als ein Garten aus Geröll. Mehr nicht.

Jetzt konnte sie die Wand sehen, sie wusste, dass sie sie erreichen würde, und das allein kam ihr in ihrem frostgelähmten Geist beinahe wie ein Sieg vor.

Dann sah sie die Tür.

Eine geschlagene Minute erkannte sie sie nicht als Tür, wenngleich Aubry sie unmittelbar anstarrte. Es war eine dicke schwarze Eisentür, eingelassen in das Eis, ohne Nutzen oder Zweck, und Aubry blieb stehen, weil sie ihren Augen anfänglich nicht traute. Dann aber, wie eine mühsam in Gang kommende Maschine, zwang sie ihre steifen Glieder, weiter hochzuklettern. Als sie endlich da war, hievte sie sich nach oben und hämmerte an das Metall. Sie trat und stieß dagegen, doch die Tür rührte sich nicht. Eine dicke Eiskruste am Rand verschloss sie wie ein Siegel, also stieß und rammte sie ihren Speer gegen das Eis, erstaunt über die Kraft, die sie auf einmal hatte, und noch im gleichen Augenblick fragte sie sich, wo sie sie hernahm. Als endlich alles frei war, warf sie sich gegen die Tür. Noch immer wollte sie sich nicht rühren, doch Aubry gab nicht auf und rannte wieder und wieder dagegen an.

Schließlich gab die Tür nach, anfangs nur einen Fingerbreit, bald immer mehr, genug, um sich hindurchzuzwängen. Sie drängte sich in einen schmalen Spalt im Berg und stürzte in die Dunkelheit dahinter.

52

Terra Obscura

Hier wehte kein Wind mehr, obwohl der Sturm dort draußen weiter wütend auf den Berg eindrosch. Dunkelheit umfing sie. Kein Schnee brannte mehr in ihren Augen. Die Erleichterung ließ sie entspannen, und sie wollte nur noch schlafen. Sie brauchte so dringend Schlaf. Doch ein letzter Funke in ihrem Kopf sagte ihr, dass sie noch immer zu Tode frieren konnte, sehr wahrscheinlich gar erfrieren würde, ja, dass es so gut wie sicher war. Sie nahm alle Kraft zusammen, rollte sich auf den Bauch, zog Knie und Arme so eng an den Körper, dass sie nicht mehr auf dem Boden lag. Jetzt konnte sie sehen, dass dieser Boden aus kaltem, blankem Stein bestand. Sie musste in einer Höhle sein.

Sie kroch zurück zur Tür und stieß sie zu, jedenfalls soweit sie es vermochte, dann setzte sie sich hin, lehnte den Rücken an die Wand. Sie füllte ihre Lunge mit Luft, ließ ihren Augen etwas Zeit, sich anzupassen, und spähte in die Dunkelheit. Ihr Atem bauschte sich zu dicken weißen Wolken. Binnen Minuten war die Luft in der Höhle trüb dank eines Nebels aus Eiskristallen. Selbst als ihre Augen sich an das schwache Licht gewöhnt hatten, wurde es immer diesiger.

Sie musste sich aufwärmen. Das war jetzt am wichtigsten. Sie zog die Fausthandschuhe aus, wühlte in ihrer Tasche und holte ihren Feuerstein heraus. Er war so kalt, dass er auf der Haut brannte. Das lächerliche Häufchen Zunder, das sie mitgenommen hatte, war ebenfalls gefroren, und sie wusste, dass sie es nicht würde anzünden können. Sie war einer Gefahr entronnen, nur um sich gleich wieder einer weiteren stellen zu müssen. Also zog sie ihre Fäustlinge wieder an und mühte sich auf die Füße – ihre toten Füße, die nun wieder Schmerz empfanden. Dann tappte sie langsam und behutsam vorwärts, da sie nicht auf Eisplacken, die sie nicht spüren konnte, ausrutschen wollte.

Schritt für Schritt schlich sie durch die Höhle, doch die war gleich wieder zu Ende, war kaum mehr als eine breite Felsnische. Der Lichtspalt, der noch von außen hereinfiel, reichte aus, um die nächste Tür zu sehen. Sie war ebenfalls aus Eisen, und Aubry wollte sie gerade öffnen, als sie die Tür daneben sah, und daneben eine weitere. Sie tappte durch den Nebel und entdeckte insgesamt sechs eiserne Türen.

Sie fragte sich, ob dies eine Art Prüfung war, bei der sie die am wenigsten gefährliche Tür auswählen musste, schüttelte dann aber den Kopf. Die Türen glichen sich wie ein Ei dem anderen. Sie konnte eine beliebige wählen.

Also griff sie einfach nach dem nächsten Türgriff, hielt dann aber inne, überlegte einen Augenblick und entschied sich ohne einen vernünftigen Grund stattdessen für die Tür daneben. Aubry drehte den metallenen Knauf. Die Tür schwang mühelos auf.

Sie sah Licht und Weite. Die jähe Wärme fühlte sich fremd an. Brachte ihre Haut zum Prickeln. Das Licht war so klar, dass ihre Augen sich erst daran gewöhnen mussten. Als sie wieder sehen konnte, sah sie einen großen Raum voller Regale, ausgelegt mit Teppichen, mit hölzernen Balken an der Decke und brennenden Laternen, die an Haken hingen. Vor allem aber war er voller Bücher, überall Bücher, so viele Bücher, dass die Wände, Pfeiler und Regalreihen dazwischen beinahe verschwanden. Jeder Zentimeter – Ecken, Türrahmen, Dachsparren – übersät von Büchern, Pergament- und Schriftrollen.

Vielleicht war sie ja tot, dachte sie, oder lag sterbend, tief im Schnee begraben, an einem dieser Berghänge, vielleicht war das alles nur eine Art Halluzination. Fast hoffte sie, dass dies eine Art Jenseits war – doch dann spürte sie den glühenden Schmerz in ihren Füßen und auch in ihren Fingern, und sie wusste, dass das nicht sein konnte.

Sie trat ein. Die Tür glitt langsam und geräuschlos in den Angeln auf und hinter ihr wieder zu. Doch sie sah sie nicht zugehen. Nie wieder würde sie an diese Tür denken. Stattdessen richtete sich ihr Augenmerk einzig auf die Früchte in der Obstschale.

In der Mitte des Raumes stand ein niedriger, breiter Tisch, aus Berggestein gehauen und mit dickem Fell und Stapeln von Büchern übersät. Rings um diesen Tisch lagen noch mehr Steine, die so glatt gemeißelt waren, dass sie als kleine Hocker dienten, belegt mit kleinen Kissen. Und vor einem dieser Hocker standen eine entzündete Laterne und eine Holzschale, prall gefüllt mit frischem Obst.

Aber sie konnte nicht essen, jetzt noch nicht. Erst musste sie ihre Hände und Füße retten. Aubry wärmte sich die Finger an der Laterne. Sie entdeckte einen kleinen, in die Wand gehauenen Kamin, daneben ein Haufen mit getrocknetem Kuhdung. Darüber hing ein schwarzer Kessel. Sie trat mit der Laterne näher und überlegte erst, ob sie nicht Buchseiten als Zunder verwenden sollte, besann sich dann aber eines Besseren. Trotz ihrer Verzweiflung wusste sie doch, dass dies die Bibliotheken waren.

Diese Bücher gehörten irgendjemandem. Wie respektlos es doch wäre, sie zu verbrennen. Dann entdeckte sie den Zunder, entfachte ihn, und bald schon brannte das Kaminfeuer. Sie zog ihre vereisten Stiefel aus, ihren noch immer steif gefrorenen Schaffellmantel. Der Mantel blieb aufrecht auf dem Boden stehen, als trüge ihn ein unsichtbarer Geist. Schließlich hockte Aubry sich ans Feuer und ließ sich davon wärmen.

Nach einer Weile stellte sie zu ihrer Überraschung fest, dass sie wieder laufen konnte, ganz ohne Schmerzen, dass ihre Füße gar nicht so geschädigt waren, wie sie geglaubt hatte. Sie wackelte mit den Zehen. Lief über Felle und Teppiche. Ja, dachte sie, völlig geheilt.

Sie setzte sich auf das kleine Kissen auf den kleinen Hocker und betrachtete das Essen. Ihre Hände zitterten, und der Hunger packte sie mit aller Macht. Mit einem langen Kupfermesser, das neben der Schale lag, schnitt sie einen Granatapfel entzwei. Es gab auch einen Löffel, doch sie schabte die Kerne mit den Zähnen aus und schlang sie gierig herunter. Der Saft lief ihr übers Kinn, tropfte auf das Fell, färbte es rot. Später würde ihr das leidtun, in diesem Moment jedoch nicht. Aubry füllte ihre Hand mit Sanddornbeeren und schaufelte sie sich in den Mund. Sie entdeckte Buttertee und trank ihn direkt aus der Holzkaraffe.

Dann kam sie etwas zur Ruhe und blickte sich um. Erst jetzt wandte sie sich den Büchern zu.

Sie griff sich ein Buch vom Stapel vor ihr. Alle Seiten waren mit Tintenzeichnungen bedeckt. Hin und wieder fand sie auch ein Wort, irgendwo quer über ein Blatt gekritzelt, doch stets in einer Sprache, die sie nicht verstand, einem Alphabet, das sie nicht kannte. Doch die Worte waren selten und unnötig.

Auch das nächste Buch war voller Bilder, diesmal Kohlezeichnungen, allesamt recht laienhaft. Sie wirkten, als hätte ein Kind sie hastig hingeworfen, doch Aubry verstand sie ohne

Mühe. Da war ein Bild von einem Mann, der einen gewaltigen Turm baute, so hoch wie ein Berg. Und dort eine Zeichnung von – war das möglich? –, ja, eine Kohlezeichnung von Pinguinen, die über eine flache Eislandschaft watschelten.

Das nächste Buch las sich wie eine Erzählung. Sie blätterte die Seiten um und folgte der Geschichte. Es begann mit Skizzen von einer Familie in einer uralten Stadt, irgendwo in Persien, von der Wüste und dem Schnitt der Kleidung her zu urteilen. Dann bebte die Erde. Häuser fielen in sich zusammen. Und die, die nicht zusammenfielen, brachen mittendrin entzwei oder neigten sich gefährlich, als würden sie gleich einstürzen. Die Familie hatte das Erdbeben überlebt, doch dann kam etwas, das niemand überleben konnte, eine riesige Wand aus Wasser, die fauchend auf sie zuschoss. Sie konnten nirgendwohin fliehen. Die Wand aus Wasser erstreckte sich von einem Ende der Wüste zum anderen. Sie traf auf ihre Stadt, walzte Häuser nieder, riss Pferde, Wagen, Menschen mit sich fort. Das einzige Familienmitglied, das überlebte, war ein junges Mädchen, das sich drei Tage lang an eine Tür geklammert hatte, auf den Wogen dahingetrieben war und nun sah, wie sich die Wüste, die einzige Welt, die es kannte, in ein Meer verwandelt hatte.

Aubry klappte das Buch zu. Alles wurde nur in Bildern erzählt, wie in den anderen Bibliotheken, die sie entdeckt hatte. Doch diese hier, ausgerechnet an diesem unwirtlichen Ort, war bislang die absolut unglaublichste. Sie griff sich einen anderen Band. Auch er enthielt eine Geschichte – sie handelte von einem alten Mann und seinem Sohn, die, als sie eines Tages einen sonderbar geformten Kürbis sahen, ein neues Musikinstrument erfanden. Die beiden fügten hier eine Saite hinzu, dort ein Schallloch, mussten auf jedes Detail achten, aber am Ende hatten sie ein Instrument erschaffen – ein seltsames Instrument, das keinem ähnelte, von dem man je gehört hatte. Die Klänge, die sie ihm entlockten, waren so wunderschön, dass die Menschen – Hunderte von ihnen, manche gar aus fernen Ländern – kamen, um ihnen zu lauschen. Nur wenige verstanden ihre Texte, aber alle waren tief bewegt von der Musik.

Dann waren da noch ein anderes Buch und eine andere Geschichte, bunt bebildert mit, so schien es, einer Art Pastellfarben. Es war eine Geschichte, die sie besonders rührte. Dabei ging es um einen berühmten Bildhauer, der an einer schmerzhaften Krankheit litt, die seine Muskeln verkümmern ließ, und der nur noch nachts in seinen Träumen Linderung erfuhr. Und wenn er träumte, träumte er, dass Gott und er durch einen Garten gingen, einen Garten, den Gott selbst gepflanzt hatte, und dass Gott dem Bildhauer den Schmerz gerade so lange genommen hatte, dass er seine Schöpfung bewundern und sich daran erfreuen konnte.

Waren diese Erzählungen erfunden? Waren es Erinnerungen? Wahre geschichtliche Ereignisse? Sie wusste es nicht, aber sie las sie gern. Sie schlug ein weiteres Buch auf, diesmal handelte es von einer jungen Frau, die mit Ottern schwamm.

Dann schlief Aubry ein, den Kopf auf die Seiten gebettet, und wachte erst viele Stunden später wieder auf.

Als sie die Augen öffnete, lag sie auf dem Boden, weich auf einem dichten Fell, ohne die geringste Erinnerung daran, wie sie hierhergekommen war.

Sie wusste nicht, ob es Nacht oder Tag war. Wusste nicht, wann ihr Feuer ausgegangen war. So tief und erholsam hatte sie geschlafen.

Das Zweite, was sie bemerkte, war der schimmernde Pelz vor ihrer Nase. Die kleinen Haare wiegten sich wie Steppenweizen. Von irgendwoher kam also ein Luftzug. Sie streckte die Hand aus, spürte dem Luftstrom nach. Auf allen vieren verfolgte sie ihn zurück zur gegenüberliegenden Wand. Er kam von unterhalb des niedrigsten Regals. Sie versetzte ihm einen Stoß.

Das Regal gab mühelos nach, mitsamt allen Büchern und Schriftrollen, schwang nach hinten auf und eröffnete den Blick auf einen anderen Raum. Dieser Raum war lang gezogen wie ein Tunnel und überspannt von Bögen, die sich so weit in die Ferne zogen, wie sie blicken konnte, bis ins lampenlose Dunkel.

Und jeder freie Zentimeter war vollgestopft mit Büchern.

»Hallo!«, rief sie in die Schatten, erhielt aber keine Antwort.

Sie schnappte ihre Sachen – Tasche, Speer und auch eine Laterne –, und weil es noch immer kalt war, schlüpfte sie in ihren mittlerweile aufgetauten Mantel. Dann stopfte sie sich das restliche Essen in die Taschen und trat in den Tunnel. Er war hoch und breit, mit Eiszapfen, die von den Felswänden hingen oder wie dicke Säulen vom Boden bis zur Decke reichten. Hier gab es mehr zu lesen, als man in einem ganzen Leben würde schaffen können.

Sie zog eine Rolle von einem Regalbrett und entrollte sie, breitete sie über den langen Gang aus. Wie die anderen enthielt auch sie eine Geschichte, diesmal über einen Fischer, der in seinem Netz eine außergewöhnliche Muschel fand, tiefblau, aber glänzend wie ein Regenbogen in der Nacht. Er schnitt sie auf, um nachzusehen, was für eine Art von Fleisch sich wohl in ihr verbarg. Doch was er sah, war eine Kammer nach der anderen, endlose Spiralen in weiteren sich endlos windenden Spiralen. Drei Tage später fand man ihn zusammengekauert auf dem Boden seines Fischerbootes, wirr und unverständlich vor sich hin brabbelnd. Er hatte einen Blick in die Unendlichkeit geworfen, und das hatte ihn in den Wahnsinn getrieben. Niemand sonst hatte diese Muschel gesehen, nicht in seiner Hand, nicht in seinem Netz, nicht in seinem Boot, aber er schwor, mit irrem Blick und weit aufgesperrten Augen, dass es sie tatsächlich gegeben habe. Nach wenigen Tagen an Land ging es ihm besser. Und bald darauf fuhr er erneut aufs Meer hinaus, hielt ständig Ausschau nach einer dieser Muscheln, doch ohne je eine weitere zu finden.

Sie rollte das Pergament wieder zusammen, schob es zurück an seinen Platz und erkundete weiter diesen Teil der Bibliothek. Schon bald gelangte sie zu einer Öffnung in der Wand, die einem Fenster glich, und lugte hindurch.

Jenseits des Fensters waren noch mehr Räume und mehr Regale, unendlich viele, alle verbunden durch Treppen, Brücken und Leitern. Das alles verwirrte sie – die endlosen Katakomben, die unzähligen Wände voller Bücher, wie eine Bibliothek, entworfen von Hieronymus Bosch. Der Anblick war einfach überwältigend. Es fühlte sich an wie ein Schwindelanfall. Sie musste sich an die Fensteröffnung lehnen, um auf den Beinen zu bleiben. Dann ließ sie es auf sich wirken, dieses Panorama in der Tiefe, und wusste nicht, was sie sich als Erstes anschauen sollte.

Aubry schlenderte durch die endlos abzweigenden Räume, stets mit einer Laterne in der Hand. Wo sie auch hinkam, war da immer eine weitere, bereits entzündet, stand auf einem Tisch oder hing an einem Balken. Sobald ihre anfing zu flackern und zu verlöschen, stellte sie sie einfach ab und nahm sich eine neue. Es war, als würde sie jemandem folgen, würde immer kurz hinter ihr oder ihm ankommen, was immer dieser Jemand auch tat. Und während manche Räume nur Bücher enthielten, fanden sich in anderen auch Stühle und Tische und sogar Artefakte – uralte Vasen, Schädel längst ausgestorbener Kreaturen, zwischen den Regalen standen hier und da Gemälde oder eine in der Ecke abgestellte Landkarte.

Wundersamerweise stieß sie immer wieder auf Räume mit etwas zu essen – frischem Brot auf einem Schneidebrett, sauberem Gemüse, buntem Obst.

»Hallo?«, rief sie dann stets. »Vielen Dank dafür! Danke für das Essen!«

Nie erhielt sie eine Antwort.

Sie streifte umher, naschte hier einige Goji-Beeren, trank dort eine Tasse Milchtee. Es mangelte ihr an nichts. Von Zeit zu Zeit rief sie in die Katakomben: »Der Milchtee ist gut!« Oder: »Danke für die Laternen! Ohne sie wäre ich hilflos!« Doch die Bibliotheken blieben stumm, warfen nur ihre Stimme als Echo zu ihr zurück.

Wenngleich sie sich durchaus wunderte, wie dieser Ort so menschenleer sein konnte und dennoch Kerzen brannten und Schalen voll mit frischem Essen bereitstanden, dachte sie womöglich nicht so genau darüber nach, wie sie es hätte tun sollen. Schon damals, schon während sie durch die Gänge und über die Treppen schlenderte, wusste sie, dass sie neugieriger, besorgter sein sollte. Vielleicht hätte sie sich auch mehr fürchten sollen, doch das tat sie nicht, wieso, konnte sie nie erklären. Sie gab sich ganz damit zufrieden, nur über die Bücher und die Geschichten darin nachzudenken.

Eines Tages oder Nachts oder in irgendeiner nebulösen Fügung der Zeit – wer wusste schon, wie lange sie hier unten schon umherwanderte? – stieß sie auf einen Balkon. Von dort starrte sie hinab in eine tiefe Schlucht aus Büchern, einen gewaltigen Riss in der Erdkruste, in dessen Wände irgendwelche unermüdlichen Baumeister unzählige Regale eingemeißelt hatten. Von ihrem Aussichtspunkt aus konnte sie auch eine Treppe sehen, die sich die steile Felswand hinabschlängelte und im Zickzack in der Dunkelheit unter ihr entschwand.

Sie stieg die Treppe hinab, jede Stufe eine Holzbohle über einem Regal mit Pergamenten, und wand sich in Serpentinen die Schlucht hinab, bis die Luft wärmer wurde und sich die Beschaffenheit des Gesteins änderte. Wo zuvor harter, glatter Granit gewesen war, waren da nun Streifen aus poröser roter Erde. Sie betrat Räume mit roten Lehmböden, aus denen grüne Bäume sprossen, deren Äste als Regale dienten.

Aubry saß an Holztischen mit Decken aus orangefarbener Seide, auf richtigen Stühlen. Aß Mangos aus elfenbeinernen Schalen. Sie las noch mehr von den Büchern voller Bilder, eins über den allerletzten Tiger auf einer weit entfernten Insel, der von Männern gejagt wurde, die sich später wunderten, wo all die Tiger nur geblieben waren. Ein anderes handelte von Seemännern, die vor langer Zeit in Booten aus Schilf und Tauen den Ozean überquerten und nach den Sternen navigierten, um neue Inseln mit steilen Küsten und dichten Regenwäldern zu entdecken, die sie noch nie zuvor gesehen hatten.

Sie lief durch Räume, von deren Decken Baumwurzeln herunterbaumelten, und einen gar, in dem ein kleiner Bach quer über den Boden rann, Gletscherwasser, so klar, dass sie ihre Lippen direkt an die Oberfläche legen und davon trinken konnte. Dort war es, wo sie Stimmen hörte, ein fernes Echo aus einer unbestimmten Richtung – zu weit entfernt, um Worte ausmachen zu können, zu weit weg, um irgendetwas zu verstehen. Aber es war eine Stimme. Das immerhin wusste sie.

Aubry suchte die Bibliothek nach Lebenszeichen ab. Hastete von Raum zu Raum. Sie fand noch mehr brennende Kerzen, frisches Essen, heißen Tee, doch keine Fußabdrücke, keine flüchtigen Schatten, kein Getrappel fremder Schritte.

Sie eilte voraus, bog jäh und unerwartet in irgendwelche Räume, um sie oder ihn auf frischer Tat zu überraschen, doch welcher Taktik sie sich auch bediente, sie blieb weiterhin allein.

Und doch war da hin und wieder diese Stimme. Sie hallte durch die Korridore, wallte Aufgänge empor, stets nebulös, weit entfernt, unentschlüsselbar.

Eines Tages – oder Nachts – pflückte Aubry Mangos von ein paar Bäumen, die zwischen den Bücherregalen wuchsen. Sie sammelte die Früchte und legte sie in eine leere Schale. Dachte an die Stimmen und die Menschen, denen sie vielleicht gehörten. Sie dachte daran, wie sie sich freuen würden, wenn die Mangos hier schon für sie bereitstünden. Dann nahm sie ein leeres Blatt Papier, schrieb eine Notiz und ließ sie auf dem Tisch neben der Schale liegen.

Darauf stand: »FÜR DIE NÄCHSTEN«.

Mit ihrem Speer, ihrer Tasche und ein paar Mangos in der Hosentasche ging sie zur nächstgelegenen Tür, die aus Teakholz war und am Ende eines derart schmalen Ganges lag, dass sie sich seitlich hindurchzwängen musste. Aubry öffnete die Tür. Zu ihrer Überraschung strahlte ihr blendend helles Licht entgegen.

Sie beschirmte ihre Augen mit dem Arm. Ging ein paar Schritte durch den Gang, um zu sehen, wo sie diesmal wieder hingeraten war.

Während ihre Augen anfingen zu tränen und sich an die Helligkeit gewöhnten, schloss sich die Teakholztür leise hinter ihr.

Sie taumelte vorwärts, blinzelte ins Licht. Sie war in einer Schlucht, neben ihr ein seichter Bachlauf zwischen Steinwänden, einer Art Felslandschaft, ohne zu wissen, wie sie hierhergekommen war. Als sie emporblickte, sah sie den blauen Himmel über sich und spürte eine frische Brise.

Sie war draußen.

Sie hatte die Bibliothek verlassen.

Aubry fuhr herum, versuchte, rasch zurück durch die Teakholztür zu gehen. Die Tür aber war verschwunden. Wo sie auch hinsah, nichts als Felswände.

Einen Moment lang dachte sie, dass alles nur ein Traum gewesen war. Sicherlich fühlte es sich wie einer an. Aber sie hatte das Gebirge überquert. Unmöglich, aber sie hatte es geschafft.

Der Fluss strömte südwärts. Wenn man einem Fluss nur lange genug folgt, kommt man früher oder später oft zu einem Dorf oder einer Stadt. Sie folgte dem Fluss, als sie schon nach wenigen Schritten auf sie stieß, drei Männer, die ihr entgegenkamen. Was genau es war, das ihre Muskeln dazu brachte, sich zu straffen, ihre Finger dazu, den Gehstock fester anzupacken, konnte sie nicht sagen. Etwas an der Art und Weise, wie sie bei ihrem Anblick leicht zusammenzuckten, dann sahen, dass sie allein war, und dann grinsten. Wenn Haie grinsen könnten, würde es genau so aussehen.

Ein Instinkt erwachte tief in ihrem Innern, versetzte ihr einen Tritt in die Magengrube, doch war es ein Instinkt, dem sie vertraute und dem sie sich in diesem Augenblick ganz hingab.

53

Der Prinz

»Aber das ...« Damit versagen Prinz Surasiva die Worte, es ist schier zu unbegreiflich.

»... kann nicht sein«, beendet Aubry seinen Satz. Der Sturm wütet noch immer. Der Wind heult. Das Blut in ihren Mundwinkeln ist getrocknet, doch der Schmerz dauert an. »Es kann nicht sein«, sagt sie. »Wer würde so etwas bauen? Und wie? Und warum sollten sie es wieder aufgeben? Wieso sollten sie all dieses Wissen zurücklassen?« Ein stechender Schmerz. Sie krümmt und windet sich, kämpft dagegen an und gewinnt ihre Fassung zurück. »Wer hat all das Essen für mich dagelassen, Prinz? Und die Kerzen angezündet? So kann es nicht gewesen sein! Ich muss über diese Berge geklettert sein! Wie im Wahn! Kaum bei Verstand!« Aubry zuckt zusammen, wird von einem Krampf beinahe erdrückt. Sie saugt geräuschvoll Luft ein, lässt den Kopf zurückfallen und wird von der Erschöpfung überwältigt. »Und doch ...«, sagt sie mit ersterbender Stimme. »Und doch ...«

Ihre Augen verdrehen sich, und sie sinkt zurück in die Besinnungslosigkeit.

54

Der Prinz

Als sie wieder zu sich kommt, muss sie zunächst blinzeln, doch nicht vom Sand in ihren Augen, sondern von den Sonnenstrahlen, die schräg unter das Verdeck fallen. Der Geschmack von Blut ist weg. Ebenso der Schmerz in ihrem Rückgrat und im Schädel, auch der in den Gelenken. Aber sie ist müde, so müde, dass sie sich kaum rühren kann.

Sie holt tief Luft und zwingt ihren Körper dazu, sich aufzurichten. Stöhnt auf. Ihr ganzer Leib pulsiert wie eine Wunde. Schließlich findet sie die Kraft, aufzustehen und nach vielen Tagen erstmals in die Sonne zu treten.

Der Prinz steht am Ruder eines farbenfrohen, überdachten Segelbootes. Sie fahren einen breiten Fluss hinab, der eine tiefe Schlucht in die trockene Savanne gefräßt hat. Er späht flussaufwärts in die Richtung, aus der sie gekommen sind. Vor ihnen ist blauer Himmel und strahlende Sonne, da hinten jedoch tobt immer noch der Sturm. Rote und orangefarbene Wolken, geformt wie Ambosse, in deren Innern immer wieder Blitze flackern, türmen sich über dem westlichen Horizont. Wie die Felswände, wie Surasivas Palast, wie die Berge und die Türme, gleichen sie einem Aufwallen der Erde in rostfarbenem Ocker, Purpur und Bronzetönen. Auch das Wasser, auf dem ihr Boot dahingleitet, strotzt nur so vor diesen Farben.

Er sieht sie an. Sie sieht ihn an. Sie spürt etwas in ihrer Hand und erinnert sich, dass Hayley ihr etwas hineingelegt hat. Er sagte, dass es sie beschützen würde. Die ganze Nacht lang, wie in einer schmerzerfüllten Totenstarre, hatte sie es krampfhaft festgehalten.

Jetzt öffnete sie ganz langsam ihre Finger, wickelt es aus dem Leinentuch.

Es ist ihre Pistole.

55

Der Prinz

Der Pfad ist völlig zugewuchert. Der Prinz nimmt Aubrys Arm, und gemeinsam schlängeln sie sich durch ein Wirrsal auf Gestrüpp geradewegs den Hügel hoch zu einem Holzhaus, das auf dessen Gipfel thront.

»Bitte verzeihen Sie den Zustand«, sagt der Prinz. Sie haben ihr Boot vertäut am Flussufer zurückgelassen und umrunden nun das leer stehende Haus. »Die Instandhaltung ist eher … na ja … es gibt keine Instandhaltung.«

Endlich erreichen sie die Vordertreppe und öffnen die große Tür.

Das Haus ist geräumig, luftig und hoch, aus Teak gezimmert und gedeckt mit Schilf, doch nicht im Geringsten königlich. Es ist wenig mehr als ein vernachlässigtes Ferienhaus. Der Garten vor dem Haus ist ungepflegt und ganz verwildert. Bäume wachsen so nah an den Wänden, dass das Licht im Innern schummrig und grün wirkt. Sie schlendern von einem staubstarrenden Raum zum nächsten. Entdecken leere Schränke, Steigen, Kisten, wahllos aufgestapelt und vergessen, nur hier und da ein Möbelstück, auf dem man sitzen kann – eine Pritsche, ein Schemel, ein kaputter Stuhl.

Aubry öffnet einige der Fenster. Im Osten schimmert ihr das strahlend blaue Meer entgegen, gleich hinter den Palmen.

»Ich mag dieses Haus sogar noch lieber als Ihren Palast«, sagt sie.

»Ja«, stimmt er ihr zu. »Aber es ist sehr weit weg von meinen Amtsgeschäften.«

Sie öffnet noch mehr Fenster. Im Westen sieht sie den Sturm als fernen gelben Klecks am Horizont. Der Prinz schaut ebenfalls dorthin. Sie weiß, dass er zurückwill. Er hat seine Leute mitten in einem Sturm allein gelassen – mit einem britischen Regiment. Er ist hin- und hergerissen zwischen Aubry und seinen Pflichten, und Aubry, erschöpft, wie sie ist, weiß nicht, was sie dagegen tun soll.

Er geht vom Fenster weg, stöbert in den Schränken an der gegenüberliegenden Wand. Er findet eine Sammlung mit verkorkten Flaschen voll farbigem Sand, über ein Dutzend davon.

»Mein Sand«, sagt er verzückt. Manchmal ist sein Charme geradezu jungenhaft. »Es ist noch immer etwas davon da.«

Aubry findet ein gutes Dutzend gerahmte Fotografien, die, von einer dicken Staubschicht überzogen, an der Wand lehnen. Sie überfliegt sie rasch und sieht ein Familienporträt von Menschen, die sie nicht kennt, stolze Eltern und artige kleine Kinder in ihrem besten Sonntagsstaat vor der Marmortreppe eines Palastes, der ihr wohlvertraut ist.

»Gehören die zu Ihrer Familie?«

Er kommt zu ihr herüber, wirft einen flüchtigen Blick auf das Bild.

»Ja, die meisten«, sagt er.

Sie schaut sich weiter um, findet Fotos von mondänen Partys, Kricketspielen, einem jungen Mann, der neben einem edlen Pferd posiert. Stößt auf ein weiteres Porträt, diesmal sind es nur die Kinder.

»Wer davon sind Sie?«

Er zeigt auf einen der Jüngsten in der Gruppe, einen Jungen von vielleicht vier oder fünf Jahren, prachtvoll angezogen, der kleine Kopf umrahmt von einem Turban.

»Sind das Ihre Brüder und Schwestern?«

»Einige davon. Wir waren insgesamt zu dreizehnt, aber heute ist niemand mehr da.«

»Nicht mehr da?«

»Einer ist ertrunken. Einer ist vom Pferd gestürzt. Fast alle anderen haben Krankheiten dahingerafft. Der Älteste starb beim Aufstand von 1857«, sagt er mit gesenkter Stimme. »Aber die Briten wissen nichts davon.«

Er sagt das voller Stolz, als verfüge er über Geheimwissen, mit dem er das Empire zu Fall bringen könnte. Es trifft sie wie ein Schlag.

»Sie sind der Letzte Ihrer Linie?«

»Ja.«

»Und wer wird das hier erben?« Sie lässt den Blick durchs Haus schweifen, aber sie meint alles – seinen Reichtum, seine Ländereien.

»So wie die Dinge sich entwickeln, ist vielleicht bald nichts mehr übrig, das ich vererben könnte.« Dabei lächelt er ein wenig, als würde er nur scherzen, um sie nicht übermäßig zu beunruhigen.

Aubry steht verwundert da, schaut zu, wie er die Schränke absucht, seine kleinen Flaschen voller Sand noch immer im Arm. Gleich als sie ihn sah, hat sie ihn für einen gütigen und anständigen Mann gehalten. Doch er hat alles verloren, alles geopfert, was er besaß, trotzt den Gepflogenheiten seines Standes, tut stets, was richtig, nicht das, was leicht ist. Und das macht er sehr klug und ganz im Stillen. Er hat keine Eltern, die ihn loben, keine Kinder, die ihn dafür bewundern. Führt einfach nur ein rechtschaffenes Leben, verborgen am Rande der Gesellschaft, wo niemand sich die Mühe macht, genauer hinzuschauen.

»Sie sind ein guter Mensch, Prinz«, sagt sie. »Der beste, den ich kenne.«

Er lächelt sie an, teils verdutzt, teils belustigt.

»Ich habe eine Frau kennengelernt, die mir einen Wunsch gewährt hat.«

Er bleibt stehen, fährt herum und schaut sie prüfend an.

»Sie war hier?«, fragt er. Er sieht verstört aus, als hätte er seinen eigenen Namen vergessen. So hat sie ihn noch nie erlebt.

»Ja.«

»Dann hat es also begonnen«, sagt er.

»Sind Sie verliebt, Prinz?« Aubry glaubt, die Anzeichen zu kennen. Sie kann es ihm nicht verübeln. Sie hat die Frau getroffen. Auch sie ist ein wenig verliebt.

Aber der Prinz lacht nur.

»Werden Sie kämpfen?«, fragt sie ihn. Wieder schweigt er. »Sie kommen mir nicht vor wie die Art Mann, die gerne tötet.«

Er schaut ihr in die Augen. Alle Leichtigkeit ist aus seinem Gesicht gewichen, stattdessen ist da Mitleid, Mitleid mit einer Frau, die getötet hat. Aubry erwidert seinen Blick mit fast demselben Ausdruck.

»*Manchmal weiß er selbst nicht einmal, dass er in Not ist, doch dann, auf einmal, bin ich da*«, hatte Qalima gesagt. Wenn er überlegt zu kämpfen, dann ist er in Not.

»Diese Geschichte, die Sie mir erzählt haben. Da müssen Sie sich irren«, sagt er. »Hier gibt es keine Berge.«

»Ja. Das weiß ich.«

»Wir sind viel zu weit im Süden. Solche Berge liegen Wochen entfernt, ganz gleich in welcher Richtung. Und zu Fuß! Da bräuchten Sie wohl Monate.«

»Das weiß ich, Prinz.«

»Dann …«

»Dann … was? Darauf habe auch ich keine Antworten.« Sie weiß nicht, was sie sonst noch sagen soll. Die Erschöpfung übermannt sie. »Ich bin müde, Prinz. Ist es in Ordnung, wenn ich schlafe? Nur ein wenig?«

Obwohl die Sonne immer noch hell scheint, obwohl sie nichts lieber möchte, als jede Minute, die ihr bleibt, mit Prinz Surasiva zu verbringen, schläft sie ein und wacht erst am nächsten Morgen wieder auf.

56

Der Prinz

So ein guter Schlaf, lang und traumlos, ohne Knurrstimmen im Kopf. Sie wacht vollkommen erholt auf, setzt sich auf der Pritsche auf und genießt für einige Minuten einfach nur, schmerzfrei zu sein. Dann sucht sie ihre Sachen zusammen, macht das Bett. Sie möchte bleiben, jede einzelne Minute auskosten, die ihr noch bleibt, aber sie weiß, wie selbstsüchtig das wäre. Sie kann den Prinzen nicht von seinem Volk fernhalten. Es ist Zeit, zu gehen.

Sie findet den Prinzen unten am Ufer, wo er den Strand mit Blau und Rot und Gold bemalt. Er steht da, tief über sein Werk gebeugt, tippt behutsam auf die Flaschen und lässt Farbe niederrieseln.

»Haben Sie gepackt?«

Sie nickt. Er schichtet weiter Sand auf Sand.

»Ich beneide Sie«, sagt er. »Sie sind in einer einzigartigen Lage. Überall auf der Welt fragen sich die Leute: Wen soll ich heiraten? Wie viele Kinder soll ich haben? Was ist das für ein Fleck da hinten in der Kehle?« Dann blickt er zu ihr auf. »Aber Ihre Fragen sind so weit entfernt von alledem. Sie könnten genauso gut in einer völlig anderen Welt existieren.«

Sie zuckt die Achseln. »Ich weiß nicht. Ich habe aufgehört, nach Erklärungen dafür zu suchen. Ich glaube, ich werde mich von alldem einfach still und leise überwältigen lassen.«

Er nickt, dann wendet er sich wieder seinem Mandala im Sand zu.

»Hat Qalima Ihnen das beigebracht?«, fragt sie.

»Ja.«

Sie betrachtet sein Werk, dieses Gemälde aus Sand, groß und rund, so breit, wie ihr Speer lang ist, und ebenso hoch. Es ist sowohl eine Darstellung von etwas als auch eine Abstraktion. Das Bild zeigt einen Mann und eine Frau, die in einer dunklen und verwunschenen Nacht aufeinander zugehen, doch der Mond sieht aus wie eine Blume, die in gespenstischen Farben aufblüht. Es ist ein Mond, der droht, sie beide zu verschlingen.

Auch sie mustert ihn. Aubry hat ihren Schmerz mit ihm geteilt. Jetzt muss sie sehen, wie er ihn trägt, etwas gebeugt, etwas ermüdet. Doch für sie tut er es.

»Wissen Sie, was sie zu mir gesagt hat?«, fragt sie.

»Nein.«

Aubry erzählt ihm von der einen denkwürdigen Nacht, als sie mit Qalima durch das Meer aus grünen Vorhängen geschlendert war, in das Zimmer mit ihren Schöpfungen, der Nacht, als Qalima zu ihr sagte: *»Es gibt Dinge auf dieser Welt, die nur deshalb existieren, weil man sie erblickt hat. Wäre man nicht da gewesen, hätte es sie nie gegeben.«*

Der Prinz denkt darüber nach und sagt: »Die Welt braucht Sie.« Er klopft noch etwas mehr Sand aus seiner Flasche, sorgsam darauf bedacht, mit seinen Farben keine Linien zu übermalen. »Sie braucht eine Zeugin.«

»Ich habe genug gesehen, Prinz.«

»Diese Krankheit«, fragt er, »wann kommt sie …«

»Wann immer sie will«, versetzt Aubry. »Dieser ganze Planet ist ihre Spielwiese. Sie streift umher. Ihr gefällt alles, was sie sieht – die Wüsten, die Berge, die Meere, die Bäume. Sie will da draußen sein, die Welt sehen. Sie lässt mich nur am Leben, wenn ich sie mitnehme.«

»Und Sie …«

»Ich bin nur am Leben, wenn ich sie jage.«

»Und was wird geschehen, wenn Sie sie erwischen?«

Sie denkt zurück an die Berberkarawane und eine Oase, verborgen in den Weiten der Sahara. Dort hat sie einmal eine Wüstenmistel gesehen, die sich von der Erde aus emporrankte. In ihrem Würgegriff befand sich eine Wüstenweide, die langsam an ihrer Umklammerung zugrunde ging. Sie dachte, was diese Weide braucht, ist eine Strategie, mit der sie die Mistel zuerst erdrosseln kann.

Er drückt den Korken auf die Flasche mit dem Grün, lehnt sich zurück und begutachtet sein Werk. In seiner Miene liegt weder Stolz noch Enttäuschung, er hockt sich einfach in den Sand über sein Kunstwerk, das direkt am Wasser liegt.

»Was machen wir jetzt?«, fragt sie.

»Wir warten, bis die Flut kommt.«

Aubry ist fassungslos. All diese Mühe, diese Schönheit, um einfach so ins Meer gespült zu werden? Sie überlegt fieberhaft, sucht nach einem Weg, es zu bewahren, aber es gibt nichts, was sie tun könnte. Er hat sein Bild in den Lauf der Gezeiten gemalt, und es ist nur eine Frage der Zeit, bis es verschwindet.

Vier Jahre später wird der Prinz tot sein. Man wird ihn wegen gesetzeswidriger Geschäftspraktiken verhaften und einsperren. Im Gefängnis wird ein Feuer ausbrechen, und alle Wächter werden flüchten, um sich selbst zu retten, während die Gefangenen, unter ihnen der Prinz, in ihren Zellen ersticken werden. Aubry wird auf den hinteren Seiten einer

Zeitung davon lesen, während sie auf einem maroden alten Dampfschiff den Golf von Oman überquert. Sie wird an diesen bemerkenswerten Mann zurückdenken, der stets an der Peripherie lebte und auch dort starb. Sie wird dankbar dafür sein, dass sie ihn so gut kennenlernen, Zeugin seiner Taten werden und ihm dafür Anerkennung zollen durfte, bevor sein Lebensfaden jäh gekappt wurde.

»Ich werde Sie vermissen, Prinz.«

»Ich werde *Sie* vermissen.«

Also sitzen sie beisammen und warten.

Dann kommt eine Welle, leckt schäumend den Strand empor. Das Wasser berührt die Unterseite des Mandalas und wischt dessen Farben quer über den nassen Sand.

»Da sind wir«, sagt der Prinz, »im Klassenzimmer Gottes, und warten auf unsere Lektion.« Noch eine Stunde lang schauen sie zu, wie das Mandala allmählich ins Meer geschwemmt wird. Als fast alle Farben fortgespült worden sind, nimmt Aubry Prinz Surasivas Hand und küsst sie. Sie birgt seine Finger fest in ihren, presst ihre Lippen auf seine Haut. Er schweigt, legt aber seine andere Hand an ihre Wange, bis sie schließlich aufsteht und davongeht, nordwärts zu den Sundarbans, entlang einer unberührten Küste, die auf ihre Schritte wartet.

Als die Nacht hereinbricht, hält sie an, um ihren Speer zu schärfen.

»Ich bin dir auf den Fersen.«

»Gut«, sagt die Krankheit, »Ich warte.«

»Ich werde dich finden. Und dann schäle ich dir das Fleisch von den Knochen.«

»Genau deshalb mag ich dich«, sagt ihre Krankheit. »Mehr als all die anderen.« Diese Stimme, so zärtlich in ihren Ohren. »Dich.«

57

Eine Randbemerkung, etwas länger

»Sagen Sie mir, was Sie gesehen haben«, bat die Frau aus Hezhou. Aubry hatte sie auf dem Weg aus dem Nanling-Gebirge kennengelernt, todmüde von der Reise. Die Frau hatte sie aufgenommen, ihr zu essen gegeben, doch es war Aubrys Geist, der Qualen litt. Von ihrem ganz speziellen Leid durfte niemand etwas wissen.

Was hatte die Frau gefragt? Was Aubry gesehen hatte? Zu viel, lautete ihre Antwort. Mehr, als sie je hatte sehen wollen. Aubry war erst siebenundzwanzig, doch sie barg längst einen ganzen Katalog von Bildern. Sie wollte nicht unhöflich sein. Sie würde so gut antworten, wie sie vermochte, aber wo sollte sie anfangen?

»Ich bin mit den Zimthändlern von den Seychellen zur See gefahren«, sagte Aubry und beschrieb ihr das geschmeidige Schwingen der Segel, die gemischtrassige Mannschaft, eine elegante Melange aus afrikanischem, polynesischem und indischem Blut.

»Auf Hokkaido habe ich ein Haus gebaut«, erzählte sie und beschrieb, wie sie in einer Menschenkette Schilfballen weitergereicht hatte, einen nach dem anderen, bis sie bei dem Bauern auf dem Dach des Holzrahmenhauses ankamen, und wie sie mit den Frauen Lieder gesungen hatte, deren Worte sie so gut wie möglich auszusprechen versuchte, auch wenn sie deren Bedeutung nie herausfinden würde.

»Auf den Färöer-Inseln habe ich Wale geschlachtet«, und Aubry erzählte ihr von dem Hafen, vom Blut grellrot gefärbt unter dem dunklen kohlegrauen Himmel, entbeinte Grindwale am Ufer, Walfleisch, das jeden Färöer durch den Winter bringen würde – nur sie nicht.

»Waren Sie in Amerika?«, wollte die Frau aus Hezhou wissen.

»Ja. Ich habe die ganze Nacht getanzt.« Diese Nacht am Feuer mit den Navajo in ihren Kleidern aus Hirschleder und mit den türkisen Perlen, ihren Bändern aus gewobener Farbe, so bunt im Feuerschein, dem Mondlicht. »Und ich wünschte, ich könnte dorthin zurück.«

In einer jähen Wendung hatte sie auf einmal Freude am Erzählen. Einen Moment lang – nur einen einzigen – glaubte sie, sie könne noch die ganze Nacht von ihren Abenteuern berichten. Selbst nachdem sie die Idee verworfen hatte – um nichts in der Welt wollte sie irgendjemanden langweilen –, blieb etwas von dieser Freude übrig.

»Aber Sie können nicht«, sagte die Frau. »Sie können nicht zurück.«

»Nein. Alles nur einmal. Und immer nur flüchtig.«

Die Frau schlug kurz den Blick zu Boden, dann goss sie Aubry noch mehr Tee ein.

»Ich stamme aus Xi'an. Sind Sie schon mal da gewesen? Haben Sie die Teigtaschen in Suppe probiert? Oder die Nudeln?«

»Ja! Erst vor ein paar Tagen. Sie waren köstlich!«

»O nein«, sagte die Frau energisch. »Da müssen Sie sich irren. Xi'an liegt nicht in der Nähe von Hezhou.«

»Aber gewiss doch. Ich bin dem Fluss durch die Gebirgsausläufer gefolgt und dann den Wasserfall hinabgeklettert, der in die Sümpfe führt. Dort habe ich ein Floß gefunden und bin gerudert, bis ich zu dem riesigen Loch kam, wo das ganze Wasser abfloss, und ich wollte näher heran, aber ich war …«

Die Frau legte Aubry sanft die Hand auf die Schulter.

»Ein Loch?«

»Ja.«

»In einem Sumpf? Mitten im Wasser?«

»Sie müssen es kennen. Es ist gar nicht so weit weg. Als hätte jemand den Stöpsel aus einer Wanne gezogen.«

»Bis Xi'an ist es eine weite, weite Reise. Und in der Nähe gibt es keine Wasserfälle. Und ganz gewiss gibt es dort keinen Sumpf mit einem Loch.«

Aubry brummte der Schädel. Ihr Körper fühlte sich mit einem Schlag unendlich schwer an.

»Wollen Sie …?« Aubry hasste den Gedanken. »Wollen Sie sich etwa über mich lustig machen?«

Die Frau sperrte die Augen auf. »Du meine Güte, nein. Wieso sollte ich das tun?«

Aubry wusste nicht, was sie darauf sagen sollte. Die Erschöpfung übermannte sie. Doch auf dem Gesicht der Frau zeichnete sich nach und nach eine Erkenntnis ab. Sie nahm Aubrys Hand und neigte sich zu ihr vor.

»Mir scheint«, sagte die Frau, »die Welt, durch die Sie reisen, ist nicht dieselbe Welt, durch die wir reisen.«

Mein Gott, denkt Aubry. *Mein Gott.*

58

Mit Marta am Klondike

Am Äquator ist der Sonnenaufgang ein flüchtiges Ereignis. Erst Nacht, dann plötzlich Tag, als hätte jemand einen Schalter umgelegt. Hier jedoch, so nah am oberen Ende der Erde, dauert er Stunden, ein langsamer Übergang von tiefem Veilchenblau zu Rosa bis hin zum strahlenden Hellblau eines arktischen Vergissmeinnichts, das alle Ängste so zerstreut, als gäbe es keinen Schmerz mehr. Hier, nicht weit vom Pol, ist es ihre liebste Tageszeit.

Wie viele Morgendämmerungen hat sie schon erlebt? Wie viele Sonnenaufgänge haben sie auf ihren Wanderungen begleitet? Sie ist nicht mehr jung. Ein halbes Jahrhundert ist sie jetzt schon auf der Welt, so alt, dass sie ihr Alter schon in Jahrhunderten bemisst, die meiste Zeit davon auf Reisen. Dämmerungen über warmen, tropischen Häfen, über dampfenden Flüssen, über rauchenden Vulkanen. Es müssen tausend Stück gewesen sein. Zehntausend. Doch wer zählt so etwas schon? Sie ist keine Statistikerin. Sie ist Wandererin.

»Wie kannst du wütend sein«, sagt ihre Krankheit, »bei diesem Anblick?«

»Das bin ich nicht.«

»Du kennst das Sprichwort.«

»Nein.«

»Wenn du kein bedeutendes Leben führen kannst, dann führe ein besonderes.«

»Wenn du so hirnverbrannte Sachen sagst, werde ich wirklich wütend.«

Auf dem Papier ist es eine Pension, in Wahrheit ein Saloon, im Grunde aber ein Bordell. Der gelbe Lampenschein wirkt selbst von Weitem heimelig, insbesondere von Weitem, eine warme Flamme, die aus der kalten mondblauen Landschaft hervorsticht.

In dieser Jahreszeit scheint der Schlamm alles zu verschlingen wie ein Raubtier. In Yellowknife hat sie gesehen, wie ganze kniehohe Stiefel in den Schlick gesogen und nie wieder gesehen wurden. Auf dem Weg von den Stallungen zum Saloon können Pferde an Erschöpfung sterben. Es heißt, auch kleine Kinder wären schon verschwunden, und alles, was von ihnen auf den morastigen Straßen der Stadt übrig blieb, waren ihre kleinen Hüte. Andererseits ist der Gesang der Vögel zurückgekehrt. Der Frühling hat erst angefangen, aber auf den Wiesen blühen bereits Blumen, und wenn man genau hinsieht, auch auf den Berggipfeln.

Heute Abend ist es gut, der Kälte zu entkommen. Im Saloon ist es noch ruhig, die Stimmung entspannt. Die Mädchen, ein Dutzend von ihnen, hängen hinten im Schankraum gelangweilt auf den Stühlen wie Laken auf der Leine. Da ist Katie, die man eines Morgens nach Scotch stinkend und ohnmächtig unter zehn Zentimeter dickem Neuschnee gefunden hatte. Es war ein Wunder, dass sie nicht erfroren war, doch das war längst nicht das einzig Wundersame. In ihrer trunkenen Umnachtung war ihr ein Engel erschienen, so heißt es jedenfalls, der ihr eine Adresse in Skagway genannt hatte, wo ihr Glück und ein Vermögen auf sie warteten. Unter der Adresse wohnte ein Richter, der von ihrem Besuch derart verzückt war, dass ihm eine zügellose Liebesnacht mit Katie dreißig Dollar und ein exzellentes Abendessen wert war. Sie sah ihn nie wieder, dankt dem Engel in ihren Gebeten aber heute noch.

Die andere dort, mit der Zahnlücke, ist Doreen, deren bettelarmer Ehemann sie einst an Nachbarn und Freunde ausgeliehen hatte, bis er von einem eifersüchtigen Liebhaber erschossen wurde. Das war die Gelegenheit, auf die Doreen gewartet hatte. Sie sagte Circle City Lebewohl – mit nichts außer vier Dollar, einem Banjo und einem Dekolleté so tief wie das Meer. Damit fing sie noch mal ganz von vorne an und schwor sich, nie wieder in ihrem Leben arm zu sein.

Dann ist da noch Vicki, die mit einer Schiffsladung junger koreanischer Katalogbräute in San Francisco ankam. Rasch fand sie heraus, dass die Ehemänner, die man ihnen versprochen hatte, allesamt arme Landarbeiter in geliehenen Anzügen waren. Ihr wurde klar, dass sie entweder das elende Leben einer Obstpflückerin oder Fabrikarbeiterin führen oder auf eigene Faust losziehen könnte. Also ging sie nach Dawson, wo es zwanzigmal mehr Männer als Frauen gab. Sie lernte, sich in jedem Tanzlokal den bestangezogenen Goldsucher zu angeln, und verdiente zwanzig Dollar pro Abend, während Minenarbeiter für einen Dollar am Tag schufteten. Auf dem Höhepunkt des Goldrauschs schwamm sie in Scheinen. In ihrem einträglichsten Jahr machte sie über neuntausend Dollar, und das ohne die eichelgroßen Goldnuggets, die man ihr im Rausch der Leidenschaft nicht selten hinterließ. Viele der reichsten Leute im Alaska jener Zeit waren Prostituierte und Puffmütter. Aber das war schon über zehn Jahre her. Die Goldadern sind versiegt. Die Obrigkeit hat durchgegriffen. Also hat Vicki ihre stattlichen Ersparnisse geschnappt und führt nun, schon in die Jahre gekommen, fernab staatlicher Instanzen dieses stille Etablissement und schafft es immer noch, wenn auch kein astronomisches, so doch zumindest ein recht ansehnliches Einkommen zu erzielen.

Die Tür fliegt auf. Die ersten Gäste des Abends strömen herein, Männer aus dem Minenlager. Sie sind nicht betrunken, aber das ist schwer zu erkennen, so, wie sie sich aufführen, lachen, prahlen, mit Dollarscheinen durch die Luft wedeln.

»Hab mir von Fathead Carson grad 'nen ganzen Wochenlohn erschwindelt!«, grölt ein rothaariger Mann in Kleidung, die seit Wochen nicht gewaschen worden ist. Er bestellt eine Lokalrunde. »Vicki, hol mal deine Mädchen her!«, brüllt er.

»Lässt du was zu trinken springen?«, knurrt sie von einem Tisch im hinteren Teil des Gastraums zurück, mit ihrer tiefen, durch ungezählte Jahre des Zigarrenrauchens aufgerauten Stimme. Alles, was sie von ihr sehen, ist die Glut ihrer Zigarrenspitze, die im Dunkeln glimmt. Sie können nicht erkennen, dass neben ihr ein neues Mädchen sitzt, eine Frau, die mehrfach um die Welt gereist ist. Sie sehen nur die glühende Zigarre.

»Nur für dich, Vicki!«

»Bezahlt wird an der Bar.«

Die Männer stürmen an den Tresen, der für den Fall einer Behördenprüfung in einem geheimen Nebenzimmer versteckt ist, wo ein Barkeeper mit Zahnlücke stets den illegalen Alkohol ausschenkt, der gerade zu haben ist. Vicki folgt ihnen, eine Koreanerin mittleren Alters in Goldschürferklamotten, robust gebaut und mit einigen Falten im Gesicht. Sie geht hinter die Bar, pafft weiter ihre selbst gerollte Zigarre, hilft dem Mann, abzukassieren und allen ihre Drinks zu geben.

Hinter den Minenarbeitern, bemerkt Aubry, ist noch ein Nachzügler in den Saloon gekommen. Erst hält sie ihn für einen aus der Gruppe, aber er bleibt abseits, wartet, bis die anderen sich verteilt haben, bevor er seinen Drink bestellt. Er setzt sich auf einen abgelegenen Platz nahe der Tür, verborgen in einer Ecke, den Stetson tief ins Gesicht gezogen. Der Rest von ihm ist warm in Fell und daumendickem Ölzeug eingepackt. Er ist klein, so klein, dass er womöglich Mühe hätte, Aubry über die Schulter zu blicken.

Und er sieht verloren aus, denkt Aubry. Sie malt sich aus, dass er auf Arbeitssuche ist und man ihm geraten hat, es doch in einer der kleinen Siedlungen flussaufwärts zu probieren, nahe der unscharfen Grenze zwischen den Vereinigten Staaten und Kanada, wo Zuständigkeiten und Gesetze oft verschwimmen. Dieses Grenzland ist ein Paradies für Spieler und Bordellbetreiber, einer der letzten Zufluchtsorte, die in der Klondike-Gegend noch geblieben sind, nun, da die Prohibition im ganzen Land Gesetz ist. Dorthin gelangt man nur über Fußpfade durch dunkle Fichtenwälder oder mit dem Kanu, wenn man denn kräftig genug für eine lange Ruderfahrt stromaufwärts ist. Und jetzt ist er hier, diese einsame Seele, stapft ziellos durch die Straßen einer kleinen einstmaligen Goldgräberstadt ohne Namen. Und das ist das Letzte, was sie über ihn denkt.

Doch wie Aubry bald erfahren wird, denkt *er* weiterhin an *sie*.

Denn er ist Marta Arbaroa. Er ist eine Sie, die auf ihrer epochalen Suche mit dem Dampfschiff die gesamte Küste hochgefahren ist, von Acapulco bis nach Skagway. Bald schon wird sie Aubry von ihren Abenteuern in Skagway berichten, wo sie sich, nachdem sie den Landungssteg hinabgegangen war, vor Avancen sexhungriger Männer kaum noch retten konnte, denen ein Blick auf ihre weiblichen Rundungen genügte, um ihr einen Heiratsantrag zu machen. Ein frustrierender Auftakt ihrer Suche, doch sie lernte schnell, ihr Geschlecht zu verbergen, und bald schon überraschte sie Hotelbesitzer und Polizisten mit gezielten Fragen. Sie wird Aubry erzählen, wie sie auf den Tipp eines Einheimischen hin noch weiter nordwärts gereist war, die White Pass Railroad genommen und mit der Eisenbahn bis hoch nach Whitehorse und wieder zurück gefahren war. Dann noch ein Tipp, noch eine Reise – diesmal zu Fuß, drei Tage durch dunkle Fichtenwälder bis zu diesem gottverlassenen Klohaus von einer Stadt. Nach vier Monaten unterwegs, per Schiff, Pferd, Zug sowie zu Fuß, ist sie in einer eisig kalten Hölle angelangt, nur um herauszufinden, dass das einzige Haus, in dem es Leben zu geben scheint, ein Bordell ist.

Stellen Sie sich vor, wie die Szene aus Martas Sicht ausgesehen haben muss. Sie bemüht sich, unsichtbar zu sein. Dies ist nicht ihr Land – sie weiß nicht einmal, in welchem Land sie sich genau befindet –, aber sie ist sich verdammt sicher, dass nichts, was in diesem Etablissement vor sich geht, legal ist. Sie zieht sich ihren Stetson ins Gesicht, späht hinaus auf das Geschehen, ihr wetterfester Ölmantel kaschiert ihre Figur. Dennoch lugt einer der Männer unter die Krempe ihres Huts. Er fällt nicht darauf rein. Er hält sie für eine dieser aufgetakelten Prostituierten.

»Na, meine Süße«, turtelt er.

Sie schweigt, funkelt ihn nur an mit einer Miene wie ein Schutzschild. Der Mann tritt den Rückzug an, beschließt, mit seinem Drink lieber an einen der Tische weiter hinten zu gehen.

Im Nu schlägt die Stimmung im Saloon von entspannt zu lebhaft um, die Männer werden immer betrunkener und lauter, sie flirten mit den Mädchen, die ihnen in ihren schulterfreien Kleidern und hüfthohen Strümpfen eifrig lauschen.

»Vicki«, sagt der Mann, der sich das Geld ergaunert hatte, »du hast die süßesten Mädels von hier bis Dawson.«

»Und du«, erwidert Vicki und pafft an ihrer Zigarre, »bist der heißeste Neandertaler, den ich kenne.«

»Was ist mit dem holländischen Mädchen? Wie viel kostet die?«, fragt ein blonder, junger Bursche, dem die goldenen Strähnen über die Augen fallen wie bei einem Bobtail.

»Ich?«, fragt Aubry, zutiefst belustigt.

Marta kann es nicht fassen. Sie ist es, Aubry Tourvel, unter den Prostituierten. Wie lange ist sie schon hier? Einen Tag? Zwei? Drei? Marta hat ihre Hausaufgaben gemacht. Aubry Tourvel ist über fünfzig Jahre alt, und jetzt hockt sie hier herum und trinkt mit einer Schar von Huren, die kaum älter sind als Schulmädchen.

»Was glaubst du denn?«, krächzt Vicki. »Würdest du für diese Schönheit fünfzig Dollar hinblättern?«

»Na, todsicher würd ich das!«, grölt einer der Männer.

»Dann ist das ihr Preis – fünfzig Dollar!«

Aubry lacht. Auch die Mädchen stimmen ein. »O nein, Carl«, ruft ihm Aubry mit ihrem Glas in der Hand zu. »Ich kenne das perfekte Mädchen für dich. Ich muss nur schauen, ob der Zoo sie heute rauslässt.«

Auch sie erntet ihre Lacher. Die Männer hat sie längst für sich gewonnen.

Wie schneidet Aubry Tourvel im Vergleich mit diesen jungen Frauen ab? Ist ihre Haut runzlig? Aber natürlich, Krähenfüße in den Augenwinkeln und tiefe Falten auf der Stirn. Bekommt sie graue Haare? Besonders an den Schläfen. Und doch buhlen zehn, zwanzig, ja gar dreißig Jahre jüngere Männer um ihre Gunst. Marta ist erst Mitte dreißig und sieht kaum jünger aus als diese Frau.

Vicki packt Aubry am Arm und führt sie weg von dem lärmenden Pulk, hinüber zur Bar, wo sie glauben, ungestört zu sein, doch wo Marta, die alles sieht, ohne gesehen zu werden, jedes Wort verstehen kann.

»Du verträgst 'ne Menge, du bist gut fürs Geschäft, und

ich mag dich«, sagt Vicki. »Warum arbeitest du nicht für mich?«

Marta hört staunend zu. Fragt sich, ob sie mit fünfzig je solche Offerten kriegen wird. Doch wenn sie glaubt, dass Aubry, mit ihrer großbürgerlichen Erziehung in Paris und ihrer Berühmtheit dank den Zeitungen, sich dadurch beleidigt fühlt, liegt sie falsch. Aubry wird weder blass, noch protestiert sie und verteidigt ihre Ehre. Sie scheint es sogar fast in Betracht zu ziehen.

»Ich mag dich auch, Vicki«, entgegnet Aubry. »Lass mich eine Nacht darüber schlafen.«

Sie füllen ihre Gläser wieder auf und wollen sich gerade wieder ins Getümmel stürzen, als Marta aufsteht und ihr hinterherruft.

»Aubry! Aubry Tourvel!«

Doch Aubry kann sie nicht hören, zu laut ist die spontane Feier ringsumher. Also setzt sich Marta wieder hin und schaut zu, wie der Abend sich entwickelt.

Eine Stunde später sind noch immer alle da, eingehüllt im dichten Rauch von Vickis handgerollten Zigarren. Einige der Männer haben ihre Lieblingsmädchen schon gefunden, die nun auf ihrem Schoß sitzen und ihnen beim Küssen den Alkohol von den Lippen lecken. Keiner ist bisher auf eins der Zimmer oder durch die Hintertür verschwunden. Noch nicht. Die Männer lassen ungeniert die Muskeln spielen und messen sich zur hellen Freude der Mädchen beim Armdrücken. Die Mädchen wiederum heben die Röcke und vergleichen ihre Beine, Aubrys eingeschlossen, dann fordern sie die Männer auf, die Hübschesten zu wählen. Arme Marta, wie sie müde und erschöpft dasitzt und sich aus ihrer stillen Ecke alles anschaut. Doch sie nehmen kaum Notiz von ihr, bei all den Drinks, Mutproben und dreckigen Witzen.

»Was kann ich tun, Vic? In mir lodert dieses brennende Verlangen für diese schwedische Schönheit, aber sie will mich einfach nicht!«, krakeelt einer der Männer.

»Hast du's schon mit Alkohol probiert?«, fragt Vicki.

Also schnappt Aubry sich sein Glas und leert es in einem Zug. Sie beäugt ihn eingehend, während der Schnaps ihr spürbar zusetzt.

»Schon besser«, urteilt sie, »aber du bist immer noch der hässlichste Bursche in ganz Kanada!«

Alle brechen in Gelächter aus. Selbst Martas Lippen verziehen sich unter der Krempe ihres Stetsons zu einem leichten Schmunzeln.

Erst um Mitternacht verlässt Aubry den Saloon. Einige der Männer haben sich am Ende Huren mitgenommen, andere warten, bis sie an der Reihe sind. Die Hochstimmung ist abgeklungen, und Aubry ist müde – und obendrein etwas beschwipst –, aber sie verlässt den Saloon noch immer gut gelaunt. Sie winkt Vicki und ihren Mädchen zum Abschied zu, und auch den ungewaschenen Männern, noch immer milde vor sich hin lächelnd, zehrt noch immer von der Ausgelassenheit der letzten Stunden, als sie mit Tasche und Gehstock durch den Schlamm stapft.

Ehe sie sichs versieht, läuft ein Mann mit südländischem Teint neben ihr her und spricht sie mit einem Akzent an, den sie schon lange nicht mehr gehört hat.

»Sie haben gesagt, dass Sie sie morgen wiedersehen, aber das stimmt gar nicht, habe ich recht?«, sagt sie.

Aubry starrt ihn verständnislos an – es ist der klein gewachsene Kerl, der vorhin in den Saloon kam, aber was für eine hohe Stimme er hat. Sie schaut genauer hin.

Wie achtlos sie doch ist.

Eine Frau.

Doch Aubry marschiert weiter, macht sich nicht die Mühe, ihr zu antworten.

»Sie sind jetzt zwei Tage hier, vielleicht schon drei«, fährt die Frau fort. »Morgen werden Sie sich wieder in Bewegung setzen müssen.«

Aubry hält an, steht knöcheltief im Schlamm und mustert diese Frau von Kopf bis Fuß. Sie ist zwar kaum größer als eine Sonnenblume, hat aber wunderschöne braune Augen. Auf den ersten Blick wirkt sie zerbrechlich, aber wenn das stimmen würde, hätte sie es niemals bis hierher geschafft. Aubry stapft wortlos weiter. Einer der Burschen läuft ihnen hinterher, schwankend und sternhagelvoll, und sie will machen, dass sie weiterkommt.

»Ich bin Marta«, sagt die Frau, fit genug, um mit ihr Schritt zu halten. »Marta Arbaroa von der *El Correo Español*. Ich reise Ihnen hinterher, seit Sie in Yellowknife angekommen sind. Ich wollte Sie in Whitehorse einholen, war aber zu spät, also habe ich den Zug genommen und Ihre Spur bis hierher verfolgt. Das war nicht einfach. Würden Sie bitte mit mir reden?«

»Mit Ihnen reden?«, wiederholt Aubry. »Natürlich werde ich mit Ihnen reden. Worüber möchten Sie denn sprechen?«

»Vielleicht über den Mann, der uns verfolgt?«

Aubry wirft einen Blick über die Schulter. Sieht ihn grinsend wie ein Honigkuchenpferd auf sie zuwanken.

»Macht er Ihnen Angst? Ich kümmre mich um ihn«, versichert Aubry ihr. Sie wirbelt herum, marschiert schnurstracks auf ihn zu und baut sich vor ihm auf. Das überrascht Marta, macht sie nervös. Aubry kann es mit dem Mann nicht aufnehmen, so betrunken er auch ist. Aber Marta hat ein Gewehr, geladen und schussbereit. Einmal hat sie damit kurz hintereinander vier Schneehühner vom Himmel geholt. Sie trifft ein Astloch aus hundert Schritt Entfernung. Ihr fällt ein, dass die

Prohibition eine Forderung der Frauenrechtsbewegung war, einer Bewegung, die Marta voll und ganz unterstützt, und wenn es sein muss, hat sie nicht die geringsten Skrupel, diesen bezechten Rüpel zu erschießen.

»Wo willst du hin?«, fragt Aubry den grienenden Betrunkenen.

»Wo immer du hingehst«, sagt er mit seinem alkoholisierten Grinsen. Wäre Marta nicht so angespannt, würde sie den Anblick womöglich sogar komisch finden.

»Das geht nicht«, versetzt Aubry. »Du trollst dich nach Hause.«

»Du kommst mit mir.«

Er grapscht nach Aubrys Arm, doch da schnellt ihr Speer bereits an seine Kehle. Marta reißt die Augen auf. Das Blut gerinnt ihr in den Adern. Sie greift reflexartig nach ihrem Gewehr. Das Lächeln des Betrunkenen wirkt auf einmal nicht mehr ganz so überzeugend.

»Du gehst jetzt nach Hause«, sagt Aubry. »Du bist ein wenig angetrunken, und ich mag meine Männer nett und nüchtern.«

Er weiß nicht, wie er reagieren soll. In seinem benebelten Hirn wägt er seine Möglichkeiten ab.

»Glaub ja nicht, dass du schneller bist als dieser Speer«, warnt Aubry ihn. »Und selbst wenn du es bist, habe ich noch das hier für dich.« Daraufhin zeigt sie ihm ganz beiläufig ihre Pistole – die Pistole, die sie in ihrer anderen Hand hält, die Pistole, mit der sie noch nie auf irgendwen geschossen hat, mit der sie nun aber direkt auf seine Stirn zielt. »Geh jetzt heim. Schlaf dich aus. Ich rühre mich nicht vom Fleck, bis du verschwunden bist.«

Ein wenig lächelt er noch immer, hält daran fest, während er ein paar Schritte zurückweicht, beinahe stolpert und davonwankt. »Geh weiter«, ruft sie ihm freudig hinterher. »Gute Nacht! Wir sehen uns dann morgen!«

Marta steht mit offenem Mund da, sieht, wie der Betrunkene den Rückzug antritt. Noch einmal lugt er ungläubig über die Schulter, wie ein Junge, der eine Brille braucht. Aubry ist kein bisschen durcheinander. Sie ist ihn spielend losgeworden, musste nicht mal einen Warnschuss abgeben. Sie winkt ihm zum Abschied hinterher. Marta ist sich zwar nicht sicher, aber es scheint, als würde Aubry sich einen Spaß aus der Sache machen.

»Hihi! Schnell!«, flüstert Aubry, als sie kichernd wie ein Schulmädchen auf Zehenspitzen zurück zu Marta schleicht. »Nichts wie weg hier.«

Sie biegen scharf nach links und fliehen gemeinsam ins rauschende Dickicht des Waldes.

59

Mit Marta am Klondike

Aubry hat sich bereits einen Schlafplatz für die Nacht gesichert, auf dem leeren Heuboden einer Scheune eine Stunde flussabwärts. Marta stöbert nach ihrer elektrischen Lampe, doch Aubry kommt ihr zuvor, zieht eine Salbe aus der Tasche, schmiert sie in eine Blechdose und zündet sie an. Eine warme Flamme lodert auf und spendet ihnen Licht. Marta starrt verwundert drein.

»Wie lange wird die brennen?«, fragt sie.

»Die ganze Nacht.«

»Wo haben Sie die her?«

»Habe ich mal von einer Jagdgesellschaft gelernt, in …« Sie stampft ungeduldig mit dem Fuß auf, versucht krampfhaft, sich zu erinnern, aber es waren einfach zu viele Orte, sodass sie sich nicht entsinnen kann. »Meine Güte«, stöhnt sie. »Wo war das noch mal?«

»Mit wie vielen Jagdgesellschaften waren Sie unterwegs?«

»Ach, ich glaube nicht, dass ich die alle zählen kann.«

Marta hat ihr Notizbuch gezückt und schreibt es auf.

»Das ist also eine typische Nacht für Sie?«

»O nein. Das hier ist viel bequemer als sonst.«

»Mein Gott.«

»Ja.«

»Und diese Männer ... und Sie, so ganz allein. Ist das nicht furchtbar gefährlich?«

Aubry lässt sich die Frage durch den Kopf gehen. Diese Männer heute Abend waren nicht gefährlich, das hätte sie gemerkt. Sie denkt an die drei Männer, die sie in Indien getötet hat. Denkt an ein pestverseuchtes Dorf in Afrika, ein Kind, das von der Flut mitgerissen wurde, an einen schrecklichen Brand in einem Grandhotel, und all diese Erinnerungen, deren Abfolge und Bedeutung verschwimmen in ihrem Kopf.

»Ja«, sagt sie, doch dann denkt sie zurück an Lionel Kyengi, und ihre Stimmung hebt sich. Sie vergisst die Schrecken – denkt stattdessen an Lionel im Zug, eine ganze Woche mit ihm. Wie glücklich sie damals war.

»Ja?«, fragt Marta.

»Nein«, sagt Aubry.

»Nein?«

Wenn Lionel hier bei ihr wäre, denkt Aubry, würden ihre Körper jetzt im Mondlicht glühen. »Ein wenig von beidem vielleicht.«

»Dieser Kerl vorhin, dieser Trunkenbold. Haben Sie jemals irgendwen getötet? Mit diesem Speer? Mit dieser Pistole?«

»Was für eine dreiste Frage an jemanden, den Sie gerade erst kennengelernt haben.«

»Klingt, als hätten Sie's.«

»Wirklich? Nun, nein. Die Antwort lautet: Nein, habe ich nicht«, entgegnet Aubry, ein wenig energischer als beabsichtigt.

»Sie machen den Eindruck, als könnten Sie es tun.«

»Genau das ist ja der Trick.«

Marta hockt mit dem Stift in der Hand da, überlegt, was sie notieren soll. Starrt Aubry an, wartet, dass sie weiterredet.

»Wollen Sie etwa alles aufschreiben, was ich sage?«, fragt Aubry.

Marta schlägt ihr Büchlein zu und legt den Stift beiseite. »O nein. Nicht alles. Aber ich möchte keine wichtigen Details vergessen, bis ich zu meinen Redakteuren in Mexiko zurückkehre.«

Entferntes Geheul schallt aus der Wildnis zu ihnen herüber, ein Rudel Wölfe, das irgendwo da draußen sein kummervolles Lied anstimmt. Sie hören eine Weile zu. Dann, völlig grundlos, nur weil sie ein wenig angetrunken ist, sagt Aubry: »Manchmal folge ich den Tieren.«

»Wie bitte?«

Aubry denkt an die Karibus, denen sie erst vor ein paar Wochen durch die Tundra hinterhergewandert ist. Denkt an die Zeit, als sie den Gnus in einem großen Bogen durch die Serengeti gefolgt ist.

»Die Tiere wandern auch umher. Manchmal denke ich, ich bin gar nicht so besonders.«

Sie erinnert sich, wie sie einst im Schatten von hunderttausend Baikalenten gewandert ist, die auf den Seen von Seosan in Korea überwintern und den Mittagshimmel so verdunkelt hatten, dass er aussah wie ein düsteres Kaleidoskop. Muss daran denken, wie sie an einen winzigen Strand auf den Weihnachtsinseln gepaddelt ist und Tausende roter Krabben zu ihren Füßen ebenfalls an Land gekrabbelt sind, um ihre Eier in den Sand zu legen.

»Und wie kommen Sie damit voran?«, will Marta wissen.

»Manchmal recht gut«, antwortet sie, denn im kühlen Bergland Zentralmexikos durch Wolken von Monarchfaltern zu laufen, ist tatsächlich etwas Wunderbares.

»Und manchmal nicht so gut«, fügt sie rasch an, denn den Eisbären entlang der Hudson Bay zu folgen, um sich von den

Überresten ihrer Beute zu ernähren, war eine durch und durch furchtbare Idee.

»Diesmal komme ich mit Ihnen«, verkündet Marta. »So weit Sie gehen.«

Aubry lacht. Wenn sie Glück hat, schafft es Marta bis zur Bucht. Sie wird sich die Füße wund laufen. Alles wird ihr wehtun. Die Moskitos werden ihr die Hälfte ihres Blutes ausgesaugt haben. Dann wird ihr die Fragerei rasch vergehen.

»Sie können mich nicht abschütteln«, sagt Marta.

»Das werde ich gar nicht tun müssen«, erklärt Aubry ihr. »Aber wir müssen morgen eine ganze Menge auskundschaften, und ich bin ein wenig angetrunken. Gehen wir schlafen.«

»Aber ich bin so weit gereist. Bitte! Es gibt so viel, das ich wissen muss.«

Aubry dreht sich um, wendet sich von ihr ab. »Sie können mir Ihre Fragen morgen stellen. Gute Nacht …« Plötzlich fällt er ihr nicht mehr ein. Es muss am Schnaps liegen. »Wie war Ihr Name noch mal?«

»Marta Arbaroa«, sagt sie. »Das ist das letzte Mal, dass ich Ihnen erlaube, ihn zu vergessen.«

»Ich bin gewarnt.« Viel Mumm für eine so kleine Person. »Gute Nacht, Marta.«

»Gute Nacht, Aubry.«

Aubry schließt die Augen. Marta, der nichts anderes übrig bleibt, tut es ihr gleich.

60

Mit Marta am Klondike

Sie wachen zum Gesang der Vögel auf. Es ist fast unmöglich, nicht mir ihnen aufzuwachen. Die Luft schwirrt nur so vor schrägen Melodien. Die Vögel schlafen niemals aus, also kann Aubry es auch nicht. Sie erwartet, dass Marta nicht so früh aufsteht, doch sie tut es, völlig klaglos. Die beiden brechen ihr Lager ab und klettern steile, fast senkrechte Hänge hinauf, bis sie die Bäume hinter sich gelassen haben und der Waldboden voller trockener Fichtennadeln orangefarbenen Flechten auf kargen Felsen weicht.

Aubry glaubt, dass Marta heute aufgibt und nach Hause geht. Aber trotz ihrer zwergenhaften Größe ist ihre Atmung weiterhin gleichmäßig, ihr Tritt sicher. Meistens freut sich Aubry über Gesellschaft, aber sie weiß nicht, wie lange sie diese Frau erträgt, die sie in einem fort mit Fragen bombardiert, ihr wie ein kleiner Kläffer um die Beine streicht.

»Du bist beileibe nicht die erste namhafte Persönlichkeit, die ich interviewt habe«, sagt Marta zu ihrer Verteidigung. »Ich habe mitgeholfen, Pascual Orozco über Nacht berühmt zu machen.«

»Vorsicht, Marta. Wenn du so weitermachst, könnte man fast meinen, du würdest prahlen.«

»Natürlich prahle ich! Was bringt es denn, irgendetwas zu erreichen, wenn niemand je davon erfährt?«

Die Aussicht lichtet sich – ein Gipfelpanorama, das sich über unzählige Meilen hinzieht. Nichts ist verborgen. Und doch bleibt Marta stehen, um eine Karte zu entfalten.

»Du machst das ganz falsch«, erklärt ihr Aubry. Sie macht sich nicht die Mühe, ihren Rucksack abzusetzen. Sie ist die Geduld in Person, steht einfach da und wartet, bis Marta gefunden hat, was auch immer sie gerade sucht. Vielleicht, denkt Aubry, wird das eines Tages ihr Verderben sein.

»Was soll das heißen?«, fragt Marta. »Ich versuche doch nur, den richtigen Weg zu finden.«

»Den *richtigen* Weg finden? Wir haben uns doch nicht einmal verlaufen. Wie sollten wir den richtigen Weg finden, wenn wir uns gar nicht verlaufen haben?«

»Wie sollen wir denn ohne Karte Juneau finden?«

»Wie haben wir ohne Karte diesen Ausblick gefunden?«

»Du gehst einfach los?«

»Darin liegt viel Schönes, weißt du?«

»Im Verhungern? Im Erfrieren?«

»Im Wandern ohne Ziel.«

Marta zögert, dann, womöglich nur aus wissenschaftlicher Neugier, faltet sie ihre Landkarte zusammen und packt sie weg. »Hast du diese Philosophie auch schon anderen außer mir ausgebreitet?«

»Ich schätze schon.«

»Und waren die so geduldig mit dir wie ich?«

»Nein, Marta. Du bist die Geduldigste von allen.«

Sie laufen weiter, Aubry mit ihrem Speer, Marta mit einem eigenen Wanderstock. Wie echte Nomaden marschieren sie möglichst geräuschvoll, um alles aufzuscheuchen, was auf ihrem Weg lauern könnte, stampfen ihre Stöcke auf den Boden, klappern mit Metallenem. Erst dachte Aubry, sie müsste es erklären, doch Überlebensstrategien in der Wildnis scheint Marta ganz instinktiv zu verstehen.

Sie folgen dem steinernen Rückgrat des Gebirges, genießen Ausblicke, an die sie sich später nie recht werden erinnern können, klarer Himmel, ferne Wasserflächen im Süden und im Westen, vorbeiziehender Gewitterregen im Osten.

»Wie viel hast du den anderen erzählt?«, fragt Marta.

Aubry hat eine riesige Sammlung von Erinnerungen zur Auswahl, ein wahres Sammelsurium davon. Aber wie war die Reihenfolge? Was ist zuerst geschehen? Kapstadt oder Kap Horn? Ist sie von Cartagena nach Caracas gesegelt oder von Caracas nach Cartagena? Kannte sie den Geschmack von grünen Kokosnüssen, bevor sie nach Somaliland kam, oder erst, nachdem sie wieder fort war? Spielt das eine Rolle? Und wenn ja und sie kann sich nicht erinnern, was hat es dann für einen Sinn? Und wenn nicht, dann ist ihr Leben etwas, das sie sich nach Gutdünken zusammenpuzzeln kann, und somit auch eine Lüge.

»Ich habe allen alles erzählt. Mein ganzes Leben ist da draußen. Nur in unzähligen Einzelteilen. Du musst nur die etwa hundert fremden Menschen finden, denen ich die Bruchstücke erzählt habe.«

»Und was erzählen diese Fremden dir?«

»Diese Fremden?«, sagt sie. »Die erzählen mir alles!«

»Geheimnisse?«, fragt Marta, neugierig wie ein tratschendes Schulmädchen.

»Ja, Marta«, sagt Aubry und hebt verschwörerisch die Brauen. Normalerweise gehört sie nicht zu den Menschen, die Vertraulichkeiten ausplaudern, selbst die von Fremden nicht, aber was macht das schon, jetzt, da sie so weit weg sind? Marta kennt sie nicht. Sie wird sie nie treffen oder ihre Namen erfahren. Und was das angeht, hat auch Aubry sie ja kaum gekannt, und was man ihr erzählt hat, ist weit weg und lange her. Ihre Reisen und all die Menschen, die sie dabei getroffen hat, existieren nicht mehr. Durch ihr Fortgehen hat Aubry sie preisgegeben, als hätte sie sie dem Tod überlassen. Das Höchste, auf das sie hoffen kann, ist, dass ihre Erinnerungen hin und wieder aufklingen, wie ein Windspiel in einem weit entfernten Wald. Vielleicht ist es ja ganz heilsam, dieser Journalistin, die sie andauernd mit Fragen löchert, ein paar Dinge zu offenbaren. Sie ist weit genug gelaufen. Manchmal ist es befreiend, zurückzublicken und zu sehen, wo die eigenen Füße überall gewesen sind.

»Alle hegen mindestens ein Geheimnis, das einem das Herz bricht«, sagt Aubry zu Marta. »Alle.«

Sie muss an die arme Frau in Angola denken, die neben ihr herging, während sie ihren Esel den staubigen Savannenpfad entlangzerrte. Vor ihnen liefen ihre vier Kinder, drei Mädchen und ein Junge, außer Hörweite spielend und herumtollend voraus. »Es gab noch ein fünftes Kind«, flüsterte die Frau ihr zu. »Aber niemand weiß davon, denn ich war jung und ängstlich und habe es im Fluss ertränkt.« Lautlos rannen ihr die Tränen über die Wangen. Sie hatte es noch nie jemandem erzählt. Aubry hörte sich ihre Beichte an und hielt der Frau auf dem gesamten Heimweg fest die Hand.

Oder an den Peruaner mit der Fliege, der im Zug hinab nach Cusco neben ihr gesessen hatte. »Ich hatte einmal einen Angestellten, der in meinem Geschäft Geld stahl. Er bettelte und flehte mich an, aber ich wollte nichts davon wissen – ich habe ihn entlassen und dann bei jedem, der es hören wollte, schlechtgemacht. Eine Woche später hat er sich erhängt.« Dann, erinnert sich Aubry, verfiel der Mann aus Cusco einen Augenblick in Schweigen. »Wie sich herausstellte, hatte er das Geld gar nicht gestohlen. Ich hatte es verlegt. Und vergessen.«

Die reiche Amerikanerin, die so blendend aussah wie ein Filmstar – Aubry saß auf ihrer Jacht, lehnte sich zurück in die Kissen und sonnte sich neben dieser umwerfenden Frau, die ihr Gesicht hinter einer Sonnenbrille verbarg, damit ihre Schönheit niemanden erblinden ließ. Sie spielte mit ihren Perlen, wie Aubry sich erinnert, und in ihrer Stimme lag tiefe Verzweiflung. »Es gibt da diese Krankheit, die meinen Vater umgebracht hat und auch dessen Vater, und ich glaube, ich habe dieselben Symptome«, erzählte ihr die Frau, »aber ich habe zu große Angst, um mich untersuchen zu lassen.« Die Krankheit würde sie bald einholen, ihr nach und nach das Leben rauben, und all ihr Reichtum würde ihr nicht helfen.

Und in jener Nacht, in ihrer flachen Höhle unter einem Felsvorsprung, der sie vor dem Regen schützt, an einem kleinen Lagerfeuer, das sie wärmt, schaut Marta Aubry an und sagt: »Du bist ein wandelndes Verzeichnis gefährlicher Geheimnisse.«

»Sie vertrauen mir diese Dinge an, weil ich für sie nicht real bin. Ich komme und gehe, und wenn ich gehe, dann bin ich für immer weg, mitsamt ihren Geheimnissen, es ist, als würde man das Geständnis eines furchtbaren Verbrechens in einen tiefen, dunklen Brunnen flüstern.«

»Hast du irgendwelche Geheimnisse?«

Aubry schaut weg, stochert im Feuer herum. »Dummerchen. Natürlich nicht.«

Marta setzt sich etwas auf. »Ha, dann hast du eins. Es muss riesig sein. Und schrecklich.«

»Nein. Schrecklich ist es nicht.«

»Sondern? Welches Geheimnis ist so harmlos, dass du dich nicht traust, es mir zu sagen?«

Aubry zieht eine Braue nach oben, lacht kurz auf. »Sag *du* es mir, Marta. Hmm? Sag *du* es mir.«

Marta lächelt, vor allem in sich hinein. »Reden wir nicht mehr über Geheimnisse«, pflichtet sie ihr bei, und sie verstummen.

Plötzlich dreht Marta sich zu Aubry um, diesmal ist ihr Lächeln breiter, aber auch etwas verschmitzt. Ihr Blick fällt auf Aubrys Beine, die unter ihrem Wollrock hervorschauen. »Aber ich frage mich«, sagt sie, »du musst doch die stärksten Beine der Welt haben.«

»Die habe ich!« Aubry strahlt. Sie ist stolz auf ihre Beine. »Die sind hart wie Stahl!«

»Darf ich mal sehen?«

»Aber natürlich!«, sagt sie. Sie freut sich immer, wenn sie ihre Muskeln zeigen darf. Aubry zieht ihren Rock hoch. Marta beugt sich zu ihr herüber, um sie zu berühren, die Kraft unter der Haut zu spüren. Beeindruckt fährt sie mit der Hand mehrmals über Aubrys Bein.

»Wie Marmor …«, murmelt sie. »Wie ein Kunstwerk …«

Ihre Hand gleitet Aubrys Schenkel hoch, etwas zu weit, etwas zu langsam. Aubry erstarrt und mustert Marta aufmerksam, fragt sich, wo Martas Hand wohl als Nächstes hingelangen wird und wie sie damit umgehen soll.

Marta schaut sie gar nicht an, bewundert nur ihre glatten, muskulösen Beine, lässt ihre Finger zärtlich von unten nach oben wandern. Dann, ohne Erklärung oder Scham, nimmt sie ihre Hand weg und dreht sich auf die Seite, um zu schlafen.

»Gute Nacht«, sagt sie.

Aubry betrachtet sie im Feuerschein noch eine Weile, bevor auch sie sich in die Decken wickelt und zum Trommeln der Regentropfen und fernen Donnergrollen wegdämmert.

61

Ein unbeweglicher Traum

In dieser Nacht träumt Aubry, dass Qalima bei ihr ist, mit ihrer Staffelei direkt vor der Höhle sitzt und an einem Aquarell malt, das viel größer ist als ihre üblichen Arbeiten.

»Hattest du eine Vision?«, fragt Aubry.

»Gerade jetzt habe ich eine«, antwortet sie ihr. »Schau!«

Aubry tritt so nahe heran, dass sie ins Bild hineingeht. Das überrascht sie nicht. Was sie überrascht, ist, dass sie in der Bibliothek steht, einem prachtvollen Gewölbe aus Säulen, Regalen und Bögen, die sich bis weit in die Ferne ziehen, und es ist voller Menschen aus vielen Zeiten und von vielen Orten. Aubry ist so sehr an menschenleere Bibliotheken gewöhnt, dass sie diese vor Leben nur so strotzende erstaunt.

Vor ihr sitzt wieder Qalima, malt wieder an ihrer Staffelei. Aubry geht zu ihr, tritt auch in dieses Gemälde ein.

Jetzt steht sie vor einem großen Fenster, das auf einen schwarzen Fluss und dichte Urwaldbäume hinausgeht, genau wie auf Qalimas Bild, das sie in Indien einst gesehen hat. Sie erkennt sogar den Unterstand aus breiten Dschungelblättern und das Lagerfeuer, das darunter flackert. Qalima hatte recht. Irgendwie fühlt es sich wie ihr Zuhause an.

Sie will rausgehen, sich dieses neue Zuhause ansehen, doch bald schon muss sie feststellen, dass es in dieser Bibliothek keine Türen gibt und die Fenster sich weder öffnen noch einschlagen lassen.

Plötzlich weiß sie, dass dieser Ort ihre letzte Heimat auf Erden sein wird.

Als sie aus ihrem Traum erwacht, ist es mitten in der Nacht. Der Himmel ist voller Sterne. Sie denkt an Qalima und fragt sich, wie viele Geburtstagswünsche sie schon gewährt hat, wie viele Menschen durch die Welt wandern oder in ihren Häusern sitzen oder ihrer Arbeit nachgehen und warten, darauf warten, dass ihr Wunsch – was auch immer es sein mag – in Erfüllung geht.

62

Mit Marta am Klondike

Aubry steht bei Sonnenaufgang auf und geht hinab zum Bach, um sich im Eiswasser das Gesicht zu waschen. Die Luft ist kalt und das Wasser sogar noch kälter, aber Aubry hat einmal gehört, dass man der Kälte immer noch am besten mit Kälte beikommt. Ein schwedischer Bauer hat ihr das einmal erzählt, ein schwedischer Bauer, der jeden Tag ein kaltes Bad genommen hat, indem er bei jedem Wetter in einen Teich nahe seinem Haus gesprungen ist. Damals war er siebzig und erfreute sich bester Gesundheit. Also tut sie es ihm hin und wieder gleich.

Sie hat kaum einen Tropfen Wasser auf der Haut, als sie jäh erstarrt, stocksteif am Ufer innehält. Sie glaubt, etwas gehört zu haben – ein dumpfes Brummen, tief wie Donnergrollen.

Sie schaut auf. Hinter dem niedrigen Gebüsch bewegt sich etwas, etwas Großes und Schweres. Ein Rascheln in den Sträuchern auf der anderen Flussseite.

Sie greift nach ihrem Speer, aber er ist nicht da. Er liegt immer noch im Lager, erinnert sie sich. Genau dann, wenn sie ihn am meisten braucht.

Und da kommt er auch schon aus dem Wald, pflügt durch den Weinahorn und den Frauenhaarfarn, mit tief gesenktem Kopf und spitz aufragenden Schultern – ein Bär.

Am anderen Flussufer bleibt er stehen. Grunzend funkelt er sie an, stößt heißen Atmen durch seine schwarzen Lippen und Zähne. Der Bär mag es nicht, wenn sie sich in seinem Fluss wäscht. Er ist riesig, ein Felsblock zwischen Felsblöcken, mit struppigem, langem braunem Fell. Ein Grizzly, da ist sie sich sicher.

Vielleicht kommt er ja nicht über den Fluss, denkt sie, aber der Fluss ist gerade mal knöcheltief. Natürlich wird er ihn überqueren. Er wird auf sie losgehen, seine Krallen werden platschend durch das Wasser rudern, die Luft erfüllt sein von der aufstiebenden Gischt, und in zwei Sätzen wird er bei ihr sein. Er wird eine seiner Tatzen heben und ihr mit nur einem Hieb den Kopf abschlagen.

Sie bestaunt die Willkürlichkeit des Todes. Ein unbedachter Schritt auf einem Bergpfad. Ein falscher Pilz, bei dem man sicher war, dass man ihn kannte. Das spontane Verlangen nach einem kalten Bad am frühen Morgen, einem so friedlichen dazu – dann, plötzlich, ein Bär, und ohne Vorwarnung kommt das ganze Leben jäh zum Stillstand.

Eine Bewegung zu ihrer Linken. Das Klicken eines Gewehrs. Plötzlich steht Marta neben ihr, nein, jetzt steht sie sogar vor ihr. Marta tritt zwischen Aubry und den Bären, das Gewehr auf Augenhöhe, den Kopf des Tieres im Visier.

»Steh auf«, sagt Marta mit bemühter Ruhe in der Stimme, doch ihre Angst ist unverkennbar, wie etwas, das man riechen kann. »Und geh ganz langsam rückwärts.« Ihr Körper ist gespannt wie ein Stahlseil, ihr Kiefer so verhärtet, dass ihr Gesicht ganz anders aussieht.

Aubry steht auf, weicht zurück.

»Schau ihm weiter in die Augen«, sagt Marta. »Geh einfach rückwärts. Schön langsam.« Der Bär dagegen rührt sich kaum. Er bewacht sein Ufer des Bachs, fletscht die Zähne und blickt finster drein. Er könnte angreifen, doch sieh, wie Marta ihn aufs Korn nimmt. Was für eine Haltung. Wenn dieser Bär ein wenig schlauer wäre, würde er das Weite suchen, solange er noch kann.

In Wahrheit weiß Aubry natürlich, dass man einem Bären nie den Rücken zukehren darf, immer rückwärtsgehen und sich, wenn sonst nichts hilft, tot stellen sollte. Doch wenn Marta, diese winzige Person, mit so felsenfester Überzeugung spricht – wie könnte Aubry ihr da nicht gehorchen?

Also treten sie den Rückzug an, zwei disziplinierte Soldaten in der Schlacht, immer noch am Leben und deshalb umso stärker.

Marta legt so lange auf ihn an, bis der Bär zwischen den Baumreihen verschwindet und auch das Grollen aus seiner Kehle nicht mehr zu hören ist.

Zurück im Lager, packen sie so rasch wie möglich ihre Sachen und brechen auf. Eine Stunde vergeht. Obwohl sie von dem Bären seither weder etwas gesehen noch gehört haben, drosseln sie so gut wie nie das Tempo.

»Du hättest gefressen werden können«, sagt Aubry, als ihr Puls sich wieder normalisiert hat.

»Es gibt Menschen, die ich liebend gern erschießen würde«, erklärt Marta. »Und dann gibt es Menschen, für die ich liebend gerne sterben würde. Du fällst in die zweite Kategorie.«

Aubry grinst von einem Ohr zum anderen. Wie gut es doch ist, Bewunderer zu haben, denkt sie.

»Aber wirklich, Marta. Du kennst mich doch kaum.«

Marta schielt sie von der Seite an. Schmunzelt kopfschüttelnd in sich hinein, als hätte Aubry gerade den ironischsten Scherz gemacht, den sie seit langer Zeit gehört hat.

Als sie in jener Nacht ihr Lager aufschlagen, schaut Aubry Marta dabei zu, wie sie ihren Schlafsack ausrollt. Ihr fällt auf, dass in ihrer Reisetasche ein schwarzer Hefter steckt. Sie hat diesen Hefter schon einmal gesehen. Hat gesehen, wie Marta Fakten überprüft, an den Rändern Korrekturen einträgt. Er steckt voller Fotografien, Zeitungsausschnitte und handgeschriebener Notizen, alles über sie – alles über Aubry Tourvel.

Darin sind viele Fotos. Aubry sieht sich nicht oft selbst, so gut wie nie sogar. Sie hat gehört, dass andere sie hübsch genannt haben, aber das ist etwas anderes, als eine Fotografie von sich zu sehen – besonders aus einer Zeit, als sie noch jünger war – und festzustellen, dass sie durchaus Schönheit in sich trug.

Aubry hat diesen Hefter zwar schon gesehen, doch erst jetzt wird ihr klar, dass er der bei Weitem schwerste Gegenstand in Martas Tasche ist und dass Marta diesen Hefter – mit allen Fotos darin – von Mexiko City durch die halbe Welt getragen hat, bis hierher zu ihr. Aubry erkennt einen Akt der Hingabe, wenn sie ihn sieht, und einen so innigen hat sie selten erlebt.

63

Mit Marta am Klondike

»Erzähl mir eine Liebesgeschichte«, sagt Marta.

Den ganzen nächsten Tag wandern sie oberhalb der Baumlinie, im Schatten schroffer Gipfel, folgen Tierfährten durch das Alpenmoos. In den Tälern unter ihnen können sie den dunklen borealen Nadelwald sehen, der sie nach Juneau führen wird. Der Marsch ist lang und beschwerlich, erfordert Beine wie Motorenkolben, Lungen wie Fallschirme. Doch wenn Marta verzweifelt oder entmutigt sein sollte, dann lässt sie es sich nicht anmerken.

Sie laufen im Gänsemarsch hintereinanderher, mal in größerer Entfernung, mal dichter beieinander und manchmal, wenn die Umgebung es zulässt, auch Seite an Seite. Hier auf dem Bergkamm sind die Wege breit und einfach, zumindest bis zum Abstieg, und sie können sich mühelos unterhalten.

»Wie bitte?«

»Eine Liebesgeschichte.«

»Warum sollte ich dir so etwas erzählen?«

»Für meine Leser. Die lieben Liebesgeschichten. Jeder liebt die Liebe. Eine muss es doch zumindest geben. Auf all diesen Reisen! Eine gab es doch bestimmt.«

Aubry zögert.

»Das ist ein guter Aspekt, glaube ich«, fährt Marta fort. »Wie kann jemand in deiner Situation lieben? Wo findest du Liebe? Wie bewahrst du sie? Welche Spielarten der Liebe sind für dich überhaupt möglich?«

Aubry beäugt Marta argwöhnisch.

Marta läuft neben ihr her, so geduldig, so unbefangen. Aubry hatte früher schon Reisegefährten. Es gab viele, die ihr folgen wollten, als wäre sie so etwas wie eine Prophetin, doch kaum jemand hielt lange durch. Sie fragt sich, wie lange diese feurige Mexikanerin bei ihr bleiben wird.

»Tatsächlich habe ich alle möglichen Arten von Liebe erlebt«, erzählt Aubry ihr schließlich. »Oberflächliche Liebe. Verzweifelte Liebe. Gierige Liebe.«

»Das ist alles so negativ. Was ist denn mit leidenschaftlicher Liebe?«

»Ja«, sagt sie. »Die auch.«

»Erzähl mir davon.«

»Sie sind alle gleich, Marta. Sie sind alle todgeweiht.«

Sie marschieren noch eine Weile schweigend weiter, bis Marta sagt: »Du glaubst, ich würde prahlen – und das stimmt auch –, aber ich prahle nicht nur mit mir selbst. Ich habe einmal eine Geschichte über einen zehnjährigen Jungen geschrieben, der, als dort ein Feuer ausbrach, seine gesamte Schule gerettet hat. Stell dir das vor! Zehn Jahre alt! Ich habe eine Nonne interviewt, die Hunderte von Kindern davor bewahrt hat, ein Leben auf der Straße zu führen. Wenn ich prahle, dann prahle ich auch mit ihnen. Es ist mein Job, mit der ganzen Welt zu prahlen.«

Aubry schaut sie an, sagt aber nichts.

»Klar will ich ein bisschen angeben. Ich will mit dir angeben. Ich habe das Gefühl, dass das Leben, das du gelebt hast, sehr, sehr …«

Doch Aubry hört schon nicht mehr zu. Sie ist wie angewurzelt stehen geblieben. Erst denkt Marta, dass etwas Schreckliches passiert wäre – ein jäher Schmerz, vielleicht der Ausbruch ihrer Krankheit –, aber nein, Aubry ist aufgeregt. Marta sieht es an ihren Augen, an ihrem Blick, der sich starr auf eine Felswand links von ihnen richtet. Marta dreht sich um. Dann sieht sie es auch.

Eine Tür.

Eine Holztür in der Felswand, hier oben, oberhalb der Baumgrenze, mitten im Nirgendwo.

Mit einem Mal rennt Aubry wie elektrisiert darauf zu. Marta steht fassungslos da, völlig überrumpelt. Kurz darauf macht Aubry auf den Hacken kehrt und packt Marta am Arm.

»Komm schon!«, drängt sie, dann preschen beide los.

Die Tür ist ein stümperhaftes Ding, ein wahllos zusammengezimmertes Flickwerk alter Bretter. Als Aubry es berührt, bricht es beinahe auseinander.

»Hab keine Angst«, sagt Aubry zu Marta. »Aber beeil dich, bevor sie verschwunden ist!« Und mit diesen Worten huscht sie über die Schwelle und zieht Marta hinter sich her in die Finsternis.

»Es ist so dunkel!«, schreit Marta.

»Nein! Es wird gleich hell! Du wirst sehen!«

Aber es wird nicht hell. Sie tasten sich an Wänden entlang, die sich mal hierhin, mal dahin winden. Rempeln irgendwelche Dinge um, ohne zu wissen, was es ist. Marta lässt Aubry los. Einen Moment später dreht sie an dem Rädchen ihrer elektrischen Laterne. Das Licht glimmt langsam auf, und bald erhellt es einen Raum voller provisorischer Regalbretter, Tischen aus Fässern, verstreut herumliegender Knochen kleiner Tiere.

In der Ecke auf dem Stuhl sitzt ein menschliches Skelett, noch immer in Stiefeln und langer Unterwäsche, ein Gewehr in den knochigen Armen.

Aubry schreckt zurück, kracht in ein morsches Regal, das über ihrem Kopf zusammenbricht. Sie versucht, sich auf den Beinen zu halten, schafft es aber nicht, sinkt in die Hocke und starrt mit tief verstörtem Blick auf die Leiche in der Ecke.

Marta hingegen ängstigt das Gerippe nicht im Geringsten. Sie hat über den Bürgerkrieg berichtet, der ihr Land erschüttert hat, über Tatorte von Verbrechen, Verkehrsunfälle. Stattdessen richtet sie ihre Lampe auf Aubry – Aubry, die zusammengekauert an der Wand lehnt.

»Was ich gerade sagen wollte, ist …«, meint Marta, »dass ich das Gefühl habe, dass das Leben, das du geführt hast, sehr, sehr bedeutend, was du jedoch darüber preisgibst, sehr, sehr spärlich ist.«

Aubry, von Staub und Spinnweben überzogen, atmet schwer. Im Blendlicht der Elektrolampe sind Aubrys Augen noch immer schreckgeweitet. Es ist nicht das Skelett, dass sie derart erschüttert hat. Es ist ihre Enttäuschung.

»Hältst du mich für eine Lügnerin?«

Diese Frage hat Marta nicht erwartet. »Nein«, erwidert sie.

»Glaubst du, dass ich verrückt bin? Dass ich mir das alles hier nur einbilde?«, fragt Aubry. »Die meisten Menschen glauben das.«

»Früher habe ich das geglaubt, ja. Aber ich mache meine Hausaufgaben«, antwortet Marta, die sich neben sie kniet. »Weißt du, dass Sylvie noch immer einen fleckigen Kissenbezug hat, voll mit deinem Blut? Sie bewahrt ihn auf, um sich selbst zu vergewissern, dass du keine Wahl hattest. Dass du weggehen musstest.«

Aubry wendet den Blick von dem Skelett ab und sieht Marta an.

»Du hast mit Sylvie gesprochen?«

»Ich habe mit deinen beiden Schwestern gesprochen. Ich habe dein altes Zuhause gesehen, dein altes Zimmer. Ich war am Grab deiner Eltern.«

Aubry sagt nichts, starrt nur in die Leere. Ein sonderbares Gefühl. Neid. Reue. Marta war da, wo Aubry nie wieder hingehen kann.

»Wo ist Papa?«

»Neben deiner Mutter. Pauline meinte, er sei an einem gebrochenen Herzen gestorben, nachdem er deine Mutter verloren hatte. Sie sagte auch, sie alle seien ein klein wenig gestorben, nachdem du weggegangen bist, was wohl ganz natürlich ist. Wenn wir Schwestern gewesen wären und ich dich verloren hätte, wäre ich auch ein wenig gestorben.«

Aubry hört nur selten etwas von ihrer Familie. Und wenn, dann ist es sehr geschönt – entweder von ihrer Mutter, ihren Schwestern oder ihrem Vater –, sie alle wollten es ihr leicht machen. Sie weiß, dass sie viel Schmerz verursacht hat. Nur hat sie es noch nie so unverblümt gehört wie jetzt aus Martas Mund.

»Sag mir«, sagt Marta. »Wie soll sich deine Lebensgeschichte einmal lesen?«

»Mein Leben ist keine Geschichte, die du einfach aufschreiben kannst.«

»Aber angenommen, sie wäre es. Angenommen, alles, was wir erleben, wäre eine Geschichte, ob wir es wissen oder nicht. Wie wäre die? Wie würden wir sie schreiben? Hmm? Willst du eine Nebenfigur in deiner eigenen Geschichte sein? Oder der Bösewicht? Soll dein Leben eine Tragödie sein? Eine Komödie? Es geschieht doch allzu leicht, dass einem die Bedeutung seines eigenen Lebens aus den Händen gleitet.«

Aubry steht auf. Klopft sich grauen Staub von der Kleidung und geht zur Tür, wo nun das Tageslicht hineinfällt.

»Ich schätze, ich muss dir etwas sagen«, gesteht Aubry.

»Das schätze ich auch.«

Doch Aubry starrt nur zu Boden. »Es ist schwer.«

Die Elektrolampe wird schon schwächer, das Licht fängt an zu flackern, bevor es ganz verlischt.

Sie verlieren kein Wort mehr darüber, nicht, als sie aus der Tür treten, nicht, als sie durch die Bäume hinabsteigen, ihr Lager aufschlagen, Essen kochen und ihre Schlafsäcke ausrollen. Als die Dunkelheit hereinbricht, schweigen sie noch immer. Sie fallen in einen unruhigen Schlaf. Aubry ist schon vor dem Morgengrauen auf, hockt in ihrem Schlafsack da und sieht zu, wie sich der Himmel aufhellt. Marta wacht kurz nach ihr auf und beobachtet sie dabei.

»Schreib nichts mit«, sagt Aubry. »Noch nicht.«

»In Ordnung.«

Sie packen ihre Sachen und brechen auf zu einem weiteren Tagesmarsch, anfangs völlig wortlos, da sind nur das Tappen ihrer Schritte auf den Flechten, das Knirschen ihrer Sohlen auf den Kieseln. Schließlich, nach stundenlangem Schweigen, kann Aubry nicht mehr an sich halten. Sie hat ein Versprechen abgegeben. Sie öffnet den Mund und erzählt Marta alles.

64

Mit Marta am Klondike

Marta kann ihre Aufregung kaum zügeln. Sie lässt sich nicht beruhigen oder bändigen. Aubry hat sie noch nie so aufgewühlt erlebt, wie sie händeringend auf dem Kliff mit Blick über Juneau und den Gastineau Channel dreihundert Meter unter ihnen auf und ab stiefelt.

»Eine Bibliothek?«, ruft sie noch einmal aus.

»Ja«, sagt Aubry noch einmal.

Marta zieht weiter fiebrig ihre Kreise, nur einen Fehltritt von der Felskante entfernt, und lässt sich Aubrys Erzählung durch den Kopf gehen. Wie sie bei all dem Rumlaufen und Händeringen überhaupt zu einem klaren Gedanken fähig ist, wie sie es schafft, nicht von der Klippe in die schlammigen Straßen von Juneau zu stürzen, weiß Aubry nicht, doch es gelingt ihr.

»Eine unendliche Bibliothek?«

»Habe ich *unendlich* gesagt? Das weiß ich nicht. Woher sollte ich das wissen? Woher sollte irgendwer das wissen?«

Aubry hatte erst Bedenken, ihr von den Bibliotheken zu erzählen, aber sie muss zugeben, dass Martas Reaktion sie über alle Maßen erfreut. Als sie sieht, wie Marta so aufgedreht an der Felskante herumtigert, zerstreuen sich all ihre Befürchtungen.

»Aber es war eine Bibliothek?«, hakt Marta nach.

»Ja.«

»Und sie verlief mitten durch die mächtigste Gebirgskette der Welt?«

»O nein«, sagt Aubry und winkt mit der Hand ab, als wolle sie eine Fliege wegscheuchen.

»Nicht nur dort. Ich bin schon ganz oft in der Bibliothek gewesen. Immer wieder.«

Zum Beispiel, als sie damals durch die nordamerikanische Prärie gewandert ist und sich wunderte – wie immer –, dass ihr Weg jäh vor einem Erdloch endete, das aussah, als hätte irgendein moderner Künstler mitten in der leeren Steppe ein perfektes Quadrat ausheben lassen. Es war tief wie ein Brunnen, breit wie ein Haus. Am Grunde dieses Aushubs, wo blaue Blumen blühten, waren Türen, ganz normale Türen, eine in jeder Wand.

»Manchmal schaue ich nur einen Moment lang weg«, erklärt Aubry, »und plötzlich ist da eine Tür.«

In Grönland, das Schiff mit den abgeknickten Masten und gebrochenen Rippen, von weißem Frost überzogen, im Packeis halb versunken. Sie fragte sich, ob nicht noch etwas Nützliches an Bord sein könnte, und stieg durch die Luke zur Kajütenleiter, diese Luke, die langsam in den Angeln aufschwang, sich hin und her wiegte, als wäre das Schiff noch immer auf hoher See.

»Und noch eine …«, fährt Aubry fort, als sie an diesen riesengroßen Baum zurückdenkt – wo war das noch? In Madagaskar? Mosambik? Auf welcher Seite des Meeres war sie, als sie den gewaltigen Baum mit dem großen schwarzen Loch fand, in dessen Innerm es stockdunkel war, so dunkel, dass sie sich fragte, ob sich etwas darin befand – und schon stieg sie eine Wendeltreppe hinab, die sich nach unten wand, tiefer und tiefer in die Finsternis.

»… und immer weiter«, berichtet sie. »Und dann gehe ich hinein …«

In die unterirdischen Gänge voller Bücher, vorüber an den Urwaldranken und breitblättrigen Pflanzen, die vergeblich versuchen, die Regale zu verbergen, die Regale, auf denen Schriftrollen und Pergamente liegen, und auch die Schüsseln mit den gespaltenen Kokosnüssen, die allesamt nur auf sie warten.

»Und es ist ein Labyrinth. Die Wege darin haben mich schon durch Urwälder und unter Meeren hindurchgeführt, zu Orten, die nur ich je gesehen habe.«

Die Straße von Makassar etwa hat sie auf einem langen Steg überquert, der durch eine Unterwasserhöhle führte, unter ihr das Meerwasser, darüber tropfende Stalaktiten. Durch die Korallen unter ihr drang Licht empor und leuchtete ihr den Weg. Von der Decke hingen Bücherregale, und hin und wieder blieb sie stehen, um im blauen Wirbellicht zu lesen.

»Aber eins verstehe ich nicht«, wendet Marta ein. »Wenn das alles wahr ist, wieso solltest du je wieder gehen?«

»Ich gehe nicht. Sie wirft mich raus. Ich würde liebend gerne länger bleiben, das kannst du mir glauben.«

Einmal hat sie zur heißesten Zeit des Jahres eine ganze Wüste überbrückt, als sie auf der Suche nach ein wenig Schatten in einem Tunnel rasten wollte, den sie für einen stillgelegten Minenschacht hielt. Kurz darauf hatte sie sich schon verlaufen, schlängelte sich durch ein Labyrinth aus engen unterirdischen Canyons, deren Felsvorsprünge voller Bücher und in deren Windungen Regale mit Schriftrollen gemeißelt waren. Als sie wieder herauskam, stand sie in einem Nadelwald und blickte zurück auf die Wüste. Aber es war noch nicht einmal dieselbe Wüste. Es war ein ganz anderes Land in irgendeiner fernen Ecke dieser Welt.

»Schau doch nach«, fordert sie Marta auf, als sie endlich über die steilen Pfade absteigen, die sich wie Treppen die Klippen hinabwinden und in den Straßen von Juneau erst wieder eben werden. »Du hast doch deine Aufzeichnungen. Wo war ich am heutigen Tag vor zwei Jahren?«

Prompt stiefelt Marta zum nächstbesten Saloon, um sich einen Drink zu genehmigen. Den wird sie auch brauchen, denkt Aubry. Natürlich wird kein Alkohol ausgeschenkt. Prohibition. So etwas vergisst man schnell, wenn man zu lang allein im Wald war. Sie bestellen zwei Gin Rickey ohne Gin und ziehen die Blicke jedes heißblütigen Mannes auf sich. Aubry lächelt liebenswürdig, doch Marta ignoriert sie einfach, schenkt ihnen nicht mehr Aufmerksamkeit, als sie einer entfernt dahinsegelnden Möwe schenken würde.

Marta langt in ihre Reisetasche und wühlt nach ihrem Ein und Alles, ihrem schwarzen Hefter voller Aubry. Blättert darin herum.

»Moment mal. Hier hab ich's«, sagt sie. »Ein Artikel aus Adelaide, Australien. Man hat dir den Stadtschlüssel verliehen.«

»Ja. Und wo war ich eine Woche später?«

Marta sieht sie unsicher an, blättert dann erneut in ihrem Hefter, während Aubry ihren Gin Rickey ohne Gin schlürft. Marta sucht, bis sie plötzlich auf die Antwort stößt, kann es jedoch nicht glauben.

»In Paris«, sagt sie.

»In Paris«, stimmt Aubry zu.

Wie ist das möglich? Wie reist man in einer Woche von Australien nach Frankreich? Marta zittern die Hände. Sie ist verwirrt, vielleicht sogar verstört, aber ihre Aufregung steigt wie eine Signalrakete.

65

Terra Obscura

Sie schwang ihre Füße auf die Steinbrüstung, damit der Lavastrom unter der Brücke ihr die Zehen wärmen konnte. Mit einer Hand spielte sie mit einer Goldmünze, ließ sie wieder und wieder durch die Finger kreisen, ein einfacher Zeitvertreib. Mit der anderen blätterte sie Seiten um. Es roch nach Schwefel hier unten, doch das heiße, zähflüssige Licht erfüllte jede Ecke dieser unterirdischen Ruinen wie in einer gespenstischen Vision der letzten Tage von Pompeji.

Neben ihr lag ein ganzer Berg aus Büchern und Schriftrollen, so hoch aufgetürmt wie der Stuhl, den sie aus der Stadt hierhergeschleift hatte. Dort hatte Aubry alles Mögliche gefunden – vor allem aber römische Münzen, die in den Ruinen verstreut lagen und die sie neben den Büchern zu einem kleinen Haufen aufgestapelt hatte.

Das Buch in ihrem Schoß musste ein Botaniker gezeichnet haben, jemand, der die Welt bereist und ein Verzeichnis der verschiedenen Pflanzen erstellt hatte, die ihm unterwegs begegnet waren.

Hier, auf dieser Seite, eine Blume, blau und filigran, die nur im Winter blühte, unter tiefem Schnee, wo niemand sie je sehen konnte. Auf der nächsten eine, die so blass war wie ein Pilz und nur in den Schädeln toter Tiere blühte.

Und dort, die seltsamste von allen, war eine Blume von der Größe eines Lampions, so rot wie eine klaffende Wunde. Am Höhepunkt der Blütephase setzte sie eine Pollenwolke frei, die so dick und giftig war, dass ein Pferd davon eine Woche in Tiefschlaf fiel. Aubry war sprachlos. Man stelle sich das vor! Eine Pflanze, die mit ihren Blütenblättern Schlaf verströmen konnte. Wieso sollte sie so etwas tun? Aus welchem Grund? Sie fragte sich, wie dieser Pflanzenkundler seine Entdeckung wohl gemacht hatte. Hatte er den Pollen selbst eingeatmet? Wie lange hatte er geschlafen? Was hatte er geträumt?

Aubry fiel ein, dass sie wahrscheinlich seit einer Woche nicht mehr geschlafen hatte. Sie fragte sich, ob sie diese Blumen wohl hier unten finden würde, und wenn ja, würden sie bei ihr funktionieren? Zeit war ein Konzept, das hier unten kaum noch fassbar schien. Wie lange hatte sie schon ohne Tag und Nacht verbracht? Sie hatte keinen Schimmer. Eine Woche? Einen Monat? Wenn sie schlief, schlief sie dann die ganze Nacht lang? Eine Stunde? Wenige Minuten? Wer wusste das schon in diesen Bibliotheken, diesen Orten der Unlogik jenseits von Zeit und Raum, wo Wissen erst gesammelt und gespeichert wird, um dann ungelesen brachzuliegen.

Auf einmal hörte sie diese Stimme, die aus dem Nirgendwo zu kommen schien. Sie rief ihren Namen: »Aubry! Aubry Tourvel!«

Sie hatte schon zuvor Stimmen gehört, doch immer nur von Weitem, ein Echo in irgendeinem Durchgang, ein Raunen hinter einer Mauer. Manchmal war es nur ein Flüstern, wie das Rauschen morscher Blätter auf einem harten Boden, oder einsam, wie ein ächzendes Metallgetriebe hinter einer fernen Tür. Dies hier aber, dies war neu. Es war glasklar und ganz nah.

Aubry konnte es ganz deutlich hören, trotz des Zischens und Brodelns der Lava unter ihr im Aquädukt.

Sie sprang auf, ließ das Buch fallen. Ihre Goldmünzen prasselten klirrend auf den Steinboden. Ein oder zwei prallten vom Rand der Brücke ab und versanken in der Lava. Fieberhaft blickte sie sich um, ihren treuen Gehstock ganz instinktiv schon in der Hand. Anfangs sah sie niemanden, doch dann erspähte sie, jenseits des brennenden Stroms auf einer fernen Brücke, für Aubry kaum mehr als ein winziger Fleck, eine alte Frau, die ihr etwas zurief.

»Deine Mutter liegt im Sterben!«, schrie die Alte. »Geh zu ihr! Es ist sicher! Geh.«

Aubry schnappte ihre Tasche und stürzte der Frau hinterher – sie war nicht allein! Es gab noch andere! Wer war sie? Eine Wanderin wie sie selbst? Sie brüllte der Alten etwas hinterher, doch die war längst geflohen, verschwunden im Gewirr von Schatten und Katakomben.

Aubry rannte über die Brücke, über eine Festungsmauer, überquerte eine zweite Brücke, dann sah sie die Tür, die einzige Tür, den einzigen Weg, den die alte Frau genommen haben konnte. Sie stieß die Tür auf, stob hinein, eine Treppe hinab und eine andere hinauf, bis ihr ganz schwindlig wurde und sie die Orientierung verlor. Sie warf einen Blick über die Schulter, da hin, wo sie hergekommen war, aber wo war das gewesen? Schaute nach vorn. Die Gänge vervielfältigten sich, verzweigten sich, verflochten sich erneut. Sie wusste nicht, welche Abzweigung sie nehmen sollte. Kannte auch den Weg zurück nicht mehr. Doch sie hörte Schritte, die über ihrem Kopf verhallten, sich trippelnd fortbewegten. Sie folgte ihnen durch einen verschlungenen Gang, mehrere Tunnel hinab, die immer dunkler wurden, bis die Finsternis sie einhüllte.

Verwirrt und ängstlich blieb sie stehen. Aubry konnte nicht

mal mehr die Hand vor Augen sehen. Sie drehte sich mehrmals um sich selbst, wieder und wieder, doch um sie her war nur noch Dunkelheit. Sie hatte keinen Orientierungssinn mehr, wusste kaum noch, wer sie war, und doch hörte sie immer noch den Widerhall der Schritte. Nur hatten diese sich verändert, waren nicht mehr schnell und hastig, sondern träge und behutsam. Sie hielt inne, um zu lauschen. Mehrere jetzt, eine Abfolge von Schritten. Dazu Geflüster, ehrfürchtige Worte, die durch das Dunkel schwebten, zu gedämpft, um sie zu verstehen.

Es war keine einzelne Person mehr, der sie hinterherjagte, sondern eine Menge. Ihr war schwindlig, als würde sie über eine Klippe in die Tiefe schauen. Sie hatte so viele Fragen, und jetzt, endlich, würde sie die Antworten bekommen.

Aubry machte ein paar zaghafte Schritte auf die Stimmen zu. Sah einen matten Lichtspalt auf dem Boden und stieß eine schwere Tür auf.

Aus den Schatten trat sie in einen Raum mit herrschaftlichen Säulen und Gewölben. Da waren Reihen brennender Kerzen und Menschen, die auf Bänken niederknieten, die Hände zum Gebet gefaltet. Und eine Decke, die höher war als jeder Baum, höher als die engen Canyons oder der Mast eines Schiffes, so hoch, wie Menschenhand nur bauen konnte, fast ein menschgemachter Himmel. Durch Buntglasfenster fiel ein schillerndes Polarlicht auf die Mauern dieser Kathedrale. Benommen und geblendet stand sie stocksteif da, fürchtete, vor Schwindel gleich zu fallen.

Sie wusste, dass sie nicht mehr in den Bibliotheken war. Doch wo sie war, konnte sie nicht sagen, nur, dass es eine Kathedrale in einem christlichen Land war. Wenn es eine Tür zurück zum Lavastrom gegeben hatte, dann war sie nun verschlossen und verschwunden. Man hatte sie abermals hinausbefördert. Als sie wieder bei Sinnen war, schlich sie leise durch die Reihen Betender, trat unauffällig durch die Strahlen bunten Lichts und aus der großen Holztür.

Das Tageslicht blendete sie, und als Aubry wieder sehen konnte, war sie sich noch immer nicht ganz sicher, was sie sah. Es war eine Stadt, aber Aubry erkannte sie nicht. Es war Europa, wenngleich sie auch nicht wusste, wo genau. Es gab breite Boulevards, auf denen die neuesten Automobile auf und ab tuckerten und mit ihren Hupen altmodische Pferdekarren und angsterfüllte Fußgänger vor sich herscheuchten. Die Männer trugen Tweedanzüge, Westen und Melonen, die Frauen seidig glänzende Kleider und die Haare kurz geschnitten. Der Weltkrieg war vorbei. So viel wusste sie. Doch auch die Belle Époque. Die Turnüren, Sonnenschirme und knöchellangen Kleider ihrer Kindheit waren verschwunden, ebenso die kunstvoll eingedrehten und mit Schleifen hochgesteckten Haare. Man trug jetzt kleine Hüte und schmale Anzüge, Schuhe anstatt Stiefel, Perlenketten, die bis über die Taille fielen. Die Beine der Frauen waren vom Knöchel bis zum Knie unbedeckt. Im Café gegenüber sah sie sogar Frauen sitzen und ganz offen rauchen, die rote Glut am Ende langer schwarzer Zigarettenhalter. Alles war neu, elegant, lebensfroh und ihr vollkommen fremd. Als auf dem Gehweg ein Paar laut redend an ihr vorüberging, brauchte sie deshalb eine geschlagene Minute, bis sie begriff, dass sie jedes Wort verstand.

Dies war Paris.

Sie wand sich um und schaute, drehte sich noch einmal und sah sich um. Fuhr sich mit der Zunge prüfend durch den Mund, fasste sich an die Lippen, um zu sehen, ob dort schon Blut war – nichts. Ihre Knie gaben nicht nach, sie erbrach sich auch nicht auf die Straße. Sie empfand gar keinen Schmerz. Wo war ihre Krankheit? Dies war doch Paris, oder etwa nicht? Sie sah einen Mann, der eine Zeitung las – *Le Petit Parisien*. Sie war zurück. Daran bestand kein Zweifel. Das Heimweh übermannte sie, und ihr kam nur ein Gedanke – sie wollte wieder nach Hause.

Noch bevor sie recht wusste, wohin, rannte sie bereits den Boulevard hinunter. »Deine Mutter liegt im Sterben!«, hatte die alte Frau gesagt. Aubry fragte einen Zeitungsjungen nach dem Weg und jagte die Straße entlang, preschte unter wildem Hupen blindlings quer über die Fahrbahn – und noch immer kam ihr nichts vertraut vor. Es gab mehr Geschäfte und Cafés, als sie je zuvor gesehen hatte. Als sie um eine Ecke bog, stand sie vor einem kolossalen Turm aus Eisen. Kreuzförmig verschränkte Träger verjüngten sich bis zu einer hohen Spitze, die über den Dächern der Stadthäuser emporragte. Der Anblick ließ Aubry wie versteinert stehen bleiben, das Metallgeflecht sah aus, als wäre es mit schwarzem Garn mitten in den Himmel gestickt worden. Jetzt fiel ihr ein, dass sie in der Zeitung darüber gelesen hatte. Eiffel, so nannten sie ihn. Sie riss sich zusammen und rannte weiter. Überall um sie herum Automobile, Fußgänger, Straßenverkäufer, Bettler, plärrende Radiogeräte, schellende Telefone, die Rußwolken entfernter Fabriken, das Gelärme neuer Baustellen aus jeder Richtung. War dies tatsächlich Paris? Konnte das sein? Sie bog nach links, nach rechts, wieder und wieder, aber nichts kam ihr bekannt vor. Kam ihrem Zuhause immer näher und musste noch immer nach dem Weg fragen.

Als sie es gefunden hatte und am Anfang ihres Gartenweges stand, wirkte auch ihr Haus verändert. Der Zugang war gepflastert, das Holztörchen ganz neu und blau gestrichen. Efeu rankte sich allmählich das Mauerwerk empor. Überall ringsum waren andere Bauten aus dem Boden geschossen und bedrängten es von allen Seiten, als wolle die Stadt das Haus verschlingen.

Wie sehr sich Dinge doch verändern mussten, bevor sie sich erneuern konnten. Seit wann war Paris nicht mehr Paris, ihr Zuhause nicht mehr ihr Zuhause? Langsam ging sie bis zur Haustür. Ihre Hände zitterten, doch nicht wegen der Krankheit. Sie klopfte an und wartete, dann stand sie ihrem Vater gegenüber.

66

Zu Hause (doch nicht ganz)

Sein Haar war grau, sein Gesicht faltig und schmal. Doch da stand er, fassungslos, sie hier zu sehen, schloss Aubry mit Tränen in den Augen in die Arme und drückte sie fest an seine Brust. Und dann waren da auch ihre Schwestern, Pauline und Sylvie, längst Frauen, keine Mädchen mehr, und beide wunderschön, die in Windeseile aus dem Zimmer nebenan herbeigestürmt kamen, um sie zu umarmen und zu küssen.

Eine Flut von Fragen prasselte auf sie ein. Wie hatte sie das geschafft? Wie war sie zurückgekehrt? War sie geheilt? Würde sie für immer bleiben? Und, rasch, komm und schau nach Mutter, solange noch Zeit ist.

Ihr ganzes Leben war sie eine Fremde unter Fremden. Dies war das einzige Zuhause, das sie je gehabt hatte. Die einzigen Menschen, die sie je wirklich gekannt hatten. Oft hatte sie ihre Namen in den Wald, in eine Schlucht geflüstert, sie vom Gipfel eines Berges aus hinab ins Tal geschrien. Auf einmal konnte sie mit ihnen sprechen, von Angesicht zu Angesicht, ihre Hände halten, ihre liebevollen Stimmen hören. Tränen flossen. Was für strahlende Gesichter. Alles, was sie fest wie eine Faust in sich verschlossen hatten, brach auf einmal jäh hervor.

Das Haus war völlig anders als in ihrer Erinnerung. Die Wände hatten andere Farben, die Einrichtung war ausgetauscht, die Teppiche ganz neu und alles von der Form her nun so schlicht und praktisch, nicht zu vergleichen mit den verschnörkelten, pompösen Schränken, Sekretären und Buffets aus ihrer Kindheit.

Ihr altes Zimmer aber, sagten sie, hätten sie kein bisschen verändert. Nur die jüngste Tochter hätte dieses Zimmer so einrichten können. Es zu verändern, hätte bedeutet, es zu zerstören. Am Ende des Flurs sah Aubry eine einzige geschlossene Tür, als wäre sie an jenem Tag vor dreißig Jahren gestorben.

Sie wollte hineingehen. An manches konnte sie sich nicht mehr recht erinnern – wo sie ihre Tuschzeichnungen aufbewahrte, welche Kleider in ihrem Schrank hingen, welches Buch noch immer auf ihrem Nachttisch lag. Sie gab sich Mühe, konnte sich aber partout nicht mehr entsinnen. Was würde geschehen, wenn sie auch nur kurz hineinspähte? Würde ihre Krankheit mit voller Wucht zurückkehren, sie noch auf der Schwelle grausam niederstrecken? Würde sie auf der Stelle tot umfallen, als würde man ihr eine schwarze Haube über den Kopf ziehen?

Ein Stück ihrer Seele war in diesem Raum zurückgeblieben, und sie wollte es unbedingt zurückhaben. Aber sie erkannte einen Hinterhalt, wenn sie ihn sah. Sie stierte auf die Tür und überlegte, kam ihr aber nie zu nahe.

Ihre Mutter war ans Bett gefesselt, dies waren ihre letzten Tage, womöglich sogar Stunden. Sie war so gebrechlich, dass sie nur mit Mühe den Kopf heben konnte. Doch als Aubry ins Zimmer trat, wandte sie sich um. Aubry kniete sich neben sie. Ihre Mutter streckte den Arm aus, strich Aubry über das Gesicht, nahm ihre Hand, und als sie sprach, war ihre Stimme kaum mehr als ein Flüstern.

»Was hast du gesehen?«

»Was zählt das jetzt schon?«, sagte Aubry und küsste die Hand ihrer Mutter, sodass Tränen auf die dürren Knöchel fielen.

»Ich sterbe, Aubry. Das ist alles, was zählt.«

Also überlegte Aubry kurz, und Fetzen von Erinnerungen flackerten vor ihrem geistigen Auge auf – Bilder, Klänge, Gerüche –, aber es war kaum mehr als ein bruchstückhaftes Sammelsurium.

»Ich habe einmal ein Stück Eis in den Händen gehalten«, erzählte Aubry ihrer Mutter, »bis es schmolz, und die darin eingefrorene Spinne erwachte in meiner Hand wieder zum Leben.«

Madame Tourvel öffnete erstaunt den Mund. »Bemerkenswert ...«

»Wusstest du, dass auf einen Menschen auf der Erde zweihundert Millionen Insekten kommen?«

Aubry zog eine Braue hoch, und ihre Mutter blinzelte kurz. Ganz gleich, ob sie ein verwöhntes kleines Mädchen, eine mürrische Heranwachsende oder eine leutselige Erwachsene war – oder was auch immer sie in Zukunft sein mochte –, da war immer diese Augenbraue, diese einzige Konstante, der einzige Gesichtszug, der ihrer Mutter stets versicherte, dass sie auch nach all den Jahren, all den Reisen, noch immer ihre geliebte Aubry war.

»Woher weißt du das?«

»Ich habe nachgezählt.«

Beide mussten lächeln.

»Verzeihst du mir?«, sagte ihre Mutter, aber Aubry verstand die Frage nicht. Warum sollte ihre arme Mutter sich die Schuld geben, wo es doch Aubry gewesen war, die sie verlassen hatte? Was für eine Geschichte hatte sich ihre Mutter denn in ihrem Kopf zusammengereimt? Würde Aubry je einen anderen Menschen so lieben, dass all dessen Tragödien zu ihren eigenen wurden? Anstatt zu antworten, brach sie in Tränen aufgelöst zusammen, vergrub das Antlitz in den Armen ihrer Mutter, was an sich schon eine Antwort war.

67

Zu Hause (doch nicht ganz)

Sylvie wachte als Erste auf. Die Morgensonne stahl sich durch die halb offenen Vorhänge. Sie stand vom Sessel auf, um sie ganz zuzuziehen, damit Mutter schlafen konnte. Nachdem sie die Stirn ihrer Mutter gefühlt und ihr die Hand gestreichelt hatte, drehte Sylvie sich zu Aubry um. Aubry hatte zusammengekauert auf dem Diwan am Fußende des Bettes ihrer Mutter geschlafen.

Aubrys Kissen war getränkt von Blut.

Sylvies Schrei riss Aubry aus dem Schlaf. Der hämmernde Schmerz in ihrem Hinterkopf ließ die Welt vor ihren Augen jäh verschwimmen. Dann prallte er wie ein Geschoss nach vorne hin zur Stirn, fuhr ihr pochend in die Schläfen. Sie stöhnte auf. Das Zimmer wurde trüb und drehte sich. Bevor sie etwas dagegen tun konnte, erbrach sie einen Blutschwall auf den Boden.

»Aubry!«, brüllte Sylvie. »Aubry!«

Pauline stürzte ins Zimmer, sah Aubry auf allen vieren vor dem Bett der Mutter.

»Aubry«, flehte sie, auch wenn sie es kaum sagen wollte, »du musst gehen.«

»Nein«, ächzte Aubry.

»Aubry, du musst!«

»Du musst gehen!«, rief Sylvie, und die Tränen rannen ihr über die Wangen.

Pauline packte Aubry unter den Achseln, zog sie auf die Beine. »Du kannst nicht bleiben!«

Der Krawall hatte ihre Mutter aufgeweckt. Sie drehte sich um und streckte die Hand nach ihrer Tochter aus. Aubry reckte ebenfalls den Arm, wehrte sich, um bei der Mutter bleiben zu können, Blut und Tränen im Gesicht. Pauline und Sylvie hatten keine Wahl. Mit fest verschränkten Armen hielten beide Aubry fest und zerrten ihre jüngere Schwester aus dem Zimmer. »Nein, Mama! Mama!«, schrie Aubry. »Es tut mir leid! Es tut mir alles so leid! Mama!«

Den Rest des Weges trug ihr Vater sie, durch das Wohnzimmer, zur Tür hinaus, zu seinem Automobil, das an der Straße stand. Sie hätte gekämpft, wenn sie gekonnt hätte, doch sie hatte keine Kraft mehr. Sie fühlte sich fiebrig und benommen, als gehöre sie nicht mehr zu dieser Welt.

»Wo sind ihre Sachen?«, hörte sie ihren Vater wie durch Watte hindurch sagen, nachdem man sie auf den Beifahrersitz gesetzt hatte, den Kopf schlaff gegen das Fenster gelehnt.

»Ich habe sie«, sagte Pauline, und Aubry glaubte zu hören, wie ihre Schwester hinten in den Wagen stieg.

Prustend sprang das Fahrzeug an, dann brummte der Motor unter ihr. Sie fuhren los. Aubry konnte die arme Sylvie in der Tür stehen sehen, wie sie zuerst die Hand vor den Mund schlug und dann zum Abschied winkte. Aubry schmiegte kraftlos ihre Finger an das Glas, ein schwacher Versuch, ihr Lebewohl zu sagen, der doch nur blutige Schlieren auf der Scheibe hinterließ. Ihre Sylvie, ihr Zuhause, das allmählich entschwand.

68

Zu Hause (aber nicht ganz)

Als Aubry wieder zu sich kam, waren sie in einem Stadtpark, und Pauline wischte ihr das Blut aus dem Gesicht und von den Händen.

»Wusstest du, dass ich Medizin studiere?«, fragte Pauline.

Aubry schwirrte immer noch der Kopf. Sie wusste es nicht, oder vielleicht doch? Vielleicht regte sich ja langsam eine vage Erinnerung daran.

»Schau«, sagte Pauline und zog ein Lehrbuch aus der Tasche. »Ich habe noch fünfzehn mehr davon zu Hause. Nur weil ich dich heilen wollte, aber nicht wusste, wie.« Der Gedanke schnürte ihr die Kehle zu, und sie kämpfte gegen ihre Tränen an. »Und ich weiß es noch immer nicht.«

»Aber du wirst viele andere heilen«, sagte Aubry, deren Nebelschleier sich allmählich lichtete. »Ich bin sehr stolz auf dich. Weine nicht«, sagte sie und hielt Paulines Hand. »Es geht mir gut.«

»Das weiß ich. Aber ich vermisse dich.«

Ihr Vater, der die ganze Zeit ruhelos auf und ab gegangen war, setzte sich schließlich neben Aubry. »Wir müssen zu ihr zurück. Das verstehst du doch sicher?« Er meinte ihre Mutter. Er sprach von ihrer Mutter. Sie lag im Sterben. Sie konnten sie nicht allein lassen, nicht jetzt. Bald würde die Familie wieder zu ihr zurückkehren, alle außer Aubry, die sich auf den Weg machen musste, bevor dies, Gott behüte, ein Doppelbegräbnis würde.

»Aber mir kam da eine Idee«, fuhr ihr Vater fort. »Ich habe einen guten Freund angerufen und ein paar Vorkehrungen getroffen. Wenn du damit einverstanden bist.«

Er fuhr mit ihr eine weitere Stunde in seinem zigarrenförmigen Automobil, bis sie die Stadt hinter sich gelassen hatten. Sie dachte bei sich: Was für eine sonderbare Art, die Welt zu sehen, wenn man sie überhaupt zu sehen vermochte, wo alles doch so rasch vorüberflog – diese Straßen, diese Wälder, unbekannt, unerforscht, als hätte es sie nie gegeben. Was für ein Leben ist das denn, was für eine Straße oder ein Wald oder eine Frau in einem Auto, die an ihnen vorübersaust? Eine ganze Welt, so unerkundet.

Aber das war nur der Anfang.

An einer staubigen Nebenstraße bog er schließlich hinter einer Scheune ab und hielt am Rande einer weiten, platt getrampelten Wiese. Dort, einsam auf dem Rasen, stand ein einmotoriger Doppeldecker. Und neben der Maschine stand ihr Pilot, ein hohlwangiger Mann in einem langen Ledermantel und Stiefeln, mit einem dünnen Schnurrbart und akkuratem Mittelscheitel.

»Hallo!«, rief er ihnen zu.

»Hallo, Remy!«, sagte ihr Vater, als er zu ihm ging und ihm herzlich die Hand schüttelte.

Sie wechselten noch ein paar Worte, wonach Remy dem Vater ermunternd auf die Schulter klopfte, bevor er sich an Aubry wandte.

»Ich bin Remy Clement.«

»Aubry Tourvel.«

Sie gaben sich die Hand, und Remy lenkte ihr Interesse auf den Doppeldecker.

»Das ist mein Engel, eine Curtiss-Falcon, gebaut in Amerika. Ich bin mit ihr kreuz und quer durch Europa geflogen, bis nach Afrika und nach Arabien. Ich habe meinen Kalender freigeräumt. Wo Sie auch hinmöchten, ich bringe Sie dorthin.«

Aubry blickte zwischen ihm und seinem Flugzeug hin und her. »Durch die Luft?«

»Durch die Luft.«

Sie hatte noch nie in einem Flugzeug gesessen, noch nie eins aus der Nähe gesehen.

»Nennen Sie mir einfach nur das Ziel«, sagte er.

Sie berührte den Aluminiumrumpf, ließ die Hand über das kalte Metall gleiten.

»Allemal besser als laufen«, sagte ihr Vater.

Aubry war sich da nicht sicher, doch als sie die Stimme ihres Vaters hörte, drehte sie sich um, schlang die Arme um ihn und drückte ihn fest an sich. So fest, dass sie hoffte, mit ihm zu verschmelzen, endlich eins zu werden. Sie wollte nie wieder Abschied nehmen. Wünschte sich so sehr, dass sie es niemals wieder tun müssten. Sie umarmten einander so innig und so lange, dass Remy sich taktvoll abwandte.

Doch dann küsste Aubry ihren Vater noch einmal auf die Wange, ließ ihn los und ging zurück zum Flugzeug, halb blind vor Tränen.

»Istanbul«, sagte sie.

Ihren Vater würde Aubry niemals wiedersehen.

69

Mit Marta am Klondike

Marta tritt aus einem kleinen Gemischtwarenladen auf der Seward Street, einer der wenigen gangbaren Straßen von Juneau. Sie hat gerade einen Globus und einen roten Buntstift gekauft. Jetzt hockt sie neben Aubry am Rande jenes Bretterwegs, der kreuz und quer über die Straßen aus knöcheltiefem Schlamm verläuft.

»Nun, hier bist du also in die Bibliothek hineingegangen, nahe der Elfenbeinküste«, sagt sie und setzt ihren Stift an der westafrikanischen Küste an, »bist aber hier auf den Färöer-Inseln wieder rausgekommen?«

»Ich glaube schon. Kann sein«, vermutete Aubry, bemüht, sich zu erinnern.

Marta gleicht es mit den Aufzeichnungen in ihrem Hefter ab. Sie zieht eine gerade rote Linie von der westafrikanischen Küste zu den Färöern. Aubry spürt, wie sie ein erster Schauer der Erregung überkommt.

»Dann bist du hier hineingegangen – am Stadtrand Mekkas – und dort wieder herausgekommen«, sie zieht noch eine Linie, »am Toten Meer.«

»Mehr oder weniger«, stimmt Aubry zu.

Eine weitere Line führt zur Weihnachtsinsel, dann zur

Baffininsel. Mehr Linien, die von Patagonien ausgehen und von Perth, Linien, die durch Seen führen, durch Wüsten und durch Ozeane. Der Buntstift ist ständig in Bewegung, und bald hat Marta den gesamten Globus anhand der Aufzeichnungen markiert. Sie lehnen sich zurück und begutachten ihr Werk.

Das Muster ist symmetrisch.

Es gleicht einer Kette von Sternen mit verzahnten Zacken, die die ganze Welt umspannen wie die geometrischen Muster auf islamischer Keramik oder aztekischen Ruinen. Es ist nicht willkürlich, kein Zufall. Es ist ein klar erkennbares, sich wiederholendes Muster, und sie starren es eine ganze Weile schweigend an.

»Du sagst, diese Krankheit benutzt dich, um die Welt zu sehen«, sagt Marta. »Aber … ich weiß nicht …«, fügt sie leise hinzu, brütet über eine Idee nach, die sich noch nicht ganz fassen lässt. »Was, wenn … was, wenn diese Krankheit dir die Welt zeigen will?«

70

Mit Marta am Klondike

Sie sind in Juneau, einer der größten Hafenstädte in Alaska. Von hier aus fahren Schiffe nach Seattle oder San Francisco und von dort aus in die ganze Welt. In Zeiten von Dampfschiffen, Eisenbahnen und sogar Flugzeugen ist Alaska nicht mehr so entlegen. Selbst Mexiko ist nicht mehr ganz so weit entfernt. Doch Aubry ist bereits die Westküste Amerikas hinab gereist, erst drei Jahre ist das her, von Baja nach Big Sur bis hoch zum Puget Sound. Sie braucht eine neue Richtung.

»Ist es dir aufgefallen?«, sagt ihre Krankheit. »Es wird immer schwieriger, eine Route festzulegen.«

Das stimmt. Ein paarmal hat sie sich schon in eine Sackgasse manövriert. Gemerkt, dass sie diesen Fluss schon einmal hochgefahren war. An jenem Hafen schon einmal angelegt hatte. Diese Berge schon einmal westwärts überquert hat und nicht mehr genau wusste, ob eine Flucht in Richtung Süden möglich war. Bisher hat sie immer einen Ausweg gefunden, oft über das Meer oder indem sie einen neuen Weg durch eine altbekannte Landschaft fand. Aber die Frage stellte sich ihr immer dringender: Was ist noch übrig? Wie viele Urwälder, Wüsten und Sümpfe hat sie schon durchquert? Welche europäische Stadt bleibt ihr noch? Welche Südpazifikinsel hat sie noch nicht betreten? Von Tag zu Tag schwinden ihre Möglichkeiten, werden ihre Fluchtoptionen weniger.

Andererseits gehen auch ihrer Krankheit allmählich die Orte aus, an denen sie sich vor ihr verstecken kann. Es ist nur noch eine Frage der Zeit, bevor Aubry sie in die Enge treiben und zur Strecke bringen kann.

»Machst du dir Sorgen?«

»Ich sorge mich um dich«, sagt ihre Krankheit. »Du musst dir deine Entscheidungen besser überlegen.«

»Was wirst du tun, wenn dir die Welt ausgeht? Bald schon habe ich dich so weit, dass du mit dem Rücken zur Wand stehst. Und wenn das geschieht ...«

»Weißt du noch, damals in Indien? Da hast du versucht, mich loszuwerden. Aber ich werde dich nicht im Stich lassen. Versprochen.«

»Wie rücksichtsvoll von dir. Aber bitte mach dir meinetwegen keine Umstände, wegen mir musst du nicht bleiben.«

Wenn sie könnte, würde sie nach Westen gehen, die Sommermonate noch ausnutzen, solange sie noch währen. Sie würde der Kette der Aleuten bis ganz zum Ende folgen, von Insel zu Insel übersetzen, bis nach Russland. Vielleicht würde sie es endlich doch nach Wladiwostok schaffen, schauen, ob Lionel in den Annalen der Stadt irgendwelche Spuren hinterlassen hat, in den Parks und Plätzen, in den Pflastersteinen selbst. Doch das kann sie nicht, weil ein paar Wahnsinnige ihr geliebtes Russland in ein mörderisches Schlachtfeld verwandelt haben. Auf sie würde dort nur der Gulag warten. Zum Hafenarbeiter sagt sie also: »Mir wurde gesagt, ich könnte hier vielleicht eine Überfahrt nach Vancouver Island buchen.«

Der Dockarbeiter mustert Aubry und Marta von oben bis unten, seine Neugier scheint geweckt. »Hmm«, brummt er.

»Nichts für Ladys. Nicht heute. Es sei denn, Sie wollen auf 'nem Frachter voller Krabben mitfahren.«

»Ja, das würde gehen«, erwidert Aubry, ohne zu zögern.

Er aber zögert. »Sie beide?«

»Nur ich.«

»Ja«, sagt Marta im selben Augenblick.

Aubry dreht sich zu ihr um und schaut sie an, wendet sich dann wieder dem Dockarbeiter zu und sagt ganz langsam und deutlich: »Nur ich.«

»Und auch eine Fahrkarte für mich«, fügt Marta rasch hinzu.

Aubry seufzt.

»Haben Sie beide das auch wirklich abgesprochen?«, fragt der Dockarbeiter.

»Entschuldigen Sie uns einen Moment«, sagt Aubry zu ihm und nimmt Marta beiseite. »Was hast du vor?«

»Ich komme mit dir.«

»Nein, das tust du nicht. Du kannst mir nicht ewig folgen.«

»Wieso nicht? Ich wette, niemand ist dir bisher ewig gefolgt.«

»Das stimmt.«

»Dann werde ich die Erste sein.«

»Du wirst tot sein, ehe du dichs versiehst«, sagt Aubry und packt Marta noch fester am Arm.

»Dann bin ich eben tot. Aber ich bin keine Drückebergerin«, erwidert Marta trotzig und reißt sich von ihr los. »Du überlebst Sand- und Schneestürme. Du streifst durch die gesamte Welt und siehst Dinge, die es gar nicht geben kann. Du betrittst eine gewaltige, womöglich sogar unendliche Bibliothek, die, wer weiß …«, sie reißt die Hände in die Luft, »alles enthält, was es gibt!« Dann beugt sie sich zu Aubry vor und fügt mit bissiger Skepsis hinzu: »Wenn man dir überhaupt glauben kann.« Sie richtet sich wieder auf und fängt wie immer an, rastlos auf und ab zu gehen.

»Und dennoch glaubst du …« Sie hält kurz inne. »Nein, lass mich nachdenken. Was ist schwerer? Eine ausgedehnte Urlaubsreise zu unternehmen oder sich die vielleicht bahnbrechendste Entdeckung in der Menschheitsgeschichte entgehen zu lassen? Was sagst du? Was würdest du wählen?«

»Ich würde nach Hause gehen«, sagt Aubry.

»Ich nicht. Ich komme mit dir. Ich werde dich entweder als Spinnerin und Lügnerin entlarven oder mit dir zusammen diese Bibliothek finden. Ich werde mich selbst davon überzeugen und Abkürzungen mitten durch die Erde nehmen. Ich werde sehen, was du siehst. Lesen, was du liest. Leben, wie du lebst, und dann entscheiden, ob ich nach Hause gehen möchte oder nicht.«

Aubry hatte schon einige Reisegefährten. Eine ganze Menge sogar. Allesamt gute Begleiter. Da gab es diesen Mbundu-Jungen, der mit ihr durchs Okavangodelta gerudert ist, bis hinüber nach Mosambik, bis die nackte Einsamkeit des Indischen Ozeans, der wie ein blasses blaues Auge schimmerte, ihn mit so tiefer Ruhe erfüllte, dass er an diesem Strand blieb und nicht mehr weiterging. Da war die alte Frau, die sich für jünger hielt, als sie tatsächlich war, und versuchte, sie die ganze norwegische Küste hinunter zu begleiten, aber doch nicht mit ihr Schritt halten konnte und Aubry irgendwo bei Bergen verließ.

Da gab es diese jugendliche Waise, die sich einst prostituiert hatte und aus den Bordellen Bagdads geflohen war, um mit Aubry in der Nacht zu türmen. Sie reiste mit ihr bis nach Schiras, wo sie sich verliebte und mit einem notorischen Spieler sesshaft wurde. Sie war am längsten bei Aubry geblieben, alles in allem ein paar Monate. Das schien das Äußerste zu sein. Nicht zum ersten Mal fragt sie sich, wie lange Marta wohl durchhalten wird. Marta ist wissbegierig, temperamentvoll, mutig, und Aubry hat sie inzwischen wirklich gern. Sie mag sie so sehr, dass sie fürchtet, Marta könne am längsten durchhalten – und dass Marta ihr ins selbe Nirgendwo folgt, das Aubry nur allzu gut kennt.

Sie senkt den Kopf. Schaut hinab auf die Planken des Anlegers, als hätte sie diesen Kampf schon längst verloren. »Für dich wird es gefährlich werden. Und zwar auf eine Weise, auf die es für mich nicht gefährlich ist. Marta, das ist Wahnsinn.«

»Wahnsinn?«, fragt Marta verwundert. »In Alaska herrscht Prohibition! Wir können hier noch nicht mal einen trinken gehen. Was soll man denn sonst machen, außer einen Spaziergang zu unternehmen?«

71

Auf einem Schiff mit Lionel Kyengi

Das Passagierschiff legte in Istanbul ab, stieß prustend schwarzen Rauch aus seinem Schornstein. Ihre Mutter war tot, ihre Familie wieder einmal weit, weit entfernt.

Beide Decks waren brechend voll mit Passagieren, Männer in Anzügen mit mediterranem Teint, hier und da ein Fes, Frauen in Röcken und mit Sonnenhüten, das Haar gestutzt zu Bobs und Bubiköpfen. Aubry zog ein Notizbuch hervor und fing an, die zurückweichende Küste zu skizzieren – mächtige Stadtmauern, Ziegeldächer, die wie eine orangefarbene Decke über den Bergen lagen, die breite Galata-Brücke, die sich flach über das blaue Wasser zog, die vier spitzen Minarette der Hagia Sophia.

Eine ganze Stunde saß sie an die Brüstung gelehnt da und zeichnete, bis Istanbul kaum noch zu erkennen und ringsum nur noch das Schwarze Meer zu sehen war. Bis Odessa würden sie noch zwei Stunden brauchen. Ihre Reise durch die Luft nach Istanbul hatte sechs Tage gedauert, in großen Sätzen hatten sie in Remy Clements Doppeldecker ganz Europa übersprungen und nur zum Auftanken und Schlafen Rast gemacht.

Aber sie war geflogen. Die Straßen und Feldwege, die am Boden oft versteckt lagen, waren vom Doppeldecker aus ganz klar zu sehen. Sie durchzogen die Landschaft wie ein Spinnennetz. Es hätte Stunden, wenn nicht Tage gedauert, auch nur einem von ihnen zu folgen, doch von oben kamen und gingen sie so schnell, dass man dabei kaum bis drei zählen konnte. Unter ihr Tausende von Häusern, ein Gitterwerk aus Straßen und all die Fahrzeuge, die daran entlangpulsierten, die Berge hinaufkrochen. Es glich eher dem kaleidoskopischen Muster, das man durch die Linse eines Mikroskops sah, als echtem Leben. All die Menschen und Familien, die dort unten lebten und arbeiteten, sich Geheimnisse erzählten und ihr Brot brachen, waren unsichtbar geworden, zusammen mit den Grenzen, den Palästen und den Kunstwerken – und Aubry und ihr ganzes Leben da unten, das sie für echt und wirklich hielt, war in Wahrheit genauso unsichtbar. Und das war nur die Aussicht aus der Luft. Wie wäre wohl der Blick vom Mond aus? Oder einem fernen Stern?

»Es gibt noch immer viel zu sehen«, sagte ihre Krankheit.

»Das ist durch nichts zu überbieten.«

»Das hier? Das ist nicht mehr als ein einzelnes Blatt an einem kahlen Baum. Wälder stehen dir bevor.«

Sie packte ihr Buch und ihren abgenutzten Bleistift wieder ein. Bahnte sich einen Weg durch die Menge, die auf dem Deck den Sonnenschein genoss, die kühle Brise aus dem Osten. Sie war durstig, und mit etwas von dem Geld, das ihr Vater ihr gegeben hatte, wollte sie sich beim Verkäufer in der Kajüte einen süßen Sahlep kaufen.

Aubry kramte in ihrer Tasche nach einer Lira, rempelte kurz mit einem schwarzen Mann im Anzug zusammen, der denselben Ausgang nahm. Sie sah nicht auf. Merkte kaum, wie Lionel Kyengi und sie sich im Vorbeigehen leicht berührten, hörte nicht seine Entschuldigung, so sehr war sie damit beschäftigt, ihre Taschen nach der Lira zu durchwühlen. Sie fand das Geldstück und ging hinein. Sie kaufte ihren Sahlep und trank ihn gemächlich in der Kajüte, wo sie sich auf eine leere Bank gesetzt hatte, um ihre Füße einen Augenblick zu schonen.

Doch selbst als sie sich im Innenraum von der Welt abkapselte, musste sie unwillkürlich aus dem Fenster starren, das Wetter beobachten, Entfernungen abschätzen. Sie war zu einer Frau geworden, die im Freien lebte, wie die Inuit, die sie gekannt hatte, wie die tibetanischen Nomaden oder die Bajau, die ihr ganzes Leben auf der offenen See zubringen – das Drinnen glich einem Gefängnis, draußen aber waren Luft, Offenheit und Dinge jenseits aller Worte. Das Draußen war eine Religion für Menschen ohne Religion. Nach einer Weile beschloss sie, dass es Zeit war, wieder hinaus in die Sonne zu gehen.

Aubry stand auf und schlenderte über das Deck. Sie hatte das seltsame Gefühl, beobachtet zu werden. Als sie sich umwandte, stand da, wie eine Fata Morgana, plötzlich Lionel vor ihr und erwiderte ihren Blick. Sein Haar war gräulich wie der erste Frost im Herbst, seine Stirn von knittrigen Falten überzogen, und er war viel dünner, unfassbar dürr sogar. Doch das Alter stand ihm gut. Wie lange war es her? Fünf Jahre? Zehn? Fünfzehn? Könnten es auch mehr gewesen sein? Er trug noch immer eine Brille und sah im Anzug äußerst stattlich aus.

»Nun«, sagte er nach einer Weile, in der sie reglos dagestanden und nicht mal einen zögerlichen Schritt aufeinander zu gemacht hatten, »wie war die Wüste Gobi?«

Sie wusste nicht, was sie sagen sollte. Stand noch immer schweigend vor ihm, etwas schnürte ihr die Kehle zu. Touristen wichen ihnen aus, nahmen kaum Notiz von den zwei Weltreisenden, deren Wege sich hier mitten auf dem Schwarzen Meer ein weiteres Mal kreuzten.

»Es war einsam ohne dich«, erwiderte sie schließlich. »Alles war einsam ohne dich.«

Eine attraktive schwarze Frau mit ihren beiden kleinen Jungen erschien hinter ihm. Noch bevor die Frau die Hand auf Lionels Schulter gelegt und einer der zwei Jungen, der Kleinere von beiden, wohl noch keine fünf, Lionels Hand ergriffen hatte, wusste Aubry, dass dies seine Familie war, dass sie seine Frau und dies seine Kinder waren und sie nur ein Geist aus seiner Vergangenheit, ein vorübergehender Riss in der Zeit.

Plötzlich war der Bann wieder gebrochen.

»Meine Familie«, sagte er, zwar nicht entschuldigend, aber doch, obgleich so viele Jahre verstrichen waren, leise.

72

Auf einem Schiff mit Lionel Kyengi

Sie stellte sich ihnen vor. Sie stammten aus dem Senegal und sprachen alle Französisch – doch als seine Frau Oumou fragte, wie Aubry und Lionel sich kennengelernt hatten, geriet Aubry ins Stocken. Der Ausdruck in ihrem Gesicht allein sprach Bände. Lionel schritt ein, überspielte die Verlegenheit, aber Oumou verstand sehr wohl, was vor sich ging. Aubry war so verlegen, dass sie kaum aufschauen konnte, doch als sie es tat, schenkte Oumou ihr ein sanftes Lächeln und geleitete die Kinder davon, um den beiden etwas Zeit unter vier Augen zu gewähren.

Sie saßen auf einer Bank im Freien, am Bug des Schiffes, und wenn sie vorausblickten, sahen sie nur eine Ebene aus Wasser, das Schwarze Meer, das unter ihnen vorbeiglitt.

»Deine Familie weiß es also?«, fragte Aubry.

»Ja«, sagte er.

»Deine Kinder auch?«

»Ja.«

Erst jetzt wurde ihr voll und ganz bewusst, dass er tatsächlich Kinder hatte, dass es kleine Lionels hier gab, die er erzogen hatte, die wie er waren.

»Du hast Kinder«, stellte Aubry strahlend fest.

»Ja.«

»Wie nehmen sie es auf?«

»Anfangs war es schwer für sie, aber sie sind sehr tapfer«, sagte er. »Meine Kinder sind …« Er sprach stockend, versuchte, sich nicht von seinen Gefühlen überwältigen zu lassen. »Ich habe großes Glück, solche Kinder zu haben. Man glaubt nie, dass es einmal so weit kommt, doch dann geschieht es plötzlich. Mit einem Mal ist da jemand, den du mehr liebst als dich selbst. Jemand, für den du sterben würdest. Das ist es, was Kinder mit einem machen. Es ist erstaunlich. Ich habe mal gehört, dass man das Erwachsenwerden nennt.«

»Wie lange?«, will sie wissen.

»Manche Ärzte sagen, sechs Monate. Andere, ein Jahr. So oder so …« Da verstummte er. Sie ebenfalls. »Ich hätte mit dir gehen sollen«, sagte er schließlich. »Das ist eines der Dinge, die ich am hartnäckigsten bereue. So zufrieden ich auch bin, so viel Glück ich auch im Leben hatte, denke ich noch oft daran. Den Weg, den ich nicht gegangen bin.«

»Dann wäre dein Leben noch viel kürzer gewesen«, versicherte Aubry ihm. »Ich musste eine lange Zeit ohne Nahrung und Wasser auskommen. Habe Schlangen gegessen, um zu überleben, und das nicht mal sehr oft. Sie waren schwer zu fangen.«

Als er das hört, schüttelt er den Kopf, ein Schmunzeln auf den Lippen. »Ich werde als einfacher Mann sterben. All meine Gedanken beruhen auf den Dingen, die ich in meinem Leben erfahren habe. Und ich habe so wenig erlebt.«

Aubry begriff, dass er seinen Kindern noch so viel wie möglich von der Welt zeigen wollte, solange seine Gesundheit das noch zuließ. Es würde sein Abschiedsgeschenk sein: Istanbul, das Schwarze Meer, Europa und noch mehr.

»Du hast die ganze Welt erlebt«, sagte sie zu ihm.

»Nachdem ich meine Diagnose erhalten hatte – im Grunde mein Todesurteil –, bin ich nach Hause gegangen und habe sehr lange ganz still dagesessen. Dann habe ich mich im Zimmer umgeschaut, sehr genau. Ich habe Dinge gesehen, die ich vorher nicht gesehen hatte, obwohl ich schon so viele Jahre dort wohne.« Er schloss die Augen, um sich zu erinnern. »Mir fiel die Maserung des Lampenschirms auf, und ich studierte sie, beobachtete, wie sich mit dem Ein- und Ausschalten des Lichts seine Beschaffenheit veränderte. Ich sah meine Spiegelung im Messing des Türknaufs und wie mein Abbild kopfstand und verkehrt herum war. Mir fiel die Rauigkeit der Bodendielen unter unseren Läufern auf, die kunstvolle Tischlerarbeit meines Stuhls. Ich betrachtete den Fensterrahmen und sah eine kleine Spinne, die sich in die Ecke eingenistet hatte – nicht draußen, sondern bei mir im Zimmer. Sie hatte den ganzen Sommer über schon dort gelebt, und ich hatte nicht einmal Hallo gesagt.« Er schlug die Augen wieder auf. »Ich habe London, Paris und Moskau gesehen, aber das hatte ich nicht gesehen, und ich fragte mich, ob ich London oder Paris oder Moskau überhaupt wirklich gesehen hatte. Ich fragte mich, ob wir womöglich alle unser Leben so verbringen, an der Oberfläche der Dinge?« Er wandte sich an Aubry. »Da habe ich an dich gedacht und mich gefragt, wie du die Welt wohl siehst. Ich habe mir vorgestellt, dass du sie sehr genau betrachtest.«

Aubry glaubte nicht, dass sie je lang genug an einem Ort war, um damit derart vertraut zu sein. Andererseits reiste sie langsam, meist zu Fuß. Man konnte schwerlich vertrauter mit der Erde sein als auf diese Art. Schritt für Schritt durchwanderte sie sie, spürte den Sand oder das Gras oder den rohen Grund unter den Füßen, und sie lernte, ihn zu lesen. Zerrupfte Federn auf dem Boden erzählten ihr von einem Liebeszwist unter wilden Truthähnen. Ein Fleck schlammiger Erde berichtete ihr von einer versteckten Quelle. Dichter Nebel im August warnte sie, dass ein harter Winter bevorstand. Wie jedoch lernt man die Welt am besten kennen? Durch die Textur des Bodens? Durch die Ausblicke, das Wetter? Lernen wir sie kennen durch die Tierwelt, die Vogelschwärme, die Kreatur, die uns abends hin und wieder über den Weg läuft? Oder durch die geologische Beschaffenheit, die Edelsteine, die Ausgrabungen, die Bernsteinstücke mit Käfern innen drin? Vielleicht durch die Menschen, die Mahlzeiten, die man mit ihnen teilt, die Gebräuche, die man lernt? Oder sind es ihre Geschichte, ihre großen Errungenschaften – die Kathedralen, die Kunst, die Flotten und Armadas, ein einfacher Kompass, ein Bewässerungsgraben, ein Tierzahn mit winzigen purpurnen Runen, eingeritzt ins Elfenbein? Ist das der Maßstab, an dem wir messen, dass wir sie tatsächlich kennen?

»Ich möchte dir etwas zeigen«, sagte Aubry und nahm ihn an der Hand. Sie führte ihn zur Reling, wo der Wind ihre Haare hin und her warf, und deutete auf den Bosporus, der nun weit hinter ihnen lag.

»Siehst du diese Meerenge?«, fragte sie. »Dort war früher einmal eine Bergkette, die das Mittelmeer zurückhielt, bis eines Tages die Erde bebte und sie zusammenstürzen ließ.« Sie zeigte auf das Wasser unter ihnen, auf den Meeresgrund.

»Und das Königreich, das sich über die Ebene dahinter erstreckte, erwachte eines Morgens und sah eine gewaltige Wand aus Wasser auf sich zukommen, die jeden Mann, jede Frau und jedes Kind in der Stadt verschlang.« Sie zog ihn an sich, damit er die volle Wucht ihrer Worte spüren konnte, Worte, von denen sie sich nicht sicher war, dass er sie glaubte.

»Kannst du dir das vorstellen?«, fragte sie ihn eindringlich. »Vorstellen, du hättest das Beben gespürt, wärst aus deinem

Haus gekommen oder durch die Trümmer der Stadt geflohen und hättest eine dreißig Meter hohe Wand aus Wasser gesehen, die das Grasland auffrisst, überwältigend im schlimmstmöglichen Sinne. Alle Sintflut-Geschichten der Welt gehen darauf zurück, auf den Untergang dieses Königreiches. Dessen Überreste sind noch immer nicht entdeckt worden, direkt hier unter uns. Und nur du und ich wissen es.«

Sie schnaufte einen Moment durch, sah ihn ins Wasser starren. Dann verdrängte sie die Geschichte aus ihren Gedanken, suchte nach einer anderen. »Magst du Bach?«, fragte sie ihn. »In Frankfurt gibt es eine alte Frau, die, ohne es zu wissen, das einzige Exemplar einer Bach-Sonate besitzt, von der noch nie jemand gehört hat – und sie benutzt sie als Auslegepapier ihres Besteckkastens!« Glaubte er ihr? Wer wusste das schon? Doch als sie einmal damit angefangen hatte, konnte sie nicht mehr aufhören. Es stürzte alles auf sie ein, eine Geschichte nach der anderen.

»Wieso erzählst du das gerade mir?«, fragte er voller Demut, und Aubry wusste, was er meinte, denn sie hatte dieselbe Demut empfunden, als sie die Bibliotheken durchstreift, die Geschichten gelesen und sich gefragt hatte, wieso gerade ihr all das zuteilwurde, wieso Aubry und nicht jemand Klügerem oder Hilfsbedürftigerem.

»Weil es alles ist, was ich dir geben kann«, sagte sie. »Dinge, die niemand auf der Welt weiß außer uns. Möchtest du noch mehr hören?«

Er überlegte einen Augenblick, obwohl sie die Antwort längst kannte. Die Macht aber, die darin lag – das Wissen, die Einzigartigkeit –, war wie eine verbotene Frucht, sie übermannte ihn, erfüllte ihn mit Furcht, doch auch mit Euphorie.

»Ja«, sagte er.

Sie ergriff seine Hände, zog ihn zu sich heran, sodass sie miteinander flüstern, über Dinge sprechen konnten, die niemand sonst auf der Welt wusste.

»Hast du schon einmal von Menschen gehört, die Winterschlaf halten? Es gibt da einen Stamm im afrikanischen Urwald, dessen Mitglieder in einen so tiefen Schlaf fallen können, dass er Tage, Wochen oder gar Monate anhält«, erzählte sie. »Auf diese Weise überleben sie die Dürrezeit …«

73
Mit Marta im Kongo

Die Affen gaffen aus den Bäumen auf sie herab. Zwei Frauen, von denen eine die andere auf dem Rücken trägt, sodass sie für die Affen aussehen wie ein einziges Geschöpf. Aubry trägt, und die malariakranke Marta wird getragen, mitten durch den Dschungel, wo es schwül ist, ein Wirrwarr aus Lianen, tropfende Blätter überall und der Boden nichts als zäher Schlamm. Falls Aubry müde ist – und das ist sie –, gibt sie sich alle Mühe, es nicht zu zeigen. Sie ist schweißgebadet, atmet schwer. Hin und wieder redet sie mit Marta, versucht, sie bei Laune zu halten, indem sie über Essen und Schlaf spricht und ihr sagt, wie viel besser sie sich fühlen wird, wenn nur das Fieber wieder sinkt.

Aber es ist spät und Marta schon seit einer ganzen Weile still. Der Abend ist die Tageszeit, in der Martas Fieberschübe meist am schlimmsten sind.

»Weit genug?«, fragt Marta, ihre Stimme kaum noch hörbar.

»Ich glaube schon«, erwidert Aubry, doch sie trägt sie noch ein wenig weiter, bis sie ein trockenes Fleckchen Boden findet und Marta hinablässt.

»Das sollte mir ein oder zwei Tage verschaffen«, sagt Aubry. Sie kann nicht still stehen, während Marta sich erholt. Kann in den Wochen, die nötig wären, um sie gesund zu pflegen, nicht an einem Ort verharren – falls so etwas wie »Gesundpflegen« in diesem feuchten, sonnenlosen Dschungel überhaupt möglich ist.

»Schüttelfrost?«, fragt Aubry.

»Ja.«

»Ich habe da drüben eine Mwasamusapflanze gesehen.«

»Eine was?«

»So nennt man sie in Brazzaville.«

»Was macht man damit?«

»Ich koche dir ein paar der Blätter aus.«

»Wieso kannst zur Abwechslung nicht mal *du* Malaria kriegen?«

»Ich habe dich gewarnt, dass es gefährlich werden wird. Ich habe dir geraten, nicht mitzukommen.«

»Ach, du Jammerlappen. Geh doch zurück nach Kanada, wo du hingehörst.«

Aubry sorgt dafür, dass Marta auf dem moosigen Untergrund bequem liegt, dann hängt sie die Hängematte auf, die sie in Calabar gekauft hatten, als sie über den gewundenen Küstenweg den Golf von Guinea entlangwanderten, der durch Palmenhaine und über schneeweiße Strände verlief, damals, als Nächte in der Hängematte noch ein Luxus waren, keine Notwendigkeit. Jetzt sind sie im Dschungel, tief im Herzen Afrikas, an Orten, zu denen bisher kaum ein Mensch, schwarz oder weiß, je vorgedrungen ist. Dies ist die zweite ernste Krankheit, die sich Marta in den vergangenen zwei Jahren eingefangen hat, und der schlimmstmögliche Ort dafür. Aubry versucht, Marta vom Boden fernzuhalten, wo die Ameisen und Milben sie piesacken würden. Sorgt dafür, dass sie stets unter dem Netz bleibt, das – mehr oder weniger – die Moskitos abhält, von denen sie sich die Malaria vor rund einer Woche geholt hat.

Sobald sie die Hängematte aufgebaut und Marta hineingelegt hat, bedeckt mit den Überresten des Moskitonetzes, bricht sie auf und sucht die Mwasamusablätter. Sie pirscht sich durch den Urwald, um sie herum das Summen der Insekten, Vogelrufe und das Kreischen der Stummelaffen. Überall sonst auf der Welt würden sich ihnen beeindruckende Aussichten bieten, aber diesem Dschungel fehlt die Weite. Hier gibt es keine Panoramen. Er ist dicht und erdrückend, wo man hinschaut, überwuchert, übervoll mit Früchten und mit Vögeln. Die Vegetation rückt einem von allen Seiten auf den Leib, sodass man kaum weiter sehen als spucken kann. Eine Landschaft, die nur darauf wartet, einen im Schlamm zu begraben oder mit Lianen zu erdrosseln.

Aubry findet die Mwasamusapflanze. Pflückt viel mehr Blätter, als sie braucht. Aber wer weiß, wann ihr wieder eine begegnet? Als sie sich umschaut, fallen ihr die Blumen hoch oben in den Bäumen auf, Hunderte von ihnen, die an Lianen blühen, die sich um die großen Urwaldbäume ranken wie in einem Würgegriff. Die Blüten sind groß und rot, groß genug, dass sie Aubrys Kopf verschlingen könnten. Das Blumenmeer ist ungleichmäßig, manche der Blütenblätter sind eingerollt, andere hängen wie ohnmächtig weit offen herab.

Seit Wochen irren sie schon durch diesen Dschungel, ohne dass Aubry diese Blumen, rot wie offene Wunden, zuvor gesehen hätte. Jetzt aber entdeckt sie sie überall. Auf dem gesamten Rückweg zu ihrem Lager, wo Marta schwitzend in der Matte auf sie wartet, baumeln sie nun über ihr.

Sie macht Feuer, sammelt Regenwasser von den Blättern und kocht es.

»Aubry …«, murmelt Marta und öffnet mühsam einen Spaltbreit ihre Augen. Ob dies der Anfang eines Gesprächs ist oder nur etwas im Fieberwahn Dahingebrabbeltes, kann

Aubry nicht sagen, doch Marta hat Aubrys Hand genommen und hält sie fest. An ihrer heißen Handfläche kann Aubry das Fieber spüren. Sie beugt sich über sie und schaut Marta in die Augen. Doch da verstummt diese schon wieder, und die Lider fallen ihr zu.

»Weißt du, was du brauchst?«, fragt Aubry mit einem Auge auf die Stummelaffen, die törichterweise gerade in ihr Sichtfeld gehüpft sind. »Fleisch«, sagt sie und holt einen Pfeil aus ihrer Tasche. Sie reibt ihn mit einer in Blättern eingewickelten Paste ein. An ihrem Wanderstock ist ein Stab festgezurrt, der etwa so lang wie ihr Arm ist. Sie bindet ihn los und lädt ihn mit dem Pfeil. Dann zieht sie die Kappe von dem Gehstock und schlingt ihn sich über die Schulter.

Durch halb geschlossene Augen sieht Marta, wie Aubry im Dschungel verschwindet, Speer auf dem Rücken, Blasrohr in der Hand.

Die Affen hinterlassen Fährten in den Bäumen, so wie Schweine und Rehe auf dem Waldboden. Das weiß Aubry. Sie sucht sich einen Platz unter einer der viel genutzten Strecken oben in den Ästen und versteckt sich. Ist auf der Lauer. Auf der Jagd. Bald schon sind sie da – ein Stummelaffen-Paar mit schwarz glänzenden Gesichtern, die sich von Ast zu Ast hangeln. Sie sucht sich einen aus, zielt und wartet auf den richtigen Moment. Der Affe bleibt stehen, um eine Feige zu pflücken, balanciert auf den dünnen Zweigen, den Schwanz um einen Ast gewickelt. Aubry sieht, wie er nach der Frucht greift, weiß, wie verwundbar er gerade ist, und bläst.

Ein Aufruhr bricht los – Schreien, Scharren, brechendes Astwerk und herabregnende Blätter. Er ist getroffen, sie weiß nicht, wo – am Bein?, an der Flanke? –, aber es sollte reichen. Jeden Augenblick kann er tot sein. Nur dass dieser Affe gar nicht die Absicht hat, einfach so zu sterben. Er wütet, spuckt um sich wie heißes Öl, hechtet auf einen großen Ast, prescht durch das Grün davon. Aubry springt aus ihrer Deckung und jagt ihm hinterher, folgt dem Kreischen über ihr, der Spur fallender Blätter.

Wie besessen hüpft der Affe mit einem Satz nach dem anderen durch den Wald. Vögel fliegen auf, um ihm Platz zu machen. Eichhörnchen stieben auseinander. Aubry nimmt ihren Speer vom Rücken, reckt ihn für alle Fälle schon empor und rennt, ohne langsamer zu werden, weiter. Sie springt über Wurzeln, huscht zwischen Bäumen hindurch. Diese Mahlzeit wird sie sich nicht entgehen lassen.

Auf einmal blendet sie die Sonne, strahlt ihr mitten ins Gesicht. Sie blinzelt und kommt schlitternd zum Stehen. Die Bäume sind verschwunden, auf einmal steht sie am Rande einer Wiese. Als sie den Blick senkt, um nicht ins grelle Licht zu schauen, sieht sie Männer und Frauen auf sich zukommen.

Sie tragen keinen Fetzen Stoff am Leib, nur etwas Baumrinde und Blätter. Ihre Haut, schwarz wie dunkle Erde, ist mit Kreide und Schlamm bemalt. Aubry hat ihnen einen Mordsschreck eingejagt, wie sie durch die Bäume gefegt kam, eine wild gewordene Weiße mit erhobenem Speer. Schreie branden auf, lautstarke Warnungen, und die Männer sind in Windeseile auf den Beinen, brüllen ihre Schlachtrufe, richten ihre Speere in einer einheitlichen Kampflinie auf Aubry. Wenn sie einen klaren Gedanken fassen könnte, würde sie als Erstes ihre Waffe herunternehmen, aber sie ist wie gelähmt vor Angst, ihr Herz pumpt rasend Blut durch ihren Körper, das ihr in den Ohren rauscht. Ein Dutzend Waffen ist auf sie gerichtet, vielleicht mehr, ganz abgesehen vom Geschrei, dem Durcheinander. Aber sie haben sie noch nicht getötet. Vielleicht steht ihr die Überraschung ja genauso ins Gesicht geschrieben wie ihnen.

Hinter ihr raschelt es in den Blättern. Sie wagt nicht, sich umzudrehen, nicht, wenn ein Dutzend kreischender Männer ihre Speere auf sie richten, aber Aubry sieht sie trotzdem – ein kleines Mädchen, keine vier Jahre alt, vielleicht noch nicht mal drei, das aus dem Wald kommt, schnurstracks auf Aubry zumarschiert und vor ihren Füßen stehen bleibt. Das Mädchen starrt sie an, neugierig und furchtlos. So etwas wie Aubry hat sie noch nie gesehen, die Haut so weiß wie das Innere eines Baumes. Der Stamm brüllt auf sie ein, alle auf einmal, und sie winken die Kleine zu sich heran. Doch das Mädchen würdigt sie keines Blickes, ist wie gebannt von der blassen Frau mit goldenem Haar.

Aubry wirft einen Blick auf das Mädchen und weiß, dass der Stamm sie nicht erstechen wird, solange dieses kleine Kind neben ihr steht. Kinder hatten es ihr schon immer angetan. Sie atmet lange aus, und alle Luft in ihrem Körper scheint auf einmal zu entströmen, während sie ihren Speer sinken lässt und ihn dem kleinen Mädchen gibt. Das Mädchen nimmt den Speer in beide Hände, trägt ihn wie ein Bündel Schilf und übergibt ihn folgsam ihrem Volk.

Alles Adrenalin ist aus Aubry gewichen, sodass sie sich nun ausgelaugt und schlaff fühlt. Jetzt werden sie sie entweder töten oder leben lassen. In Neuguinea ist sie mal auf einen Stamm gestoßen, der einen, ohne zu zögern, umbringt. Der kleinste Fehler reichte aus. Er hatte Aubry damals in einem ganz ähnlichen Urwald überrascht. Hätte sie nicht ihr Essen mit ihnen geteilt, das erfuhr sie später, hätte man sie für diese Rüpelei bei lebendigem Leibe gehäutet und gegessen. So oder so bekommen sie eine Mahlzeit.

Plötzlich fällt der Affe tot vom Baum, als hätte ihn jemand aus dem Astwerk geworfen. Mit einem dumpfen Schlag prallt er zwischen dem Kreis aus Männern und Aubry auf den Boden.

Die Mitglieder des Stammes stöhnen verwundert auf, und ihre Blicke wandern zwischen dem Affen und der weißen Frau hin und her, die Tiere aus den Bäumen regnen lassen kann.

»Ich muss meine Freundin holen«, sagt Aubry und deutet Richtung Wald, erschöpft, aber nicht mehr ängstlich.

Wenige Minuten später wird Marta von einem Dutzend Männern in das Dorf getragen und auf eine Bastmatte gelegt. Eine alte Frau – eine Matriarchin?, eine Medizinfrau?, eine Priesterin? – beugt sich singend über sie und reibt Marta eine orangefarbene Paste auf die Stirn, die Brust, die Arme.

Aubry kocht Tee aus den Mwasumusablättern. Eine Stammesangehörige nickt zustimmend und fügt noch ein paar eigene Zutaten hinzu – Hobelspäne einer Wurzel, etwas, das aussieht wie eine zermahlene Kastanie. Sie scharen sich um sie, sieben oder acht von ihnen, strecken ab und zu die Hand aus und berühren eine Strähne blondes Haar oder befühlen den Saum ihrer Ärmel. Aubry lächelt und billigt freundlich ihre Neugier.

Als der Tee fertig ist, helfen ihr die Frauen, ihn in eine Kalebasse umzufüllen. Sie trägt ihn zu Marta am anderen Ende des Dorfes. Schlängelt sich zwischen Hütten aus Lehm und Stroh hindurch, die wie Kegel aussehen, wie Reißzähne aus der Wiese ragen. Über ihr im Blätterdach haben sie hölzerne Podeste und Laufstege errichtet, Konstruktionen aus Seilen und Flaschenzügen, als wäre dies ein Tagebau für Bäume.

Auf halbem Weg über die Wiese wird sie von einer Gruppe Kinder abgefangen, die ihr eine Kette gebastelt haben – glatte schwarze Steine an einer Schnur. Aubry lacht auf und zeigt ihre Begeisterung, bückt sich, um sich das Schmuckstück über den Kopf zu ziehen.

»Vielen Dank!«, sagt Aubry mit einem breiten Lächeln.

Sie bringt Marta ihren Tee, die rücklings und verschwitzt auf ihrer Matte vor einer der Hütten liegt. Die Alte tanzt ganz langsam um sie herum, noch immer singend, wühlt dabei die Erde auf, tanzt immer weiter. Sie hat Marta von Kopf bis Fuß in verschiedenen Mustern mit einer gelben Paste bemalt – Punkte, Kreise, Schlangenlinien. Sie sieht aus wie Weihnachtsbaumschmuck.

»Sie meint, das würde helfen«, sagt Marta und versucht vergeblich, zu schmunzeln. Ihre Stimme ist so matt, ihr Blick glasig wegen des Fiebers.

Aubry bettet Martas Kopf in ihren Schoß und hilft ihr dabei, den Tee zu trinken.

»Das reicht«, sagt Marta nach etwa der halben Kalebasse.

Stattdessen greift sie nach ihrer Reisetasche.

»Was willst du?«, möchte Aubry wissen.

»Meinen Hefter.«

Aubry kramt ihn heraus und gibt ihn ihr. Marta zieht ein gefaltetes Blatt Papier hervor, das durch all die Jahre und die Reisen schon ganz spröde ist.

»Ich möchte dir das hier schenken«, sagt sie.

Aubry faltet es auf. Es ist ein an den Rändern ganz vergilbter Zeitungsausschnitt einer Fotografie. Sie zeigt eine viel jüngere Aubry dabei, wie sie irgendwo auf der Welt einen belebten Landungssteg hinuntergeht, den Blick direkt auf die Kamera gerichtet, sodass man das Weiße in ihren Augen sieht.

»Was ist das?«

»Das bist du«, sagt Marta. »Kannst du dich daran erinnern?«

»Nein.«

»Da gehst du gerade in Veracruz vom Boot«, sagt Marta. »Ich muss fünfzehn gewesen sein, als ich es gesehen habe«, sagt sie, wartet dann einen Moment, um wieder Luft zu schöpfen. »Du sahst so erschrocken aus. So zerbrechlich. Und doch hast du die ganze Welt bereist.« Ihr fallen die Augen zu. So sehr strengt sie das Sprechen an. »Wegen dieses Fotos habe ich mich in dich verliebt.«

Aubry weiß eine Weile nicht, was sie sagen soll. Sie faltet das Blatt wieder zusammen, ganz vorsichtig. »Dann solltest du es behalten. Schließlich werde ich mich ja wohl kaum in mich selbst verlieben.«

»Ha!«, stößt Marta hervor, kaum lauter als ein Flüstern.

»Schlaf ein wenig, Marta«, sagt Aubry und streicht ihr mit den Fingerspitzen durch die Haare. »Ruh dich aus.«

Marta gibt lange keinen Laut von sich. Als Aubry glaubt, Marta würde längst schlafen, murmelt diese plötzlich langsam und mit leiser Stimme: »Mein ganzes Leben lang bin ich Dingen nachgejagt, die ich nicht haben kann.«

Aubry stellt den Tee neben ihr ab und weicht den Rest des Nachmittags nicht von Martas Seite, hebt hin und wieder ihren Kopf an, damit sie trinken kann. Die alte Frau dreht tanzend ihre Kreise um sie beide.

74

Mit Marta im Kongo

Der Dschungel schluckt den Sonnenuntergang, und Fackeln werden angezündet. Aubry kocht mehr Tee, sieht den Himmel sich verdunkeln. Sie lauscht auf den Besetzungswechsel im Chor des Waldes, hört, wie der Lärm der Vögel und das Summen der Insekten langsam der Melodie der Nachtschicht weichen, den Fröschen und Zikaden. Auf einmal kommt ein Windhauch auf, wie um der Dämmerung zu trotzen, und die Fackeln fangen an zu flackern.

Marta liegt auf ihrer Matte, die unermüdliche Alte singt noch immer halblaut vor sich hin. Sie macht das schon seit Stunden. Wie lange hält die alte Frau das durch, bevor sie selbst umkippt?, fragt sich Aubry. Was, wenn Marta sich in den nächsten Tagen nicht erholt? Wird sie ohne Marta weiterziehen, nachdem sie jahrelang zusammen waren, um die halbe Welt gereist sind? Was, wenn Marta stirbt, im Dschungel, hier bei diesem Stamm, unter Fremden? Aubry hat mehr Zeit mit Marta verbracht als mit irgendjemand sonst in ihrem Leben, seit sie die Welt durchstreift. Wie könnte sie Marta da einfach so verlassen?

Aber entweder geht Aubry fort, oder sie stirbt. Marta wird natürlich protestieren, wahrscheinlich sogar heftig, aber beide wissen, dass sie keine andere Wahl haben. Soll sie Marta etwa auf dem Rücken tragen, eine schwache, fiebernde Frau mit Malaria? Was für eine Art von Todesurteil wäre das?

So lange waren sie zusammen, sind gelaufen, gefahren und gereist, und doch nirgends eine Spur von den Bibliotheken. Das hat Marta zugesetzt. Früher waren sie überall. Jetzt sind sie nicht mehr zu finden. Sie haben versucht, das Muster zu berechnen, Sümpfe und Wüsten nach Eingängen durchkämmt, alles vergebens. Marta glaubt immer noch daran. Sie weiß, dass Aubry keine Lügnerin ist, dass sie ohne jedwede Erklärung in ganz verschiedenen Teilen der Welt aufgetaucht ist. Die Bibliotheken, so fantastisch sie auch scheinen mögen, sind auf gewisse Weise logisch. Aber wo sind sie hin?

Aubry merkt, dass sich etwas an der Nacht verändert hat. Sie spitzt die Ohren.

Die Zikaden sind verstummt. Die Frösche und die Grillen ebenso. Sie hat noch nie einen so stillen Dschungel erlebt. Es ist unmöglich zu überhören, wie wenn die Motoren eines Dampfschiffs nach Wochen auf See auf einmal abgeschaltet werden. Nichts außer dem Rascheln der Blätter. Sie späht hoch in die Bäume, dann in den Himmel, dann in die Gesichter der Umstehenden, um zu sehen, ob sonst noch jemand so verblüfft ist wie sie selbst.

Sie ist nicht allein. Köpfe werden hochgereckt. Kinder hören auf zu spielen. Der gesamte Abend hält den Atem an.

Mit dem Speer in der Hand marschiert Aubry zur Baumgrenze. Hinter ihr ist das Dorf plötzlich zum Leben erwacht, als wäre etwas jäh entfacht worden. Sie weiß zwar nicht, wieso, aber Frauen und Männer gleichermaßen treffen hastig Vorbereitungen, schnattern aufgeregt, eilen fieberhaft hin und her wie Bienen, die Pollen einsammeln.

Sie erreicht das Ende der Wiese, den Rand des Urwalds. Der Fackelschein dringt kaum durch die Finsternis dahinter. Trotz des Tumults im Dorf glaubt sie, eine Stimme hören zu können. Sie lauscht noch einmal. Da draußen, weit entfernt, ist irgendjemand. Niemand sollte im Dschungel sein, wenn es dunkel ist. Sie wendet sich zu den Dorfbewohnern um, will es ihnen erklären, doch die wirken völlig durcheinander. Mit gezücktem Speer will sie gerade allein nachschauen, als die Kinder des Dorfes, mindestens ein Dutzend von ihnen, auf sie zurennen. Mit weit aufgesperrten Augen reden sie bange und drängend auf sie ein, grapschen mit ihren kleinen Händchen nach ihr. Sie flehen sie an, mit ihnen zurück ins Dorf zu kommen, auf der Lichtung zu bleiben.

»Schschsch. Schon in Ordnung«, beruhigt sie die Kinder. »Es dauert nicht lange.«

Sie dreht sich um und tritt in die Stille ein.

75

Mit Marta im Kongo

In der Dunkelheit verlieren Blätter ihre Farbe. Aubry bewegt sich durch Schattierungen von Grau und Schwarz. Der Lärm des Dorfes, ihre Fackeln, alles verschluckt vom schwarzen Wirrwarr aus Lianen und Geäst.

Sie hat zwar noch nicht viele Wörter gelernt, aber sie hat eins aufgeschnappt, das eine Begrüßung zu sein scheint, eins, das, so hofft sie, angemessen ist.

»*Suwabona?*«, ruft sie in die Düsternis. »Hallo? *Suwabona?*«

Keine Antwort. Seit sie in den Dschungel gegangen ist, hat sie die Stimme nicht mehr gehört. Allmählich denkt sie, dass es ein Trick sein könnte, dass man sie in den Wald gelockt hat wie ein Kind im Märchen.

»*Suwabona?*«

Der Wind frischt wieder auf, sodass die Rückseiten der Blätter aufblitzen wie ein Schwarm Fische. Er fegt durch den Urwald und lässt Aubrys Kleider und Haare etwas flattern. Er kommt und geht, als würde sich die Erde im Schlaf herumwälzen. Und danach kommt ihr alles etwas anders vor, als hätte sich das Licht verändert.

»*Suwa…*«

Sie verstummt, nicht wie ein Jäger, sondern wie ein Beutetier. Vor ihr ist irgendetwas, etwas, das sie nicht ganz erkennen kann. Da, unter einem Baum, nicht weit entfernt, liegt etwas auf dem Boden. Schwarzes Fell, das sich schimmernd im letzten Windhauch wiegt.

Eine ganze Weile bleibt sie wie angewurzelt stehen. Als sich das Geschöpf noch immer nicht bewegt, pirscht sie sich geduckt heran, den Speer kampfbereit und leicht erhoben. Es rührt sich nicht, was immer es auch ist. Es scheint nicht mehr zu leben.

Es ist ein Affe, ein Stummelaffe, die gleiche Art, die sie zuvor gejagt hatte, schwarzes Gesicht, lange Strähnen weißer Haare. Er liegt auf dem Waldboden, aber er ist nicht allein. Drei andere Affen liegen neben ihm – doch gehören sie einer anderen Spezies an, kleinere Rotschwanzmeerkatzen –, hier auf der Erde, mitten in der Nacht.

Aubry stupst einen von den Kleinen mit dem Ende ihres Speers an. Er stöhnt ein wenig auf und dreht sich wieder um. Er ist nicht tot, schläft nur. Sie versteht es nicht. Dann stupst sie auch den größeren Stummelaffen an, der aufzuckt, fahrig nach dem Speer grapscht, aber gleich weiterschläft.

Affen schlafen nicht auf dem Waldboden. Es gibt keinen sichereren Weg, in den Schlingen eines Python oder den Fängen eines Leoparden aufzuwachen, als völlig ungeschützt hier auf dem Boden einzuschlafen. Sie sollten in den Bäumen sein, wo es sicher ist, bei ihren Artgenossen, der Stummelaffe bei den Stummelaffen und die Rotschwanzmeerkatzen bei den Rotschwanzmeerkatzen.

Nicht weit entfernt, ein Geräusch wie ein herabplumpsender Wäschesack. Aus dem Augenwinkel sieht sie es – ein weiterer Affe, der den Halt verliert, kurz baumelt und dann von einem der niedrigeren Äste stürzt. Er fällt zu Boden, wälzt sich herum, rührt sich nicht mehr. Sie nähert sich ihm vorsichtig, den Speer im Anschlag.

Es ist ein weiterer Stummelaffe, langes schwarzes Fell, lange weiße Strähnen – er streckt sich kurz, gähnt, bleibt dann reglos liegen. Sie marschiert um ihn herum. Will ihm nicht zu nahe kommen. Was, wenn er eine Krankheit hat, nicht wie ihre, sondern eine ansteckende? Sie macht einen großen Bogen um das Tier, und als sie wieder aufblickt, merkt sie, dass sie beinahe mit einem Elefanten zusammengestoßen wäre.

Es ist ein mächtiger Bulle – ein Waldelefant –, der zusammengesackt an einem riesigen Baumstamm lehnt. Vor Schreck macht sie einen Satz zurück, doch auch dieses Tier ist bewusstlos. Sie kann sehen, wie sich sein gewaltiger Brustkorb hebt und senkt, der Atem aus seinem schlaffen Rüssel strömt und das Laub leicht aufwirbelt. Den Affen hat sie aus Vorsicht gemieden, den großen Bogen um den Elefanten aber macht sie aus reiner Ehrfurcht vor diesem herrschaftlichen Tier, das, ansonsten so unnahbar, ihr heute Nacht zu Füßen liegt. Er stöhnt leicht auf, laut genug, um die Stille des Urwalds zu durchbrechen und ihr einen Schreck einzujagen. Seine Stoßzähne sind blass und leuchten in der Dunkelheit. Seine Fußsohlen, ihr zugewandt, haben die Größe von Paellapfannen. Nie wieder wird sie ein solches Tier aus solcher Nähe sehen, so verwundbar.

Ein weiterer Windstoß, der über die Haut des Elefanten und unter Aubrys Hemd fegt. Die Bäume ächzen. Blätter werden aufgewirbelt.

Wahrscheinlich hätte sie noch die ganze Nacht dagestanden und den Elefanten angestarrt, doch dann fällt dieser Python aus dem Baum über ihr und landet jäh auf ihren Schultern. Sein Gewicht streckt sie beinahe zu Boden. Er ist so dick wie ein Oberschenkel und so lang wie der Rüssel des Elefanten. Sie kreischt auf, schüttelt die Schlange ab. Die schlafende Schlange windet sich wie ein Strom flüssiger Bronze Richtung Boden und rollt sich dort zusammen.

Das genügt, um Aubry in die Flucht zu schlagen. Sie vergisst die Stimme. Vergisst alles, will nur wieder unter Menschen sein. Sie sieht die Affen. Sieht Mäuse und Eichhörnchen. Aus Angst, auf sie zu treten, schwenkt sie erst nach links, dann nach rechts, versucht, im Zickzack den Weg zurück zum Dorf zu finden. Dann hält sie an. Sie hat sich um die eigene Achse gedreht. Wieder fegt ein Windstoß durch den Wald, sodass ihr Haar nach hinten flattert. Sie sucht den Dschungel ab. Um sie herum verrenkte Bäume, die sich, wie es scheint, in Qualen winden, auch in Anmut oder Leidenschaft – aber keine Spur vom Dorf.

Sie schließt für einen Augenblick die Augen, mahnt sich zur Ruhe, bricht dann wieder auf, jetzt langsam und bedächtig. Sie spitzt die Ohren, kann das Dorf aber nicht hören. Als sie losging, herrschte doch Tumult. Und nun nichts als Stille.

Dann erhascht sie einen Schimmer in den Bäumen. Eine Lichtung, da ist sie sich sicher. Sie eilt darauf zu, tritt aus dem Wald ins hohe Gras. Es ist die Wiese. Nicht weit entfernt sieht sie den Schein von Fackeln. Aber wo sind alle? Wo die aufgebrachten Stimmen? Wo die Unruhe?

Selbst die Luft ist anders. Sie leuchtet. Irgendetwas schimmert in der Nacht. Glühwürmchen? Staub?

Sie stapft durchs Gras, den Speer noch immer fest gepackt, als sie ein Stöhnen hört. Sie bleibt stehen, schaut nach links. Einer der Männer aus dem Dorf liegt bewusstlos auf dem Boden voller Spreu und Stoppeln. Sie beugt sich hinunter, fühlt mit der Hand nach seinem Atem. Er schläft, genau wie die Tiere im Wald.

Es ist etwas in der Luft, dieses phosphoreszierende Leuchten. Sie rafft den Kragen hoch, bedeckt die Nase, hat Angst, es einzuatmen.

Marta, denkt sie. Was ist mit Marta geschehen?

Sie beschleunigt ihren Schritt, steigt über noch mehr Schlafende, die hingestreckt hier auf der Wiese liegen. Das Dorf ist direkt vor ihr.

Der Anblick lässt Aubry kurz erstarren. Manche Dorfbewohner haben es noch zu ihren Hängematten zwischen den Bäumen geschafft. Andere lehnen bewusstlos an den Hütten, ihre Schlafmatten in den Händen. Eine Frau liegt neben einem ausgehenden Feuer und hält zwei Kinder in den Armen. Es sieht aus wie auf einem Schlachtfeld, am Tag nach dem Krieg. Aber das ist es nicht. Es ist ein kollektives Koma. Das gesamte Dorf, der gesamte Urwald, übermannt von tiefem Schlaf.

Aubry geht weiter durch das Flirren aus leuchtendem Staub. Mund und Nase immer noch bedeckt, lugt sie in eine der Hütten. Sie ist voller Frauen und Kinder, fest schlafend auf geflochtenen Matten.

Sie geht weiter, sucht nach Marta. Leiber wälzen sich im Schlaf – hier und da ein Schnarchen oder Stöhnen, Gehirne, die sich leise ins Gehäuse ihres Denkens zurückgezogen haben.

Dann entdeckt sie sie in einem Unterstand, weggetreten neben der Alten, Hand in Hand im Winterschlaf.

76

Mit Marta im Kongo

Sie fragt sich, wie lange er wohl dauern wird, dieser große Schlaf. Sie versucht, Marta zu wecken.

»Marta? Marta, kannst du mich hören?«

Martas Kopf gleich einer vom Baum gefallenen Frucht, wiegt sich träge hin und her. Vielleicht ist ein solcher Schlaf ja genau das, was sie braucht, um ihr Fieber zu besiegen, denkt Aubry. Sie bleibt den Rest der Nacht an ihrer Seite, hält ihre Hand, erzählt ihr leise von ihren Erlebnissen im Dschungel.

»Heute Abend habe ich einen Elefanten gesehen. Aus nächster Nähe. Ich konnte sehen, wie er atmet«, berichtet sie ihr.

Die Sonne geht auf, und das Dorf schläft immer noch. Sie hat sich ein Tuch vor das Gesicht gebunden. Wenn etwas in der Luft der Auslöser ist, dann ist sie ihm vielleicht entgangen, weil sie zur richtigen Zeit im Wald verschwunden ist. Aber das ist nur eine Vermutung. Sie ist sich bei überhaupt nichts sicher.

Fast den ganzen Morgen bleibt sie bei Marta, bis sie Hunger bekommt und beschließt, sich auf Nahrungssuche zu begeben.

Sie geht zurück in den Dschungel, diesmal bei Tageslicht, und sucht etwas zum Frühstück. Die Stille, die sich über den Wald gelegt hat, ist tagsüber ebenso verstörend wie nachts. Sie hat keine Angst vor Raubtieren, keine Angst vor gar nichts. Geht vorbei an den komatösen Affen. Kehrt zurück zum Elefanten und bestaunt ihn mindestens eine Stunde lang. Sie nimmt ihren Mut zusammen und berührt seine Haut, rau wie eine Avocadoschale. Langsam und behutsam streicht sie über die Stirn des Tieres, und der Gedanke, dass er sich über ihre Zuneigung freut, gefällt ihr.

Den Python dagegen, der wie eine Spirale eng zusammengerollt auf dem Boden liegt, meidet sie.

Ein Stück weiter findet sie einen Jungen aus dem Dorf, vielleicht zwölf oder dreizehn Jahre alt, schlafend am Fuße eines Baumes. Vielleicht war das ja die Stimme, die sie gestern Nacht gehört hat. Er ist schwer, doch sie schiebt die Arme unter seinen schlaffen Körper und trägt ihn den ganzen Weg zurück zum Dorf.

Sie weiß nicht, zu wem er gehört oder wo er schlafen soll, doch nicht weit von den anderen Schläfern entfernt findet sie eine leere Hängematte und legt ihn vorsichtig hinein. Er dreht sich auf die Seite, igelt sich gemütlich ein, ein sanftes Lächeln auf den Lippen. Der Junge muss schöne Träume haben.

Sie hat kaum mehr als ein paar Feigen gefunden, und ein bisschen Amaranth. Solche Wälder strotzen in der Regel nur vor Essbarem, aber vielleicht spielen in diesem die Jahreszeiten eine größere Rolle. Sie sitzt bei Marta und fragt sich, was wohl zuerst geschehen wird – das Aufwachen der Schlafenden oder die Rückkehr ihrer Krankheit. Sie tippt auf ihre Krankheit. Ein Winterschlaf ist kein flüchtiges Ereignis. Sie schlendert ein wenig durch das Dorf, studiert die Gesichter. Alle – selbst die schönsten, hübschesten von ihnen – sind noch schöner, wenn sie schlafen. Doch sie sieht auch eine Frau, zusammengekauert zwischen den Wurzeln eines Baumes, um deren Mund eine Spinne schon ihr Netz gesponnen hat.

Der Himmel verdunkelt sich. Aubry zündet die Fackeln wieder an, hält die Lagerfeuer die ganze Nacht über am Brennen. Sorgt dafür, dass alle es bequem haben. Wenn sie noch halb im Stehen überrascht wurden, bettet sie sie auf den Boden. Liegen sie krumm da, legt Aubry sie gerade hin. Gern würde sie die Männer auf der Wiese näher zum Dorf bringen, aber sie sind viel zu schwer. Das Beste, was sie tun kann, ist, etwas Gras zusammenzurollen und daraus Kissen für sie zu formen.

Sie fühlt Martas Puls. Er ist langsam. Noch nie zuvor hat sie einen so trägen Herzschlag gespürt. Dann fühlt sie den Puls von anderen – Männern, Frauen, Kindern –, auch ihr Herzschlag ist so lethargisch wie das stete Tropfen in einer tiefen Höhle.

»Du bist wütend wegen allem, was du verloren hast«, sagt der Dämon. »Bist du auch wütend wegen allem, was du gewonnen hast? Wissen? Erkenntnis? Beine voller Muskeln?«

»Ich komme mir nicht sehr wissend vor.«

»Du siehst auch nicht so aus. Aber du bist es.«

Aubry wacht so lange neben Marta, wie sie kann, aber sie hat zwei Tage und eine Nacht nicht geschlafen, und bald schon träumt sie zusammen mit den anderen.

77

Mit Marta im Kongo

Irgendetwas weckt sie. Sie weiß nicht genau, was. Der Morgen ist kaum angebrochen, aber irgendetwas stimmt nicht. Der Wind ist wieder aufgefrischt, fegt über die Wiese, neigt die Wipfel der Bäume. Doch lauter noch als das Rauschen der Dschungelblätter hört sie dieses Zischen, ein Schlittern, und es kommt von allen Seiten.

Sie hebt den Kopf, greift nach ihrem Speer. Gerade als sie sich an die Stille gewöhnt hatte, ist da dieses neue Geräusch, als würde der ganze Urwald durch die Zähne Luft einziehen. Sie hievt sich auf die Beine, bringt sich in Stellung, den Speer gereckt und kampfbereit. Sie beobachtet die Baumgrenze ringsum, wartet, dass etwas daraus hervorkommt.

Doch als es kommt, ist es nichts, was sie erwartet hätte.

Ein dichter, geisterhafter Nebel sickert durch die Bäume. Eine ganze Weile steht sie wie versteinert da, begreift nichts, sieht ihn auf und ab wogen wie Gischt und dann, wie er sich schlängelnd wie ein Schwarm aus Aalen durch das Gras aus allen Richtungen auf sie zubewegt.

Der Nebel funkelt im Morgenlicht, als wäre er voller Eis. Erst glaubt sie, irgendetwas würde sich darin spiegeln, aber es ist der Nebel selbst. Er leuchtet wie der Ozean bei Nacht, ein wirbelndes, phosphoreszierendes Glimmen. Er kommt näher, hüllt die ersten Hütten ein.

»Marta!«, ruft Aubry. Sie eilt zu ihrer Freundin, schüttelt sie, brüllt ihr ins Gesicht. »Marta, bitte!«

Der Nebel haucht seinen Atem über die schlafenden Dorfbewohner, dringt in die Hütten, erfüllt sie. Sekunden später kriecht er über Aubrys Füße.

»Marta, wach auf! Bitte, wach auf!«

Doch Marta schläft, atmet den Nebel ein. Auch Aubry kann ihn spüren, kann spüren, wie er hinten in der Kehle kitzelt, ihr in die Lunge sickert.

Aubry zerrt Martas schlaffen Leib davon, den Speer in der einen, Martas Handgelenk in der anderen, weiß jedoch nicht, wohin sie sich wenden soll. Vielleicht sind sie ja im Dschungel in Sicherheit. Wenn sie es nur bis zu den Bäumen schaffen könnte. Aber sie kann diesem Nebel nicht davonlaufen, nicht, wenn sie die ohnmächtige Marta hinter sich herschleifen muss.

Dann kommt eine gewaltige Welle auf sie zu, quillt über die Baumwipfel vor ihnen. Sie strömt nach unten wie ein Wasserfall, trifft auf den Boden, steigt wieder empor und wogt ihnen entgegen. Fackeln und Lagerfeuer werden mit einem Zischen ausgelöscht, und ihre Rauchfahnen vermischen sich mit den wirbelnden Nebelschwaden. Binnen Sekunden werden sie bei ihnen sein. Aubry hält die Luft an, hat kaum Zeit, sich abzuwenden, bevor er sie verschluckt.

Alles wird grau. Aubry spürt, dass sie Martas Handgelenk noch immer umklammert, kann sie aber nicht sehen. Sie zerrt daran, stapft mühsam vorwärts. Ihre Ohren klingeln, umso lauter, je dringender sie Luft braucht. Sie hält Marta immer noch fest, rennt weiter. Ihre Brust beginnt zu pochen. Ihre Augen quellen hervor, ihr schwillt die Kehle an. Ihr Griff wird immer schwächer. Aubry fühlt sich wie zermalmt, wie in der Tiefsee, jeder Schritt unmöglicher als der vorherige. Ihr Körper gerät in Panik, auch wenn ihr Geist sich noch dagegen wehrt.

Ihre Finger lösen sich, ganz unbewusst, als hätte sie nie etwas festgehalten. Sie sieht alles nur verschwommen, ihr Kopf ist wie leer gefegt. Sie rennt – mehr kann sie nicht tun, weil ihr Bedürfnis nach Sauerstoff nun alles andere in ihr beherrscht.

Und auf einmal ist Marta verschwunden, zurückgelassen auf einem Bett aus abgeknickten Halmen, vom Nebel wie verschlungen.

Ohne recht zu wissen, was sie überhaupt getan hat, sprintet Aubry los. Sie muss atmen, das ist das Wichtigste, bevor auch sie verschwindet.

Sie lässt den Nebel hinter sich, keucht, schnappt mit großen Zügen Luft. Ihr Instinkt befiehlt ihr, sich einfach fallen zu lassen, zusammenzubrechen und zu atmen, doch sie hört nicht auf zu rennen. Sie hat gerade genug Schwung, um sich auf den Beinen zu halten. Wenn sie dem Schicksal der anderen entgeht, vielleicht kann sie dann ja zurückkehren, um Marta zu retten. Mehr Zeit zum Überlegen bleibt ihr nicht. Ein Fluss aus Nebel gleitet bäuchlings auf sie zu, hat sie fast schon eingeholt.

Am Rand der Wiese gibt es einen Sumpf. Sie wird hindurchschwimmen, einen Bach suchen, einen Fluss, irgendeinen Weg hinaus aus diesem Dschungel. Sie watet durch Schlamm und Schilf, rutscht aus, fällt hin, rappelt sich auf. Als sie das Wasser erreicht, ist sie von schwarzem Schlamm bedeckt, der Nebel wabert pulsierend wie ein Herzschlag durch das Röhricht hinter ihr.

Da sieht sie die Blumen, diese großen roten Blüten, so ausladend wie Sonnenschirme. Sie ballen sich zu Hunderten oben in den Bäumen und speien ihren Samen in die Luft. Ihre Pollen werden vom Wind davongetragen, Ranken aus Nebel winden sich durch Äste und Lianen, begleitet von einem Zischen, wenn der feine Blütenstaub auf die großen Pflanzenblätter niederregnet.

Der ganze Dschungel ist schon darin eingehüllt, und sie entsinnt sich – zu spät –, wo sie diese Blumen schon einmal gesehen hat. Sie hat sie auf ihrem Schoß gesehen, als Abbildungen in einem Buch aus der Bibliothek. Ein Pflanzenforscher hatte sie gezeichnet, Blüten, so rot wie offene Wunden, die eine Pollenwolke ausstoßen, so dicht und giftig, dass eine einzige Blume ausreicht, um ein Pferd für eine Woche einzuschläfern. Doch was, wenn es Hunderte sind? Oder gar Tausende?

Sie dreht sich um. Der leuchtende Nebel – nein, der Blütenstaub, es ist Blütenstaub, kein Zweifel mehr –, er treibt auf sie zu, ist hinter ihr, vor ihr. Sie weiß nicht mehr, wohin sie fliehen kann, außer in den Sumpf, in die Mitte dieses Marschlands, wo der Pollen sie womöglich nicht erreichen kann.

Also stapft sie tiefer in den Sumpf hinein, versinkt knöcheltief im Blättermatsch, bis ihr das Wasser bis zur Hüfte steht. Watet weiter, bis sie bis zum Hals und schließlich bis zum Kinn im Wasser steht. Die ersten Pollenschwaden haben sie gleich eingeholt, weiß schimmernd vor der Finsternis des Urwalds.

Auf einmal hört sie Wasserrauschen, ein Geräusch wie Stromschnellen in einem Fluss. Ein Ausweg, hofft sie. Stattdessen aber sieht sie ein Loch, ein Loch im Wasser, wo der Sumpf abfließt, als hätte man den Stöpsel zu einem Abfluss mitten in der Erde gezogen, und das ganze Wasser läuft hinein. Eigentlich unmöglich, aber hier ist, tief und schwarz und bodenlos, ein Loch, in dem das Wasser verschwindet.

Und es wird größer, seine Ränder dehnen sich, die gähnende Öffnung breitet sich aus, droht sie einzusaugen. Sie kann seinen Sog spüren. Stemmt die Hacken in den Schlamm, um dagegen anzukämpfen, doch selbst der Schlamm verschwindet unter ihren Füßen, wird weggesaugt mit allem anderen, als würde sie gegen einen Erdrutsch anrennen. Sie rammt ihren Speer tief in den Sumpfboden, klammert sich fest, und doch kommt das Loch ihr immer näher. In ihrer Verzweiflung versucht sie, wegzuschwimmen. Stattdessen aber wird sie hinabgezogen, sinkt trudelnd in das nasse Dunkel, das Dröhnen des Wassers hallt ihr in den Ohren.

»Die Welt braucht Sie«, hatte der Prinz gesagt. *»Sie braucht eine Zeugin.«*

Dumpfe Dunkelheit. Kein Laut, kein Licht, keine Empfindungen von nichts mehr. Nur Leere.

78

Eine Randbemerkung, wieder kürzer

Um ihren fünften Geburtstag herum, als die Familie am Meer Urlaub machte, las ihre Mutter den drei Töchtern allabendlich aus *In 80 Tagen um die Welt* vor. Die Kinder liebten die Geschichte, nur Sylvie hatte einige Bedenken.

»Aber er ist gar nicht wirklich gereist. Er hat sich nur so schnell fortbewegt, wie er konnte. Er hat nicht einmal angehalten, um sich das Tadsch Mahal anzuschauen. Er ist einfach dran vorbeigefahren.«

»Das ist ein guter Einwand, Sylvie«, sagt die Mutter. »Glaubst du, er hat sich einfach nur bewegt um der Bewegung willen?«

»Ja.«

»Aber ein Abenteuer ist es doch trotzdem«, widerspricht Pauline. »Stell dir das mal vor! In jedem Augenblick an einem Ort zu sein, an dem man noch nie war!«

»Das ist doch egal«, sagt Aubry, die in der Ecke hockt. Alle drehen sich zu ihr um, warten auf eine Erklärung. »Wir werden doch sowieso nur erwachsen und kriegen Babys. So wie die ganzen anderen Mütter im Park. Also ist es egal, was Phileas Fogg alles getan hat, weil wir es niemals tun werden.«

Einen Moment lang schweigen alle. Dann erwidert Pauline mit trotziger Stimme: »Es ist *nicht* egal.«

Sie verbrachten ihre Ferien im Haus eines Freundes nahe Biarritz an der Atlantikküste, und wenn ihr Vater hinunter an den Strand ging, um Bogenschießen zu üben, leistete Aubry ihm gerne Gesellschaft.

»Weißt du, Aubry«, erklärt er ihr, »manchmal geht es beim Reisen auch um mehr als nur um das Besichtigen.«

»Um was denn, zum Beispiel?«

»Manchmal geht es nur um die Bewegung.«

»Was bringt das denn?«

»Mir kommt es manchmal so vor, als wären Dinge, die sich nie bewegen, nur die Hälfte dessen, was sie sein könnten.« Zu seinen Füßen sind seine Pfeile, sie stecken mit den angespitzten Enden im Sand. »Denn Bewegung ist etwas äußerst Mächtiges. Siehst du meine Pfeile? So wie sie jetzt sind, sind es nur Stöcke.« Er zupft einen aus dem Sand, spannt die Nocke in die Sehne, schmiegt den Pfeil eng an den Bogen. »Aber wenn ich ihn in die Luft schieße, ist es kein Stock mehr, ja nicht mal mehr ein Pfeil. Es wird zu etwas anderem.«

»Und zu was?«, fragt Aubry.

Zu ihrer Überraschung zielt ihr Vater auf den Himmel über dem Meer, lässt die Nocke los, so behutsam wie die Saite einer Harfe, und der Pfeil jagt in die Luft. Gemeinsam schauen sie zu, wie er hoch über dem Wasser fliegt, dunkel vor dem leuchtend kreideweißen Himmel.

79

Terra obscura

Als sie mit wild rudernden Armen und brennender Lunge wieder an die Oberfläche kommt, schafft sie es, sich an irgendetwas festzuhalten. Im Dämmerlicht kann sie zwar kaum etwas erkennen, doch sie findet Halt und hievt sich mit letzter Kraft aufs Trockene.

Jetzt sieht sie das Büschel Wurzeln in ihrer Hand, ein Ufer voll Mangroven, die ihre Finger tief ins Wasser ausgestreckt haben. Lange hält sie sich daran fest, füllt keuchend endlich wieder ihre Lunge.

»Marta«, sagt sie. Sie kann an nichts anderes denken als die Freundin, die sie zurückgelassen hat, verschluckt von einem Unheil bringenden Nebel, ihre Freundin, die den ganzen langen Weg mit ihr gereist war, nur um …

… das hier zu sehen.

Sie setzt sich auf. Unter ihr ein Boden aus verworrenen Wurzeln und hohem Gras. Über ihr ein Blätterdach aus Urwaldgrün, so dicht wie jede Kathedralendecke. Und dazwischen, als schwebten sie, eine Unmenge an Büchern, Regale voll von ihnen zwischen Gras und Astwerk, Regale, die in Baumstämme geschnitzt sind, andere, die den Windungen von Ästen folgen, und Schriftrollen, die von Lianen baumeln.

Aubry sucht nach einem Weg zurück, zurück durch das Loch im Sumpf, einen Weg, um Marta nachzuholen. Sie springt wieder ins Wasser, doch wundersamerweise steht es ihr nicht mal bis zum Oberschenkel, ein kleiner, seichter schwarzer Tümpel in der Erde, mehr nicht. Sie tastet über den Boden, aber alles, was sie findet, sind ihr Speer und Hände voller Schlamm. Sie steht auf und starrt mit hängenden Schultern hinab ins dunkle Wasser.

»Bitte«, sagt sie, obwohl sie weiß, dass niemand zuhört, »lass mich gehen.«

Sie hasst die Bücher und die Rollen, diese ganze gottverdammte Bibliothek. Sie hasst es, das alles für sich allein zu haben. Will diesen Ort mit jemandem teilen. Will, dass andere davon erfahren. Will, dass Marta bei ihr ist, dass sie ihre Hand hält und ihr versichert, dass sie nicht verrückt ist. Die Bibliotheken, wird ihr klar, sind weniger eine Ehre als eine Verbannung innerhalb ihrer Verbannung.

Sie krümmt sich auf den Mangrovenwurzeln zusammen und bleibt liegen, ohne sich zu rühren, für lange, lange Zeit. Sie möchte nicht mehr lesen oder herumschlendern. Findet kaum noch die Kraft zum Weinen. Wenn sie einfach aufhören könnte zu atmen, würde sie auch das tun. Schließlich aber vergeht die Zeit dann doch. Sie kann es riechen, das Vergehen der Zeit, wie ein faulender Stamm, wie Niedrigwasser. Sie rappelt sich auf, steht stumm da, erschöpft bis ins Mark. Doch auch das kann sie nicht ewig machen, also geht sie nach einer Weile wieder los.

Was sollte sie anderes tun?

»Du bist voller Wut«, hört sie die Krankheit sagen. »Das verstehe ich. Aber das trübt nur deinen Blick, gerade jetzt, wo du klar sehen musst.«

Sie achtet nicht auf sie und folgt einem Pfad – zumindest sieht es aus wie einer – durch die Bücherregale. Erst links, dann rechts und immer so weiter. Sie beschleunigt ihre Schritte, wird mit jeder Biegung etwas schneller. Sie will einfach nur noch raus hier, einen Ausgang finden, wieder Tageslicht sehen, Marta finden und ihr erklären, wie sehr sie sich bemüht hat, sie zu retten. Bald rennt sie, biegt um die eine, dann um die andere Ecke, schlägt einen Haken nach dem anderen, bis sie plötzlich zu einem Holztisch kommt, zurechtgesägt aus einem Stamm und derart glatt poliert, dass er golden glänzt. Neben ihm ein leerer Stuhl, der wartet. Die Tischdecke besteht nur aus Palmblättern. Auf den Blättern steht eine Schale voller Baumstammkirschen und Horngurken.

Neben der Schale liegt ein Zettel mit der Aufschrift »FÜR DIE NÄCHSTEN« in ihrer eigenen Handschrift.

80

Terra obscura

Die nächsten Jahre streift sie durch die Bibliothek. Anfangs sucht sie noch nach einem Ausgang, aber das ist jetzt schon lange her. Seitdem widmet sie sich ganz dem Lesen, und nicht ein Mal ist ihre Krankheit wieder aufgeflammt. Sie schlendert nach Belieben herum, manchmal bleibt sie auch an einem Ort, doch wenn alle Bücher in einem Raum gelesen sind, zieht sie stets weiter.

An jenem ersten Tag geschah Folgendes: Sie setzte sich. Bekam Hunger. Aß die Horngurken. Aß die Baumstammkirschen. Über ihr an den Lianen hingen Schriftrollen, doch sie weigerte sich, hinzusehen.

»Ich wusste schon von Anfang an, was dir gefällt«, sagte ihr die Krankheit. »Du liebst es, zu lernen. Du hasst es, belehrt zu werden. Vom ersten Schritt an wusste ich, es würde eine lange Reise werden.«

Aubry antwortete ihr nicht.

»Erinnerst du dich noch an den Ausbruch der Katla über dem schwarzen Sand von Vík í Mýrdal?« Das würde sie nie vergessen können, niemals, den Anblick, als die Feuerfahnen durch die Wolken schossen, sie beiseitedrängten.

»Erinnerst du dich an diesen Schwarm winziger Fische

in der Bucht von Bengalen, der in der Form eines Hais geschwommen ist?«

Auch das wusste sie noch.

»Mein Leben ist vergeudet«, sagte sie.

»Nichts ist vergeudet. Du hast die Welt durchwandert. Du hast dich umgeschaut. Bald schon konntest du sie wirklich sehen.«

Noch immer wollte sie nicht lesen.

»Schlag eins auf«, bat ihre Krankheit sie ganz sachte. »Du wirst nicht enttäuscht sein.«

Es dauerte eine Weile, doch am Ende gab sie nach, langte empor und zupfte eine Schriftrolle von der Liane. Dann rollte sie sie auf dem Boden aus. Darauf sah sie das Folgende:

ein Jäger, der seine Beute quer durchs Land verfolgte. Die Herden waren groß, doch das Land ebenso, und er musste all sein Können aufbieten, um sie aufzuspüren. Zuerst suchte er nach dem Urin des Polarfuchses, der ihm sagen würde, dass irgendwo in der Nähe Rentierfleisch vergraben war. Bald darauf fand er Samtfetzen auf den Felsen, an denen die Rentiere ihre Geweihe gewetzt hatten. Er fand Flecken ohne Flechten auf der Erde und wusste, dass sie gerade hier gefressen hatten. Mit der Zeit lernte er seine Beute gut kennen, konnte ihrer Fährte mühelos folgen, ihre Wege vorhersehen.

Als er die Herde schließlich fand, kannte er sie in- und auswendig. Er konnte ein Rentier anlocken, indem er sich ein Geweih an den Kopf band, seinen Gang nachahmte, so grunzte, wie die Tiere es in der Brunftzeit tun.

Schon bald lebte er unter ihnen. Er tauschte seine Kleidung gegen Rentierfell. Lernte, sich von Flechten zu ernähren. Er war zu seiner eigenen Beute geworden, dem Wesen, das er jagte, und streifte fortan mit der Herde durch die Tundra.

Seitdem zieht Aubry durch die Bibliotheken.

»Denk nur an all die Dinge, die wir gesehen haben«, sagte ihre Krankheit. »Eine Kuppel voller Sterne, einen schlafenden Urwald, diesen außergewöhnlichen Sandsturm. Denk an all die Dinge, die wir getan haben – wie wir im Hochland Tibets gejagt und Berge überquert haben, so hoch, dass kein Vogel sie je überfliegen könnte. Wir haben ein Haus voller Wunder gesehen. Und nun dies hier. Ein Haus voller Geschichte, bis jetzt das größte Wunder.«

Vor langer Zeit, als sie zum ersten Mal auf eine Tür gestoßen war, da hatte sie gedacht: Ah, eine Bibliothek ohne Worte. Wie seltsam. Wie besonders. Doch bald entdeckte sie noch andere und dachte, es scheint eine Art weltweite Einrichtung zu sein, Bibliotheken für Reisende wie sie, die eine universelle Sprache brauchten.

Dann aber, als sie in anderen Gegenden der Welt wieder herauskam, fragte sie sich, ob sie nicht das Werk einer längst vergangenen Zivilisation waren, eines weit entwickelten Volkes, das einst die ganze Erde untertunnelt hatte und dort die Erinnerungen derer sammelte, die an der Oberfläche lebten. Es klang fantastisch, gewiss, aber die Grenzen jedweder Logik hatte sie ohnehin längst überschritten.

Sie kommt zu einer weiten Ebene mit sanften Wiesen, die schwarze Decke drohend wie eine tief hängende Regenwolke über ihr. Im Gras stehen Reihen um Reihen von Bücherregalen, an denen sie entlangspazieren, ein Buch herausziehen und es lesen kann. Es ist, als hätte ein großes Volk hier einst Wurzeln geschlagen, hätte sich entwickelt, sei aufgeblüht und dann weitergezogen – und hätte nur seine Bücher zurückgelassen. Dann aber betrachtet sie das sanft wogende Gras, so hell und golden, blickt empor zum Himmel, schwarz wie eine Regenwolke, und verwirft diesen Gedanken sogleich wieder.

»Bist du beeindruckt?«, fragt ihre Krankheit sie.

»Ich verstehe nicht, wie das möglich ist.«

»Lass dich nicht ablenken. Es geht nicht darum, wo die Bücher aufbewahrt werden, sondern darum, was drinsteht.« Sie blättert die Abbildungen durch. Liest eine Geschichte über eine geologische Expedition, die ein Loch tief in die Erde bohrte, um nach einem seltenen Edelstein zu suchen, den es womöglich gar nicht gab. Liest von dem Versuch, die Menge des Süßwassers auf der Welt zu messen, der ein Team aus Wissenschaftlern und Geschäftsleuten in den Ruin trieb. Liest von einem armen Kohlehändler, der den Affen, den er aß, nicht lange genug kochte und damit eine Seuche auslöste, an der seine ganze so sehr geliebte Insel starb.

Sie kommt zu einem Sumpf und stakt in einem Einbaum, der an einer Untiefe im flachen Wasser liegt, hinüber. Sie stößt sich ab, gleitet durch Wasser und durch Schilf, das ihr weit über den Kopf reicht, und steuert Bibliotheken an, die wie Pfahlhäuser gebaut sind.

Essen und Getränke stehen stets für sie bereit, wenn sie es braucht. Neue Kleidung ebenso. Gleicht die Bibliothek einem chinesischen Hof, sind es Gewänder aus bestickter Seide. Ist sie ein ägyptisches Grabmal, besteht die Kleidung aus dünnem Leinen mit eingewebtem Gold. Ist es eine Jagdhütte, findet sie darin einen Hirschledertornister, um ihre Sachen aufzubewahren.

Sie liest von einem Paar, das in den Baumwipfeln ein ganzes Dorf errichtete, und von einem jungen Mädchen, das aus Vergnügen Könige ermordete.

»Ich bin nie mehr krank«, bemerkt sie schließlich.

»Wieso auch? Ich habe dich doch genau da, wo ich dich haben will.«

»Und wo ist das? Ich weiß es immer noch nicht.«

»Zu Hause mit der Geschichte der Welt.«

»Warum?«

»Es klingt zwar kleinlich, ich weiß, aber manchmal möchte ich einfach ein wenig prahlen.«

»Ich muss dir etwas sagen.«

»Ja?«

»Manchmal höre ich eine Stimme in meinem Kopf.«

»Erzähl mir davon.«

»Sie redet ständig wirres Zeug.«

»Das muss lästig sein.«

»Ist es auch.«

Sie betritt eine Moschee, deren Kuppel selbst im schwachen Kerzenschein noch glänzt. Das Wetter draußen muss furchtbar sein, denn sintflutartiger Regen schießt mitten durch das Rundfenster und fällt in einen Brunnen darunter. Ansonsten ist die Kuppel trocken. Sie hält die Hand in die Säule aus Regen und lacht. »Das sieht aus wie etwas, das du erfinden würdest.«

»Das habe ich auch.«

»Jetzt prahlst du aber wirklich.«

Es tröstet sie, dass es für jeden Weg, den sie auf ihren vielen Weltumrundungen gegangen ist – für jeden einzelnen Schritt, so scheint es –, eine Geschichte gibt. Etwas, das einmal geschehen, eine Vergangenheit, die nicht ihre eigene ist. Langsam wird dies zu einer Art fixe Idee für sie: dass es da draußen eine Milliarde Seelen gibt, die sich ihren eigenen Weg durch das Elend und die Leiden dieser Welt bahnen, eine Milliarde Gucklöcher, eine Milliarde Spiegel, eine Milliarde Leben, die sie nicht gelebt hat, all das erfüllt sie mit einer Neugier, die an Wahnsinn grenzt. Sie empfindet eine Gier, die nicht gestillt werden kann, als hätte man sie zu diesem Hunger verleitet, sie mit Absicht abhängig gemacht. Aber sie kann jetzt nicht mehr aufhören.

Merkt sie, dass sie anfängt, mit Büchern zu reden, als wären sie alte Freunde? »Ah, da bist du ja«, sagt sie zu einem. »Erzähl es mir doch noch einmal.«

Merkt sie, was mit ihr geschieht? Merkt sie, wie die Grenzen ihres Lebens sich schleichend immer weiter schließen? Vielleicht. Aber sie will nicht mehr dagegen ankämpfen. Lässt es langsam und unmerklich geschehen. Solange sie ein Buch zum Lesen hat, stört es sie nicht.

Als sie zehntausend Schriftrollen gelesen hat, unzählige Kilometer gelaufen ist, durchziehen graue Strähnen ihr Haar, und Falten graben sich in ihr Gesicht.

81

Terra obscura

Ein Geräusch stört sie beim Lesen. Ein Schlürfen? Das Klirren von Metall? Es ist weit weg, das Echo eines Echos, das durch die Tunnel hallt. Sie stellt ihren Wein ab, schnappt sich die Kerze und ihren Wanderstock. Sie windet sich durch die Katakomben, nimmt eine Biegung nach der anderen, bis sie an eine Tür gelangt.

Auf dem verstaubten Steinboden davor fällt Aubry eine Goldmünze auf. Sie hebt sie auf, studiert sie. Römisch. Verstreut auf dem Boden findet sie noch mehr davon. Bald hat sie ein Dutzend eingesammelt, hält sie in den hohlen Händen. Irgendetwas an ihnen kommt ihr bekannt vor. Sie streckt den Arm aus, presst die Hand gegen die dicke Holztür, spürt, wie sie vibriert, und auch die Hitze dahinter. Es ist so heiß, dass sie jäh innehält. Dann rafft sie ihren Mut zusammen, packt den großen Eisenring und zieht.

Die Tür mit all ihrem bleiernen Gewicht schwingt auf, und ein Schwall heißer Luft schießt ihr entgegen. Sie beschirmt die Augen und betritt eine große, weitläufige Höhle, die in Feuerschein getaucht ist. Sofort erfüllt sie eine Art von Nostalgie, wird sie übermannt von einer ihrer unzähligen Erinnerungen.

Sie steht auf der Brücke, die einen brodelnden Lavastrom überspannt, eine siedende Melange aus Stein und Feuer, die durch eine tote Untergrundstadt fließt wie in einer gespenstischen Vision der letzten Tage von Pompeji. Sie kennt diesen Ort. Er ist in ihr Gedächtnis eingebrannt. Sie ist hier schon entlanggegangen, hat den Schwefel gerochen, die Goldmünzen gesammelt, im sanft wogenden orangefarbenen Glühen seine Schriftrollen gelesen.

Aubry überquert langsam die Brücke, sie weiß, ohne Zweifel, doch mit angsterfülltem Unbehagen, was sie sehen wird.

Stromaufwärts auf einer anderen Brücke wärmt sich eine junge Frau die Füße über dem zähflüssigen Feuer, liest in einem Stapel Bücher, wirft mit der einen Hand eine Münze in die Luft und blättert mit der anderen die Seiten um. Sie erschaudert und starrt diese junge Frau an. In all den Jahren hier unten hat sie keinen Spiegel zu Gesicht bekommen, doch jetzt steht sie da und sieht sich selbst. Sie braucht lange, um ihre Stimme wiederzufinden, sich an ihren Namen zu erinnern, so lange hat sie ihn schon nicht mehr benutzt.

Sie ruft: »Aubry! Aubry Tourvel!« Die junge Frau blickt auf. »Deine Mutter liegt im Sterben! Geh zu ihr! Es ist sicher! Geh.«

Verdutzt lässt die junge Frau ihr Buch fallen, die Münze fällt klirrend zu Boden. Doch dann prescht die alte Aubry Tourvel los, findet die nächste Tür, reißt sie auf und stürzt hinein. Innen kauert sie sich in eine Ecke. Tränen rinnen ihr über die Wangen. Sie beißt sich auf die Hand, um nicht zu schluchzen. Vielleicht weint sie, weil sie weiß, was der jungen Frau bevorsteht. Vielleicht, weil sie ihrer Jugend nachtrauert. Vielleicht auch, weil sie begreift, dass sich die Zeit in diesen

Bibliotheken spiralförmig bewegt und sie sich heillos in ihren Windungen verirrt hat. Sie hört die Schritte treppauf und treppab rennen, hört sie durch endlose Gänge hallen, suchend, immer suchend.

Doch Aubry weiß, dass man sie niemals finden wird.

82

Terra obscura

Hin und wieder hört sie Stimmen, nicht in ihrem Kopf, sondern andere, immer weit entfernt, immer nur ein Echo, niemals zu verstehen. Sie versucht, sie zu ignorieren, doch ganz selten einmal gelangt sie zufällig an eine perfekte Kreuzung – mit dem Ohr an der durchlässigsten Stelle einer Wand oder in einem kuppelartigen Raum, der jeden weit entfernten Laut verstärkt. In diesen Momenten, wenn sie sehr aufmerksam lauscht, kann sie mit Mühe verstehen, was sie sagen:

»Hallo?«, ruft die Stimme. »Vielen Dank dafür! Danke für das Essen! Der Milchtee ist gut!« Und dann: »Danke für die Laternen! Ohne sie wäre ich hilflos!«

Ein andermal: »Aubry! Aubry Tourvel! Deine Mutter liegt im Sterben!«

Ein andermal: »Bitte … Lass mich gehen …«

Für gewöhnlich aber versucht sie, gar nicht hinzuhören. Sie sieht keinen Sinn mehr darin.

Dann kommt der Augenblick, in dem sie das Buch findet, das auf einem Tisch liegt. Es ist ein seltsam leerer Raum. Die Bibliothek ist riesig, und doch hat sie noch nie einen völlig leeren Raum gesehen. Irgendwo finden sich immer Bücher, bis sie zufällig auf den hier stößt – einen Raum ohne irgendetwas, nur kahle Wände und dazwischen eine Steintafel. Nicht einmal eine Tischdecke, ein wenig Fell oder ein Bananenblatt, nur ein Buch und ein schwarzer Bleistift, allein auf einer Felsplatte.

Als sie das Buch aufschlägt, sieht sie, dass es leer ist, jede Seite.

»Für mich?«, fragt sie. Sie blickt zwischen dem Buch und dem Bleistift hin und her. Ihre Krankheit schweigt. »Für mich«, bestätigt sie.

Sie nimmt Buch und Bleistift mit, verlässt den Raum und kehrt nie wieder zurück.

83

Terra obscura

»Beginne am Brunnen.«

»Wieso da?«

»Weil wir uns da zum ersten Mal getroffen haben.«

In der Höhle mit den prähistorischen Wandmalereien schlägt sie ihr neues Buch mit den leeren Seiten auf und zeichnet ihr erstes Bild – drei Schwestern, die rings um einen Brunnen stehen und Sachen hineinwerfen. Doch die jüngste Schwester ist wütend. Sie weigert sich mitzumachen und behält ihr kleines Spielzeug.

Die Zeichnung bedeckt zwei ganze Seiten, und die Anstrengung erschöpft Aubry.

Am nächsten Tag, oder in der nächsten Nacht, zeichnet sie ihr zweites Bild. Sie hockt im Schneidersitz in einem verwilderten Garten, Pergamentrollen hängen an Maisstängeln und Sonnenblumen, und sie zeichnet das kleine Mädchen, wie es sehr krank am Esstisch der Familie sitzt. Ihre Eltern stehen weinend über ihr, als sie auf dem Boden zusammenbricht. Dann zeichnet sie das kleine Mädchen in einer Arztpraxis, wo es sich gut und gesund fühlt, und anschließend wieder zu Hause, wo es wieder krank wird, wegrennt und es ihr, im nächsten Bild, wieder viel besser geht.

Tage vergehen – oder auch nicht. Sie bemisst Zeit am Schlaf, und ganz gleich, ob sie viele Stunden oder nur Minuten geschlafen hat, kommt es ihr vor wie eine Nacht, und so zählt sie ihre Tage.

Bei den Jahren allerdings hat sie schon lange die Übersicht verloren.

In einem Canyon in der Wüste, über einer Mahlzeit aus Fladenbrot und Kaktusfeigen, zeichnet sie das kleine Mädchen und dessen Mutter auf vielen, vielen Reisen. Das allein nimmt sieben Seiten in Anspruch, kleine Kästchen, die sich von rechts nach links und von oben nach unten lesen lassen, bis sie beim letzten Bild ankommt, auf dem das kleine Mädchen seine arme ausgelaugte Mutter mitten in der Nacht verlässt.

Als sie damit fertig ist, weint sie so bitterlich, dass sie in den folgenden Wochen, oder was ihr wie Wochen vorkommt, nicht mal einen Punkt oder einen Strich zuwege bringt.

»Du weinst, weil du Dinge getan hast, die schmerzlich für dich waren.«

»Wieso hast du mich nur so weit laufen lassen?«

»Hätte ich es nicht getan, wärst du nirgendwohin gegangen.«

Sie schlendert herum und liest die Werke anderer, studiert ihre Kunst, ahmt ihre Zeichentechnik nach. Sie versucht zu verstehen, was eine packende Geschichte ausmacht und wie man Gesichter und Stimmungslagen besser darstellt, dass man durch einen verwischten Klecks einen Wald in eine Nebelnacht verwandeln kann, dass der Schwung der Augenbrauen eine Figur entweder wütend, traurig, verdutzt oder auch komisch aussehen lassen kann. Bald schon ist sie bereit, mit ihrer Geschichte fortzufahren. Es gibt noch viel mehr zu erzählen.

Mehrere Tage lang zeichnet sie sich selbst dabei, wie sie lernt, mit einem Speer zu jagen. Zeichnet ihre trostlosen Tage auf dem griechischen Fischerboot. Ruht sich etwas aus, erzählt dann die Geschichte von Uzair Ibn-Kadder und von ihrer Flucht durchs Calanshio-Sandmeer, dann von ihrer Reise durch die Sahara mit einer Karawane von Salzhändlern.

Als sie die persischen Ruinen und die antiken Goldminen entdeckt, hat sie bereits ihre Zugfahrt durch die russische Steppe und ihre Nächte mit Lionel gezeichnet. Obwohl die Reise nur eine Woche ihres Lebens währte, nimmt sie sich über einen Monat Zeit, um die Bilder genau richtig hinzubekommen.

»Die Welt war voller Wunder. Wieso nimmst du ihn in die Geschichte auf? Was hat er dir bedeutet?«

»Er war auch ein Wunder.«

»Aber wenn ...«

»Und was ist mit Marta geschehen? Wo ist sie?«

»Man hat sie gefunden, als sie halb verhungert aus dem Urwald stolperte. Sie hat ein Buch über dich geschrieben.«

Obwohl es viele Jahre her ist, fühlt sie sich erleichtert, als würde sie einen zu engen Schuh ausziehen. »Auch das ist ein Wunder.«

»Wir sind den Roten Fluss hinabgefahren, was für eine sonderbare Reise! Davon solltest du als Nächstes erzählen.«

Ihre Miene versteinert. »Ich erzähle, was ich erzählen will, sonst wird es überhaupt kein Buch geben.«

Sie wartet auf eine Antwort, erntet aber nur Schweigen. Zufrieden fährt sie mit ihrer Arbeit fort.

In einer großen blau-goldenen Moschee zeichnet sie, wie der Riesenvogel mit seinem Schnabel nach dem tibetischen Jäger schnappt.

Einige Tage später liegen am Rande einer Eisscholle ein Robbenfellmantel und ein Paar Stiefel für sie bereit. Sie rudert mit dem Kajak quer über die unterirdische Bucht, vorbei an Schiffswracks, gewaltigen, von den Eismassen zermalmten Eichenrümpfen und Kisten voller Bücher, die wild verstreut auf der gefrorenen See treiben. Manchmal entdeckt sie knapp unter dem Eis ein Rentierfell, in dessen Leder Landkarten und Piktogramme eingeritzt sind, und wenn sie den Schnee wegwischt, sind sie leicht zu lesen.

In einem Iglu zeichnet sie, so gut sie kann, das Sandmandala nach, das der Prinz einst auf einen Strand gemalt hatte. Die Erinnerung daran treibt ihr erneut die Tränen in die Augen.

»Nimmst du mir das übel?«

»Das sollte ich«, erwidert sie.

»Aber tust du's?«

»Halt die Klappe und lass mich mein Buch beenden.«

Unter dem Bücherbaum, der statt Blättern Seiten hat und an dessen Ästen Pergamente hängen, der Stamm selbst ein gewundenes Regal, zeichnet sie schließlich das schwarze, bodenlose Loch im afrikanischen Sumpf, das sie endgültig verschlungen hat.

Sie schließt das Buch.

»Siehst du jetzt, wie wunderschön es war? Siehst du jetzt, dass diese Schönheit nur von dir abhing? Nichts davon hätte ohne dich existiert.«

Ihr Haar ist mittlerweile völlig weiß, keine goldene Strähne ist mehr übrig. Das weiß sie, weil sie diese Haare auf ihren Schultern und an ihrer Kleidung findet. Schon seit Langem hat sie keinen Spiegel mehr gesehen – ihr trübes und verzerrtes Abbild auf einer Wasseroberfläche vielleicht, mehr aber nicht. Das letzte Mal, dass sie eine blonde Strähne sah, war, bevor Altersflecken ihre Hände überzogen, bevor die Haut an ihren Knöcheln Falten warf. Hin und wieder fragt sie sich, wie sie jetzt im Alter aussieht, dann jedoch ist sie froh, es nicht zu wissen.

Eines Tages gelangt sie zu einer riesigen Wendeltreppe, die endlos nach oben und nach oben führt, nichts als Schwärze hüllt beide Enden ein, und ein steter Luftstrom weht heulend an ihr entlang. Die Wände, die sie einfassen, sind ein Flickwerk aus schräg und wahllos stehenden Regalen voller Bücher, so vielen Büchern, mehr, als sie bisher gesehen hat. Die Treppe schraubt sich spiralförmig hinab und auch empor, in ein Meer aus Sternen. Aubry steigt ebenfalls auf und ab und will schon wieder weitergehen, als sie irgendwo im ausgedehnten Raum dazwischen in einem der Regale einen leeren Platz entdeckt, gerade groß genug für eine weitere Geschichte.

Sie zieht das Buch ihres Lebens aus dem Tornister und schiebt es in die passgenaue Lücke zu den anderen. Es dauert einen Augenblick, bis ihre Finger sich vom Einband lösen. Dann geht sie davon.

Es wird einmal die Zeit kommen, das weiß sie, wenn alle Menschen auf der Erde um die Welt fliegen und das Laufen überflüssig wird. Es wird die Zeit kommen, wenn die Menschen zum Mond fliegen und womöglich Städte auf dem eisbedeckten Kontinent errichten oder auf dem Meeresboden laufen oder die äußersten Grenzen des Universums kartieren. Und doch werden wir nie den Namen des ersten Menschen erfahren, der jemals eine Feige aß, einen Speer warf oder einen anderen küsste. Wir werden nie die Geschichte des Feuers erfahren, wissen, wer erstmals seine Nahrung kochte und warum. Wir werden nie die Musik des unbekannten, aber wirklich großartigen schweizerischen Komponisten hören, der bei einem Feuer in einer kleinen Hütte am Rande von Luzern zusammen mit all seinen Werken verbrannte. Ebenso wie die Gedanken jenes persischen Matrosen, der nachts über Bord geschwemmt wurde, drei Tage auf dem Rücken in der Arafurasee trieb, bevor die Erschöpfung ihn übermannte und er in die Tiefe sank, um zum Futter für die augenlosen Aasfresser zu werden.

Und selbst aus diesen Büchern, zahllos und mit unendlich vielen Abbildungen, erfahren wir nicht einen einzigen Namen. Wir alle sterben namenlos – wenn nicht zum Zeitpunkt unseres Todes, dann später. Aubry blickt sich um. Ihre Abgeschiedenheit ist jetzt vollkommen. Sie wird noch namenloser sterben als andere. Ihr scheint, als wären Bilder kein Ersatz für Worte, so wie Worte kein Ersatz sind für die Dinge selbst.

84

Terra obscura

Nun, da ihr Leben unter ihnen ist, ist ihr manisches Verlangen nach Büchern erstorben. Sie liest sie nicht, spricht nicht mit ihnen, schaut sie nicht einmal mehr gerne an. Bilder ermüden sie. Sie findet einen Raum, der überraschend schlicht ist – ein Sofa, ein Kamin, ein Schlafplatz und nur ein kleiner Stapel Schriftrollen. Tagelang weigert sie sich, hinauszugehen. Sie tut das, was sie nie mehr tun konnte, seit sie neun Jahre alt war: Sie bleibt in diesem Zimmer ohne die geringste Neugier auf das, was jenseits davon liegt.

Aus Tagen werden Wochen, dann Monate. Ihr Leben, das weiß sie, ist öde geworden, verkümmert, wie manche sagen würden, und sie würde ihnen zustimmen. Aber wenn man die Bücher leid ist, dann gibt es hier wenig mehr zu tun, als zu verkümmern.

»Was tust du?«

»Nichts.«

»Es gibt noch mehr zu sehen.«

»Ich habe nichts mehr.«

»Du hast deinen Speer.«

»Ich habe nichts mehr außer meinem Speer.«

»Und wenn du alles, was du je verloren hast, zurückbekommen würdest, würde dich das glücklich machen?«

»Es geht nicht um die Dinge. Es geht darum, was sie bedeutet haben.«

»Wie kommt es, dass sie dir nichts mehr bedeuten?«

Sie schweigt. Sie hat keine Antworten auf Fragen wie diese.

»Sei dankbar«, beschwört die Stimme sie. »Es ist besser, zu existieren, als nicht zu existieren. Allein aus diesem Grund solltest du dankbar sein.«

»Ich bin müde. Ich bin alles nur noch leid«, sagt sie.

»Du bist nicht bereit. Das verstehe ich. Aber bald wirst du deine Meinung ändern.«

Ab und zu geht sie spazieren. Findet hier und da etwas zu essen, obwohl sie selten Hunger hat. Meistens schläft sie.

»Ich habe viel von dir verlangt. Ich habe dir deine Kindheit genommen. Ich habe dir alle genommen, die du je geliebt hast. Ich werde es wiedergutmachen.«

»Jetzt? Nach so langer Zeit? Jetzt tut es dir plötzlich leid?«

»Ja. Gerade jetzt. Ich weiß nicht, warum.«

»Weil ich sterbe?«

»Nein, du stirbst nicht.«

»Ich lebe nicht.«

Sie sitzt auf einem Stuhl, so still wie der Raum selbst, starrt mit leerem Blick die Wände an. Jenseits der Tür ist ein langer Gang, dunkel wie Erdöl. Aber wenn sie die Augen zusammenkneift, kann sie mit Mühe etwas ausmachen, eine Gestalt, eine schemenhafte Form.

»Jetzt kann ich dich fast sehen.«

»Tatsächlich?«

»Früher dachte ich, du wärst ein kleiner Dämon, der sich an meinen Rücken klammert, seine Klauen tief in meine Knochen bohrt.«

»Was bin ich?«

»Das jedenfalls nicht.«

Schweigen. Stille. Ein Nichtsein von allem.

»Aubry?«

»Ja.«

»Danke, dass du mich mitgenommen hast. Es war eine wunderbare Reise.«

»Gern geschehen.«

Dann überkommt sie wieder diese Trägheit, die gesamte Bibliothek im Tiefschlaf.

»Aubry?«

»Ja?«

»Auf Wiedersehen.«

Anfangs weiß sie nicht, was das bedeuten könnte. Sie sitzt im matten Laternenlicht, starrt in die Schatten ringsumher, wartet auf eine Erklärung, aber es kommt keine. Noch vor wenigen Minuten war die Stille tröstlich. Nun ist sie kreischend laut.

Sie überlegt, ob sie sich nicht ein wenig hinlegen soll. Vielleicht kehrt die Stimme ja nach einem erholsamen Nickerchen zurück. Die Stimme würde sie doch gewiss nicht hier zurücklassen, nicht jetzt, nicht nach all den Jahren. Sie ist die Einzige, mit der Aubry reden konnte, außer mit sich selbst. Ohne sie, was soll sie tun? Aber eine lange Zeit vergeht, die Stimme kehrt nicht mehr zurück.

Dann schallt etwas durch die Gänge, das wie ein Pistolenschuss klingt.

Aubry springt auf, ihr Puls fängt an zu rasen. Das Echo hallt rings durch den Raum. Sie packt mit beiden Händen ihren Speer, wirft sich unter einen Tisch.

Sie wartet, hört aber kein weiteres Geräusch, nur ihr angsterfülltes Atmen und das Pochen ihres Blutes in den Ohren. Als sie da unter dem Tisch hockt, kommt ihr ein Gedanke: Nur eine wahnsinnige Eremitin würde sich so hinkauern.

Irgendwas ist umgefallen, das ist alles. Sie ist wie ein Kind, das Angst im Dunkeln hat. Wie sonst ließe sich erklären, dass eine alte Frau sich unter einem Tisch versteckt? Das verheißt nichts Gutes.

Sie nimmt allen Mut zusammen. Kriecht unter dem Tisch hervor. Gönnt sich einen Augenblick, um durchzuatmen, ihre Nerven zu beruhigen. Dann geht sie in den Raum nebenan.

Dort auf dem grauen Fliesenboden liegt ein Buch, als hätte es jemand aus dem Regal gezogen und mitten im Raum auf den Boden fallen lassen. Vielleicht sollte sie sich fürchten. Vielleicht sollte sie zurück unter den Tisch kriechen. Irgendjemand will, dass sie dieses Buch liest. Wenn das nicht Grund genug ist, sich zu fürchten.

Dennoch kommt sie näher, kniet sich davor. Ein Schauder überkommt sie, als wäre sie in eine eisig kalte Höhle eingetreten. Sie klappt den Umschlag auf.

In schwarzen Tintenzeichnungen wird die Geschichte eines jungen Mannes erzählt, der mit Pfeil und Bogen auf der Jagd ist und im Wald zufällig auf eine verlassene Hütte stößt. Innen ist sie völlig leer bis auf diesen hölzernen Ball, der auf dem blanken Erdboden liegt. Als er versucht, ihn aufzuheben, rollt er weg. Jedes Mal, wenn er danach greift, rollt er davon, als wolle er fliehen, bis er schließlich in eine Grube fällt, die mitten im Raum aufklafft. In der Grube steht eine Leiter, an den Wänden festgemacht, und er steigt an ihr hinab, um die Tiefe zu erkunden. Er findet ein Labyrinth aus Büchern, eine riesige unterirdische Bibliothek. Sie ist schier endlos. Als er die Bücher aufschlägt und die Pergamente ausrollt, sind sie voller Bilder. Er streift umher, liest einmal dieses, einmal jenes Buch, Geschichten aus der ganzen Welt. Es ist wie sein Verlangen nach Betelnüssen – er kann einfach nicht mehr aufhören. Liest ein Buch nach dem anderen. Er verliert das Zeitgefühl. Er vergisst seine Familie, seine Eltern, seine Brüder und Schwestern. Als ihm die Welt, die er zurückgelassen hat, wieder in den Sinn kommt, ist es zu spät – er hat sich verirrt und findet keinen Ausgang mehr.

Das sollte ihm eigentlich Angst machen, aber er begnügt sich völlig damit, weiterzulesen, es sind so viele Bücher, und die Geschichten sind so fesselnd. Anfangs denkt er, es wären nur Tage gewesen, dann aber wird ihm klar, dass es Monate, womöglich sogar Jahre waren.

Doch was noch schlimmer ist: Die Räume werden immer dunkler. Obwohl stets irgendwo eine Laterne steht, fallen ihm das Lesen wie auch das Sehen immer schwerer.

Er merkt, dass es Blindheit ist, die ihm allmählich das Licht raubt.

Aubry blättert weiter, eine Zeichnung nach der anderen, auf denen der junge Jäger von einem Raum zum anderen geht, jeder düsterer als der davor. Am Ende sind die Seiten schwarz. Seite um Seite, bedeckt mit nichts als schwarzer Tinte.

Sie will gerade aufgeben, blättert nur noch eine letzte Seite um.

Das Augenlicht des jungen Jägers ist zurückgekehrt, und er sieht alles in Farbe – Grün- und Rottöne, Gelb- und Blautöne, so leuchtend, dass Aubry wegsehen muss. Sie fragt sich, wo der Künstler derart bunte Farben gefunden hat. Alles, was sie je hatte, war ein Bleistift.

Er findet einen Ausgang. Verlässt den Dämmer der Bibliotheken und tritt wieder in die Welt ein, doch mit einem ganz neuen Verständnis dieser Welt, kann Dinge sehen, die er vorher nie gesehen hat. Er kehrt zurück zu seiner Familie, die überglücklich ist, ihn wiederzuhaben. Es gibt ein großes Fest, seine Eltern, Geschwister, Nachbarn, alle kommen zusammen, um seine Rückkehr zu feiern.

Als er aber an der Tafel sitzt, spürt er plötzlich etwas hinter sich, eine Präsenz, direkt hinter seinem Rücken, wie lautlose Schritte, die sich an ihn heranschleichen.

Er dreht sich um, um nachzusehen, wer es ist …

Aubry würde gern weiterlesen, aber das Papier und die unzähligen Farben leuchten. Die Farben, ohnehin schon bunt, strahlen jetzt geradezu. Ganz behutsam, als wolle sie das Leuchten mildern, legt sie die Handflächen flach auf die Buchseiten.

Licht, silberglänzend, rauscht und rast aus dem Papier und in den Raum, in die Luft um sie herum – Farben prasseln ihr auf Ohren und auf Augen, ungekannte Farben, die nicht existieren können und die es dennoch gibt, und die Sonnen und die Monde, die sich darin verbergen,

entfalten sich über den Himmel, und die Bibliotheken, in ihrer perfekten Symmetrie, wirbeln käfigartig um sie herum – so weit entfernt sind all die Menschen, die durch die endlosen Gänge streifen, die Menschen, die ihr vorausgegangen sind, die nach ihr kommen werden, und

sieht sie den langen Pfad ins Reich der Geister, der von der Erde aufsteigt, staunend und mit offenem Mund?

lauscht sie den Geschichten, die man den Schreibern vorsingt, die ihre Bücher den Vasallen geben, die ihre Regale damit befüllen?

und weiß sie nun endlich, wozu Wissen gut ist?

und diese Präsenz hinter ihr, die sie entweder säubern oder vernichten wird, und oh, sie wollte sich umdrehen und sich ihr stellen, doch das Fleisch ist träge, als sie dessen vage Berührung auf ihrer Haut spürt, und in diesem

Sekundenbruchteil werden alle Türen geöffnet, Worte ohne Sprache, Sprache ohne Worte, und alles, was sie je wissen könnte,

wird enthüllt, der Traum des Lebens
umringt sie, Ewigkeit vor ihr, Ewigkeit hinter ihr,
und eine große
Ganzheit mittendrin,
wird sie zu Asche,
und ihr Staub
verstreut
in die heißen
und eisigen
Winde
in
alle
Richtungen

85

Die Kunst der Verbannung

Sie schnappt gierig nach Luft, die dick und feucht ist. Eine ganze Weile kann sie nichts sehen – die Toten sehen nichts –, doch dann, Licht, das sie weinen lässt. Ihre Augen gewöhnen sich allmählich an die Helligkeit. Kauernd kommt sie zu sich, das Morgenlicht, zersplittert durch den dichten Dschungel, das langsam die Nacht vertreibt. Sie rührt sich nicht. Sieht die Erde, feucht und schwarz. Kein harter Lehm. Kein roter Staub. Die Erde ist feucht und schwarz.

Das ist die freie Natur. Das ist Luft. Das ist Sonnenschein.

Mein Gott, denkt sie. *Sonnenschein.*

Sie sieht, dass die Erde feucht und schwarz ist. Kein harter Lehm. Kein roter Staub. Die Erde ist feucht und schwarz, feucht und schwarz. Das ist gut zu wissen, wenn es je etwas gab, das gut zu wissen war, und das wird fürs Erste reichen.

Die Bibliotheken sind verschwunden, für immer, das weiß sie, und mehr als das will sie nicht wissen, nie wieder.

Sie liegt eingezwängt im Wurzelwerk eines großen Baumes, und den Rest des Tages und die ganze Nacht lang rührt sie sich nicht, mal abgesehen von dem Zittern.

Das Zittern hört nie auf.

Ein neuer Morgen, der matte Schein der Sonne durch das Blätterdach. Jetzt setzt sie sich auf. Sie ist verbannt worden, verbannt für immer. Aber was sonst noch? Sie reißt sich zusammen, tastet nach ihrem Speer, ihrem Tornister, findet beides im Unterholz. Gibt einen Schrei der Erleichterung von sich, schmiegt ihre Habseligkeiten eng an sich. Sie ist verbannt worden, doch etwas ist ihr geblieben.

Aubry schöpft tief Luft, um ihren bebenden Körper zu beruhigen.

Die Luftfeuchtigkeit ist so hoch, dass sie glaubt, Wasser einzuatmen. Die Luft regt sich, die Blätter schimmern. Die Geräusche des Dschungels umgeben sie. Dies ist eine Welt, die ständig in Bewegung ist, sich andauernd verändert. Darunter liegt all das, was immer gleich bleibt, das Ewige, der Kern des Bewusstseins. Sie ist dort gewesen. Hat es gesehen. Aber sie will nie wieder daran denken.

Die Bibliotheken sind verschwunden. Dieser Teil ihres Lebens ist vorüber. Ein neuer Teil hat gerade erst begonnen. Jetzt, im Alter, muss sie wieder ganz von vorn beginnen.

Vielleicht ist sie wieder genau da, wo sie einmal begonnen hat. Vielleicht hat die Krümmung der Zeit sie wieder an ihren Ausgangspunkt zurückgeführt. Vielleicht wartet Marta, ebenfalls ergraut, ja genau hier auf sie, gleich an der nächsten Abzweigung.

»Marta?«, ruft sie. Krächzt sie durch ihre ungeübten Stimmbänder. Sie sagt es noch einmal – »Marta?« –, wiederholt es, bis es langsam voll und tönend klingt. Sie fischt eine Flasche aus ihrem Tornister und trinkt.

Die Erde ist feucht und schwarz. Schwärzt ihre Hände und beschmutzt ihr Kleid. Im Kongo war sie rot und staubig. Dies ist nicht der Kongo. Aber wo ist hier? Sie will es nicht wissen. Sie schlägt die Augen nieder, starrt unverwandt zu Boden. Hat

Angst, aufzublicken. Hat Angst, Dinge zu erfahren. Hat bereits zu viel gesehen.

Sie rappelt sich hoch, packt den Speer mit beiden Händen und bahnt sich vorsichtig einen Weg in den Urwald.

Sie läuft wieder.

Ihr ist übel. Vielleicht ist es die feuchte Luft. Ihr Leib zittert noch immer. Sie versucht, den Kopf frei zu bekommen. Sie muss klar denken können. Muss unbeirrt sein, wenn sie weiterkommen will. Wenn es ein Geheimnis des Überlebens gibt, dann dieses. Unbeirrt zu sein.

Wenn sie sich selbst sehen könnte, würde sie vielleicht nicht nach ihrer Freundin rufen. Marta würde sie nicht erkennen, wenn Marta überhaupt noch lebt. Ist denn überhaupt noch jemand am Leben? Lionel? Pathik? Die Holcombes? Ihre Schwestern Sylvie und Pauline? Ist noch irgendwer außer ihr übrig? Fast hätte sie noch einmal Martas Namen gerufen, diesmal aus Furcht, tut es aber nicht. Sie möchte sich nicht zum Narren machen, nicht einmal vor sich selbst.

Ihre Hände zittern immer noch.

Sie marschiert weiter, bis sie zu einem kleinen Dorf an einem Fluss kommt, mit Häusern, hoch auf Pfählen stehend, die Dächer aus altem Wellblech. Da sind Kinder, die im Fluss herumtollen, im schlammigen Wasser planschen. Und Menschen in kurzärmeligen Hemden und ausgefransten Hosen, die den Leuten am Ufer von ihren Kanus aus Waren feilbieten. Manche haben blaue Augen, andere braune. Manche haben glattes schwarzes Haar, einige auch blonde Locken. Sie kennt diese Mischung aus Afrikanischem, Europäischem und Amazonischem. Ja, denkt sie, irgendwo am Amazonas.

Sie steht da wie angewurzelt, still und unbemerkt. Die ersten Menschen, die sie sieht, seit sie eine viel jüngere Frau war. Vielleicht sollte sie sich vorstellen. Doch nein. Zu viel, zu schnell. Sie setzt sich in den Schutz der Palmen und tut eine ganze Weile nichts, lässt nur die Aussicht auf sich wirken.

86

Ein Marktplatz

Sie schreckt aus dem Schlaf. Es ist früh, noch bevor das erste Licht den Himmel erhellt, in den Häusern leuchten immer noch Laternen, und einer der Männer aus dem Dorf tippt ihr aufs Knie. Er hat sie entdeckt, hat gesehen, wie sie am Rande des Dschungels lag und schlief. Hatte Mitleid mit ihr und bringt ihr zwei geröstete Jamswurzeln.

Aber ihr Gesicht ist ein stummer Schrei. Sie hat das Unsichtbare gesehen, das Unhörbare gehört. Sie wacht in blinder Panik auf, als wäre der Mond über ihnen gerade zerschellt. Sie schlägt die Hände vors Gesicht und kauert sich wimmernd zusammen wie ein Säugling. Verängstigt weicht der Mann zurück, seine Miene eine einzige Entschuldigung.

Als er weg ist, erholt sie sich, zwingt sich, ruhiger zu atmen. Sie erinnert sich wieder, wo sie ist – der Dschungel, der kleine Ort. Sie ist zur Einsiedlerin geworden, ein winziger Krebs, der sich unter einem Stein verkriecht. Sie erinnert sich daran, dass sie einst die Gesellschaft anderer gesucht und ihre Wege mit anderen Reisenden geteilt hat, dass sie Liebhaber in Zügen hatte und mit lebensfrohen Huren auf dem Tisch getanzt hat. Jetzt ist sie zu einem scheuen Tier geworden. Um Himmels willen, denkt sie, was mache ich hier, auf der Erde kauernd?

Mit mir selbst redend? Wenn sie Teil der Welt sein will, muss sie lernen, darin zu funktionieren.

Mit dem Gedanken steht sie auf und folgt dem Fluss zum Dorf. Dort am Ufer liegen Unmengen von Kanus, aus denen Händler Fisch und Kochbananen ausladen und sie an simplen Tischen feilbieten, andere hacken Melonen und Aguaje klein, verkaufen sie in kleinen, bezahlbaren Stücken weiter. Tausende von Düften. Blumen und Gewürze werden angeboten, Fisch wird frisch vom Boot geräuchert, getrocknet oder gebraten.

Eine ganze Weile beobachtet sie, verborgen hinter Bäumen oder Sträuchern, das Durcheinander. Obwohl ihr bei dem Gedanken flau im Magen wird, verlässt sie ihre Deckung und betritt den Markt. Sie hört spanische oder portugiesische Worte, auch niederländische. Hört eine indigene Sprache, die sie nicht erkennt. Hat noch immer keinen Schimmer, in welchem Teil des Amazonas sie hier ist, welche Länder oder Küsten in der Nähe liegen. Sie schaut niemanden an, starrt unverwandt zu Boden, fürchtet sich davor, was die Welt im Sinn haben könnte. Ihr Blick fällt auf einen Block Papier, auf dem einer der Händler seine Verkäufe auflistet. Es sind noch ein paar leere Seiten übrig.

»*El papel?*«, sagt sie, kaum lauter als ein Flüstern, und zeigt mit einem bebenden Finger auf den Stapel.

»*El papel?*«, wiederholt er verdutzt.

»*El papel, por favor*«, bekräftigt sie.

Er reißt ihr ein Blatt ab. Es zittert in ihrer Hand. Sie macht eine Schreibbewegung, ahmt einen Bleistift nach. Nun zögert er. Er besitzt nur einen. Das versteht sie. Sie greift in die Tasche und findet drei Goldmünzen, alle römisch.

Er staunt sie mit offenem Mund an. Andere Händler lassen alles stehen und liegen, haben nur noch Augen für das Gold in ihrer Hand. Raunen ihr in ihren jeweiligen Sprachen Dinge zu. Plötzlich weiß sie, dass sie einen Fehler gemacht hat.

Der Händler nimmt sich behutsam eine ihrer Münzen, lässt ihr ganz bewusst die beiden anderen und gibt ihr dafür all sein Papier samt Bleistift. Dann ergreift er ihre Hand und schließt sie um die verbliebenen Geldstücke zur Faust. Am Ende schaut er ihr fest in die Augen und legt einen Finger an die Lippen. Verbirg dein Gold, will er ihr sagen. Sie nickt, dankt ihm. Doch es ist zu spät. Als sie ihren Weg über den Markt fortsetzt, sieht sie nur flehende Gesichter, Hände, die ihr Waren hinstrecken.

Später findet sie einen ruhigen Platz zum Hinsetzen. Sie hat sich ein glattes, flaches Brett gekauft, legt es sich auf den Schoß und breitet darauf das Papier aus. Mit ihrem neuen Bleistift in der Hand starrt sie auf das blütenweiße Blatt und fragt sich, was sie zeichnen soll.

Sie denkt an ihre Vision, das Licht und die Farben. Die Erinnerung daran lässt ihr Herz schneller schlagen und ihre Ohren klingeln. Sie kann unmöglich in Worte fassen, was sie gesehen hat, und wenn man es nicht sagen kann, dann kann man es sicher auch nicht zeichnen. Was also soll sie tun? Stattdessen einen Baum zeichnen? Einen Fluss? Einen Stein? Nichts scheint es wert zu sein. Der Bleistift schwebt ohne Ziel und Zweck über der Seite.

Und dann fällt der Blutstropfen auf das Papier.

»O nein«, raunt sie halblaut zu sich selbst. Blickt hoch zu den Leuten auf dem Markt. Sie sind freundlich, aber sie werden es nicht verstehen. Das Blut sammelt sich schon hinten in ihrer Kehle.

Sie hat das schon so lange nicht mehr gespürt. Jahrelang, jahrzehntelang ist sie durch die Bibliotheken gestreift, ohne daran zurückzudenken, zog von Ort zu Ort, hinter jeder Tür ein neues Land. In diesen Bibliotheken ist sie alt geworden, ohne ein Mal krank zu sein, ohne auch nur ein Mal durch einen Tunnel krabbeln oder um ihr Leben rennen zu müssen.

Jetzt aber, wieder an der Oberfläche, zurück im Strom der Zeit, ist es zurückgekehrt. Das Blut rinnt ihr ungehindert aus der Nase, läuft über Mund und Kinn. Sie schlägt die Hand vors Gesicht – sie hat kein Taschentuch, um es zu stoppen – und hievt sich auf die Beine. Geht auf die Händler zu, in Richtung der Kanus. Sie spricht so ruhig wie irgend möglich. »*Por favor, un barco. Un barco, por favor.*«

Das Blut läuft jetzt in Bächen, strömt ihr durch die Finger und den Hals hinunter. Der ganze Markt wendet sich um und stiert sie an. Schweigen legt sich jäh über die Menge. Einige gehen auf sie zu, doch gerade als sie näher kommen, taumelt sie nach vorn und speit einen Strahl Blut über den Boden. Die Leute kreischen erschrocken auf und treten eilig aus dem Weg.

»*Un barco* …«, röchelt sie, sinkt torkelnd auf die Knie. Ihre inneren Organe brennen und pulsieren. Der Schmerz ist unerträglich. Sie kämpft dagegen an, bellt hechelnd Worte hervor.

»*Un barco* …«, keucht sie. »Ich brauche … einfach … nur … ein Boot.«

Aber niemand kommt zu ihr. Sie kniet allein im Schlamm und in ihrem Blut. Vielleicht ist diese Welt die Rückkehr gar nicht wert, denkt sie, die endlosen Ankünfte und Abschiede, der furchtbare, kraftraubende Schmerz. Sie ist zu alt. Sie hat ein erfülltes Leben geführt, zu ihren eigenen Bedingungen, den besten, die sie unter diesen Umständen herausschlagen konnte. Sie hat kein Zuhause, keine Familie, doch sie kennt die Welt besser als irgendjemand vor ihr. Das ist immerhin etwas. Vielleicht kann sie hier sterben, auf diesem feuchten Flecken Erde am Ufer eines Flusses. Nicht besser oder schlechter als im Wüstensand, im Schnee eines Gebirges oder auf dem

Straßenpflaster einer Stadt. Sie hat die Wahl – jetzt in diesem Augenblick –, kann den Ort wählen, an dem sie sterben will.

Es ist ein Gedanke, der ihr Macht verleiht. Wieso das Heft nicht mal ein wenig in die eigene Hand nehmen?

Ein paar der Umstehenden treten vor, aber nicht zu weit. Die meisten schütteln den Kopf und fordern andere dazu auf, zurückzubleiben.

Ach, zur Hölle damit, denkt sie und kippt auf die Seite, das Gesicht schon halb im Schlamm. Ihre ersten, zaghaften Schritte zurück in die Zivilisation, und sieh nur, wie sie es vermasselt hat, ihr greiser Leib so würdelos im Dreck. Sie spürt schon, wie die Dunkelheit sie wie eine Decke einhüllt, sie lautlos, ohne Hitze oder Kälte, in einen tauben Schlaf wiegt.

In ihren letzten Augenblicken, während sie im Schlamm verblutet, denkt sie: Was für eine Welt, die für Begegnungen gemacht ist. Sie hätte früher von diesen Büchern lassen sollen. Überall um sie herum, langsam verblassend, steht doch die umfangreichste Bibliothek von allen, eine atmende, sehende, hörende Bibliothek mit Adern voller Blut. Gelehrte können es studieren, Historiker können es erforschen, Lesende in Schriften erleben, aber niemand weiß mehr über das Heute, eben diesen Tag, als der Mensch, der ihn gerade lebt.

Niemand weiß mehr über sie als sie.

Niemand weiß mehr über das Sterben, jetzt in diesem Augenblick, als sie.

Die Vorstellung, ihre eigene Bibliothek zu sein, die nur sie selbst enthält, gefällt ihr. Sie glaubt, dass sie ein ziemlich gutes Buch abgibt, womöglich gar ein ausgezeichnetes. Sie kann sehen – besser noch, als sie es denken kann –, wie ihre letzte Seite gefüllt und das letzte Satzzeichen gesetzt wird. Es ist nicht sie, die stirbt. Es ist das Universum um sie herum, das sich verdunkelt, sich verschließt. Es ist nicht so, dass ihr Körper sie im Stich lässt, sondern dass ihr Körper keinen Ort mehr hat, an den er gehen kann. Der Welt ist der Platz ausgegangen, sie ist geschrumpft zu einem Fluchtpunkt auf ihrer Nasenspitze.

»Nein, nein. Bring sie hierher«, tönt eine Stimme. »Auf, ins Boot mit ihr.« Es ist nicht ihre Krankheit, sondern eine barsche, lakonische Stimme. Erst auf Portugiesisch, dann auf Spanisch. Auf einmal sieht sie Füße ringsherum. Ehe sie sichs versieht, wird sie von einem Netz aus Armen hochgehoben und quer über den Markt getragen. Besorgte Männer reden auf sie ein. Sie hört Wasser platschen und weiß, dass sie über den Fluss getragen wird. Spürt, wie man sie behutsam in ein Kanu legt. Kann das Blau des Himmels sehen, fühlt das Schwanken des Flusses, sieht die krummen Äste der Bäume an sich vorüberziehen.

»Wohin?«, fragt die Stimme.

Sie wedelt mit ihrer blutverschmierten Hand, deutet in alle möglichen Richtungen. Dann ist sie fort.

87

Das Dorf der verlorenen Kinder

Er ist ein alter Mann mit wettergegerbter Haut und kurz geschorenem silbergrauem Haar, das aussieht, als hätte er es ohne Spiegel selbst mit einem Jagdmesser geschnitten. Er sitzt am Heck, rudert das lange Kanu flussabwärts, hinab auf diesem schwarzen Blut des Dschungels, das sich wie eine Schlange zäh durchs dichte Grün windet, mal abzweigt, erst breiter und dann wieder schmaler wird.

Sie liegt im Bug, eingezwängt zwischen Säcken voller Reis und Maismehl, Kochbananen und getrockneten Garnelen, Kisten voller Bleistifte, Angelhaken, Draht und Leine. Sie lehnt sich ganz vorsichtig über den Rand des Bootes. Es wirkt völlig überladen. Eine falsche Bewegung, und das ganze Ding wird kentern, da ist sie sich sicher. Zaghaft streckt sie die Hand ins Wasser und wäscht sich das getrocknete Blut aus dem Gesicht.

»*Merci* …«, sagt sie, noch immer leicht benommen, noch immer mit einem Krächzen in der Stimme. Sie hat Französisch gesprochen, obwohl er ja Spanisch spricht. Sie versucht es noch einmal.

»Danke … dass Sie mich gerettet haben.«

Er hört kurz auf zu paddeln, mustert sie neugierig. »Ist das ein Lispeln?« Sein Tonfall ist so trocken, dass sie nicht weiß, ob er sie beleidigt oder nicht.

»Nein«, antwortet sie. »Das ist ein Akzent.«

»Und was für einer?«

»Es war mal ein französischer«, sagt sie und wischt sich mit dem Ärmel das Gesicht trocken. »Was es jetzt für einer ist, weiß ich nicht.«

»Aha«, antwortet er ohne jede Anteilnahme, oder vielleicht ist das einfach seine Art. Er rudert eine Weile schweigend weiter.

Sie räuspert sich. »Darf ich Sie fragen, wo Sie mich hinbringen?«

»Ach, wissen Sie …« Dieser ausdruckslose Tonfall. »Tief, tief in den Dschungel.«

Nach nur einem Atemzug ist Aubry wieder völlig klar, und all ihre Ängste kehren zurück. Sie schaut sich um. Der Fluss fließt vorbei an kleinen Inseln aus verschlungenen Feigenwurzeln, dichtem Unterholz aus moosbehangenen Bäumen. Selbst wenn sie um ihr Leben schwimmen würde, wie weit würde sie kommen? Sie tastet nach ihrer Pistole, die sonst unter ihrem Gürtel klemmt, findet sie aber nicht. Stattdessen ist sie im Heck des Kanus, in seiner Hand, auf sie gerichtet.

»Macht es Ihnen etwas aus, wenn ich die solange behalte?«, sagt er.

Ihr brummt der Kopf. Wie lange ist sie bewusstlos gewesen? Er hat ihre Pistole genommen, aber was sonst noch? Auch ihre Goldmünzen? Hat er sie angerührt? Sich an ihr vergriffen?

»Es macht mir etwas aus.«

»Na, Sie sind ja ziemlich dreist, springen bewaffnet in mein Boot, verlangen, dass ich Sie mitnehme. Und dann besudeln Sie noch meine ganzen Aguaje-Früchte mit Blut. Was haben Sie überhaupt? Cholera? TB?«

»Ich weiß nicht, was es ist.«

»Deshalb ist es wahrscheinlich auch so schwer zu heilen«, sagt er und steckt die Waffe in die Tasche. »Name?«

Sie zögert. Blinzelt, als würde sie in die Sonne schauen. Sie hat ihn vergessen. Er hört auf zu rudern. Wartet.

Dann fällt er ihr ein: »Aubry. Aubry Tourvel.«

»Sicher?«

»Ich habe ihn so lange nicht mehr benutzt.«

Er schweigt, hält sein Paddel dicht über dem Wasser. »Sie werden von Minute zu Minute interessanter«, sagt er und fängt wieder an zu rudern. Auch er spricht mit Akzent, wie sie bemerkt. Er stammt genauso wenig aus diesem Urwald wie sie.

»Was haben Sie mit mir vor?«, fragt Aubry leise, tief ins Kanu gekauert.

»Mit Ihnen? Mannomann. Da gäb's so viele Möglichkeiten, wissen Sie?«

Die Angst vor dem Unendlichen ist der Angst vor diesem Mann gewichen. Als hätte sie in ihrem Innern einen Schalter umgelegt, geht sie mit der Tücke eines gefangenen Raubtiers auf ihn los.

»Nein, ich weiß nicht«, faucht sie ihn an. »Ich habe nie jemanden ermordet. Nicht so wie Sie jedenfalls.« Da ist sie sich jetzt sicher. »Ich bin nicht aus meinem Heimatland geflohen oder habe mich vor dem Gesetz in einem weit entfernten Urwald versteckt.«

Er hält erneut beim Rudern inne, starrt sie nur an, stachelt sie beinahe dazu auf, ja weiterzumachen. Für Aubry gleicht das fast einem Geständnis.

»So war's«, sagt sie. »Ich habe recht. Wen haben Sie getötet? Ihre Frau?«

»Ich habe meine Frau verlassen. Ich wüsste nicht, dass ich sie getötet hätte.«

»Wen denn dann? Wieso verstecken Sie sich hier?«

»Haben Sie gesagt: ›Ich habe nie jemanden ermordet. Nicht so wie Sie jedenfalls‹? Stimmt das? Haben Sie das etwa gesagt?« Er reibt sich das Kinn, studiert sie voller Neugier. »Also haben Sie schon jemanden ermordet. Nur nicht auf dieselbe Art wie ich. Habe ich das richtig verstanden?«

Sie schweigt. Sie ist eine alte Närrin, die ihren Mund nicht halten kann. All die Jahre der Stille, und jetzt redet sie sich hier um Kopf und Kragen.

»Damit haben Sie mich schon überboten«, sagt er, auf die Pistole in seiner Tasche klopfend. »Die bekommen Sie ganz sicher nicht zurück.«

Sie meidet seinen Blick. Wenn sie spricht, kann er sie kaum hören. »So war das nicht«, flüstert sie.

»Wie war es denn dann? Ich habe ja keine Ahnung.«

Schweigend paddelt er noch ein paar Schläge. Sie befühlt ihre Taschen und merkt, dass sie die zwei Goldmünzen immer noch hat.

»Wo kommen Sie her?«, will sie von ihm wissen.

»Rio Gallegos.«

»Das ist weit weg.«

»Kennen Sie die Stadt?«

Rio Gallegos, erinnert sie sich, in Patagonien, Tausende von Kilometern weiter südlich. »Ja, ich kenne den Ort.«

»Weltreisende.«

»Warum sind Sie weggegangen?«

»Kam mir damals richtig vor.«

»Sie haben Ihre Frau verlassen?«

»Nun«, sagt er schmunzelnd, »vielleicht stimmt das nicht so ganz. Vielleicht hat sie ja mich verlassen.«

»Haben Sie eine Pistole auf sie gerichtet?«

»Nein. Das hebe ich mir für ganz besondere Gäste auf.«

Sie sitzt schweigend da und wartet, dass er weiterredet.

»Konnten keine Kinder haben«, sagt er. Aubrys Miene ist so ausdruckslos, dass er glaubt, sie habe ihn nicht verstanden – und er hat recht. Sie versteht ihn nicht. Also erklärt er leicht gereizt: »*Ich* konnte keine Kinder haben.«

Wenn Vicente Quevedo sich je die Mühe machte, alte Erinnerungen hervorzukramen – was er selten tat –, dann sah er seine Frau durch die regennasse Fensterscheibe ihres alten Kinderzimmers im oberen Stockwerk ihres Elternhauses. Er war vierunddreißig Jahre alt, und sie war sechsundzwanzig. Er hatte im Regen gestanden, den der Wind über dem Südatlantik ihnen gebracht hatte, und in der Kälte und der Dunkelheit seit über einer Stunde ihren Namen gerufen. Sie war zu Hause, ihre Eltern waren zu Hause, doch niemand öffnete ihm die Tür.

»Sie wollte Kinder mehr, als sie Sie wollte«, sagt Aubry. Vicente wirft ihr einen angewiderten Blick zu. »Liege ich falsch?«, fragt sie.

»Nein, aber man sagt so etwas nicht laut!«, faucht er. »Haben Sie in Frankreich denn keine Manieren? So etwas wie Taktgefühl?«

»Das habe ich schon lange hinter mir gelassen«, versetzt sie trotzig.

»Dann sollten Sie gefälligst hingehen und es sich wiederholen!«

»Na und?«, höhnt Aubry. »Sie können keine Kinder zeugen …«

»Ja.«

»Also nehmen Sie ein Schiff …«

»Ja.«

»… oder ein Flugzeug und fliehen in den Dschungel?«

»Ja! … Nein!«, verbessert er sich kopfschüttelnd. »Nur Schwächlinge fliegen. Ich bin den ganzen Weg gelaufen.«

Einen Moment stockt ihr die Stimme. »Sie sind gelaufen?« Aubry ist plötzlich so still, so ehrfürchtig, dass auch seine Stimme sanfter wird.

»Ich bin gelaufen.«

Er rudert weiter, spürt ihren neugierigen Blick, dann erzählt er weiter: »Habe alles aufgegeben. Bin einfach losgelaufen, immer Richtung Norden. Durch die Pampas, durch das Hochland. Über die Anden – zweimal sogar. Und den Fluss hinunter.«

Er erinnert sich an die einsamen Pfade durch Patagonien, den märchenhaften Reichtum Uruguays, die Bürgerkriege in Kolumbien, die Gesetzlosigkeit der venezolanischen Slums.

»Aber hier sind Sie geblieben«, sagt Aubry.

»Das musste ich.«

»Warum?«

»Sie sind mir andauernd gefolgt.«

»Wer ist Ihnen gefolgt?«

»Na, wer schon? Diese verdammten Kinder.«

Aufgefallen sind sie ihm zum ersten Mal in einem staubigen Nest aus Wellblechhütten im Bergland von Guayana. Er ging an einem sechsjährigen Jungen vorbei, der an der Einmündung zu einer kleinen Gasse bettelte – zumindest schätzte er ihn so alt, da er nie Kinder gehabt hatte. Auf seinen Reisen hatte er schon so viele Bettler gesehen, dass er sie kaum zählen konnte, und die meisten von ihnen waren Kinder.

Doch dann merkte er, dass dieser Junge gar nicht bettelte. Er hielt nicht die Hand auf, sagte kein Wort – stierte ihn nur an, als würde er Vicente von irgendwoher kennen, als wäre Vicente sein lange verschollener Onkel. Vicente gefiel das überhaupt nicht. Er ging weiter und schlug sich den Jungen aus dem Kopf. Als er eine Stunde später über die Schulter sah, merkte er, dass der Junge ihn verfolgte, hinter Briefkästen und Mülltonnen hervorlugte.

»Wo ich auch hinging, gafften diese kleinen Straßenbälger mich an. Es war unheimlich.«

»Das kann ich mir vorstellen«, sagt Aubry.

»Nein, das können Sie nicht. Sie können sich das nicht vorstellen.«

Eines Abends hatte Vicente irgendwo im Wald sein Lager aufgeschlagen, auf welcher Seite welcher Landesgrenze, wusste er schon längst nicht mehr, aber er hatte ein Feuer gemacht, einen Kochtopf voller Jams darüber, Feigen, die er an jenem Tag gepflückt hatte. Es sollte – für seine neuerlich nur noch bescheidenen Ansprüche – ein gemütlicher Abend werden. Aber sie folgten ihm noch immer, eine Schar von Kindern jeden Alters, von kleinen Knirpsen bis zu Jugendlichen, bettelarm und heimatlos. Am Leib trugen sie nur Fetzen, manche hatten nicht einmal Schuhe. Die Kinder formten einen unheimlichen Kreis am Rand des Feuerscheins und beobachteten ihn.

»Wenn ich abends haltmachte, um mein Lager aufzuschlagen, waren sie einfach da«, sagt er, »standen gleich hinter den Bäumen, die ganze Nacht.«

Aubry weiß nicht, ob sie ihm glauben soll. Er klingt wie ein Verrückter. Sie versucht, ihn bei Laune zu halten, doch ihre Stimme gibt sie preis, klingt dafür einfach nicht ernst genug. »Und wie haben Sie sich das erklärt?«

»Ich dachte, meine Frau hätte sie angeheuert, um mich zu töten.«

»Wie sind Sie sie wieder losgeworden?«

»Wie bitte?« Die Frage scheint Vicente ernsthaft zu verwirren. »Nein ... na ja, sie waren doch so jung.«

Sie sind Vicente etliche Kilometer weit durch den Dschungel gefolgt. Ganz gleich, wie schnell er lief, jedes Mal, wenn er einen Blick über die Schulter warf, waren sie da, eine Bande ausgestoßener Kinder, ihm stets auf den Fersen, die Jüngsten auf den Schultern der Älteren.

»Manche von ihnen hatten noch nicht einmal laufen gelernt«, erklärt er. »Wenn sie mir weiter so hinterherliefen, das wusste ich, würden sie sich früher oder später verletzen, krank werden oder so etwas.«

»Gewiss doch«, pflichtet Aubry ihm bei.

»Also habe ich mein Lager aufgeschlagen«, sagt er.

Erst jetzt dämmert es ihr. Ihre Miene wandelt sich von selbstgefällig zu verwundert.

»Sie meinen«, sie setzt sich etwas auf, »jetzt haben Sie Kinder?«

»Dreiundzwanzig an der Zahl.« Er nickt flussaufwärts. »Da drüben sind sie.«

Aubry dreht sich um. Vor ihnen an der Gabelung des Flusses erscheinen nun kleine Gestalten – erst eine, dann zwei, dann zehn, dann zwanzig –, langhaarige Jungen und Mädchen, zunehmend jüngere, bronzefarbene Löcher im grünen Stoff des Flussufers. Selbst aus der Entfernung kann sie ihre großen weißen Augen sehen, fast strahlend im Kontrast zur braun gebrannten Haut, die ihnen das Leben hier in der Natur beschert hat.

Sie stehen wie Wachposten am Ufer, ihre Spiegelbilder schimmern im schwarzen Wasser zu ihren Füßen.

Vicente rudert heran, manövriert das Kanu längs ans Ufer. Die älteren Kinder waten knietief in den Fluss und helfen mit, es festzuzurren. Vicente reicht seine Vorräte an die kleinen Hände weiter, die eine Kette bilden und Kartons und Kisten direkt zum großen Unterstand in der Mitte ihres Lagers bringen, einem mit Palmwedeln und Schilf gedeckten Holzgerüst, das sich schützend über ihr Fleckchen Erde wölbt.

»Bitte schön«, sagt Vicente, als er die Kisten auslädt. »Reis ... Salz ... getrocknete Kochbananen ... getrocknete Mango ... Kartoffeln ... Bohnen ... ein paar Aguaje voller Blut ... ach ja«, sagt er, als wäre es ihm gerade noch eingefallen, »und eine alte Französin.«

Die Kinder gaffen Aubry an. Sie haben sie schon die ganze Zeit angestarrt, doch das Ausladen des Kanus hatte Vorrang. Jetzt, nachdem sie damit fertig sind, schauen sie zu, wie sie an Land geht – das Einzige, was ohne ihre Hilfe aus dem Kanu kommt.

Ein kleines Mädchen, vier oder fünf Jahre alt, rümpft die Nase. »Wozu brauchen wir die denn?«, fragt sie.

»Wir essen sie«, sagt Vicente.

Der Kinderschar verschlägt es kurz den Atem. Ein Junge von vielleicht sechs Jahren drängt sich in der Menge ganz nach vorn. Er schert sich nicht um die alte Frau, würdigt sie kaum eines Blickes. »Großvater«, sagt er zu Vicente, »als du weg warst, hat Tulla deine Hängematte kaputt gemacht.«

Vicente beugt sich langsam zu ihm hinunter, bis er auf Augenhöhe mit dem Jungen ist. »Sorgst du dich darum, wo ich heute Nacht schlafen soll, oder willst du nur, dass Tulla Ärger bekommt?«

Tulla, im gleichen Alter wie der Junge, stürzt vor, um sich zu verteidigen. »Er will nur, dass ich Ärger kriege!«

»Es ist in Ordnung«, sagt Vicente. »Du kriegst keinen Ärger, aber du wirst sie reparieren, Tulla.« Er wendet sich an den Jungen. »Und du wirst ihr dabei helfen.«

Der Junge ist fassungslos. »Aber ich habe sie doch nicht kaputt gemacht!«

Vicente senkt die Stimme, spricht in gedämpftem, ruhigem Ton mit dem Jungen, außer Hörweite der anderen. Aubry aber, die direkt neben ihm steht, hört jedes Wort. »Willst du lieber eine Petze sein, die andere in Schwierigkeiten bringt, oder jemand, der anderen in der Not hilft?«

Der Junge murmelt etwas vor sich hin. »Ja, in Ordnung«, sagt er schließlich und zieht schmollend ab.

Die meisten anderen Kinder aber starren noch immer wie gebannt auf die alte Frau aus Frankreich und machen sich Gedanken über sie.

»Aber was kann sie machen?«, fragt ein Junge, älter, drahtig, vielleicht zwölf.

»Machen?«, fragt Vicente.

»Wir kochen das Essen«, antwortet der Junge. »Ollie angelt im Fluss. Moura wäscht unsere Kleidung. Ich repariere das Dach. Was kann *sie* tun?«

Vicente hat eine Antwort parat. Er hat viele Antworten für viele Situationen vorbereitet und will eben zu einer davon ansetzen – vielleicht ein Vortrag über Nächstenliebe oder darüber, anderen die Zeit zu geben, ihre ganz bestimmte Aufgabe zu finden, wie sie jeder hier im Lager hat. Und wer weiß, ob sie überhaupt bei einer so zerlumpten Rasselbande von Halunken wie ihnen bleiben will? War das nicht furchtbar arrogant von ihnen?

Noch bevor Vicente das erste Wort seiner Ansprache herausbringt, schnippt Aubry die Kappe von ihrem Gehstock, prüft kurz den Griff ihrer gealterten Hände und schleudert den Speer genau in die Mitte eines Baumstamms. Der ganzen Menge stockt der Atem, einige von ihnen springen instinktiv einen Schritt zurück. Selbst Vicente spürt, wie sein Herz kurz einen Satz macht, flattert wie an einem Gummiband. Es ist nicht einmal ein dicker Baum, sondern nur ein dünner Schössling, das schmalste aller Ziele, und der Aufprall lässt ihn hin und her schwingen. Eine Woge der Erregung brandet durch das Lager.

»Kannst du mir das beibringen?«, fragt eines der Mädchen.

»Ich könnte dir auch beibringen, mit einer Pistole zu schießen, aber dein Großvater hat mir meine abgenommen«, sagt Aubry.

»Und das ist auch gut so«, raunt Vicente.

Doch die Begeisterung hält sich beharrlich.

»Sie kann uns beim Fischen helfen! Ganz bestimmt!«

»Oder Vögel jagen!«

»Oder Jaguare!«

»Schaut«, sagt Vicente, »ich weiß, dass ihr Besuch nicht gewohnt seid, aber die erste Regel besagt, dass man seine Gäste nicht zur Zwangsarbeit verpflichtet.«

»Nein«, sagt Aubry. »Das macht mir gar nichts aus.«

88

Das Dorf der verlorenen Kinder

Bevor es zu dämmern beginnt, marschieren Aubry und Ollie, der Junge, der so gerne angelt – er kann nicht älter als zehn sein –, flussabwärts zu seinem Lieblingsangelplatz. Sie hocken sich auf einen umgestürzten Baumstamm und starren in den Fluss, der Junge mit seiner Angelschnur samt Haken, Aubry mit ihrem Speer. Andere Kinder trotten ihnen hinterher, halten aber Abstand, klettern lieber hoch ins Astwerk und schauen von den Bäumen aus zu.

»Das ist der beste Platz«, sagt Ollie. »Die großen Fische kommen her, um die kleinen Fische zu fressen. Und die allergrößten fressen dann die großen.«

»Du kennst dich gut mit Fischen aus.«

Weil das Fischen nun mal keine schnelle Sache ist, sitzen sie lange Zeit still da und warten. Manchmal reden sie einige Worte, meistens aber schweigen sie, fühlen sich in der Gesellschaft des anderen sehr wohl. Aubry stiert ins Wasser, und sie könnte schwören, dass, je länger sie daraufstarrt, das Wasser für sie immer langsamer zu fließen scheint, wie um ihr seine Geheimnisse zu offenbaren. Sie lauscht gespannt. Da ist ein Fluss unter dem Fluss, sagt es, Rauschen unterhalb des Rauschens.

»Willst du wirklich deinen Speer benutzen?«, fragt Ollie.

Sie zwinkert ihm zu. Wie zur Antwort auf seine Frage sieht sie einen großen Fisch unter sich vorbeischwimmen. Sie geht leicht in die Knie, strafft den Rücken und wirft. Der Speer jagt durchs Wasser und durchbohrt den Kopf des Fisches. Es ist ein großer, schwerer Brocken, als hätte sie einen toten Python am Ende ihrer Leine, und sie holt ihn triumphierend ein, hält ihn hoch, damit alle Kinder ihn gut sehen können. Als sie den Fisch erblicken, stehen sie im Astwerk ihrer Bäume auf und jubeln.

Als Aubry und Ollie zurückkehren, haben sie zwei große Kammbuntbarsche und fünf Welse erlegt. Die Kinder sind begeistert. Die Fische werden gesäubert, ausgenommen und mit Reis und Pfefferschoten gekocht. Es dauert überhaupt nicht lange – das effiziente Durcheinander kleiner Hände mit klar verteilten Aufgaben. Dann sitzen sie in dem großen Unterstand, der den Regen abhält, die Wärme des Feuers allerdings bewahrt und geräumig genug ist für alle dreiundzwanzig Kinder und die zwei Erwachsenen.

Sie erzählen Aubry, dass sie abends manchmal Affen essen, oder auch Taranteln, groß wie Kokosnüsse, die sie über dem Feuer rösten.

Hin und wieder tappt ein Tapir in eine ihrer gut getarnten Fallgruben. Dann haben sie Fleisch für einen Monat. In der Nähe wachsen Feigenbäume, die das ganze Jahr lang Früchte tragen. Im Dschungel gibt es außerdem Avocados, Cashewnüsse, Maracujas und ein Tomatenbeet, das von Vicente liebevoll gepflegt wird. Es ist eine gute Mahlzeit, und obwohl Aubry schon besser gegessen hat, so doch zumindest nicht in besserer Gesellschaft. Die Kinder sind aufrichtig und lustig, und manchmal sind sie lustig, weil sie so aufrichtig sind. Manchmal sind sie launenhaft und knurrig, doch niemals langweilig, und sie plaudert, lacht und scherzt mit ihnen bis tief in die Nacht.

Als sie sich im Unterstand auf ihrer Matte einrollt, merkt sie zum ersten Mal, dass ihre Hände endlich aufgehört haben zu zittern. Sie merkt außerdem, dass sie, wenn sie der Nacht gut genug zuhört, das Quaken eines Baumfrosches am anderen Flussufer genau lokalisieren kann. Sie fragt sich, ob der Dschungel schon immer so geklungen hat. Dann, noch immer lauschend, dämmert sie allmählich weg.

Am nächsten Morgen reißen sie Schreie aus dem Schlaf.

89

Das Dorf der verlorenen Kinder

Aubry schnellt von ihrer Matte hoch und sieht, wie sich die Kinder schon um das kreischende Mädchen scharen.

»Tulla«, sagen sie und streicheln ihr beruhigend über die Schultern, flüstern ihr zu: »Schon in Ordnung. Da kommt Großvater.«

Aubry stürzt los, drängt sich durch die Menge. Tulla liegt schreiend auf der Erde, ein weißer Knochen ragt schräg aus ihrer Wade, Blut strömt ihr das Bein hinab und auf die Erde. Der gebrochene Ast, von dem sie gestürzt und seitlich auf den Boden geprallt ist, liegt nicht weit entfernt.

»O nein!«, stößt Aubry hervor, doch bevor sie helfen kann, schiebt Vicente sie beiseite.

»Ich mache das schon«, sagt er, und sie tritt zurück. Er beugt sich über Tulla und begutachtet ihr Bein. Tulla schreit und schreit. Kein Trost dieser Welt kann ihr diesen Schmerz nehmen. »Okay, okay«, sagt Vicente. »Alles wird gut.«

Aubry schaut zu, weiß aber nicht, was sie tun können, um ihr zu helfen. Sie wendet sich an die Jugendliche neben ihr. Das Mädchen wirkt nicht im Geringsten beunruhigt. Es lehnt an einem Baum, beäugt die Szene teilnahmslos. Aubry ist verstört von dieser Gleichgültigkeit.

»Sie braucht einen Arzt«, sagt Aubry.

»Großvater ist so gut wie jeder Arzt«, sagt das Mädchen.

»Nein. Einen richtigen Arzt. Und ein Krankenhaus.«

Das Mädchen zuckt die Achseln. Erst jetzt fällt es Aubry auf – sie hat zwei unterschiedliche Augenfarben; das eine ist nussbraun und tiefbraun an den Rändern, das andere blassgrün. »Sie wird wieder gesund.«

Aubry sieht voller Entsetzen zu. »Schsch«, sagt Vincente zu dem Mädchen. Dann kneift er die Lippen zusammen, konzentriert sich, schnauft wie ein Bulle durch die Nase.

Er schließt die Augen. Seine Stirn legt sich in Falten. Er nimmt allen Mut zusammen, und dann, ganz plötzlich, schnellt er vor, packt Tullas Bein und drückt nach unten auf den Knochen, als wolle er eine Walnuss mit der bloßen Hand zerquetschen. Er presst den Knochen wieder hinein. Blut rinnt über beide Handrücken. Er drückt das Bein so lange zusammen, bis er merkt, dass beide Bruchstellen wieder aneinanderstoßen.

Tulla heult und kreischt. Krümmt und windet sich in den Armen ihrer Brüder und Schwestern. Aubry kann es nicht länger ertragen, hält sich die Ohren zu. Noch immer sickert Blut zwischen Vicentes Fingern hindurch, die das kleine Beinchen in ihrem stählernen Griff zusammenpressen.

Tullas Augen verdrehen sich, bis man nur noch das Weiße sieht. Dann hört sie jäh auf zu schreien, der Schmerz selbst raubt ihr die Stimme, so abrupt, als hätte man ihr einen Stein in die Luftröhre gerammt. Ihr Mund klafft stumm und wortlos auf. Wegen der Tränen in den Augen sieht Aubry sie nur noch verschwommen. Sie wendet sich ab.

Vicente lässt das Bein los, lässt sich nach hinten fallen und zieht geräuschvoll Luft ein. Als Aubry sich die Augen trocknet und wieder hinschaut, sieht sie, wie eines der Kinder warmes Wasser über Tullas Bein kippt, das Blut abwäscht und ein anderes Kind schon mit einer Salbe bereitsteht, die viele kleine Hände anschließend behutsam auf die Wunde reiben.

»Einen Verband«, sagt Vicente, und der gleiche Junge, der Tulla beschuldigt hatte, eine Hängematte kaputt gemacht zu haben, flitzt los, holt eine Bandage und verbindet ihr sorgfältig und gewissenhaft das Bein. Doch was am wichtigsten ist: Das Schreien hat ein Ende. Tulla atmet wieder, schnauft, als sei sie über den gesamten Kontinent gerannt, ihr Schmerz aber hat nachgelassen.

»Du bist ein sehr tapferes Mädchen«, sagt Vicente, die Hand an ihrer Wange. »Ich bin stolz auf dich.« Es ist kaum zu erkennen, doch Tulla müht sich ein erschöpftes Lächeln ab. Die Kinder trösten sie, tätscheln ihr die Schultern, halten ihr die Hand. Vicente, kraftlos und benommen, geht an Aubry vorüber.

»Wir sollten sie in ein Krankenhaus bringen«, rät sie.

»Ach was«, winkt er nur ab und marschiert davon.

Sie sieht zu, wie er zum Ufer geht und sich das Blut von den Händen wäscht. Ihr schwirrt der Kopf, als würde sie sich von einem Schlag erholen. Tulla könnte binnen einer Woche sterben – Infektion, Wundbrand, Blutvergiftung –, doch niemand hier scheint sich irgendwelche Sorgen zu machen. Sie fragt sich, welcher Irrsinn dieses Lager hier am Leben hält und was sie unternehmen soll.

90

Das Dorf der verlorenen Kinder

In der Nacht verdichtet der Nebel sich zu Regen, der in einem eintönigen Guss niedergeht, einem gleichmäßigen Dröhnen, das die Blätter schwingen lässt und auf den Urwaldboden prasselt. Am Morgen ächzt der angeschwollene Fluss in der Sprache wilder Strudel und berstender Dämme.

Unter ihrem großen Dach aber ist es ganz trocken, Aubry geht dennoch hinaus, Gehstock in der Hand, um dieses sonderbare Camp genauer zu studieren, diese sonderbaren Kinder. Ist da etwas im Wasser oder im Boden, das diesen Ort so sehr vom Rest der Welt unterscheidet? Die Kinder hocken in den Bäumen, planschen im Fluss oder toben im Regen herum. Ollie ist angeln gegangen. Im Regen beißen die Fische am besten, sagt er. Die Jugendliche mit den ungleichen Augen lehnt halb durchnässt an einem Baum, starrt in den Regen auf dem großen Fluss, als erwarte sie, dass daraus Geister aufsteigen würden.

Aubry folgt dem Fluss. Zuzusehen, wie die Regenströme den Dschungel von seinem Unrat säubern – grünen Blättern, braunen Blättern, ganz egal –, wirkt fast hypnotisierend. Der Fluss schwemmt sie alle davon. *Hör zu,* sagt er. Jenseits von hier füllen Gletscher die Flussbetten. Gezeiten lassen Meere zurückweichen.

Am Nachmittag hilft sie beim Flechten einer neuen Hängematte, dann kocht sie zusammen mit den Kindern Abendessen – wieder einmal Ollies Fische, diesmal mit Kartoffeln und Avocados. Zum Essen kommen alle im großen Unterstand zusammen, während der Regen die Blätter an den Bäumen hin und her wirft, das Feuer hält sie warm.

»Bist du um die ganze Welt gereist?«, fragt eines der Kinder. Ihre Geschichte hat sich rumgesprochen.

»Ja.«

»Wie oft?«, fragt ein anderes Kind.

»Ich weiß es nicht.«

»Das ist aber oft«, kommentiert ein drittes.

»Meinst du?«, sagt Aubry.

Jetzt reden alle zugleich auf sie ein. »Ich war noch nirgendwo«, stellt ein Zehnjähriger mürrisch fest.

»Du bist jung. Ich bin alt.«

»Hast du alles auf der Welt gesehen?«, will eines der Kleinen wissen.

»Oh, das wäre furchtbar viel.«

»Aber möglich wär's doch?«

Aubry möchte es schon abstreiten, merkt aber, dass sie es nicht kann. Die Worte bleiben ihr im Hals stecken.

»O mein Gott«, stößt Vicente hervor, »vielleicht hat sie wirklich alles gesehen.«

»Warst du auf einer Mission?«, fragt Tulla.

Vicente lacht, aber wieder zögert Aubry mit der Antwort. Er blickt mit frisch geweckter Neugier zu ihr auf. »Und was für eine Mission mag das gewesen sein?«

Sie starrt ins Feuer, als läge dort die Antwort. »Dinge zu sehen.«

»Jemand wollte, dass du sie siehst«, sagt eine Kleine und nickt dazu voller Gewissheit.

»War es schwer?«, fragt jemand.

»Ja.«

»Hast du gelitten?«, will jemand wissen.

Sie kann es nicht laut sagen. Nickt nur.

»Hat es sich gelohnt?«

Sie sieht die Kinder an. Sieht Vicente an. Es ist, als wolle sie, dass jemand anderes diese Fragen für sie beantwortet. Sie hat diese Welt durchwandert, ist zu Fuß über sie hinweggelaufen. Hat sich in ihren Schoß verkrochen und ihre Früchte gegessen, doch erst jetzt hat sie das Gefühl, dass sie sich endlich begegnet sind.

»Ja«, sagt sie. »Das hat es.«

»Was hast du gesehen?«, fragt Ollie.

Aubry schweigt.

»Das meiste, was sie gesehen hat, kann sie uns gar nicht erzählen«, sagt das Mädchen mit den ungleichen Augen.

»Warum nicht?«, fragt eines der Kinder.

»Sie hat Angst, dass wir ihr nicht glauben würden.«

»Ich werde dir glauben«, sagt Ollie.

»Ich werde dir auch glauben«, sagt ein Kleiner.

Aubry möchte etwas sagen, doch was? Seit sie die Bibliotheken verlassen hat, stand sie mit einem Bein auf der Erde und mit dem anderen in einer Geisterwelt. Manchmal, wenn sie mit der Welt allein ist, hat sie Angst, sich zu rasch umzudrehen, fürchtet, die Ewigkeit könnte hinter ihrem Rücken lauern.

Aber wie soll man das erklären? Sie hat Wissen, das geteilt werden muss, und diese Kinder sind so ideale Zuhörer, aber wie beschreibt man einem Blinden Farben? Was ihr begegnet ist, war wie eine große Feuersbrunst, die über die Erde hinweggefegt ist. Doch alles, was sie jetzt noch tun kann, ist, die glühende Asche anzufächeln und zu hoffen, dass andere das Glimmen sehen können.

»Wieso sollten wir ihr nicht glauben? War es denn nicht echt?«, fragt Tulla.

»Es war echter als echt.«

Alle warten darauf, ihre Geschichten zu hören, aber sie hat nichts mehr zu sagen.

»Lasst sie in Ruhe«, sagt das Mädchen mit den ungleichen Augen. »Sie hat keine Worte dafür. Ich bezweifele, dass irgendwer sie hätte.«

»Keine Eile«, sagt Vicente. »Wir haben Zeit.«

»Aber ich habe keine Zeit«, platzt Aubry heraus. Die Kinder verstummen. »Ich kann nicht bleiben. Nirgendwo.«

»Du musst fort?«, fragt eines der Kinder bestürzt.

»Es tut mir leid.«

»Wann?«

»Heute Abend. Jederzeit.«

»Heute Abend?«, fragt Vicente überrascht.

»Ich möchte hier nicht weg. Wirklich nicht. Ich wünschte, es wäre anders.«

»Wenn Sie gehen müssen«, sagt Vicente völlig ruhig und isst seine Avocado, »dann sagen Sie es mir. Wir steigen zusammen ins Kanu, und ich bringe Sie an einen sicheren Ort.« Er blickt zu ihr auf. »Aber ruhen Sie sich vorher noch mal aus.«

Das Einschlafen fällt ihr in jener Nacht nicht leicht. Vicente setzt sich neben sie, nicht zu nah, jedoch auch nicht sehr weit weg. Er sieht sie nicht an, starrt nur in die Nacht hinaus. Seine Gesellschaft ist stets unaufdringlich, angenehm.

Es hört auf zu regnen. Nach dem endlosen Dröhnen dicker Tropfen legt sich eine übernatürliche Stille über das Lager, als hätte der Dschungel den Kopf unter Wasser getaucht. Der Abend dämmert. Langsam kehren die Geräusche zurück – das Zirpen der Zikaden, das Quaken der Frösche. Gemeinsam lauschen sie.

Jenseits dieses Ortes reißt der Meeresboden auf, und sie weiß es.

Als sie am nächsten Morgen im großen Unterstand erwacht, liegen drei Kinder eingekuschelt unter ihrem linken Arm und zwei weitere unter ihrem rechten.

91

Das Dorf der verlorenen Kinder

Vicente wickelt vorsichtig Tullas Verband ab. Mit seiner Hilfe rappelt sie sich auf die Beine und steht. Anfangs wird sie noch gestützt von ihren Brüdern und Schwestern, dann jedoch lassen die sie los, einer nach dem anderen. Bald steht sie ganz alleine. Abgesehen von den Narben wirkt ihr Bein völlig stabil, stark genug, um ihr Gewicht mit wenig mehr als einem leichten Hinken zu tragen. Als sie im Kreis herumläuft, scheint selbst das Hinken zu verschwinden. Wenig später saust sie mit ihren Geschwistern davon, um im Wald zu spielen.

Aubry hat die ganze Genesung von Anfang bis Ende miterlebt und weiß doch nicht genau, was sie gesehen hat. Sie schleicht davon, fühlt sich, als hätte dieses Wunder sie absichtlich und boshaft attackiert.

»Unmöglich«, murmelt sie vor sich hin.

Das Mädchen mit den ungleichen Augen hört sie.

»Was in deiner Welt unmöglich ist«, erklärt sie, »ist in unserer Welt unvermeidlich.«

Am Nachmittag hört Aubry, wie Vicente sich mit Shona unterhält. Shona ist ein schweigsames Mädchen, klein für ihre – wie Aubry schätzt – acht Jahre, aber weiser, als ihr Alter vermuten ließe. Zumindest kommt es Aubry so vor. Als Shona an jenem Nachmittag zu Vicente geht und sagt: »Weißt du, wir sollten heute mal nach Spenden schauen«, strafft er den Rücken und hört aufmerksam zu.

»Letzte Woche war da nichts.«

»Heute schon.« Mehr sagt sie nicht. Weniger als eine Stunde später wickelt Vicente ein Seil auf und stellt eine Truppe für eine Wanderung zusammen.

»Es gibt da einen Ort, wo Leute manchmal Geschenke für die Kinder ablegen«, erzählt er Aubry. »Er ist rund sechs Kilometer von hier entfernt, aber ich schätze, Sie könnten einen Spaziergang gut gebrauchen.«

»Weil ich noch nicht genug gelaufen bin?«

Wenn er lächelt, ist sein Grinsen immer etwas schief. »Das ist eine verdammt irre Geschichte«, sagt er.

»Was denn?«

»Ihre. Wenn Sie die irgendwem erzählen, werden alle Sie bewundern. Das ist nicht zu ändern. Ob Sie sich selbst bewundern oder nicht, liegt ganz an Ihnen.«

»Alles, was ich getan habe, war, nicht zu sterben.«

»Und das ist Ihnen ziemlich gut gelungen. Kommen Sie«, sagt er und reicht ihr die Hand. »Das war ein bemerkenswerter Spaziergang, den Sie da unternommen haben, junge Dame, aber er ist noch nicht zu Ende.«

Er hilft ihr auf die Beine, und Aubry schließt sich ihnen an – Vicente, Shona, Ollie, dem Mädchen mit den ungleichen Augen und einem älteren Jungen namens Tonuhai. Zu sechst brechen sie auf in den Dschungel.

92

Zu Hause

Vicente trägt die Rolle Seil über der Schulter. Vor ihm gehen die Kinder, die den Weg kennen. Tonuhai, das älteste von ihnen, trägt auf seinem hellblonden Kopf einen Flechtkorb mit einem ganzen Sammelsurium von Dingen – einem kleinen Fischernetz, einer Laterne, einem Bananenblatt, in dem irgendetwas eingewickelt ist. Sie marschieren durch den dunkelgrünen Dschungel und folgen einem Pfad, den selbst Aubry mit ihrer lebenslangen Erfahrung kaum erkennen kann.

»Was ich Sie schon die ganze Zeit fragen wollte«, sagt sie zu Vicente: »Wie sehe ich aus?«

»Sie sehen aus wie eine alte Frau mit langem weißem Haar.« Eigentlich hatte sie mit einer seiner typischen sarkastischen Bemerkungen gerechnet, aber irgendwie klingt es nicht so. Es klingt beinahe liebevoll. »Sehr hübsch sogar.«

»Wirklich?« Es freut sie, das zu hören. »Ich habe seit ... ich weiß nicht, wie ich aussehe. Schon lange nicht mehr.«

»Niemand hier weiß das.«

Ein wenig später sagt sie: »Danke.«

»Gern geschehen.«

Sie zögert etwas, bevor sie weiterredet, dann sagt sie: »Ich habe etwas gesehen.«

Er wartet darauf, dass sie fortfährt, aber es kommt nichts.

»Einen Schmetterling?«

»Eine Vision.«

Er blickt sich um, weist in Richtung Urwald. »Sah sie vielleicht in etwa so aus?«

»Nein.«

»Wie sah sie denn aus?«

»Wie alles.« Sie ist mitten auf dem Pfad stehen geblieben, also bleibt auch er stehen und dreht sich zu ihr um. »Und seitdem ist nichts mehr, wie es war.«

Er mustert sie aufmerksam. Trotz all seiner mürrischen Blicke, all seinem Sarkasmus ist er ein guter Zuhörer.

»Wie …«, stammelt sie, »wie kommt es, dass das Bein des Mädchens so schnell geheilt ist?«

Er überlegt kurz, bevor er antwortet. »Solange alles hier immer wieder in Ordnung kommt, würde ich nicht zu viele Fragen stellen.«

Tränen steigen ihr in die Augen. Er kommt zu ihr herüber, legt ihr eine Hand auf die Schulter. Es ist eine Einladung, und sie schmiegt langsam ihre Arme um ihn, schüchtern wie ein verängstigtes Mädchen. Dann drückt sie ihn an sich, und weil sie sich fürchtet, es laut auszusprechen, flüstert sie ihm ins Ohr: »Das ist mein fünfter Tag hier. Ich bin noch nie fünf Tage irgendwo gewesen. Manchmal vier, aber nie fünf. Nie.«

Er flüstert zurück: »Ich glaube, du brauchst die Tage nicht mehr zu zählen.«

Dann fängt sie an zu schluchzen, wird von Gefühlen überwältigt, die sie nicht erklären kann. Eine tiefe Erleichterung, wie befreit aus einer Knechtschaft. Aber auch eine gewisse Traurigkeit, als würde sie einen Teil von sich selbst sterben sehen. Die Trauer des Verlusts und die Freude der

Befreiung, nur kann sie das eine nicht vom anderen trennen. Er presst sie fest an sich, sein Kopf an ihrem. Ihr Körper bebt und zittert, aber er versteht es und lässt sie gewähren, lässt sie lange stumm mit offenem Mund an seiner Schulter weinen.

»Wir sind da!«, brüllt Ollie ein Stück vor ihnen.

Sie rühren sich nicht. Vicente wartet, während Aubry sich sammelt, die Tränen wegwischt und sich langsam beruhigt. Er nimmt sie am Arm und geleitet sie sanft den Weg entlang. Unter Vicentes Führung stapft sie weiter durch den Dschungel, erschöpft, wie schlafwandelnd. Die Welt kommt ihr kaum greifbar vor, als hätte sie keinen Boden mehr unter den Füßen. Insekten trillern im Blätterdach. Irgendwo in der Ferne schreit ein Affe.

Und die Luft des Urwalds mit seinem grünen, erdig-feuchten Duft scheint voller Geschichten zu sein.

Vicente lässt sie an einem Baum zurück, dann eilt er mit seiner Seilrolle voraus. An den Stamm gelehnt, sieht Aubry zu, wie die vier eifrig versuchen, das Seil irgendwo anzubringen. Quer zwischen zwei Bäumen ist ein dicker Pfahl befestigt, und Tonuhai hievt Ollie auf seine Schultern, damit der ihn erreicht. Dann nimmt Ollie eine Handvoll Schmierfett, das in den Bananenblättern eingewickelt war, und streicht es mehrmals in eine mitten in den Pfahl gesengte, reichlich abgewetzte Kerbe. Er wirft das Seil darüber, und es gleitet gleich beim ersten Mal hinein. Am Ende des Seils knoten die Kinder anschließend den Flechtkorb fest.

Aubry schaut ihnen dabei zu, versteht nicht, was sie vorhaben, will ihnen nicht im Weg sein. Mit ihren tränentrüben Augen, durch die sie alles unscharf sieht, wäre sie ihnen ohnehin keine große Hilfe. Aber sie fragt sich, warum Vicente jetzt eine Laterne anzündet und was sie in den Korb legen wollen.

Als sie schließlich näher herangeht, macht sich ein klammes Gefühl in ihrem Magen breit, das mit jedem Schritt drängender wird.

Sie kann ihn spüren, noch ehe sie ihn sieht.

Sie ziehen an dem Seil, und der Korb schwebt in die Luft – direkt über dem Brunnen, der gerade in ihren Blick geraten ist. Sie verlangsamt ihren Schritt, als sie ihn wiedererkennt – die glatten grauen Steine, die geformt sind wie ein Mund, das in den Rand gemeißelte Paar Augen, den kleinen Bart unmittelbar gegenüber.

Aubry erstarrt. Selbst wenn sie wollte, könnte sie keinen Schritt näher herantreten. Shona steigt in den Korb. Der Flechtkorb ist gerade klein genug, dass er in den langen, dunklen Schlund des Brunnens passt, und eben groß genug, um ihr Gewicht zu tragen.

»Nimm die Lampe«, sagt Vicente.

Er reicht ihr die Laterne, die Tonuhai getragen hat. Sie leuchtet gelb in ihrer Hand.

»Hast du das Netz?«, fragt er.

»Hab ich«, sagt sie und duckt sich tief in den Korb.

»Du weißt, was da unten ist?«, fragt er und schaut ihr prüfend in die Augen.

»Ein paar Münzen.«

»Und was noch?«

»Das werden wir sehen«, sagt sie und wendet sich Aubry zu. Als sich ihre Blicke treffen, scheint es, als teilten sie ein unheilvolles Geheimnis.

»Na, dann hinunter mit dir«, sagt Vicente. Ganz vorsichtig lassen sie Shona an den Lippen und den Zähnen vorbeischweben, hinunter in den schwarzen Rachen. Sie sinkt und sinkt, bis sie kaum mehr ist als ein matter Schimmer tief unter ihnen in der Finsternis.

Aubry hat plötzlich das Gefühl, als stünde jemand hinter ihr, direkt hinter ihrem Rücken. Die Haut in ihrem Nacken fängt an zu kribbeln. Als würden lautlose Schritte sie verfolgen, rasend schnell auf sie zukommen. Sie fährt herum, späht tief in den Dschungel, kann aber nichts sehen.

Vicente ruft zu Shona hinunter: »Alles in Ordnung?«

»Alles gut!«, tönt ihre Stimme, hallt die Brunnenwand herauf.

Tonuhai zurrt das Seil fest, hält es aber zur Sicherheit weiter in der Hand. Vicente und die anderen spähen in den Brunnen, hinab zum schwachen Leuchten dort unten in der Erde, von dem nun Geräusche zu ihnen emporhallen – Wasserplatschen, das Klirren von Metall.

Aubry weicht zurück, lehnt sich an einen Baum, schaut zu und wartet. Steht reglos da, atmet nur.

Nach einiger Zeit schallt Shonas Stimme erneut zu ihnen hoch. »Fertig!«

Vicente und Tonuhai holen das Seil ein, langsam, vorsichtig, Hand über Hand, bis Shona die Zähne hinter sich gelassen hat. Dann schwingen sie den Korb über die Brunnenmauer, über die offenen Augen und zurück auf festen Boden.

Vicente hilft Shona aus dem Korb. Ihre Hände sind ganz schwarz vom Schlamm, der Korb triefnass vom Brunnenwasser.

»Was haben wir bekommen?«, fragt Vicente.

Sie kippt den Korb um, und ein kleiner Schatz purzelt heraus.

»Na, schaut euch das an!«, entfährt es Tonuhai leise.

Alle drängen sich um den kleinen Haufen zu ihren Füßen, stochern gebannt darin herum. Sie finden schlammverschmierte Münzen. Vicente gießt Wasser darüber, säubert sie gut genug, dass man erkennen kann, dass sie aus China stammen und aus Gold sind. Shona reckt ein Paar Ohrringe in die Höhe, und allen verschlägt es die Sprache. Sie sind wunderschön und nicht von hier, sondern von weit weg. Vicente schwört, dass dieser Farbton nur von Saphiren stammen kann.

Das Mädchen mit den ungleichen Augen fischt ein Stück Bernstein heraus, das in der Sonne golden leuchtet. Als sie es hochhält, können alle sehen, dass darin ein Käfer eingeschlossen ist. Ollie hat einen großen Zahn gefunden, in dessen Schmelz purpurne Schriftzeichen geritzt sind.

»Seht«, sagt Tonuhai. »Geld.« Aus einem alten Lederbeutel zieht er ein fest gewickeltes Bündel Geldscheine. Vicente begutachtet sie.

»Neuseeländisches Geld«, sagt er. »Es ist, als hätte jemand eine spanische Galeone in unserem Brunnen versenkt.«

Währenddessen geht Aubry näher heran, bewegt sich mit Trippelschritten vorwärts, bis sie über ihnen steht. Sie könnte protestieren. Könnte all diese Dinge zusammenraffen und damit fortrennen. Sie hat es schon einmal getan. Aber sie überlasst sie gern den Kindern. Es muss an ihrem Alter liegen. Anscheinend bringt es diese Gelassenheit mit sich.

Dann entdeckt sie mitten auf dem Haufen eine hölzerne Kugel, bedeckt mit kleinen Plättchen, deren Lack noch immer in der Sonne glänzt.

Das Mädchen mit den ungleichen Augen bemerkt Aubrys Blick, hebt den Rätselball auf und reicht ihn ihr. Aubry nimmt ihn, hält ihn, als wäre er aus dünnem Glas – dünnem Glas, in dem ihr eigenes Herz schlägt. Sie setzt sich hin, lehnt sich gegen den Brunnenrand – gegen das Gesicht –, dreht ihn ganz langsam wieder und wieder in den Händen, wischt ihn mit dem Rocksaum sauber.

»Ist der irgendwas wert?«, fragt Vicente sie, doch Aubry hört ihn nicht.

Sie muss sich gar nicht Martas Globus ins Gedächtnis rufen, kreuz und quer mit roten Linien übersät. Muss nicht nachdenken, was als Erstes kam, Reykjavík oder Cardiff, Sri Lanka oder Samoa. Die Vision ist noch immer da, in ihr Gedächtnis eingebrannt, das Gitternetz aus Bibliotheken, ihre perfekte Symmetrie, die sie umkreist, die ihre Umlaufbahnen vorgibt. Sie dreht den Ball, verschiebt die Ebenen gegeneinander, lässt Teile am richtigen Ort einrasten, als wäre dieser Rätselball die Welt im Kleinformat. Sie erhöht das Tempo. Und als die Teile sich in ihren Händen immer rascher drehen, offenbart sich allmählich das Muster.

Dann macht es klick.

Er hat noch nie klick gemacht, nicht in all den Jahren, in denen sie es versucht hat. Trotz seines Alters, trotz des langen Wartens auf dem Brunnenboden, entsperrt er sich in ihren Händen, so leicht, so einfach, dass sie feuchte Augen bekommt und blinzeln muss, um sehen zu können. Behutsam öffnet sie die Kugel, als würde sie Blütenblätter auszupfen.

Darin, verborgen im Innern, das sie noch nie gesehen hat, liegt ein Blatt Papier, sehr klein gefaltet.

Ganz behutsam, Falz um Falz, faltet sie es auseinander. Als das Blatt geöffnet ist, erblüht ein Meer von Farben in ihren Händen. Sie sieht, dass es ein Aquarell ist, das Bild eines schwarzen Flusses – dahinter dichter Dschungel, dargestellt durch einen Wirbel grüner Linien, die wogend ineinanderfließen. Der Ort ist unverkennbar, ebenso die Hand, die ihn gezeichnet hat.

Es ist Qalimas.

Wie hatte sie es beschrieben? Es war eine Vision, die sie gehabt hatte, ein Fluss am Ende der Welt.

Aubry merkt, wie ihr ein kalter Schauer über den Rücken läuft. Sie dreht das Blatt um. Auf der Rückseite steht in Qalimas eleganter Handschrift: »HERZLICHEN GLÜCKWUNSCH ZUM GEBURTSTAG.«

Doch als Aubry es noch einmal umdreht, ist das Aquarell verschwunden. Sie wendet es erneut – vielleicht hat ihr das Licht ja einen Streich gespielt? –, doch nun ist auch die Rückseite leer. Plötzlich hält sie in ihren zittrigen Händen ein leeres Blatt Papier. Hat sie es tatsächlich gesehen? War es da? Wieder und wieder wendet sie das Blatt.

Die anderen starren sie an. Wie lange sie sie schon ansehen, weiß sie nicht. Sie starrt zurück, aber nicht wirklich. Sie denkt: Es gibt Dinge auf dieser Welt, die nur deshalb existieren, weil man sie gesehen hat. Das Wunder ihres Daseins erfüllt sie jäh mit Staunen, beinahe mit Schrecken – wie sie existieren konnte und noch immer existiert. Von Anfang an eine so unmögliche Geschichte. Wie seltsam, diese Dankbarkeit, die sie empfindet. Sie durchströmt sie wie klares Wasser. Aubry möchte weinen, doch alle Tränen sind versiegt.

Sie steckt das Blatt Papier weg und setzt in einer Stille voller ungestellter Fragen den Rätselball wieder zusammen.

Ein Windstoß fährt durch die Bäume.

»Sieht aus, als würde da ein Sturm aufziehen«, sagt sie.

Noch eine Bö, die Blätter quer über den Himmel fegt, so heftig, dass die Baumwipfel sich neigen. Es ist unheilvoll und schön, und sie ist froh, es mit ansehen zu können.

»Stimmt«, sagt Vicente. »Gehen wir nach Hause.«

»Gehen wir nach Hause«, stimmt Aubry ihm zu.

Sie sammeln ihre Sachen zusammen und werfen alles in den Korb – ihren Schatzkorb, wie sie ihn jetzt nennen –, dann brechen sie auf in Richtung Lager. Vicente geht voran. Tonuhai, Shona und Ollie folgen kurz dahinter. Aubry wirft den Rätselball dem Mädchen mit den ungleichen Augen zu – ein Geschenk –, und die studiert ihn mit neugierigem Lächeln. Dann beeilen sie sich, um Vicente und die anderen einzuholen. Einer nach dem anderen marschieren sie los in den Dschungel und verschwinden im schimmernden Grün.